La Porte interdite

DU MÊME AUTEUR
CHEZ LE MÊME ÉDITEUR

Les Yeux des ténèbres, 2020.
L'Escalier du diable, 2020 ; Archipoche, 2020 ; Archipoche, 2021.
La Chambre des murmures, 2019 ; Archipoche, 2020.
Dark Web, 2018 ; Archipoche, 2019.

DEAN KOONTZ

LA PORTE INTERDITE

traduit de l'américain
par Sebastian Danchin

l'Archipel

Ce livre a été publié sous le titre
The Forbidden Door
par Bantam Books, New York.

Notre catalogue est consultable à l'adresse suivante :
www.editionsarchipel.com

Éditions de l'Archipel
34, rue des Bourdonnais
75001 Paris

ISBN 978-2-8098-4044-5

PREMIÈRE PARTIE

À PERDRE HALEINE

1

La brise avait pris la forme d'un long soupir, d'une respiration qui caressait les collines du Texas avec une tristesse inhérente à la Nature elle-même.

Ils avaient voulu profiter de la lumière de cette fin d'après-midi, sachant que leur maison était surveillée, que la moindre parole prononcée entre ses quatre murs était surprise en temps réel par des oreilles indiscrètes.

La véranda, la grange et les écuries n'étaient pas plus sûres, et chaque fois qu'ils souhaitaient avoir entre eux une discussion sérieuse, il leur fallait se réfugier sur les fauteuils de jardin, à l'abri de l'énorme chêne, face aux prairies qui déroulaient leur immensité à l'infini.

Confortablement installés l'un à côté de l'autre alors que ce dimanche tirait à sa fin, un martini à la main pour elle et un verre de whisky Macallan avec des glaçons pour lui, Clare et Ancel Hawk se préparaient à affronter l'émission de télévision annoncée ce soir-là. Ils n'avaient aucune envie de la regarder, mais ils n'avaient guère le choix, sachant qu'elle risquait de bouleverser à jamais leur existence.

— Ils prétendent que ça fera l'effet d'une bombe, déclara Clare. De quoi peut-il s'agir, à ton avis ?

— Tu sais bien comment ça marche à la télé, répondit Ancel. À les entendre, la moindre nouvelle est censée ébranler la planète. Il faut bien qu'ils vendent de la lessive.

Le vieil homme observait le ballet des herbes sauvages sous l'immensité du ciel, comme s'il ne devait jamais s'en lasser. Solidement charpenté, un visage buriné et des mains marquées par le travail, il donnait l'impression d'avoir un cœur de pierre. Sa femme, qui l'observait, savait que derrière cette apparence rude se dissimulait un être d'une tendresse insoupçonnée.

En trente-quatre ans de mariage, ils avaient traversé leur lot de tempêtes et savouré bien des victoires. À ce stade de leur vie commune, pourtant, et jusqu'à ce que la mort les sépare, seul comptait dans leur existence celui qui leur avait apporté à la fois bonheur et chagrin : leur fils Nick, mort à l'âge de trente-deux ans au mois de novembre précédent.

— À mon avis, ça va bien au-delà d'une volonté de vendre de la lessive, répliqua Clare. Ils cherchent à remuer le couteau dans la plaie.

Ancel tendit la main gauche en direction de sa femme qui la serra entre ses doigts.

— Nous avons envisagé toutes les possibilités, Clare. Quoi qu'il advienne, nous sommes prêts.

— Je ne suis pas du tout prête à perdre Jane. Et je ne le serai jamais.

— Ne t'inquiète pas. Ces gens sont puissants, mais je parierais sur elle en toutes circonstances.

Alors que le ciel couleur jean délavé s'assombrissait, le vent se leva en faisant murmurer les feuilles du chêne au-dessus d'eux.

La bru du couple, Jane Hawk, qu'ils aimaient comme leur propre fille, venait d'être inculpée pour espionnage, trahison et meurtres, autant de crimes dont elle était innocente. *Dimanche Magazine*, l'émission de reportage d'une heure qui consacrait rarement plus de dix minutes à quelqu'un, qu'il soit chef d'État ou pop star, serait intégralement dédiée ce soir-là à Jane, la criminelle la plus recherchée des États-Unis, surnommée « le Beau Monstre » par la presse populaire.

— Son inculpation par un grand jury mal renseigné, et maintenant cette émission de télé… tu te doutes de ce que ça signifie, non ?

— Rien de bon.

— Je suis convaincu que Jane possède des preuves susceptibles de détruire ces salopards. Ils sont aux abois. Si jamais elle parvenait à dénicher un journaliste ou quelqu'un au FBI à qui elle puisse se fier…

— Elle a déjà essayé. Les enjeux sont trop importants pour qu'elle puisse accorder sa confiance à grand monde.

— Ils sont aux abois, insista Ancel. Ils jettent toutes leurs forces dans la bataille de façon à monter contre elle le pays tout entier. Ils veulent la présenter comme un monstre que personne ne croira jamais.

— Mais alors, s'inquiéta Clare, comment pourrait-elle s'en tirer ?

— Si tu veux mon avis, la manœuvre ne prendra pas.

— Tu es bien sûr de toi.

— La façon dont ils la diabolisent et dont ils alimentent l'hystérie des médias ? La ficelle est trop grosse, les gens vont finir par le sentir.

— Ceux qui la connaissent, oui, mais il y a tous les autres.

— Les gens commencent à se demander ce que cache toute cette histoire, s'il ne s'agit pas d'un coup monté.

— Quels gens ? Où ça ?

— Sur Internet.

— Depuis quand tu surfes sur le Net, Ancel ?

— Depuis qu'ils s'acharnent sur Jane.

Le soleil disparut à l'horizon en embrasant le ciel et le vent acheva de se lever. Quelques feuilles tournoyèrent au-dessus d'eux et Clare lâcha la main de son mari pour protéger son verre. Ancel imita son geste.

Avec le vent vint la nuit et avec la nuit s'installa la fraîcheur, laissant le soin à la mer des étoiles de réconforter le couple.

2

À une quinzaine de kilomètres de là, Egon Gottfrey achève les derniers préparatifs de l'arrestation d'Ancel et Clare Hawk. Il s'agit de s'assurer de leur pleine et entière coopération dans le cadre des recherches entreprises pour retrouver leur belle-fille.

Le terme *arrestation* n'est pas le bon. Tous les participants à l'expédition dirigée par Gottfrey disposent d'accréditations en règle du département de la Sécurité intérieure, mais aussi de papiers au nom de la NSA et du FBI, alors qu'ils n'œuvrent pas réellement pour le compte de ces deux services. Ils reçoivent pourtant un traitement de chacune de ces trois agences fédérales, avec les avantages afférents. Officiellement, leur rôle consiste à protéger et défendre leur pays, mais ils œuvrent en réalité pour la révolution. Les dirigeants de celle-ci veillent à ce que leurs fantassins soient grassement rémunérés, sur les deniers du système qu'ils ont décidé d'abattre.

Les états de service exemplaires d'Egon Gottfrey à la Sécurité intérieure lui ont valu d'être contacté par les Techno Arcadiens, les penseurs de cette révolution secrète. Il les a rejoints sans état d'âme. De toute façon, il ne croyait plus aux États-Unis.

Les Techno Arcadiens vont changer le monde. Ils entendent pacifier l'humanité, éradiquer la misère, donner naissance à l'Utopie avec l'appui de la technologie.

Du moins est-ce ce que voudrait laisser croire le Grand Ordonnateur.

Il n'est pas question d'arrêter les Hawk et de les confier aux instances judiciaires. Gottfrey et son équipe se contenteront de prendre possession d'eux. Sans jugement ni avocat.

Egon Gottfrey est arrivé à Worstead, au Texas, un peu après 16 heures. Le temps de prendre une chambre à l'Holiday Inn local, il s'ennuyait déjà.

En 1896, quand ce trou perdu est devenu le point de ralliement des propriétaires de ranchs et de fermes des environs, on a baptisé l'endroit la « Capitale de la tonte », du fait des énormes quantités de laine qui transitaient par là avant de fournir les usines textiles du pays.

Lorsque la bourgade a obtenu le statut de municipalité en 1901, les édiles locaux ont préféré lui donner officiellement le nom de Worstead, en hommage au village anglais du Norfolk dont est originaire la laine peignée.

La bourgade compte désormais quatorze mille habitants, mais Gottfrey ne trouve aucun charme à cette ébauche de lieu.

Les rues ne sont même pas ombragées, seuls quelques arbres poussent dans le petit parc du centre-ville. On dirait le décor d'une pièce de théâtre indigente.

Alors que le soleil se couche, il longe les immeubles coiffés de toits plats bordés de parapets. Les mêmes derrière lesquels se protègent shérifs et desperados dans les vieux westerns. Avec leurs façades de brique ou de pierre, les bâtiments se ressemblent tous. Paloma Sutherland et Sally Jones, deux des agents originaires de Dallas placées sous les ordres de Gottfrey, boivent tranquillement un verre au Julio's Steakhouse. Il les aperçoit, assises de l'autre côté de la vitre, et leurs regards se croisent.

Sur un banc du petit parc, Rupert Baldwin est plongé dans la lecture d'un journal. Chaussé de Hush Puppies, vêtu d'un costume en velours côtelé et d'une chemise beige que rehausse une cravate mexicaine ornée d'un fermoir en turquoise, il a tout d'un prof de science de lycée, mais on aurait tort de se fier aux apparences.

Gottfrey passe à sa hauteur et Rupert se racle la gorge.

Vince Penn est assis sur un banc voisin. Presque aussi large que haut, avec un visage plat, il a des mains d'étrangleur. Il tient dans le creux de sa paume des petits cailloux qu'il jette avec une précision diabolique sur les écureuils sans méfiance, habitués à la bienveillance des autochtones.

Au sud du parc se dresse la façade du Purple Sage Inn, un motel familial deux étoiles sans aucune allure.

Un Range Rover est garé devant la chambre 12. Un 4x4 amélioré avec une carrosserie en fibre de verre et un double tuyau d'échappement en titane, auquel ont droit depuis quelque temps certains membres de la révolution. Le Range Rover confirme la présence en ville des deux principaux collaborateurs de Gottfrey, Christopher Roberts et Janis Dern.

En comptant Gottfrey lui-même, ainsi que les deux hommes placés en surveillance à l'entrée du ranch Hawk, une quinzaine de kilomètres plus à l'est, l'équipe de neuf personnes est au complet.

Pas question d'utiliser pour cette opération des téléphones jetables, ou même des talkies Midland GXT. Au Texas, comme dans d'autres régions des États-Unis, on dénombre trop de crétins paranos persuadés que des individus affiliés au gouvernement ou aux complexes militaro-industriels fomentent de dangereux complots. Pour beaucoup des flics et des militaires, ces gens passent leur temps à surveiller les communications dans l'espoir de voir confirmés leurs soupçons.

Du moins est-ce ce que voudrait laisser croire le Grand Ordonnateur.

À présent qu'il a pu s'assurer de la présence des membres de son équipe, Gottfrey poursuit sa balade en ville alors que le soleil baigne les rues d'une lumière violette, donnant l'illusion que derrière l'apparence tranquille de ce village engourdi sommeille la véritable réalité du monde.

Egon Gottfrey n'est pas un simple adepte du nihilisme qui ne croit plus au sens de la vie. C'est un nihiliste *radical* qui n'adhère plus à la notion de vérité objective. Il est persuadé que le monde et tous ceux qui le peuplent relèvent du fantasme et de l'illusion.

À ses yeux, le quotidien est aussi éphémère qu'un rêve, chaque instant n'est qu'un mirage. Sa seule certitude est d'exister en esprit, dans un corps illusoire. Il pense, donc il est. Mais son corps, sa vie, son pays et son monde sont autant d'illusions.

Tout autre individu, moins éclairé que lui, aurait sombré dans la folie ou le désespoir face à un tel constat. Gottfrey reste sain d'esprit car il accepte de jouer avec l'illusion du monde qui l'entoure en improvisant son rôle dans une pièce donnée à l'intention d'un auditoire inconnu.

Il n'est qu'une marionnette, mais cela ne le dérange pas, et pour deux raisons. La première tient à sa curiosité insatiable : il est impatient de connaître la suite. La seconde est liée à son goût de l'autorité. Celle-ci n'a aucun sens, bien sûr, puisqu'il ne contrôle rien, mais il préfère de loin diriger les autres que subir la domination d'autrui.

3

Raide dans son fauteuil face à l'écran qui projetait dans la pièce une lueur vacillante, Ancel restait de marbre face aux mensonges et aux affabulations de *Dimanche Magazine*.

Clare, incapable d'en supporter davantage, se leva d'un bond et entama une ronde furieuse devant la télévision qu'elle invectivait.

— N'importe quoi ! Vous n'êtes que des menteurs, bande de salopards.

Le reportage diffusé ce soir-là ne ressemblait en rien aux sujets habituels d'une émission mesurée qui avait toujours évité jusque-là les attaques au vitriol et les thèmes racoleurs, au point d'être parfois taxée d'élitisme. Mais alors, comment expliquer une exploitation aussi populiste et alarmiste de l'affaire ? L'unique but de ce numéro spécial, baptisé « Le Beau Monstre » était de dépeindre Jane sous les traits d'une envoyée du diable et d'une traîtresse aux instincts meurtriers.

Au moment de la pause publicitaire, le présentateur enjoignit aux téléspectateurs de rester à l'écoute, annonçant le scoop promis à grand renfort de spots depuis plusieurs jours.

Clare se posa sur un tabouret et ferma les yeux, les bras serrés autour de son torse dans l'espoir de chasser le froid qui l'avait envahie.

— À quoi rime tout ça, Ancel ? Ce n'est pas du journalisme !

— Non, approuva son mari. C'est de la propagande et de la diffamation pure. Ces gens sont la lie des instances gouvernementales et des industries technologiques. Ils ont décidé d'avoir sa peau avant qu'elle ait pu révéler sa part de vérité.

— Tu crois vraiment que le grand public la soutiendra après un truc pareil ?

— J'en suis convaincu. Ces idiots en font trop, à vouloir la transformer en un mélange féminin de Dracula et de Charles Manson.

— Les imbéciles prendront ça pour argent comptant, s'inquiéta Clare.

— Les imbéciles et les plus crédules, mais ce ne sera pas le cas de tout le monde. Peut-être même pas de la majorité.

— En tout cas, je ne veux pas voir la suite.

— Moi non plus, mais nous n'avons pas le choix. Par solidarité avec Jane. En détruisant sa vie, ils détruisent la nôtre. Je ne sais pas ce qui nous restera au lendemain d'une émission pareille.

La pause publicitaire terminée, *Dimanche Magazine* reprit son cours en montrant une photo de Jane prise à la fin de sa période de formation à Quantico. C'est à cette occasion qu'elle a fait la connaissance de Nick, affecté à l'unité de sports de combat des Marines sur la même base. Des photos de leur mariage apparurent à l'écran, Jane en robe de mariée toute simple, Nick en uniforme. Ils formaient un couple magnifique.

Clare se sentit submergée par l'émotion à la vue de son fils disparu et de sa belle-fille à une époque où ils nageaient en plein bonheur.

Défilèrent ensuite des images de Nick recevant la Croix de la Navy sous le regard empreint de fierté et d'amour de Jane.

Clare quitta son tabouret et se percha sur le bras du fauteuil d'Ancel en lui passant un bras autour des épaules.

— Je sais, réagit-il en lui serrant affectueusement le genou.

À la télévision, le présentateur expliquait les circonstances du suicide de Nick.

Le drame était survenu dans leur maison d'Alexandria, en Virginie, pendant qu'ils préparaient le dîner en partageant un verre de vin. Leur fils, Travis, dormait ce soir-là chez un petit copain du voisinage, âgé comme lui de cinq ans, histoire que ses parents puissent passer la soirée en amoureux. Nick s'était isolé dans la salle de bains… et puis il n'était pas revenu. Jane l'avait retrouvé tout habillé dans la baignoire. Il s'était tranché la carotide à l'aide de son poignard de combat en laissant derrière lui un petit mot dont seule la première phrase était tracée d'une écriture normale, contrairement aux suivantes. *Quelque chose ne tourne pas rond chez moi. J'ai besoin. Un besoin terrible. J'ai terriblement besoin de mourir.*

Plus de quatre mois s'étaient écoulés depuis que Jane leur avait passé ce coup de fil terrible, mais les larmes de Clare n'avaient rien perdu de leur amertume.

— *Voilà ce qui est arrivé à Jane Hawk*, commenta le présentateur sur un ton solennel. *La police d'Alexandria en a confirmé tous les détails. Au cours des journées qui ont suivi la mort de son mari, de l'avis de ses amis, Jane s'est focalisée sur ce qu'elle considérait comme une augmentation anormale du nombre de suicides à travers le pays. Elle avait découvert que plusieurs milliers d'individus, épanouis comme son mari et épargnés par toute forme de dépression, s'étaient donné la mort sans raison apparente. En congé sans solde du FBI, folle de chagrin au point que ses amis doutaient de sa santé mentale, elle a entrepris des recherches sur cette vague de suicides qui tournait chez elle à l'obsession.*

La teneur de l'émission changeait brusquement, comme si les auteurs du reportage entendaient considérer de façon plus favorable les révélations terribles de la première partie.

L'un des témoins interrogés, un universitaire spécialiste de la prévention des suicides, affirmait que ceux-ci avaient toujours connu des taux fluctuants et que l'augmentation constatée au cours des deux années précédentes n'avait rien d'anormal. Quant à la proportion d'individus apparemment bien dans leur peau qui se donnaient la mort, elle restait dans la norme.

— Il se trompe forcément, commenta Clare.

L'intervenante suivante était une experte en psychologie criminelle. Les cheveux tirés en chignon et ses yeux de chouette grossis par les verres de ses lunettes rondes à monture noire, elle portait une tenue austère en parfaite adéquation avec son allure austère. Elle rappela en détail l'enfance difficile de la jeune femme.

Jane, pianiste virtuose à l'âge de quatre ans, était la fille du célèbre concertiste Martin Duroc. À en croire certains, ce dernier était un père distant et autoritaire avec qui Jane avait rompu les ponts. Quant à sa mère, elle-même pianiste de renom, elle s'était suicidée. Jane, alors âgée de neuf ans, avait découvert son corps sans vie baignant dans son sang au fond de la baignoire. Malgré les objections de sa fille, Duroc s'était remarié un an plus tard. À son entrée dans l'âge adulte, Jane avait refusé la bourse d'étude qu'on lui proposait à la prestigieuse école de musique Oberlin et obtenu un diplôme universitaire avant de se destiner à une carrière dans la police.

— *Les six années qu'elle a passées au FBI posent question*, poursuivit la psychologue dans un murmure, comme si elle s'apprêtait à révéler un secret. *Dès son arrivée au Bureau, Jane s'est vu confier des enquêtes sous la direction des Unités 3 et 4 du département d'analyse du comportement, en charge des tueurs en série et des auteurs de massacres. Elle a participé à un total de dix enquêtes dont huit ont été résolues. Cette jeune femme, qui avait de longue date une dent contre la gent masculine, s'est brusquement retrouvée confrontée à des sociopathes de sexe masculin, ce qui l'a obligée à* penser comme eux. *Il est clair que cette expérience aura laissé chez elle de profonds traumatismes.*

Clare frissonna, devinant la suite, et quitta le bras du fauteuil d'Ancel.

— C'est quoi, cette histoire ?

Sur l'écran venait de s'afficher le nom de J. J. Crutchfield. Le narrateur du reportage rappela le passé sordide de cet assassin de femmes qui conservait les yeux de ses victimes dans des pots de confiture. Il avait été blessé par Jane lors de sa capture.

Le commentateur poursuivit son récit, cette fois sur les images de la ferme isolée dans laquelle deux psychopathes avaient violé et tué vingt-deux jeunes filles. Le collègue avec lequel enquêtait Jane avait été abattu par les tueurs, obligeant la jeune femme à jouer seule à cache-cache avec ses adversaires en pleine nuit. Elle avait réussi à tuer les deux hommes, venant à bout du second dans la cave où il tuait ses victimes avant de les enterrer dans une ancienne porcherie.

On découvrait la ferme cette nuit-là, après l'arrivée de la police. On voyait Jane discuter avec des agents en uniforme à la lueur des gyrophares. Les cheveux en bataille, ses traits fins sculptés par la lumière ambiante, elle avait tout d'une déesse vengeresse.

L'image se figea sur l'écran. Nul n'aurait songé à nier la beauté de Jane, mais le gros plan suggérait une dureté inquiétante, laissant planer autour d'elle une ombre de cruauté, voire de folie.

L'auteur du reportage réapparut, marchant face à la caméra dans une rue d'Alexandria, la ville où Nick et Jane avaient longtemps résidé.

— *La frontière n'est-elle pas ténue entre l'héroïsme et le crime ?*

— N'importe quoi, gronda Clare. Ce n'est pas une frontière qui les sépare, mais un océan.

Ancel, le visage fermé, resta sans réaction.

— *N'est-il pas possible pour un être foncièrement bon, mutilé par une enfance traumatique et plongé trop longtemps dans l'univers glauque des tueurs en série, de perdre ses repères ?*

Le présentateur s'arrêta devant les locaux de la police d'Alexandria.

— À la lumière des événements récents qui ont propulsé Jane Hawk à la une des médias, le service de police qui avait confirmé le suicide de son mari a tenu à rouvrir l'enquête. Le corps de Nicholas Hawk a été exhumé afin d'être autopsié. Les examens toxicologiques pratiqués à cette occasion montrent que le défunt avait avalé un puissant sédatif. En outre, la nature de sa blessure au cou permet de confirmer que celle-ci n'a pas pu être infligée par l'intéressé lui-même.

Clare sentit son sang se glacer dans ses veines. Comment pouvait-on proférer pareil mensonge aussi impunément ? Nick avait été incinéré, ses cendres étaient enterrées dans le cimetière national d'Arlington. Il n'y avait donc pas de corps à exhumer.

4

Jane n'avait guère lieu de se préoccuper du numéro spécial de *Dimanche Magazine*. Elle avait survécu de justesse à un affrontement brutal près du lac Tahoe quelques heures plus tôt et cette épreuve l'avait secouée[1].

Elle tenait enfin des preuves qui devraient lui permettre de faire éclater au grand jour la vérité sur le complot qui avait coûté la vie à Nick et tant d'autres, mais elle en payait le prix, moralement et psychologiquement.

Tout au long de cette journée glaciale, elle avait été accompagnée par des nuées menaçantes et des torrents de neige qui l'aveuglaient sur les pentes de la Sierra Nevada. Après bien des kilomètres, ses idées noires avaient fini par s'estomper, la laissant dans une sorte d'état de grâce à l'idée d'être encore en vie.

À Placerville, elle prit une chambre de motel qu'elle paya en liquide, produisant le permis de conduire de son alter ego Elizabeth Bennet dont elle portait la perruque noire, le maquillage outrancier et le vernis à lèvres bleu.

Elle acheta des sandwiches et une bouteille de vodka dans la supérette la plus proche, se procura du Coca et des glaçons au distributeur automatique du motel, prit une douche brûlante et grignota son repas assise sur son lit en

1. Lire *L'Escalier du diable* (L'Archipel, 2020).

écoutant Mariah Carey à la radio. Elle s'apprêtait à vider son second verre de Coca-vodka lorsque son téléphone jetable sonna.

Elle avait l'intention d'appeler Gavin et Jessica Washington, les amis chez qui elle avait caché son fils Travis. Leur propriété du comté d'Orange était le seul endroit au monde où personne ne penserait à chercher son petit garçon. Si jamais ce dernier tombait entre les mains de ses ennemis, ceux-ci s'empresseraient de le tuer, certains que la mort de l'enfant briserait Jane. Comme Gavin et Jessie étaient les seuls à connaître ce numéro, l'appel provenait forcément d'eux.

Elle fut d'autant plus surprise en reconnaissant la voix de Travis.

— Maman ? Oncle Gavin et tante Jessie sont partis faire des courses, mais ils ne sont pas revenus.

Jane se leva d'un bond avant de se rasseoir aussitôt, les jambes flageolantes.

Travis vivait chez Gavin et Jessie depuis plus de deux mois. S'il était arrivé quelque chose au couple, Travis était seul. Et il n'avait que cinq ans.

Le cœur de Jane battait à tout rompre.

Travis avait hérité le caractère de son père, elle sentit qu'il maîtrisait sa peur. En quelques phrases, le petit garçon expliqua à sa mère que Gavin et Jessie avaient dû s'enfuir dans leur Land Rover avec lui et leurs deux bergers allemands en s'apercevant qu'ils étaient surveillés. D'une façon ou d'une autre, les ennemis de Jane avaient établi un lien entre elle et les Washington.

— Ils nous ont poursuivis avec un énorme 4x4, m'man, et même un hélicoptère qui arrivait à nous voir dans le noir.

Ils avaient pourtant réussi à échapper à leurs poursuivants et rejoint une planque dont Jane connaissait l'existence, au sud de Borrego Springs. Le temps de s'installer dans une petite maison appartenant à son cousin Cornell

Jasperson, Gavin s'était rasé le crâne tandis que Jessie enfilait une perruque et se maquillait, puis le couple était parti en ville acheter des provisions en promettant de revenir très vite. Huit heures s'étaient écoulées depuis.

Il était clair que les Washington étaient morts. Jamais ils ne se seraient laissé prendre, pas plus qu'ils n'auraient manqué à leurs devoirs vis-à-vis de Travis. Anciens militaires l'un et l'autre, Gavin et Jessie étaient d'une fiabilité à toute épreuve.

Jane, qui les aimait d'un amour fraternel, leur vouait une reconnaissance sans bornes depuis qu'ils avaient accepté de veiller sur son petit garçon. En dépit de l'horreur et de la mort qu'elle côtoyait en permanence, des menaces qu'elle affrontait au quotidien, elle n'était pas immunisée contre le chagrin. La mort de ses amis lui transperçait le cœur et elle se serait effondrée si elle n'avait pas su son fils en danger.

Elle se garda bien d'annoncer à Travis qu'ils étaient morts, même s'il s'en doutait à l'évidence, au son de sa voix. Confirmer ses craintes ne servirait à rien.

— Où es-tu, mon chéri ? Dans la maison où vous vous êtes installés ?

Si c'était le cas, ses ennemis finiraient par découvrir sa cachette.

— Non, m'man. Avec les chiens, on est allés se réfugier chez Cornell, comme c'était prévu en cas de problème.

Cornell vivait à l'écart du monde, il y avait peu de chances qu'on puisse établir un lien entre lui et les Washington. Travis serait probablement en sécurité là-bas pendant deux ou trois jours, mais pas davantage. Le simple fait d'avoir utilisé en pensée le mot *probablement* bouleversa Jane.

— Mon trésor, tu n'as rien à craindre en attendant que je trouve le moyen de venir te chercher. Je viens dès que je peux, je te le promets.

— Je sais bien, m'man.

— Comment ça se passe avec Cornell ?

— Il est un peu bizarre, mais très gentil.

Cornell était un génie excentrique, une conséquence de la forme bénigne d'autisme dont il était atteint.

— Tu n'as aucune raison d'avoir peur de lui. Je te demande de lui obéir, mon trésor. Je viendrai te chercher le plus vite possible.

— D'accord. Je n'ai pas envie d'attendre, mais je le ferai.

— Il n'est pas prudent de rester plus longtemps au téléphone, même sur un appareil jetable. C'est trop dangereux, mais je te promets de venir très vite.

Elle se releva et parvint cette fois à rester debout.

— Personne au monde n'a jamais aimé quelqu'un plus que je ne t'aime, Travis.

— Moi aussi, m'man. Tu me manques beaucoup tout le temps. Tu as toujours la dame que je t'ai donnée ?

La « dame » en question était un camée représentant un profil féminin, un vieux bijou en stéatite à moitié cassé auquel le petit garçon accordait beaucoup d'importance parce qu'il croyait y voir le visage de sa mère.

Le pendentif se trouvait sur la table de nuit de Jane avec les autres objets contenus dans ses poches : un couteau à cran d'arrêt, un briquet, une mini-torche, une petite bombe de gaz poivre, quatre menottes en nylon retenues par un élastique… Elle récupéra le camée sur la table de nuit.

— Je la tiens dans ma main.

— Elle te portera chance. Tant que tu auras la dame avec toi, tu n'as rien à craindre.

— Je sais, mon bébé. Elle ne me quitte jamais et je n'ai pas l'intention de la perdre. Tout finira par s'arranger.

5

Egon Gottfrey regagne son motel avant le dîner, au cas où le paquet envoyé par le laboratoire de Menlo Park, en Californie, lui aurait été livré.

Une caisse en polystyrène l'attend à la réception, du genre de celles qui servent couramment à l'expédition de viande ou de glaces aux parfums exotiques.

Le théâtre de marionnettes dans lequel il s'agite est parfaitement réglé, les accessoires de scène arrivent toujours à point nommé. Il emporte la caisse dans sa chambre et découpe à l'aide d'un couteau les longueurs de gros scotch qui en maintiennent le couvercle fermé. Des nuages de vapeur s'élèvent des paquets de glace sèche qui entourent une boîte métallique.

La glacière contient également des seringues hypodermiques, des cathéters et tout le matériel nécessaire à une injection intraveineuse.

Gottfrey se rend dans la salle de bains où il pose la boîte métallique à côté du lavabo. Un thermomètre digital indique une température intérieure de 3,5 degrés. Il soulève le couvercle et compte douze étuis argentés de deux centimètres de diamètre pour une longueur de vingt centimètres, contenant chacun une ampoule d'un liquide ambré translucide.

Trois ampoules pour chacun des occupants du ranch Hawk : le gérant Juan Saba et sa femme Marie, Ancel et Clare Hawk.

Chaque série d'ampoules correspond à un implant cérébral constitué de centaines de milliers, voire de millions de nanoparticules. Un mécanisme de contrôle qui se reconstitue à l'intérieur du cerveau du sujet concerné.

Ce concept intrigue Gottfrey. Lui-même n'a pas reçu d'implant, il se contente d'être une marionnette manipulée par des forces inconnues. Chaque fois qu'il inocule un mécanisme de contrôle à un sujet, il devient d'une certaine façon un marionnettiste. Une marionnette qui contrôle ses propres marionnettes.

Les nanoparticules parviennent au cerveau grâce au système sanguin, elles franchissent la barrière des capillaires en même temps que les éléments vitaux nécessaires à l'équilibre cérébral, puis elles s'assemblent entre elles jusqu'à former une sorte de toile d'araignée.

Les sujets injectés sont programmés pour obéir, mais aussi oublier qu'ils ont reçu un implant. Ils ne sont pas conscients d'être asservis et deviennent des Modifiés, capables de se donner la mort si on le leur ordonne.

Nick, le fils de Clare et Ancel Hawk, figurait au nombre des Modifiés répertoriés sur une liste baptisée Hamlet. Les Arcadiens ont mis au point un modèle informatique identifiant les individus des deux sexes, tous brillants dans leurs domaines respectifs, qui sont susceptibles de s'imposer en tant que leaders d'opinion. Il suffit qu'ils contrecarrent les vues des Arcadiens pour qu'on leur injecte un implant et qu'on leur donne l'ordre de se suicider, de façon que leurs idées dérangeantes ne puissent se propager et qu'ils ne puissent transmettre leurs gènes à leurs descendants.

Ce mécanisme de contrôle terroriserait Gottfrey s'il n'était persuadé que son corps et son cerveau sont de simples illusions. Seul son esprit existe. Et puisque rien n'est vrai, il n'a aucune raison d'avoir peur. Le mieux est encore de laisser le Grand Ordonnateur écrire l'histoire et le guider à sa guise. La vie n'est qu'un rêve fascinant dont on ne se réveille jamais.

Gottfrey referme le couvercle de la boîte, rapporte celle-ci dans la chambre et la range dans la glacière. Quelques instants plus tard, il quitte la pièce avec l'intention d'aller dîner en laissant la lumière allumée, la pancarte « Ne pas déranger » accrochée à la poignée de porte.

6

Clare sentit sa poitrine se serrer. Elle peinait à respirer en voyant sur l'écran un enquêteur de police, plus exactement un individu *présenté* comme un enquêteur, un quadragénaire aux allures de père de famille modèle qui devait avoir les mains plus sales que n'importe quel dealer. L'homme affirmait avoir exhumé un corps qui n'existait plus, puisqu'il avait été incinéré, évoquant des analyses toxicologiques impossibles à pratiquer sur des *cendres*. Il prétendait détenir la preuve que Nick Hawk avait été *assassiné* avec son poignard de combat. À l'entendre, Jane vendait déjà à l'époque des secrets d'État aux ennemis de la patrie, et il croyait deviner que Nick l'avait découvert et lui avait fait part de ses soupçons.

Ancel bondit de son fauteuil. Par nature, ce n'était pas un homme colérique. Il avait tendance à accorder aux autres le bénéfice du doute, élevait rarement la voix et se contentait d'éviter les mauvais coucheurs dont il croisait la route. Clare ne l'avait jamais vu dans un tel état de rage, une rage froide qu'elle devinait à la veine gonflée au niveau de sa tempe, à ses mâchoires serrées, aux muscles de ses épaules tendus à craquer.

L'émission touchait à sa fin et ils subirent en silence la dernière séquence au cours de laquelle Martin Duroc, le père de Jane, était interviewé chez lui, un piano en arrière-plan pour bien rappeler qui il était.

— *Jane était une enfant délicieuse, mais fragile. Elle était si jeune quand elle a découvert sa mère après son suicide. Je crois qu'un ressort s'est cassé en elle ce jour-là. Elle s'est refermée sur elle-même. Les psychologues et les thérapeutes à qui je l'ai montrée se sont révélés impuissants à l'aider. C'est comme si j'avais perdu ma fille en même temps que ma femme. Mais de là à imaginer ce qu'elle deviendrait... Le mieux serait encore qu'elle accepte de se rendre.*

Jane *savait* que son père avait tué sa mère pour épouser une autre femme. Alors qu'il était censé se trouver à plusieurs centaines de kilomètres du lieu du drame, Jane l'avait entendu dans la maison, sans jamais pouvoir apporter la preuve de sa culpabilité.

Sur l'écran, Duroc se tamponna les yeux à l'aide de sa pochette.

— Seigneur, quelle honte ! s'écria Clare.

— Je crois bien que je vais me soûler, dit Ancel. Je ne vois pas comment je pourrais trouver le sommeil autrement. Quant à Jane, nous n'avons aucun moyen de l'aider. Que tous ces voyous aillent au diable.

Clare, qui n'avait jamais vu son mari ivre, ne l'imaginait pas noyant son désarroi dans l'alcool. Elle se trouva confortée dans ses soupçons en le voyant dessiner avec la main une aile d'oiseau. Un signe convenu de longue date entre eux signifiant que le moment était venu pour eux de s'envoler.

Il avait raison. Jane les avait avertis que les conspirateurs risquaient fort de s'en prendre à eux au cas où ils ne parviendraient pas à la capturer, dans l'espoir de faire pression sur elle.

Ils furent interrompus par la sonnerie du téléphone.

Ancel réagit le premier.

— Sans doute l'un de nos amis qui souhaite nous apporter son soutien après avoir regardé *Dimanche Magazine*. Il y en aura d'autres. Autant laisser le répondeur se mettre en marche, je n'ai pas le cœur à répondre. On rappellera demain. Je vais chercher la bouteille de whisky. Et toi ?

— Je... j'en suis malade, répondit Clare. Je suis furieuse et j'ai peur pour Jane, mais je me sens totalement impuissante.

— En quoi puis-je t'aider, ma chérie ? Que proposes-tu ?

— Rien du tout. Toute cette histoire est monstrueuse. Je vais me coucher.

— Je ne vois pas comment tu arriverais à dormir.

— Je prendrai un cachet. Je ne supporte pas le whisky, je risquerais de passer la nuit à vomir.

Clare était la première surprise du naturel avec lequel elle jouait la comédie. Ils n'avaient pourtant jamais répété cette scène.

Ils gardèrent le silence tout en se préparant à quitter le ranch. Clare aimait sa maison. Ils y avaient toujours vécu depuis leur mariage, c'est dans ce cadre paisible qu'ils avaient élevé Nick, que ce dernier et Jane leur avaient annoncé qu'elle était enceinte de leur petit-fils. Clare se demanda quand il lui serait donné de retrouver sa maison. Si elle la retrouvait un jour.

7

Ivan Petro travaille sept jours sur sept parce que la révolution représente tout pour lui. On a beau être le premier dimanche du mois d'avril, tout indique qu'il n'aura pas une minute de repos.

Il vit à Sacramento où les Techno Arcadiens disposent d'un important réseau au sein des instances dirigeantes de la Californie, un État particulièrement corrompu.

Il est en train de dîner dans son restaurant italien préféré lorsqu'il reçoit, en même temps que des milliers d'autres Arcadiens, une série de textos détaillant l'incident du lac Tahoe impliquant Jane. L'un des messages contient une photo de la jeune femme prise à cette occasion, avec son déguisement du moment.

Aucune équipe n'a pu être dépêchée sur place à cause du blizzard qui empêche les hélicoptères de décoller.

Les routes, en revanche, sont praticables, bien que difficiles. Nul ne sait quel véhicule elle conduit, ni quelle direction elle a pris, mais il est probable qu'elle aura voulu quitter la région afin d'échapper à la tempête de neige.

Si jamais elle a choisi d'emprunter la Highway 50, elle vient sans le savoir à la rencontre d'Ivan Petro.

Ce dernier avale la dernière bouchée de sa saltimboca et consulte la météo. Celle-ci lui apprend que la neige ne tombe plus après Riverton, que trente kilomètres séparent de Placerville, la ville suivante qui compte tout au plus dix mille habitants.

Ivan vide son second verre de chianti et s'abstient de commander la double ration de cannolis qu'il s'était pourtant promis de savourer en dessert.

La nuit est tombée depuis plus d'une heure lorsqu'il arrive à Placerville, sur la piste de celle que l'on nomme le Beau Monstre. Ce dimanche soir pourrait bien être la soirée la plus marquante de son existence.

On pourrait croire que le corps de Petro a été moulé dans une fonderie avant de prendre forme humaine. Ses dents sont aussi blanches et aiguisées que celles d'un cheval, son large visage est couperosé, comme s'il avait passé sa vie au contact d'une bise hivernale. Depuis l'âge de onze ans, tout le monde le surnomme la Bête.

Ivan est une équipe de tueurs à lui tout seul.

Il est probable que Jane descende dans des motels où elle s'inscrit sous une identité d'emprunt grâce à de faux papiers. Les principales chaînes hôtelières acceptent qu'on les règle en liquide, faute de carte de crédit, mais c'est une pratique de plus en plus rare. Le plus sûr moyen de ne pas être remarquée consisterait pour Jane à descendre dans des établissements modestes d'une ou deux étoiles, où le paiement en liquide est couramment accepté.

Placerville ne compte qu'une poignée de motels de ce type. Grâce à sa carte de la Sécurité intérieure, Ivan n'aura aucun mal à obtenir les renseignements qu'il souhaite des réceptionnistes concernés.

La chance joue un rôle de premier plan dans les entreprises de cette nature. Si Jane a traversé Placerville sans s'y arrêter, Ivan perd son temps, mais la chance lui sourit alors qu'il se dirige vers le troisième motel dont il a entré les coordonnées sur le GPS de son Range Rover. Il est arrêté à un feu rouge lorsque son attention est attirée par une silhouette féminine sortant d'une supérette.

La femme traverse devant lui, un sachet à la main, et se dirige vers un motel situé à l'angle nord-ouest du carrefour. Avec sa coiffure en pétard et son maquillage gothique, elle ressemble à la photo de Jane prise au lac Tahoe.

Il fait trop sombre pour qu'il puisse s'assurer qu'elle a un anneau dans le nez et porte du vernis à lèvres bleu, comme sur la photo, mais elle a beaucoup d'allure et porte un blouson idéal pour quiconque souhaite se balader avec une arme. En outre, elle se déplace avec la grâce et l'assurance qui n'ont pas échappé à tous ceux qui ont croisé la route de Jane Hawk.

Ivan la suit des yeux : elle passe devant la réception et longe la coursive sur laquelle donnent les chambres.

Le feu passe au vert, Ivan franchit le carrefour juste à temps pour voir la jeune femme se glisser dans la chambre 8.

Le motel est loin de faire le plein, à en juger par les quatre véhicules isolés qui sont rangés sur le parking. Un Ford Explorer Sport gris métallisé est garé devant la porte de la chambre 8.

Ivan fait demi-tour à la première occasion et se dirige vers un groupe de bâtiments situés juste en face du motel.

Les immeubles sont des cubes crépis de blanc, dotés de faux volets et de rambardes en fer forgé censés leur donner du cachet. Une longue pergola aménagée au niveau de l'entrée de la cité abrite les véhicules des résidents comme ceux des visiteurs et Ivan y gare son Range Rover, à l'abri des regards.

L'Explorer stationne entre deux réverbères et Ivan n'a aucun mal à relever son numéro en s'aidant de ses jumelles. Il ouvre l'ordinateur installé sur la console du 4x4, accède au registre des immatriculations de Californie et entre le numéro du Ford. Celui-ci est enregistré au nom d'un certain Leonard Borland disposant d'une adresse à San Francisco.

Ivan lance l'application Google Street et constate que l'adresse en question correspond à un immeuble de dix étages. Il est peu probable que Leonard Borland y soit connu. Sans même chercher à vérifier, Ivan se rend sur le site du service des permis de conduire. Il y trouve plusieurs Leonard Borland, mais aucun n'habite à la bonne adresse.

On sait depuis un moment que Jane a réussi à se procurer des papiers de complaisance auprès d'un faussaire de génie capable d'accéder aux banques de données officielles et d'y entrer les coordonnées des prétendus propriétaires des documents qu'il fabrique, afin de donner le change en cas de contrôle routier.

Ivan vient tout juste d'achever ses recherches lorsqu'il reçoit un appel galvanisant : le couple à qui Jane Hawk avait confié son fils a été abattu à Borrego Springs. Le petit garçon n'a pas encore été localisé et une battue en règle est organisée dans les environs.

Après avoir réfléchi à la situation pendant près d'une heure, Ivan finit par prendre une décision. Il n'a pas l'intention de demander des renforts, au risque de voir des hiérarques de la révolution s'attribuer le mérite de la capture de Jane Hawk. La plupart de ces gens sont des vipères, il est surprenant qu'ils ne se soient pas encore empoisonnés avec leur propre venin. Bien qu'il ait pour eux le plus grand mépris, il veille à les traiter avec respect.

Il est toutefois conscient qu'il lui faudra changer son fusil d'épaule s'il entend progresser dans la hiérarchie. Il hait ses supérieurs précisément parce qu'il n'appartient pas à leur caste.

Il a appris à haïr autrui dès l'enfance. Il haïssait son père parce qu'il le battait et sa mère parce qu'elle ne le défendait pas. Sa haine s'est lentement métamorphosée en une rancœur noire jusqu'au jour, à quinze ans, où il a été assez grand pour faire payer son vieux avec les intérêts d'usage avant d'instiller des remords à sa mère à coups de poing. Ce jour-là, il leur a tourné définitivement le dos.

Ils ne lui ont jamais rien enseigné, en dehors de la peur et de l'obéissance, si bien qu'ils n'ont jamais eu conscience de lui avoir inculqué la leçon de vie la plus essentielle de toutes : le bonheur est lié au pouvoir sous toutes ses formes, qu'il s'agisse de la puissance physique, de la connaissance, de l'argent ou de la domination politique.

Ses parents sont de pauvres alcooliques pétris de ressentiment, mais ils ne sont finalement pas différents de tous les Arcadiens qui ont veillé jusque-là à freiner sa progression au sein du mouvement. Il les hait tous.

De toute façon, il a un excellent plan pour s'élever dans la hiérarchie de la révolution.

Le motel n'est pas l'endroit idéal pour s'emparer de Jane, il risque d'attirer l'attention sur eux lorsqu'il la soumettra à un interrogatoire digne de ce nom. À condition de s'armer de patience, une meilleure occasion finira par se présenter.

S'il parvient à l'obliger à parler, à lui révéler où se cache son gamin, il peut offrir en cadeau à la révolution la mère *et* le fils.

Le coffre du Range Rover est rempli de matériel de surveillance, il choisit un émetteur équipé de la taille d'un paquet de cigarettes, en entre les coordonnées sur son GPS puis traverse la rue.

Le meilleur moyen d'accomplir ce genre de tâche est encore d'y aller au culot, comme si fixer un émetteur sur un véhicule était la tâche la plus naturelle du monde. L'appareil est vendu avec un sachet contenant une puissante colle époxy. Ivan l'ouvre à l'aide de son canif et colle l'émetteur sur l'un des pare-boue du Ford.

Si un automobiliste quelconque a remarqué le manège d'Ivan, il ne s'en est pas étonné. L'opération terminée, Ivan regagne son Range Rover sans incident.

Moins de dix minutes se sont écoulées lorsque s'ouvre la porte de la chambre 8, laissant passer la femme, des bagages à la main. Il lui faut deux voyages pour charger l'Explorer, tout indique qu'elle est pressée.

Ivan est sûr à présent qu'il s'agit bien de Jane Hawk.

Il est probable qu'elle aura appris la mort de Gavin et Jessica Washington, à qui elle avait confié son gamin.

Ivan la regarde s'éloigner. Il n'a pas besoin de la filer puisque l'émetteur le renseigne sur chacun des mouvements de la jeune femme, sous la forme d'un point rouge qui clignote sur l'écran du GPS.

Il lui accorde quelques minutes d'avance avant de démarrer. Jane Hawk a rejoint la Highway 50 et se dirige vers l'ouest, en direction de Sacramento.

8

Dans la tête de Jane, la peur qu'il arrive malheur à son petit garçon le disputait au chagrin d'avoir perdu Gavin et Jessie. Ils étaient conscients du danger qu'ils encouraient en aidant Jane et Travis, sachant qu'ils mettaient en jeu leur liberté en s'opposant aux ennemis de la jeune femme, et ils en avaient accepté le risque. Jamais elle ne les oublierait.

Les Arcadiens qui avaient retrouvé Gavin et Jessie prévoyaient sans doute de les torturer ou de leur implanter un mécanisme de contrôle afin de les contraindre à révéler la cachette de Travis. Faute d'avoir pu prendre leurs proies vivantes, ils allaient passer Borrego Springs et les environs au peigne fin.

Jane ne devait pas se laisser paralyser par la peur, mais elle ne pouvait pas non plus prendre des risques inconsidérés. Au cours des six années passées au sein du FBI, elle avait croisé la route de toutes sortes de bouchers et de tueurs en série, mais ces derniers mois avaient été plus traumatisants encore, alors qu'elle faisait face à une armée de sociopathes totalitaires, et elle n'avait survécu qu'en gardant son calme en toutes circonstances. Perdre son petit garçon détruirait Jane, mais elle n'en devait pas moins se montrer prudente.

Il lui faudrait rouler toute la nuit pour se rendre à Borrego Springs où l'attendaient ses ennemis. Ils devaient pulluler dans toute la vallée et ils n'auraient aucun mal à la capturer car elle serait épuisée. Il lui fallait reculer l'échéance, le temps de récupérer et de mettre au point un plan d'attaque.

En attendant, elle était incapable de fermer l'œil. Autant conduire et s'arrêter lorsqu'elle ne tiendrait plus debout, sachant qu'elle se trouverait d'autant plus près de son petit garçon. Déguisée une fois de plus en Elizabeth Bennet, elle chargea ses bagages dans son véhicule et prit le chemin de Sacramento. Tandis que défilaient les kilomètres, elle voulut se convaincre que le monde n'était pas dirigé par le mal, que l'humanité était capable de miséricorde, que ce fils qui ressemblait tant à son père ne lui serait pas enlevé comme l'avait été son mari, ou encore sa mère autrefois.

Malgré tout, elle avait peur.

9

Egon Gottfrey dîne seul au Cathy's Café, un restaurant du centre de Worstead. Il est habitué à manger en compagnie d'autres personnes, mais la solitude ne le dérange pas. Quand bien même il partagerait ce repas avec deux personnes, ou vingt, il serait seul de toute façon puisque son esprit est la seule réalité tangible qu'il connaisse. Si ce café, cette bourgade et le monde dans sa globalité ne sont qu'illusions, les fantômes qui s'agitent autour de lui le sont peut-être aussi.

Le Grand Ordonnateur est seul capable de le savoir.

Pour une raison quelconque, le Grand Ordonnateur a décidé que la nourriture du Cathy's Café était bonne. Gottfrey serait bien en peine d'expliquer comment un esprit désincarné est capable de goûter, de sentir, de voir, d'entendre, de toucher. C'est pourtant le cas.

Peut-être la situation de Gottfrey se rapproche-t-elle de celle de Keanu Reeves dans *Matrix*: son corps paralysé en suspension dans une cuve, il mène l'existence illusoire qu'on introduit numériquement dans son cerveau. Pour accepter une telle explication, il faudrait que Gottfrey renonce à la philosophie nihiliste qu'il a adoptée depuis sa deuxième année à l'université, après s'être interrogé des années durant sur le but de la vie. Sauf qu'il est dans l'impossibilité de prouver l'existence de la cuve, du corps paralysé, de ce flux digital, tout comme il n'a aucune preuve que l'entité connue sous le nom de Keanu Reeves correspond à une réalité.

Autant s'accrocher à la philosophie qui le guide depuis si longtemps. Rien n'est réalité. Le vécu est une illusion d'origine mystérieuse sur laquelle il surfe, en quelque sorte.

Son repas avalé, Gottfrey se promène dans le centre-ville. Le décor de Worstead est encore moins crédible le soir qu'en pleine journée. Il est 21 heures et tout indique que l'immense majorité des quatorze mille habitants sont déjà couchés.

Le plus vivant des endroits animés est un bar d'où s'échappe de la musique country, autour duquel sont garés des 4x4 et des pick-up. Une enseigne fixée sur le toit précise que le lieu s'appelle Nashville West et qu'on y sert à boire, à manger, et de la musique.

Si le Grand Ordonnateur voulait vraiment persuader Egon de la réalité du monde, il ne le mettrait pas en présence d'un message aussi absurde. On pourrait croire que la musique s'avale, comme la nourriture ou la boisson.

Egon a parfois le sentiment d'être plus malin que le Grand Ordonnateur, mais l'idée est suffisamment étrange pour qu'il ne cherche pas à approfondir le sujet.

De retour dans sa chambre à 22 heures, il retire ses souliers de ville et enfile des chaussures de randonnée à lacets, puis il reste assis pendant vingt minutes, le regard fixé sur le réveil de la table de nuit.

Il finit par se lever, retire son blouson et met une veste plus chaude qui dissimule le pistolet dans son étui d'épaule.

Il sort le boîtier métallique de la glacière et l'emporte jusqu'à son Rhino GX, le SUV le plus gros et le plus luxueux disponible sur le marché. Une sorte de transport de troupes à la carrosserie noir mat, symbole de son importance dans la hiérarchie de la révolution.

Du moins est-ce ce que l'on voudrait lui laisser croire.

Tout en parcourant la quinzaine de kilomètres qui le séparent du ranch Hawk, il se fait la réflexion que des esprits bien moins éclairés que lui ne peuvent décemment pas croire à la réalité du monde, à la vue du décor inachevé qui l'entoure. Ces vastes plaines sombres qui s'étendent jusqu'à l'horizon, les quelques lumières qui suggèrent l'existence de maisons isolées. Il a l'impression d'être passé de l'autre côté des façades factices de ces décors de cinéma figurant des rues animées, avec leurs étais, leurs poulies, leurs taches de peinture.

Il a parcouru une douzaine de kilomètres lorsque son GPS lui signale de quitter la route en se guidant sur l'émetteur du Ford Explorer de Pedro Lobo, l'un des deux plus jeunes membres de son équipe. Pedro et Alejandro, son frère jumeau, surveillent l'entrée du ranch Hawk depuis trente-six heures.

À un kilomètre de l'endroit où est posté Pedro, Gottfrey éteint ses phares. En se dirigeant tout droit, il ne rencontrera aucun obstacle, à en croire l'écran du GPS. L'immense prairie est traversée de rus qui courent au milieu des hautes herbes. La nuit est fraîche, ce qui n'empêche pas de petites nuées d'insectes de s'écraser avec un bruit sec sur le pare-brise de l'énorme SUV.

Pedro a installé son poste d'observation à l'abri d'un bosquet de peupliers qui dessinent des silhouettes noires dans la nuit étoilée.

Gottfrey est le dernier arrivé. En plus de l'Explorer, il note la présence au milieu des arbres de l'Escalade de 800 chevaux attribué à Paloma Sutherland et Sally Jones, de la Jeep Wrangler de Rupert Baldwin et Vince Penn, ainsi que du Range Rover de Christopher Roberts et Janis Dern.

Ce genre d'opération dans une petite ville nécessite plusieurs véhicules afin de ne pas attirer l'attention des autochtones.

Les cinq hommes et leurs trois collègues féminines sont à peine visibles dans l'obscurité. Ils discutent à voix basse près de l'Explorer lorsque Gottfrey les rejoint.

Le bouquet de peupliers se trouve à trente mètres de la route, juste en face de l'entrée du ranch. Gottfrey a vu des vidéos de l'endroit. Au-delà de l'arc en fer forgé sur lequel s'étale le nom HAWK, un chemin goudronné bordé de clôtures et de grands chênes s'enfonce au milieu des champs en direction du ranch.

À cette distance, même en plein jour, il est impossible de voir la maison principale, la grange, les écuries et le pavillon du régisseur car les chênes font écran, ce qui a obligé Pedro et Alejandro à se relayer avec des jumelles afin de surveiller l'entrée. La seule permettant d'accéder à la propriété, ou d'en sortir.

Ils ont troqué leurs jumelles contre des lunettes de vision nocturne ATN PVS7-3 de génération 4, capables d'amplifier quatre-vingt mille fois la moindre lueur.

— Ancel et Clare se sont rendus à l'église à bord de leur Ford F-550 à 7 h 30 ce matin, suivis dix minutes plus tard par Juan et Marie Saba, explique Pedro à Gottfrey.

— Tu es sûr qu'ils se sont rendus uniquement à l'église ?

— Grâce à une parabole portable, on a accès à Internet depuis l'Explorer. On a pu pirater le réseau de surveillance audio de la NSA dans les deux maisons.

Gottfrey doit bien reconnaître que le Grand Ordonnateur a le sens du détail pour avoir pensé à introduire une église dans le décor sommaire de cette région perdue du Texas.

— Juan et Marie sont revenus de l'office à 9 h 26, enchaîne Alejandro Lobo. De leur côté, Ancel et Clare ont pris un petit-déjeuner en ville avant de regagner le ranch à 10 h 35.

— Ils n'ont pas bougé depuis, ajoute Pedro.

— Et ça dit quoi en ce moment ?

— Tout est silencieux dans les deux maisons. Les Saba se sont couchés tôt pendant que les Hawk regardaient *Dimanche Magazine*.

— Comment ont-ils réagi ?

— Ils étaient furieux et dégoûtés, mais impuissants. Ancel a dit à sa femme qu'il souhaitait se soûler, elle a préféré avaler un somnifère. À cette heure-ci, ils sont apparemment HS l'un et l'autre.

— Apparemment, réplique Gottfrey. Comme on voudrait nous en persuader.

— Je vous demande pardon ? s'étonne Alejandro.

— Vous croyez qu'on a laissé échapper un indice ? s'inquiète son jumeau.

— Non, non, les rassure Gottfrey.

Il se tourne vers les autres participants virtuels de ce drame shakespearien. Les peupliers ressemblent aux ifs d'un cimetière.

— Allez, les gars. On se prépare. Pas question de leur donner l'alerte en utilisant les véhicules, on y va à pied.

À l'arrière de l'Explorer sont stockés des gilets pare-balles et des casques. Tous se débarrassent de leurs vestes et retirent leurs holsters avant d'enfiler les gilets en kevlar.

Gottfrey sait que les Hawk sont armés, mais il n'a aucune intention de les tuer. Il s'agit seulement de les modifier à l'aide d'un mécanisme de contrôle.

10

Peu après minuit, les paupières alourdies par la fatigue, Jane s'arrêta dans un motel de Lathrop, en Californie, où elle prit une chambre qu'elle régla en liquide.

Elle demandait toujours un grand lit. Pas parce qu'elle avait un sommeil agité et se retournait constamment. Pas non plus parce qu'elle gardait toujours une arme à feu à portée de main sous l'oreiller voisin du sien. Pendant les six années où elle avait partagé un grand lit avec Nick, elle avait pris l'habitude de chercher sa présence de la main et s'était toujours endormie une fois qu'elle l'avait touché. À présent qu'il n'était plus là, elle conservait sa place, sachant que sa moitié du lit et son oreiller l'attendaient, qu'elle avait la possibilité de croire, dans un demi-sommeil, qu'il s'était levé pendant la nuit et ne tarderait pas à la rejoindre. En pareil cas, elle se rendormait d'un sommeil plus léger. Et lorsqu'il lui arrivait en pleine nuit de comprendre qu'il avait disparu de sa vie à jamais, ce coin de matelas la consolait, lui rappelant que sur le rivage de l'au-delà l'attendait Nick, son amour intact, et qu'il gardait une place pour elle.

Elle était dans un tel état d'épuisement qu'elle eut peur de ne pas trouver le sommeil et d'être contrainte de se rhabiller afin de poursuivre sa route, mais à l'instant où elle posa la tête sur l'oreiller, elle s'endormit.

Elle s'était attendue, au terme d'une telle journée, à revivre dans son sommeil des scènes pénibles de son enfance, mais il n'en fut rien. Elle rêva de bateau, de bus et de train. Les autres passagers lors de son périple en mer étaient des individus cauchemardesques, alors qu'elle voyageait en train avec Gavin et Jessie, Nathan Silverman, son ancien mentor du FBI, ainsi que sa mère, autant de morts dans le monde réel qui voyageaient à destination de… « Non, pas encore », disait Jane à sa mère. « Pas encore, même pour te rejoindre. » Elle descendait du train, prenait place dans un bus et reconnaissait, parmi les passagers, les deux tueurs en série qu'elle avait abattus dans leur ferme, un entrepreneur du Dark Web qu'elle avait tué en légitime défense et J. J. Crutchfield, l'assassin de femmes qu'elle avait capturé, mort en prison depuis.

Elle tâta à plusieurs reprises l'emplacement vide du lit et se rendormit à chaque fois, mais pour mieux repartir en bus, en train, en mer.

11

La lune, haute dans le ciel, figure une pièce d'argent sur le costume pailleté de la nuit. Le motel sinistre de Lathrop est mal éclairé, pas un voyageur attardé ne fera halte là, malgré le néon qui signale des chambres libres…

Garé de l'autre côté de la rue, Ivan Petro se lance dans de savants calculs.

Le motel compte quinze chambres, mais seulement six d'entre elles doivent être occupées à en juger par le nombre des véhicules rangés sur le parking. Puisque Jane Hawk a pris une chambre, les cinq autres accueillent un total de cinq clients au minimum, dix au maximum. Dans l'appartement au-dessus de la réception sommeillent un gérant, ou peut-être deux. En tout, excepté Jane, cela peut aller jusqu'à douze personnes.

S'il n'y en avait que six ou sept, Petro commencerait par tuer l'occupant de l'appartement avant de poursuivre le massacre jusqu'à la chambre de la jeune femme, de façon à éliminer tous les témoins potentiels. Il dispose d'un pistolet crocheteur qui lui permet de forcer n'importe quelle serrure. Grâce à ses lunettes de vision nocturne, il n'avance pas à l'aveuglette. Il peut tuer vite, sans un bruit, avec un poignard. Cette salope de Hawk sait se défendre, elle ne se laissera pas prendre sans résister, avec du bruit à la clé, au risque que les autres clients appellent la police.

Ivan est passé maître dans son domaine pour quatre raisons. Un, il est beaucoup plus malin que les autres Arcadiens de son groupe. Deux, en plus de son désir passionné de renverser le système et d'imposer un modèle utopique placé sous le contrôle d'une élite, il dispose des capacités intellectuelles indispensables ; il a lu Nietzsche, Max Weber et Freud, il sait à quel point la société serait stable si l'on privait les masses de l'illusion du libre arbitre. Trois, il déteste les Arcadiens qui l'ont empêché de se hisser dans la hiérarchie du mouvement ; il s'en veut terriblement de ne pas y être arrivé et cette colère rentrée sert de moteur à ses ambitions en le poussant à travailler plus dur que tous les autres. Quatre, il est doté d'une patience infinie ;

ce n'est ni une tête brûlée, ni un illuminé d'anarchiste que son idéologie pousse au combat à la moindre alerte.

À la lueur de ces éléments, le risque de s'emparer de Jane Hawk dans de telles conditions est trop grand. Le mieux est encore d'attendre le bon moment.

Sa montre a une fonction réveil, il la règle sur 5 heures du matin. Le réverbère le plus proche est loin, il ajuste son siège en position horizontale et s'endort en quelques secondes.

12

Pedro et Alejandro sont restés en surveillance à l'abri des véhicules, dans le bosquet de peupliers.

Vince Penn, un tank sur pattes, des lunettes de vision nocturne sur les yeux, a pris la tête du petit groupe à travers le pré qui résonne du chant des insectes. Le boîtier métallique contenant les ampoules à la main, Paloma Sutherland avance derrière lui, suivie par Egon Gottfrey et les quatre membres du commando.

À cette heure, la route est déserte et c'est à se demander si elle mène quelque part. Les bandes blanches luisent faiblement dans la nuit, comme les éléments d'un code mystérieux.

L'équipe n'emprunte pas l'allée privée afin d'éviter d'être vue. Penn et les autres franchissent la clôture et poursuivent à travers champs. Le vent, qui s'était levé avec la nuit, s'est éteint vers l'ouest en laissant la nature immobile dans son sillage.

La maison principale dresse sa façade recouverte de clins à l'abri de grands chênes. Des lumières brillent au rez-de-chaussée comme à l'étage.

Les Hawk veillent visiblement, malgré le whisky et le somnifère. Le pick-up Ford F-550 d'Ancel est assoupi sur l'aire de parking gravillonnée.

Les écuries et la grange sont plongées dans l'obscurité, tout comme le logement du régisseur, une masse géométrique à peine visible trois cents mètres plus loin.

Il règne sur le ranch un silence absolu, épargné par le chant des insectes.

Les membres du commando prennent position tout autour de la maison, à l'exception de Paloma qui se tient à l'écart en serrant dans sa main le boîtier métallique.

Rupert et Chris grimpent les quelques marches de la véranda arrière tandis que Vince et Gottfrey font de même sur l'avant. Ils sont équipés d'un pistolet crocheteur qui vient à bout de la serrure quasiment sans bruit.

La maison est dépourvue d'alarme, les Hawk ont toujours estimé qu'ils étaient capables de se défendre seuls. Ils sont texans, après tout, et vivent sur un ranch. À défaut d'être nés avec une arme à la main, ils ont des prédispositions. N'importe quel membre du commando risque sa vie ce soir-là.

Egon et Vince s'avancent dans le vestibule à l'instant précis où Rupert et Chris pénètrent dans la cuisine.

Ils ont pris la précaution de mémoriser la disposition des lieux en examinant les plans de la maison téléchargés sur leurs ordinateurs.

Rupert et Chris ont été chargés du rez-de-chaussée pendant que les deux autres montent directement à l'étage.

La vieille bâtisse est solide, mais les marches craquent sous leur poids. Ils parviennent pourtant à l'étage sans encombre.

Chaque porte ouverte figure un danger potentiel, mais les portes fermées sont plus menaçantes encore. À condition de croire à la réalité physique du corps, et donc à la mort. Le front de Vince s'est couvert d'un voile de transpiration alors que celui d'Egon est sec. Ils visitent les chambres du premier étage l'une après l'autre, sans découvrir personne.

De retour sur le palier, Gottfrey aperçoit Rupert et Chris dans l'entrée, en contrebas. Le second hausse les épaules, le premier affiche une mine dégoûtée.

Autant fouiller l'énorme grange dont ils allument les lumières, révélant des myriades de poussière qui flottent dans l'air au milieu d'une forte odeur de paille. Les Hawk possèdent deux autres véhicules, une berline Chevrolet et un 4x4 Ford. Ni l'un ni l'autre ne manque à l'appel.

Vince Penn a une stature de géant, mais le Grand Ordonnateur lui a attribué le cerveau le moins développé de la bande. Il finit par exprimer tout haut ce que les autres pensent tout bas.

— Hé ! Vous croyez qu'ils ont pu s'enfuir à cheval ? Parce que si c'est le cas, ça expliquerait qu'ils n'aient pas emprunté l'entrée du ranch, et que Pedro et Alejandro ne les aient pas vus.

Reste à visiter les écuries. Les chevaux passent la tête au-dessus des demi-portes des boxes en hennissant. Les intrus comptent huit box, et trois chevaux seulement.

— Combien ont-ils de putains de chevaux ? s'énerve Gottfrey. Si jamais ils sont partis à cheval, le régisseur saura où ils sont allés.

Un chemin goudronné en mauvais état relie la maison principale à celle des Saba, silencieuse sous un chêne, toutes lumières éteintes.

Gottfrey avait l'intention de visiter les lieux aussi discrètement que le domicile des Hawk, mais le pavillon tout entier s'illumine lorsqu'ils parviennent à quinze mètres de l'entrée. Les lumières extérieures inondent de lumière les alentours et le petit groupe se fige en voyant la porte s'écarter.

Les intrus voient sortir Juan et Maria Saba, qu'ils reconnaissent pour avoir vu leur photo dans le dossier de la NSA consacré à Jane Hawk. Juan tient à la main ce qui ressemble à un fusil de calibre .22, sa femme est armée d'une machette.

Gottfrey n'est pas dénué d'humour, il trouve quelque raison de rire dans cette scène écrite à son intention par le Grand Ordonnateur. Il s'amuse de voir ces deux malheureux affronter aussi piteusement sept mercenaires aguerris.

Derrière les Saba apparaissent soudain deux, trois… au total, *huit* hommes et femmes lourdement armés.

D'autres encore surgissent des côtés du pavillon. Des inconnus des deux sexes, et même quelques adolescents, tous équipés d'armes à feu. Certains portent à la ceinture des machettes dans leur étui. Il s'agit de Latinos pour une bonne moitié d'entre eux.

Les membres de cette petite armée n'ont pas l'air de plaisanter et le sourire de Gottfrey s'efface instantanément.

Depuis combien de temps tous ces gens attendent-ils sans prononcer un mot puisque Pedro et son frère, qui les surveillent à l'aide de micros cachés, n'ont rien entendu ?

— Nous ne cherchons pas les ennuis, déclare Juan Saba. Je vous conseille de repartir.

— FBI, réplique Gottfrey.

Il estime que le Bureau impressionnera davantage ces gens que s'il exhibait sa carte de la Sécurité intérieure.

— Nous sommes munis de mandats d'arrestation.

C'est faux, mais la notion de mensonge n'a de sens que si l'on croit à la vérité. Les mots sont de simples outils, rien de plus.

Gottfrey montre son badge.

— Déposez vos armes.

— Vous avez devant vous des oncles, des tantes, des cousins courageux, rétorque Juan Saba. Des voisins, des amis de M. et Mme Hawk. Des amis de Jane.

— Jane Hawk s'est rendue coupable de meurtre et de trahison. Quiconque lui porte assistance sera inculpé et jugé pour complicité.

On compte une bonne trentaine de personnes autour de la maison. Les visages sont impassibles, aucun n'affiche la peur ou la colère. On pourrait croire que leur résistance n'est dictée par aucune émotion, que seules la loyauté et la justice guident ces gens.

Gottfrey rompt le silence pesant qui lui fait face.

— Si vous continuez à apporter votre soutien à une traîtresse et une meurtrière, si vous ne nous aidez pas à retrouver Ancel et Clare Hawk, je demanderai des renforts. Soyez réaliste, monsieur Saba. Vous n'avez pas les moyens de soutenir un siège face aux autorités fédérales.

Le régisseur laisse s'écouler trente secondes avant de répondre. Peut-être pour montrer à son interlocuteur que ses menaces ne l'atteignent pas.

— Je ne vous conseille pas vraiment de tenter un coup de force. Vous êtes venus transformer Ancel et Clare en esclaves avec vos piqûres. Le diable n'agit qu'en silence et loin des projecteurs. Vous ne pouvez pas nous obliger à vous aider. On ne restera pas les bras croisés, on fera éclater la justice.

Egon Gottfrey ne s'attendait pas à un tel développement. Jane a parlé des implants cérébraux à ses beaux-parents. Ceux-ci ont communiqué l'information à Juan Saba, à charge pour lui de la transmettre aux siens. Ces gens sont suffisamment crédules pour souscrire à une telle théorie.

Rupert Baldwin n'a pas vraiment de patience pour les gens ordinaires de cette espèce qui croient encore au mythe de leurs droits constitutionnels.

— On va quand même pas se laisser impressionner par cette bande de fouille-merde ? dit-il suffisamment fort pour être entendu par Saba.

Gottfrey n'est pas hostile au principe d'une fusillade. Son corps physique relève de l'illusion pure, il est imperméable à la mort. Il serait intéressant de voir comment tournerait un affrontement pareil. Mais au même titre qu'il est capable de voir, d'entendre, de toucher, de goûter et de sentir, il est sensible à la douleur.

Le Grand Ordonnateur, en ne lui fournissant pas de scénario écrit, lui fait confiance pour gérer la crise. L'expérience lui a enseigné que lorsque son intuition reste muette, le Grand Ordonnateur lui impose des souffrances, sous une forme ou une autre, de façon à l'encourager à imaginer une meilleure solution.

Ses subordonnés et lui n'ont pas enfilé de tenue spéciale, en dehors d'un gilet pare-balles. Les blessures à la jambe ou au bras font très mal.

Gottfrey sait aussi que la clandestinité est sa meilleure alliée. Il ne gagnera rien à provoquer une fusillade.

— Tous ces gens resteront là à veiller sur nous, de jour comme de nuit, précise Saba. On ne se laissera pas prendre par surprise.

— De toute façon, rétorque Gottfrey, nous avons le moyen de les retrouver, même s'ils se sont enfuis à cheval.

— Alors allez-y, lui conseille Saba.

— Vous regretterez ce qui s'est passé cette nuit.

— Il n'y a rien à regretter quand on agit pour le bien.

— Sale fouille-merde prétentieux, gronde Rupert Baldwin.

Craignant de voir dégénérer la situation, Gottfrey ordonne à ses gens de repartir. Le petit groupe ne tarde pas à rejoindre Pedro et Alejandro, Gottfrey récupère le boîtier métallique confié à Paloma et renvoie ses acolytes dans leurs motels respectifs.

Il confie néanmoins une mission à Rupert Baldwin, en lui demandant de l'accomplir si possible avant midi. Baldwin n'a pas son pareil pour se retrouver dans la jungle des images enregistrées par toutes les caméras du pays, qu'il s'agisse des satellites de surveillance ou des caméras de rue.

Ils finiront bien par retrouver Ancel et Clare Hawk. Ce jour-là, Juan et Maria Saba seront cruellement punis. Comme tous les habitants de la planète, les Saba sont de simples illusions.

13

Cornell Jasperson possédait de multiples connaissances. Ayant passé sa vie à lire, il avait assimilé le contenu de plusieurs milliers d'ouvrages.

Son terrain de deux hectares abritait une petite maison bleue avec un toit en zinc sous un bosquet de palmiers mal entretenus. À l'écart se dressait la silhouette branlante d'une grange à moitié en ruine.

Cornell Jasperson était l'un des rares à savoir qu'en dépit des apparences, la grange était solide et abritait une bibliothèque à laquelle on accédait en franchissant deux portes blindées munies de serrures électroniques.

Ce lieu n'avait rien perdu de son caractère sacré depuis qu'il l'avait fait ériger, mais il avait conscience que ce refuge n'était plus aussi sûr qu'auparavant.

La pièce de cent vingt mètres carrés, entièrement dépourvue de fenêtres, abritait près de quatre cents mètres de rayonnages. Quatre tapis persans aux motifs élaborés apportaient une touche chaleureuse au sol de béton ciré. De nombreux sièges étaient disposés un peu partout, des chaises ordinaires comme des fauteuils inclinables, tous disparates. Cornell connaissait si bien la pièce qu'il était capable de naviguer d'un fauteuil à l'autre, en fonction de son humeur, sans jamais quitter des yeux la page qu'il lisait. On trouvait également là des lampes et des lampadaires munis d'abat-jour translucides de toutes les teintes, l'occupant des lieux ayant un goût prononcé pour les couleurs douces, de sorte que la bibliothèque tout entière baignait dans une atmosphère chamarrée.

Cornell avait conscience de la fragilité des civilisations, ainsi que le lui avait appris l'étude de l'Histoire du monde. Il était même convaincu que la civilisation occidentale était à bout de souffle, aussi s'était-il préparé à l'écroulement final en prévision des trente mois de chaos et de violence qu'il estimait nécessaires à la reconstruction d'un monde nouveau.

Borrego Springs était la seule bourgade de la zone aride de plus de deux mille kilomètres carrés accueillant le parc naturel du désert d'Anza-Borrego. Les habitations étaient rares à la pointe sud de la vallée. Lorsque les grandes métropoles n'auraient plus accès à l'eau, à l'électricité, à l'essence, lorsque le système de distribution de vivres se serait définitivement écroulé, des millions d'êtres humains périraient. Les rares survivants, en quête désespérée de terres fertiles faciles à défendre, n'auraient aucune raison de s'intéresser aux immensités désolées d'Anza-Borrego, si bien que Cornell n'aurait pas besoin de s'inquiéter des hordes sauvages.

Il n'avait pourtant pas choisi, le jour venu, de se réfugier dans sa bibliothèque de fin du monde. Cet univers de livres lui servait uniquement de salle d'attente à l'écart de tout, jusqu'au jour où il lui faudrait se terrer comme le Fantôme de l'Opéra dans son bunker souterrain secret, accessible au moyen d'un passage soigneusement dissimulé sous terre.

Cornell était conscient d'opposer à ses semblables l'image d'un personnage étrange et inquiétant. On lui avait annoncé qu'il était atteint du syndrome d'Asperger et d'autres formes d'autisme. Peut-être était-ce le cas, toujours est-il qu'il bénéficiait d'un QI très élevé grâce auquel il avait amassé une énorme fortune, sans quitter son bureau, en développant des applications plébiscitées par le grand public. Mais Cornell avait beau être très riche, les autres le trouvaient bizarre et se méfiaient de lui, comme à l'époque où il était pauvre.

Immense et dégingandé avec ses deux mètres, doté d'une large carrure et d'omoplates qui lui rappelaient celles de certains dinosaures, de mains gigantesques avec lesquelles il n'aurait eu aucun mal à empalmer des melons (ou des crânes humains), Cornell avait conscience d'effrayer la plupart de ceux qui se trouvaient en sa présence.

Son cousin Gavin et la femme de ce dernier, Jessica, trouvaient pourtant qu'il avait un visage rond évocateur du Christ enfant, si celui-ci avait été couleur chocolat au lait, mais il les soupçonnait d'être davantage gentils que sincères. Lorsque Cornell se regardait dans la glace, il était incapable de savoir si son visage était plaisant ou menaçant. C'était son visage, un point c'est tout, il le connaissait trop bien pour avoir un avis sur la question. Il lui arrivait de trouver qu'il avait une ressemblance avec Denzel Washington, ou alors qu'il était un clone du monstre de *Frankenstein*.

Cornell était conscient que les femmes ne se jetteraient pas sur lui comme elles devaient se ruer sur Denzel Washington. Il serait à jamais la cible des ados railleurs et des ivrognes, mais il s'en moquait. Quel que soit le trouble dont il souffrait, il ne supportait pas qu'on le touche et n'était heureux qu'avec un livre entre les mains, dans la solitude de sa bibliothèque.

Cornell savait tout ça, et beaucoup plus, mais il ne savait pas *du tout* comment il devait s'occuper du petit garçon.

Il se figea à côté du fauteuil relax où dormait Travis, roulé en boule, à la lueur dorée d'une lampe Tiffany.

Un petit garçon de cinq ans.

Cornell avait du mal à croire qu'il ait pu être aussi petit au même âge. Travis était si menu qu'il aurait pu se briser en deux s'il était tombé de son fauteuil.

À présent que Gavin et Jessica avaient disparu définitivement, le petit garçon n'avait plus personne pour veiller sur lui, à l'exception de ce géant maladroit qui n'avait jamais su s'occuper que de lui-même.

Travis était venu accompagné des chiens de Gavin et Jessica, deux gros bergers allemands à l'air dangereux. Postés de l'autre côté du fauteuil relax, ils observaient Cornell en train de dévisager le petit garçon. Comme s'ils le croyaient capable de maltraiter Travis.

— Veuillez ne pas me mordre et me griffer, s'il vous plaît et merci.

Les chiens restèrent sans réaction, mais il était clair à leurs regards qu'ils se défiaient de ce géant incongru.

— Je n'ai jamais eu de chien, poursuivit Cornell. Je n'ai jamais eu de petit garçon. Je ne vois pas comment je pourrais avoir un petit garçon alors que je ne supporte pas qu'on me touche, même une femme.

Les chiens dressèrent l'oreille, comme intrigués par cette confidence.

— J'aime être seul.

Dans le fauteuil, le petit garçon murmura des paroles inintelligibles dans son sommeil.

— Je le croyais, en tout cas, enchaîna Cornell.

14

Egon Gottfrey, installé derrière son volant, traverse l'obscurité dans son énorme Rhino GX. La lueur douce du tableau de bord et le chuintement léger des pneus sur le macadam lui feraient presque croire que la nuit et la petite route existent bel et bien…

Worstead apparaît enfin avec sa silhouette de mauvais décor de western à petit budget, ses rues désertes à l'exception d'un coyote solitaire dont les yeux brillent à la lueur des phares lorsqu'il passe à la hauteur de la quincaillerie locale.

Gottfrey n'éprouve aucune colère, il n'est pas même déçu de l'échec de l'opération menée dans le ranch Hawk. Son existence est un tel entrelacs d'illusions que rien ne pourrait provoquer chez lui des émotions fortes.

Gottfrey passe devant son motel sans s'arrêter, il ne sait pas où il va, se contentant d'avancer.

Il passe devant le bar Nashville West, se gare tout naturellement un peu plus loin, puis éteint ses phares et coupe le moteur.

Il est minuit passé, on approche probablement de l'heure de la fermeture, mais plusieurs véhicules sont encore rangés sur le parking attenant au bar.

Gottfrey ouvre sa portière et des airs de musique country lui parviennent. Le son d'un orchestre, différent de celui d'un jukebox. À boire, à manger, et de la musique.

Il se dissimule dans un coin d'ombre à l'angle du bâtiment, sous un éclairage dont l'ampoule est grillée.

Son attente est de courte durée. Un type au visage buriné, bottes de cow-boy, jean délavé, chemise à carreaux et Stetson blanc sur la tête, sort du Nashville West en fredonnant la chanson que l'orchestre jouait quelques instants plus tôt.

Même quelqu'un qui serait persuadé de la réalité du monde penserait que ce type est une caricature ambulante.

Il se dirige vers un pick-up Ford, comme de juste.

— Hé, cow-boy! l'apostrophe Gottfrey en s'approchant.

D'un mouvement du pouce, il enfonce le bouton de sa matraque télescopique et celle-ci se déplie automatiquement. Au moment où le Wyatt Earp de carnaval se retourne, un sourire aux lèvres, Gottfrey lui assène un violent coup de matraque.

Un craquement d'os, du sang partout. Le Stetson vole et le cow-boy s'écroule en ouvrant des yeux ébahis.

Il écarte les bras pour se protéger, mais Gottfrey lui matraque les bras, lui casse les doigts et achève de l'assommer. L'homme est bien tenté d'appeler à l'aide, mais c'est tout juste si un gargouillis franchit ses lèvres.

Egon Gottfrey parachève son œuvre, puis il replie sa matraque d'un geste du pouce.

Il regagne le Rhino et s'éloigne. Son cœur bat paisiblement, il respire normalement, cet épisode ne lui a coûté aucun effort.

Le cow-boy ne représente rien à ses yeux. Comme le reste. Il n'éprouve aucune colère à la suite de ce qui s'est passé au ranch, aucune rage à l'endroit du cow-boy qu'il vient de massacrer. Comme toujours, il se contente de se fier à son intuition.

Rien ne lui permet de savoir ce qui est réel et ce qui ne l'est pas. À part son esprit.

Il se contente de se laisser porter.

15

Un client claqua la porte en quittant sa chambre du motel de Lathrop. Le bruit réveilla Jane qui resta allongée un moment dans le noir en attendant que se dissipent les brumes du sommeil. Elle aurait aimé découvrir au réveil que son mari était vivant et que son fils n'était pas en danger, qu'ils formaient toujours une famille dans leur maison de Virginie et qu'un avenir paisible les attendait. Si elle avait le don de s'adapter rapidement au danger, le déni ne faisait pas partie de son arsenal. Elle repoussa les couvertures, se leva et se souvint qu'elle vivait dans un monde marqué par le meurtre, la calomnie, l'envie, le vol, la duperie et le mal, que parvenir à la paix était un effort de chaque instant, que nombre de ses semblables n'avaient aucune notion de la grâce, sinon pour voir en celle-ci une faiblesse. Comme elle s'était douchée la veille, Jane s'habilla en se faisant cette fois le visage d'Elinor Dashwood tel qu'il figurait sur l'un des faux permis de conduire dont elle disposait. Au début de son périple, Jane avait des cheveux qui lui tombaient sur les épaules, mais elle les avait coupés depuis. Elle tira d'un sac une perruque châtain coiffée avec une coupe pixie et des lentilles de contact qui métamorphosèrent en brun le bleu de ses yeux. Une paire de lunettes à monture noire achevèrent de lui donner l'apparence d'une jeune femme sérieuse.

Les déguisements les plus simples sont toujours les plus efficaces, ainsi que le lui confirma son reflet dans la glace. Son petit garçon ne s'y serait pas laissé prendre, mais elle était suffisamment différente de la fugitive dont le visage s'affichait à la une de tous les médias pour qu'on ne la reconnaisse pas dans la rue.

En revanche, aucun déguisement n'aurait pu tromper les logiciels de reconnaissance faciale installés dans les aéroports comme les gares ferroviaires et routières, ce qui l'obligeait à se déplacer uniquement en voiture.

Elle chargea ses bagages dans le coffre de l'Explorer Sport, un véhicule volé et maquillé, dépourvu de tout GPS, qu'elle s'était procuré auprès d'un trafiquant en Arizona. Quelques minutes plus tard, elle quittait Lathrop et rejoignait l'Interstate 5.

Au terme de plusieurs heures de conduite, elle quitta l'autoroute et s'arrêta sur une aire où elle fit le plein et acheta des sandwiches, ainsi que du café noir. Elle mangea son repas dans l'Explorer qu'elle avait garé dans un coin isolé du parking, loin des regards des autres automobilistes.

Elle se trouvait encore à plus d'une heure de route de Los Angeles, dans la vallée de San Joaquin, aussi belle que peu peuplée. Elle sortit l'un des téléphones jetables dont elle disposait et composa le numéro d'un autre appareil anonyme, confié quelque temps plus tôt à un ami qui avait perdu sa femme et l'une de ses filles dans cette guerre civile secrète. Luther Tillman, dont le nom avait été associé à celui de Jane à la une des médias, avait trouvé refuge au Texas[1]. Il décrocha à la troisième sonnerie.

— Moi, se contenta-t-elle de dire.

— Cela faisait longtemps que je n'avais pas reçu une nouvelle aussi agréable. Sachant que vous êtes toujours en cavale.

— Moi aussi, je suis heureuse d'entendre le son de votre voix.

La NSA maintenait en permanence au-dessus des grandes villes des avions capables de surveiller les communications passées depuis des appareils jetables, dans l'espoir de localiser les cellules terroristes avant qu'elles ne commettent des attentats. Ni Jane ni Luther ne se trouvaient dans un secteur humainement dense, si bien que leur conversation ne risquait pas d'être surprise par des oreilles indiscrètes, mais ils évitaient d'utiliser des noms et se contentaient de formules lapidaires. Au cas où. Ce qui était impossible hier pouvait fort bien devenir réalité aujourd'hui.

— Comment va-t-elle ? s'enquit Jane, faisant allusion à Jolie, l'une des filles de Luther qui avait bien failli recevoir un mécanisme de contrôle, comme sa mère et sa sœur.

— Elle ne décolère pas, mais elle ne m'en veut pas de l'avoir embarquée dans cette histoire. Elle a bien compris que je n'avais pas eu le choix. Elle a de la ressource.

— Et vous ?

— Pas terrible. Je me sens perdu, mais je tiens bon.

Jane prit une longue respiration et, prise d'une hésitation, fut parcourue par un frisson.

— Je m'en veux d'avance.

---

1. Lire *La Chambre des murmures* (L'Archipel, 2019).

— Si vous avez besoin d'aide, n'hésitez pas. Je deviens dingue ici. Je ne suis pas habitué à me tourner les pouces.

— Jolie a besoin de vous.

— Elle a surtout envie qu'ils soient écrabouillés pour ce qu'ils ont fait à sa mère et sa sœur. Je voudrais bien lui offrir ce plaisir.

— Même si elle vous perdait ?

— Si on ne réussit pas, non seulement elle me perd, mais elle n'a plus d'avenir ni de liberté.

Jane garda le silence pendant quelques instants, suivant des yeux un camping-car qui s'avançait sur le parking.

— Vous savez ce que j'ai de plus précieux au monde, non ?

— Oui. Vous m'avez montré ce camée.

— Il se trouve dans un endroit compliqué, je dois impérativement le sortir de là avant qu'ils ne lui mettent la main dessus. Je n'y arriverai jamais seule.

— Oh merde…

— Jusqu'au cou.

— Où êtes-vous ? Où avez-vous besoin de moi ?

— Mes amis, ceux chez qui vous habitez, vous déposeront à Palm Springs en avion demain matin et vous conduiront ensuite à Indio, répondit-elle en lui fournissant l'adresse concernée.

— Que dois-je apporter ?

— Faites comme si vous alliez au boulot.

Luther avait été shérif d'un comté du Minnesota, il était donc armé en permanence dans son travail.

— Dès qu'on aura raccroché, demandez à quelqu'un de vous prendre en photo. Le visage uniquement.

Elle lui fournit alors une adresse e-mail, suivie de quelques précisions.

— En guise d'Objet, indiquez simplement le mot *Urgence* et mettez en texte la phrase suivante : « En annexe, la photo que vous attendiez. »

Luther répéta à Jane l'adresse e-mail, en guise de confirmation.

— Croyez-moi si je vous dis qu'on y arrivera. Quel que soit le prix à payer.

— Je vous crois. Il le faut, sinon je m'écroulerais. Avec vous, je suis convaincue qu'on parviendra à nos fins.

— C'est à vous que je dois ce qui me reste. C'est-à-dire Jolie. Je vous aime pour ça.

— Vous êtes un type super. Faites attention à vous.

— Ce n'est plus du sang qui coule dans mes veines. C'est de la glace.

16

Des champs labourés s'échappait un léger voile brumeux dû à l'irrigation des terres. Garée sur le parking de l'aire de repos, Jane examina une nouvelle fois la situation dans sa tête, réfléchissant aux amis qu'elle pourrait appeler à l'aide. Elle avait besoin d'un autre complice, en plus de Luther Tillman.

Une semaine plus tôt, au Texas, elle traversait le désert de nuit à bord d'un Ford Escape noir lorsqu'un flic de la route l'avait arrêtée. Elle l'avait abandonné après l'avoir menotté à l'Escape, sachant que ce dernier n'était plus sûr, avant de prendre la fuite à bord de la voiture de patrouille du flic. Consciente qu'elle ne pourrait jamais franchir les barrages mis en place par la police au volant d'un véhicule aussi voyant, elle avait arrêté une Mercedes E350 et pris en otage son conducteur. Les flics, qui cherchaient une femme seule, ne se méfieraient jamais d'un couple. Elle n'avait pas prévu que le propriétaire de la Mercedes, un octogénaire veuf nommé Bernie Riggowitz, passerait plus de douze heures avec elle et qu'ils deviendraient amis.

Jane sortit de son portefeuille le portrait de sa femme donné par Bernie en lui expliquant qu'il avait sillonné l'Amérique en sa compagnie. Miriam était charmante, son visage respirait la douceur.

Jane composa le numéro du vieil homme.

— En regardant le portrait de Miriam que vous m'avez offert, déclara-t-elle lorsqu'il décrocha, je me demande comment un type comme vous a pu remporter un aussi joli lot.

— Comme je ne suis pas *plosher*, j'éviterai de vous répondre que je servais de doublure à Cary Grant à l'époque. Cela dit, j'étais aussi suave que du halva. Entre le halva et ma *chutzpah* naturelle, je me débrouillais. Sans compter que je dansais un peu. Comment ça va, Alice?

Elle lui avait dit s'appeler Alice Liddell, et comme il ne regardait jamais les infos à la télé (*Peuh! Un ramassis de mensonges et de nouvelles déprimantes*), il ignorait être en présence d'une fugitive recherchée par toutes les polices d'Amérique. Il la soupçonnait juste de se trouver « dans un bourbier dont elle ferait mieux de s'extirper ».

— J'imagine que vous en savez davantage sur mon compte, désormais.

— Vous êtes partout. J'ai appris toutes sortes de *shmontses* à votre sujet. Même si j'étais idiot, je n'en croirais pas un pour cent. Le premier qui essaye de me tirer les vers du nez à votre sujet peut aller se rhabiller.

— Vous êtes une perle, Bernie. Où êtes-vous?

— À Scottsdale, en Arizona, avec Nasia et Segev. Tout va bien, mais…

Nasia et Segev étaient sa fille et son gendre.

— Mais… ? insista Jane.

— Mais ils veulent que j'arrête de voyager pour me garder ici et me bichonner. Ils sont persuadés que Miriam est dans sa tombe. Ils refusent de comprendre qu'elle se trouve dans tous les endroits qu'on a visités ensemble quand on sillonnait le pays d'une côte à l'autre. Je ne me sens jamais seul sur la route, elle m'accompagne à chaque instant.

— Nasia est votre fille unique, je crois ?

— La chance de ma vie depuis que Miriam est partie. Alors je fais semblant de l'écouter, mais je n'ai pas l'intention d'arrêter de voyager.

— Moi aussi, j'ai la chance de ma vie, vous savez.

— Et comment, que je le sais ! Depuis que j'ai appris ça, j'ai du mal à trouver le sommeil. Vous ne m'avez jamais parlé de lui quand on a fait notre petit périple.

— Vous ne saviez pas qui j'étais. Mon gamin se trouve dans une sacrée panade. Je n'arriverai pas…

La seule évocation de son impuissance comprima la poitrine de Jane qui dut trouver la force de continuer, submergée par l'émotion.

— Je n'arriverai jamais à le sortir de cette panade seule.

— À vous entendre, on pourrait croire que vous vous adressez à un étranger. Il serait plus simple de me dire ce que vous attendez de moi.

— Ça risque d'être très dangereux. Je n'ai pas le droit…

— On est *mishpokhe*, ou quoi ?

— Je ne sais pas ce que signifie ce mot.

— Ça veut dire qu'on fait partie de la même famille, tous les deux.

— C'est très gentil à vous de le dire, mais vous savez bien que ce n'est pas le cas.

— Je sais reconnaître les miens, *bubeleh*. Je crois même me souvenir que vous m'avez appelé grand-père un jour au Texas, et que j'ai déclaré à un aimable policier que vous étiez ma petite-fille. Dites-moi où, quand et comment.

Tant qu'il y aurait des Bernie sur cette terre turbulente, l'espoir serait permis.

— Si mes souvenirs sont bons, vous voyagiez parfois en camping-car avec Miriam, non ?

— On se déplaçait la plupart du temps en voiture, et parfois à bord d'un Fleetwood Southwind. Deux façons très différentes de se déplacer, mais les paysages sont toujours aussi beaux.

— Vous vous sentez toujours d'attaque pour conduire un camping-car ?

— Autant me demander si je suis capable de marcher, de parler, ou de me tourner les pouces. Je serais capable de rouler d'une côte à l'autre sans une anicroche.

— Le Fleetwood dont vous parlez, quelle taille faisait-il ?

— Dix mètres, mais la longueur n'est pas un souci. Je préfère les modèles à essence. Ceux qui ont un moteur diesel à l'arrière sont plus lourds et plus difficiles à manœuvrer. Où va-t-on ?

— Je vous le dirai demain. On se retrouve à Indio, près de Palm Springs, précisa-t-elle en lui indiquant l'adresse précise, avant d'ajouter : Demain après-midi, c'est possible ?

— J'en ai pour cinq heures de route jusqu'à Indio. Ça me laisse trois fois le temps d'y aller, et de manger pardessus le marché. Vous avez un camping-car ?

— Je compte m'en procurer un auprès d'Enrique, le type à qui nous avons rendu visite à Nogales l'autre fois. En attendant, j'ai besoin que quelqu'un vous prenne en photo. Le visage uniquement.

Elle lui fournit la même adresse e-mail que celle donnée un peu plus tôt à Luther.

— Ne vous faites pas de mouron, la rassura Bernie. Je ne sais pas ce que vous attendez de moi, mais on y arrivera plutôt deux fois qu'une.

— Je ne pourrai jamais vous remercier assez, Bernie.

— Alors avant de raccrocher, je veux vous entendre prononcer ce mot.

— Lequel ?

— Celui qui nous unit, tous les deux.

Elle en eut à nouveau la gorge nouée.

— *Mishpokhe.*

— Pas mal. Il faudrait que vous racliez le *kh* un peu plus au niveau du palais, mais c'est pas mal pour une débutante, *bubeleh.*

17

Gottfrey ne dort jamais plus de quelques heures par nuit.

Il ne comprend pas à quoi lui servirait de dormir. Le sommeil est un besoin corporel, mais comme son corps est une illusion… Un esprit désincarné devrait être capable de fonctionner sans sommeil.

Sauf qu'il n'est pas l'auteur de la pièce, ce n'est pas lui qui a laissé passer les détails qui clochent, signalant un dramaturge maladroit.

Il se prête au jeu, rien de plus.

Après un petit-déjeuner tardif au bar de l'Holiday Inn, il parcourt à pied les quelques centaines de mètres qui le séparent du Best Western où est descendu Rupert Baldwin.

Le ciel est plombé au-dessus de Worstead. L'air s'est figé à l'aube, après qu'une légère brise a lissé la fine couche de poussière qui recouvre le caniveau, faisant apparaître le sillage sinueux du chien ou du coyote aperçu la veille.

Arrivé au Best Western, Gottfrey frappe à la porte de la chambre 16.

— C'est ouvert, lui crie Rupert à travers le battant.

Assis à une petite table, il porte les mêmes chaussures, le même costume de velours fripé, la même chemise beige et la même cravate mexicaine que la veille. Des lunettes sur le nez, il est penché sur l'écran de l'un des deux ordinateurs ouverts devant lui.

Le couvre-lit n'a pas été retiré, c'est tout juste s'il est légèrement froissé. Rupert s'est probablement allongé là quelques instants avant de se lancer dans ses recherches sur le Net.

— Vous n'avez pas réussi à fermer l'œil ? s'enquiert Gottfrey en refermant la porte de la chambre derrière lui.

— Pas eu besoin.

— Et ça vous arrive ? insiste Gottfrey, intrigué.

— Qu'est-ce qui m'arrive ? l'interroge Rupert sans lever les yeux de son écran.

— De dormir ?

— Pas besoin, tant que j'ai du chocolat et du Red Bull pour faire baisser la pression, répond-il en tapotant du doigt une canette de la boisson énergisante, posée à côté d'un sachet de petits chocolats noirs.

— Faire baisser la pression ? Vous prenez des amphétamines ?

— Pas souvent. Depuis qu'on est sur cette affaire. Je hais cette pétasse. Je voudrais qu'elle soit déjà morte. Je veux que ses beaux-parents me lèchent les bottes une fois qu'on leur aura fait une piqûre, avant de les tuer.

— Un détail cloche. Vous ne portez jamais de bottes.

Rupert lève pour la première fois les yeux sur son visiteur. Le front barré d'un pli, il lui lance un regard perçant.

— Ça ne va pas, ce matin ?

Gottfrey hausse les épaules.

— On ne peut pas dire que l'équipée de la nuit dernière est une réussite.

— Un échec total, vous voulez dire, réagit Rupert en reportant son attention sur l'ordinateur. Quand les Hawk seront morts jusqu'au dernier, y compris le chiard, j'ai bien l'intention de rendre une petite visite à ce fouille-merde de Juan Saba, de lui couper les couilles et de les donner à bouffer à sa femme avant de lui faire exploser la tête.

— Je constate que vous prenez cette mission très au sérieux.

— Au cas où ça ne vous aurait pas sauté aux yeux, c'est eux ou nous. Et je peux déjà vous dire que ce ne sera pas *moi*. Pas question de se laisser avoir par une salope du FBI en cavale et ses péquenauds de beaux-parents.

Gottfrey se poste derrière Rupert de façon à voir l'écran. Un logiciel est en train de recalculer une image satellite afin de l'améliorer.

— Vous avez pu découvrir où ils s'étaient enfuis avec leurs chevaux ?

— J'ai piraté divers satellites gouvernementaux et commerciaux sans découvrir d'images de la région après le coucher du soleil hier.

— Et les satellites chinois ?

La Chine s'applique à militariser l'espace, mais la NSA a réussi à implanter un logiciel furtif au sein de leurs réseaux. Les dons de hacker de Rupert lui permettent de s'immiscer dans les systèmes chinois à leur insu. Il hoche la tête.

— J'ai fini par dégoter une vidéo Chicom intéressante.

Les Chinois ont trouvé le moyen de percer l'obscurité, convaincus que les États-Unis déplacent leurs bases de missiles mobiles la nuit. Leurs satellites Chicom sont dotés de caméras à infrarouge particulièrement sensibles.

— Dans les prairies, si le sol n'a pas emmagasiné assez de chaleur pendant la journée, il n'y a pas trop d'infrarouges parasites, poursuit Rupert.

— Il y a pourtant des animaux sauvages.

— Ils sont trop petits en général, à part les cerfs, qui se déplacent généralement en harde. Et le pâturage n'est pas autorisé sur la plupart de ces terres, les troupeaux sont peu nombreux.

— Que devrait-on voir quand l'image sera lisible ? demande Gottfrey.

— Les chevaux sont des animaux de grande taille, dans les sept cents kilos pour la jument de Clare, neuf cents pour l'étalon d'Ancel. Ils émettent des signatures très lisibles, en particulier lorsqu'ils sont montés par des cavaliers. Je procède à un dernier nettoyage des résultats.

L'image qui se fige sur l'écran a été analysée et améliorée afin d'être lisible. Les ombres grises figurant le mouvement des herbes sous la caresse du vent sont traversées ici et là de taches de chaleur rougeâtres là où la terre a conservé de la chaleur, de points rouge vif correspondant à des animaux sauvages.

Deux grandes taches de chaleur s'affichent à l'image.

Rupert pianote sur son clavier et l'image s'anime. Les taches rouges avancent à travers la masse grise de la prairie en direction d'une ligne sombre le long de laquelle des formes géométriques rouges figurent une demi-douzaine de maisons.

— Les Hawk avaient déjà parcouru une trentaine de kilomètres lorsque le satellite Chicom est passé au-dessus d'eux.

— Comment être sûr qu'il ne s'agit pas de cerfs ?

— Chez les cervidés, les femelles se positionnent derrière les mâles, légèrement de côté. Sans compter que les cerfs ne se déplacent pas en droite ligne. Nous sommes en présence de chevaux guidés par leurs cavaliers.

— Mais nous ne pouvons pas savoir si ce sont effectivement Ancel et Clare Hawk.

— Ces images ont été filmées à 2 h 10 du matin. Je doute que d'autres cavaliers se soient baladés dans le coin à cette heure-là.

— À quoi correspondent ces bâtiments ?

— C'est un ranch. La ligne sombre est la route de Worstead.

— C'est tout ce que vous avez ? demande Gottfrey alors que prend fin la vidéo.

— Cette vacherie de satellite circule trop vite pour filmer quoi que ce soit dans la durée.

— Qui nous dit qu'ils se sont arrêtés dans ce ranch ? Ils ont très bien pu traverser la route et poursuivre leur chemin.

Rupert se penche au-dessus du clavier de son second ordinateur et clique sur une icône.

— Je venais de terminer quand vous êtes arrivé.

Une première photo Google Street View montre l'entrée d'une propriété. Une pancarte précise son nom : ÉCURIES LONGRIN. D'un clic, Rupert la fait disparaître et deux images apparaissent côte à côte : des permis de conduire au nom de Chase Longrin et d'Alexis Longrin. Les photos d'identité des intéressés sont de mauvaise qualité, mais elles montrent deux trentenaires.

— Le mari et la femme, précise Rupert. On se demandait depuis quelque temps s'ils ne servaient pas d'intermédiaires entre Jane et ses beaux-parents. Chase Longrin était le meilleur ami de Nick Hawk au lycée.

Gottfrey étudie les deux visages. Chase a gardé l'allure d'un athlète de lycée. Alexis est une jolie femme.

Il est midi. Près de dix heures se sont écoulées depuis que les cavaliers ont été surpris par le satellite.

— Je propose qu'on ait une petite discussion avec les Longrin, suggère Gottfrey.

18

À Reseda, on la connaissait sous le nom de Judy White, ou bien de Lois Jones, mais aucun de ces deux noms n'était le sien. Elle prétendait être une réfugiée syrienne tout en s'exprimant avec un accent slave d'un pays d'Europe de l'Est, ou même de Russie. Elle avait l'habitude de répondre au téléphone de façon pour le moins inhabituelle.

— Vous vous êtes trompé de numéro.

Mais Jane savait d'expérience que Judy/Lois ne raccrochait pas pour autant.

— Je suis cliente chez vous.

— Je ne fais pas de commerce. Je suis diseuse de bonne aventure. C'est un don, pas un business.

— Je vous ai connue par Enrique.

— Vous vous êtes trompée de numéro.

— Quand je suis venue chez vous la semaine dernière, vous m'avez conseillé d'aller où je voulais, que j'étais libre de mourir si ça me plaisait.

— Une simple opinion, rien de personnel.

— Vous allez recevoir deux photos par e-mail, reprit Jane en précisant ce dont elle avait besoin. Je passerai prendre le tout dans trois heures.

— Impossible. Tout le monde est pressé.

— Je suis prête à vous payer le triple du tarif habituel.

— Évitez de mourir en route, j'ai envie d'être payée.

— Je ferai de mon mieux.

— C'est ce que vous dites, répliqua Judy/Lois avant de raccrocher.

19

Le type se présenta en se recommandant de quelqu'un qui avait déjà acheté des voitures à Enrique de Soto. Les véhicules proposés par ce dernier, trafiqués de façon à échapper aux flics les mieux motorisés, étaient volés avant d'être maquillés à Nogales, au Mexique. Enrique commençait par retirer la plaque sur laquelle figurait le numéro de série avant de désosser le GPS. Il installait ensuite sur le véhicule un moteur digne de la Batmobile, ou bien il gonflait l'original. Il fournissait sa marchandise avec un certificat d'immatriculation en règle, en provenance de la Californie ou du Canada, au choix.

Le type qui se recommandait d'un copain était au courant des prix pratiqués par Enrique. Surtout, il était suffisamment bête pour s'imaginer que le trafiquant d'autos conservait tout son liquide sur place.

Ricky de Soto avait aménagé plusieurs vieilles granges ayant appartenu à un éleveur de chevaux de Nogales, en Arizona, juste en face de la ville mexicaine de Nogales. La première grange débordait de vieux meubles et de bibelots permettant à Ricky de jouer les antiquaires.

Ce matin-là, le type qui se recommandait d'un copain pénétra dans son bureau sans rendez-vous, empestant une eau de toilette de tapette. Le type faisait visiblement de la gonflette. Crâne rasé et huilé, un tatouage en forme de serpent autour du cou, un grand imperméable noir alors que pas un nuage ne voilait le ciel. Il était accompagné d'un ersatz de Mick Jagger dissimulant mal sa nervosité, encore plus maigre que son modèle avec la mauvaise dentition d'un toxico.

Les deux visiteurs étaient loin de se douter que leur dégaine suffisait à les trahir. Le chauve tatoué commença par citer le nom d'un bon client d'Enrique avant de discuter mécanique en utilisant un jargon emprunté à un mauvais film de bagnoles. Le toxico, d'un air faussement désinvolte, tournait à l'intérieur du bureau en feignant d'admirer les vases bon marché et autres pendules de salon présentées comme des antiquités, alors qu'il cherchait uniquement à s'éloigner de son copain afin de le couvrir, en position de tir.

L'imperméable du chauve ne tombait pas naturellement, plombé à droite par le poids du fusil à canon scié enfoncé dans une poche.

Ricky avait déjà jaugé ses visiteurs, tant pis pour eux s'il se trompait sur leurs intentions.

Lorsque le chauve lui demanda l'autorisation d'allumer une cigarette, histoire d'avoir une raison de plonger la main dans sa poche, Ricky enfonça du pied la pédale installée sous son bureau, actionnant la détente du fusil monté sur un rail métallique sous le plateau de bois, dissimulé à la vue derrière un morceau de contreplaqué. La décharge explosa à bout portant au niveau du bas-ventre du chauve.

Le Mick Jagger de carnaval voulut sortir son arme, qu'il avait eu la mauvaise idée de cacher dans un étui fixé autour de sa cheville. Le temps qu'il se baisse pour le récupérer, Ricky sortit le pistolet accroché à l'assise de son fauteuil, se leva, et fit feu à deux reprises sur le toxico avant d'achever le chauve qui poussait des hurlements. De toute façon, il n'en avait plus pour longtemps.

Le vacarme des déflagrations rendit Ricky de Soto à moitié sourd. Il contourna les corps et quitta son bureau en refermant la porte dans son dos.

Les deux gangsters de pacotille étaient arrivés à bord d'un Escalade Cadillac, peut-être volé. De toute façon, il allait falloir l'envoyer au Mexique par conteneur et lui donner une nouvelle identité avant de se faire une jolie culbute à la revente puisqu'il ne lui avait rien coûté.

Ricky ne travaillait pas seul, ses employés étaient occupés dans les granges les plus éloignées de la route. Il avançait sur le petit chemin goudronné, fêté par les sauterelles cachées dans les herbes folles sur le bas-côté, lorsque ses oreilles commencèrent à se déboucher.

Il raconta sa mésaventure à Danny et Tio qui se dirigèrent sans un mot vers le bureau, conscients de la tâche qui les attendait. L'avantage de posséder une propriété aussi vaste était évident, celle-ci ne manquait pas de recoins où creuser des tombes discrètes.

Ricky, resté en arrière, bâillait consciencieusement dans l'espoir de se déboucher totalement les oreilles lorsque son iPhone sonna. Un numéro masqué.

— Oui ?

— Je dois être votre meilleure cliente, j'étais encore chez vous la semaine dernière.

Il identifia sans peine la propriétaire de la voix, une fille sexy dont la silhouette peuplait ses rêves depuis quelque temps.

— Vous êtes devenue si célèbre, je me demande si je dois prendre le risque de conserver votre clientèle.

— N'essayez pas de me raconter que vous avez perdu vos couilles. J'ai beau me trouver à plusieurs centaines de kilomètres, je les aurais entendues si elles étaient tombées.

La boutade le fit éclater de rire.

— *Bonita chica*, c'est à se demander si les vôtres ne sont pas plus grosses que les miennes.

— J'ai besoin d'un camping-car. Ce n'est sûrement pas la première fois que vous en équipez un avec une jolie petite planque introuvable.

— Il se pourrait même que j'aie ça sous la main.

— Je veux un camping-car à essence, pas un diesel. Un truc dans les dix ou douze mètres.

— Je peux vous proposer un Tiffin Allegro de dix mètres. Entièrement refait, avec une peinture neuve. Un petit bijou que même son propriétaire ne reconnaîtrait pas.

Elle lui fournit les spécifications des compartiments secrets dont elle avait besoin avant d'ajouter un pistolet à la commande.

— C'est faisable.

— J'en ai besoin demain en fin de matinée.

— Jamais de la vie.

— Je suis prête à y mettre le prix.

— Un Tiffin Allegro vous coûtera plus de deux cent mille chez n'importe quel concessionnaire.

— Comme si vos véhicules sortaient de chez le concessionnaire. Combien vous l'a vendu le type qui vous l'a refourgué ? Quatre mille ?

— N'oubliez pas les aménagements auxquels il faudra procéder en moins de vingt-quatre heures.

— Ricky, Ricky, Ricky ! Vous ne voulez pas rajouter la TVA, tant que vous y êtes ? Ah, j'oubliais ! Comptez-moi la livraison en prime.

— Vous me prenez pour Amazon, ou quoi ?

— Vous connaissez l'adresse. C'est vous-même qui m'avez recommandé ce type des environs de Palm Springs, mais je n'ai jamais eu besoin de recourir à ses services.

Ferrante Escobar, le neveu d'Enrique, avait un garage à Indio où il customisait des limousines, des 4x4 et tous types de véhicules. En plus d'y installer des équipements luxueux, il blindait la carrosserie et les vitres, installait des pneus anticrevaisons pour une clientèle riche qui voyait le monde sombrer dans la violence, avec la bénédiction des politiciens et des prédicateurs.

Pour se protéger des fluctuations de l'économie, Ferrante vendait des armes entreposées dans un sous-sol dissimulé sous l'un de ses ateliers. Comme sa mère, la sœur d'Enrique, l'avait élevé dans le giron de l'Église, il refusait de commercer avec les criminels et ne traitait qu'avec les honnêtes citoyens qui l'honoraient de leur clientèle. Sans doute s'autoriserait-il une exception pour une agente du FBI en cavale probablement plus vertueuse que tous ceux qui l'accusaient de trahison.

— J'imagine que votre contact acceptera de garder le camping-car sur son parking le temps que j'achève tous mes préparatifs ?

— Je m'entends bien avec lui, mais je dois avouer que c'est un drôle d'oiseau. Il va tous les jours à la messe et ne se promène jamais sans son chapelet, comme les *abuelas* qui refusent d'enlever leur mantille, même sous la douche. Il fait une fixette sur le sang.

— Une fixette sur le sang ?

— Je vous laisse la surprise, mais il n'est pas du tout *loco*. C'est un gars intelligent qui sait comment tourne le monde. Vous pouvez achever vos préparatifs chez lui sans problème.

— J'imagine qu'un Tiffin Allegro est suffisamment puissant pour tirer un 4x4 ?

— De quel genre de 4x4 avez-vous besoin ?

Elle lui expliqua ce qu'elle cherchait avant de poser la question finale.

— De combien vous allez m'arnaquer pour tout ça ?

Il procéda à un rapide calcul dans sa tête, les yeux perdus dans la nature qui l'entourait.

— Cent vingt mille pour le tout, avec la livraison. Vous avez le nécessaire ?

— Oui, mais vous êtes un bandit de grand chemin, Ricky.

— Il y aurait bien un moyen de baisser la facture à soixante-dix mille.

— Lequel ?

— Prenez un mois de vacances et passez-le avec moi.

— Au bout d'un mois avec vous, Ricky, je ne serais plus bonne à rien.

— Je suis infiniment plus doux que vous ne l'imaginez.

— Je sais que vous êtes doux. Vous êtes un garçon chevaleresque, mais je suis veuve, et toujours en deuil.

— Toutes mes excuses, j'avais oublié votre veuvage.

— Excuses acceptées. Et ne vous inquiétez pas de la provenance des cent vingt mille dollars. C'est de l'argent propre que personne ne vous réclamera jamais.

— Je ne me fais aucun souci. Je sais que vous ne baiserez pas. Ni d'une façon, ni de l'autre.

— Il ne faut jamais mélanger le plaisir et les affaires, de toute façon.

— Le type qui tenait ce business avant moi s'est mis avec une cliente. Il s'est fait couper la tête.

— Vous voyez bien, Ricky. Autant garder la tête sur les épaules, vous comme moi.

Elle mit fin à la conversation. Au même moment, Danny et Tio déposaient un cadavre sur le plateau d'une Mule, un petit véhicule électrique capable d'accomplir les tâches les plus variées.

20

Les ombres des réverbères, neutralisées à midi, commençaient à étendre leurs ramifications vers l'est sur le macadam de l'aire d'autoroute, telles des épées prêtes à se défendre contre les diesels rugissants des camions…

Jane avait connu Enrique de Soto à l'époque où elle pourchassait Paul Headman, un tueur en série qui avait volé un véhicule à Enrique. Le FBI disposait de trop peu d'enquêteurs et le ministère de la Justice de trop peu de procureurs pour s'occuper d'un petit délinquant tel que de Soto. Lorsqu'elle avait entamé sa cavale, Jane lui avait acheté un Ford Escape, lui laissant croire que la loi ne s'était jamais intéressée à lui parce qu'elle avait déchiré son dossier, ce qui était faux. De toute façon, Ricky était suffisamment macho pour se persuader que la jeune femme l'avait épargné parce qu'elle lui trouvait du charme.

La situation obligeait Jane à traiter avec des petits voyous de son espèce, à son grand regret, mais l'heure n'était plus aux atermoiements. Elle préférait fermer les yeux, y voyant une nécessité pour combattre le Mal.

À l'abri des regards dans un recoin du parking de l'aire d'autoroute, en bordure d'un grand champ, elle descendit de l'Explorer Sport et détruisit à coups de marteau la batterie, la puce et l'écran de son téléphone jetable, agenouillée à côté du 4x4 dont la masse la dissimulait à la vue des autres conducteurs. Si ses poursuivants ignoraient la retraite de Luther Tillman et n'avaient aucune raison de s'intéresser à Bernie Riggowitz, elle ne pouvait prendre le risque de garder l'appareil après avoir appelé de Soto.

Elle ramassait les débris du téléphone lorsqu'elle vit du coin de l'œil un inconnu se ruer vers elle à travers le champ voisin, un fusil à la main.

21

De son Range Rover, Ivan Petro observe Jane Hawk au moyen de jumelles. Il la voit sortir du snack de l'aire d'autoroute chargée de sandwiches et d'un grand gobelet. Elle marche avec la grâce d'une athlète, sans l'apparence furtive et méfiante de quelqu'un qui se cache. Elle a changé de perruque depuis la veille et porte désormais des lunettes, mais il la reconnaît instantanément.

Elle reprend place au volant de l'Explorer et va se garer le plus loin possible dans un coin du parking, le long d'un champ.

Ivan la suit des yeux et constate qu'elle déjeune, sa vitre baissée. En la voyant passer un appel à l'aide d'un portable, il décide de profiter de l'occasion.

Son 4x4 est équipé d'un GPS très performant mis au point par la NSA, un appareil qui lui permet de découvrir jusqu'au plus petit chemin sur son écran. Il s'aperçoit qu'il a la possibilité de se rapprocher de l'Explorer avec son Range Rover sans attirer l'attention de sa proie.

Au lieu d'emprunter la bretelle de sortie de l'aire d'autoroute, il contourne le véhicule de Jane en passant à travers champ. Il faudrait qu'elle regarde son rétroviseur au même moment pour le voir.

Il traverse un espace dégagé d'une cinquantaine de mètres et passe entre deux chênes sinueux avant de s'enfoncer dans l'ombre d'un petit bois.

Toujours guidé par le GPS sur lequel clignote le point rouge du mouchard fixé à la roue de Jane, il se gare à sa hauteur, protégé par les arbres, et coupe son moteur.

Il n'a plus qu'à gravir une colline en pente douce pour se retrouver à moins de vingt mètres de l'Explorer.

Il dispose d'un Colt .45, mais il n'a pas l'intention de la tuer. Il doit la capturer s'il veut l'obliger à lui dire où se terre son fils et où elle a caché les preuves dont elle dispose contre certains Arcadiens.

Il descend du Range Rover, soulève le haillon arrière et sort de son étui un Taser XREP de calibre 12. Ce fusil à pompe d'un genre particulier tire des projectiles de moins de trente grammes capables d'immobiliser n'importe quel adversaire en lui administrant une décharge de 500 volts pendant vingt secondes.

Si un Taser habituel est cent fois plus puissant, le signal électrique de cette variante est conçu pour se calquer sur celui du système nerveux humain. Les quatre électrodes acérées qui dépassent des projectiles s'accrochent aux vêtements ou à la peau de la cible dont elle paralyse les muscles sans que cela présente de danger pour sa santé.

Ivan a besoin d'immobiliser Jane le temps de lui menotter chevilles et poignets avant de la chloroformer. Il pèse au moins quarante kilos de plus qu'elle, il n'aura aucun mal à la transporter jusqu'au Range Rover.

Il gravit la pente en faisant crisser brindilles et feuilles mortes sous ses semelles. Il fait suffisamment sombre dans le petit bois pour le contraindre à ralentir. Ce n'est pas le moment de se tordre la cheville.

Paradoxalement, ce délai joue à son avantage. Parvenu à l'orée du champ, il constate que Jane lui a facilité la tâche en descendant de son véhicule. Agenouillée à côté de sa portière, elle détruit à l'aide d'un marteau ce qui ressemble à un portable.

Contrairement au Taser ordinaire dont la portée est inférieure à dix mètres, le XREP est efficace à une distance du triple. Il lui reste donc à parcourir quelques dizaines de mètres à peine avant de tirer.

Il court le danger d'être vu au moment où il sortira du bois, mais elle est tout à sa tâche et le champ qu'il doit traverser lui assure une arrivée silencieuse.

Il marche vite en tenant le fusil à deux mains, prêt à la mettre en joue à l'aide du viseur laser lorsqu'il sera à bonne distance.

Il se trouve à présent à moins de quarante mètres de sa proie. Elle n'a pas remarqué son manège, il peut donc se permettre de s'approcher afin d'être certain de la toucher du premier coup.

À cet instant précis, elle le voit.

22

En apercevant l'inconnu dans son champ visuel périphérique, Jane aurait pu lâcher le marteau qu'elle tenait à la main afin de récupérer le Heckler dans son étui d'épaule, au lieu de quoi son intuition lui souffla que le mieux était de pivoter sur elle-même et de lancer l'outil à la figure de son assaillant.

La détonation ne fut pas aussi forte qu'elle s'y attendait et Jane comprit instantanément que son adversaire était armé d'un Taser XREP.

Elle avait réagi si rapidement que le laser, originellement pointé sur sa poitrine, se posa au niveau de son bras gauche à l'instant où le tireur enfonçait la détente.

Elle voulut se débarrasser de sa veste et les pointes électrifiées du projectile s'enfoncèrent dans la manche au lieu de se ficher dans son T-shirt au niveau de la poitrine. Jane poussa un cri en sentant son biceps se raidir sous l'effet d'une décharge tempérée par l'épaisseur du tissu.

Si elle avait tenté de s'emparer instinctivement des fils accrochés au projectile, elle aurait été paralysée pendant une vingtaine de secondes, mais Jane eut le réflexe de retirer la manche gauche de sa veste avant d'être électrocutée, ce qui lui épargna le choc attendu.

Sachant déjà que son attaquant allait tirer à nouveau, elle se jeta à terre en sortant son Heckler et le projectile du Taser s'écrasa contre la carrosserie de l'Explorer.

23

Cette salope détestable, cette prétentieuse arrogante et moralisatrice qui s'est donné pour mission de sauver le monde, cette putain de contre-révolutionnaire a des réflexes de panthère.

Au moment où Ivan enfonce la détente, il la voit retirer son manteau d'un geste souple après avoir lancé le marteau dans sa direction. Ivan Petro n'est pas homme à se laisser distraire et il tire à nouveau.

Cette chienne n'a pas seulement des réflexes fulgurants, elle vise bien. À l'instant où il presse une troisième fois la détente, le marteau s'écrase sur sa main gauche, celle dont il a besoin pour recharger le fusil. Sous l'effet de la douleur, son poing gauche se désolidarise de l'arme dont il ne peut pas se servir avec sa seule main droite.

La salope s'est jetée à terre, elle forme une cible quasiment impossible à atteindre, même s'il était en capacité de tirer. Elle fait une roulade et se retranche derrière l'Explorer avant de se relever en position de tir, un genou à terre. Ivan, en plein champ, ne dispose d'aucun abri, à moins de s'aplatir au milieu des herbes sauvages. Au lieu de sortir son propre pistolet, il se débarrasse du fusil Taser et bat en retraite en direction du petit bois, courbé en deux.

24

Un nuage de moucherons s'éleva du champ, qui nimba Jane de ce qui aurait pu passer pour une couronne mortuaire. Elle avait brusquement beaucoup plus chaud et un voile de transpiration se forma au niveau de sa nuque.

Les détonations du fusil Taser étaient trop faibles pour attirer l'attention des automobilistes arrêtés sur l'aire de repos, d'autant que le rugissement des semi-remorques ne pouvait que les noyer. L'aboiement du Heckler, en revanche, serait nettement moins discret, Jane avait toutes les chances de donner l'alerte si elle faisait feu.

De toute façon, elle ne voulait pas prendre le risque de tuer l'autre salopard. Il lui fallait impérativement le capturer vivant afin de lui tirer les vers du nez. Comment avait-il réussi à la repérer ? Avait-il trouvé le moyen de poser un mouchard sur l'Explorer ? Qui d'autre était au courant ? Son assaillant attendait-il des renforts ?

Elle rangea le pistolet dans son étui, se releva, piétina le projectile Taser accroché à son manteau sans risquer une décharge électrique grâce aux semelles en caoutchouc de ses baskets. Elle ramassa le manteau, le secoua et s'élança à la poursuite de son attaquant.

Ce dernier était un taureau sur deux jambes, un Minotaure échappé de son labyrinthe. Elle devait le prendre par surprise car elle ne faisait pas le poids physiquement face à lui.

Elle comprit qu'elle l'avait blessé avec son marteau en constatant qu'il avait abandonné le fusil Taser dans sa fuite. Particulièrement agile en dépit de sa taille, il avait une sérieuse avance sur elle et se réfugia dans le petit bois bien avant qu'elle ait pu le rejoindre. Elle ne pouvait se permettre de le suivre au milieu des chênes, au risque d'être fauchée par une balle.

Ramassant le Taser au passage, elle se rua vers le côté du petit bois dans l'espoir d'avoir disparu au milieu des arbres lorsqu'il s'autoriserait à jeter un regard par-dessus son épaule.

Le contraste entre la pénombre du bois et le soleil qui brillait au-dessus du champ l'aveugla momentanément. Seule sa respiration meublait le silence dans l'air figé.

Elle posa le fusil à ses pieds, enfila son manteau et s'adossa au tronc d'un chêne massif, puis elle dégaina le Heckler et serra la crosse à deux mains, les bras repliés sur la poitrine, le canon de l'arme tourné vers les branches au-dessus de sa tête. Son adversaire se trouvait quelque part derrière elle, à une vingtaine de mètres plus à l'est.

Elle attendit que ses yeux s'accoutument à la pénombre en s'efforçant de calmer sa respiration, tous les sens aux aguets. Son assaillant devait être à l'affût du moindre bruit, lui aussi.

Elle coula un regard prudent de l'autre côté du tronc.

Si un rai de lumière n'avait pas traversé la ramure pour se poser sur la carrosserie noire du Range Rover, sans doute ne l'aurait-elle pas aperçu au pied de la pente. On aurait dit un corbillard dont les vitres reflétaient les visages des fantômes du passé.

L'inconnu éviterait très certainement de regagner son véhicule, de peur qu'elle le guette. De la même façon, il ne pouvait s'attendre à ce qu'elle s'aventure de ce côté.

Se déplacer était problématique car le sol était couvert de feuilles mortes qui risquaient de crisser sous ses semelles, de pierres susceptibles de rouler sous ses pieds.

Le silence qui régnait dans le petit bois était la meilleure preuve que le géant comptait la patience au nombre de ses qualités. À l'évidence, il avait décidé de rester en embuscade.

Jane ne pouvait s'offrir le luxe d'attendre. S'il avait appelé des renforts, une escouade d'Arcadiens était peut-être déjà en route.

Adossée au chêne, elle étudia la disposition précise des arbres la séparant du Range Rover et vérifia le contenu de ses poches.

Elle rengaina son arme, s'assit au pied de l'arbre et retira silencieusement ses baskets, puis ses chaussettes, avant de glisser à nouveau ses pieds nus dans les chaussures dont elle serra solidement les lacets. À l'aide de son couteau de poche, elle découpa dans l'une des chaussettes une ouverture à travers laquelle elle passa l'extrémité de l'une des menottes en nylon qu'elle gardait dans la poche de son manteau. Elle referma le lien et coinça le tout dans la ceinture de son jean, au niveau du ventre.

Elle se releva et prit longuement sa respiration en essayant de trouver une meilleure solution. Il n'y en avait pas.

25

Egon Gottfrey et sa petite troupe fondent sur le ranch Longrin à bord de cinq véhicules, soulevant dans leur sillage un épais nuage de poussière.

L'élevage de chevaux, qui a longtemps battu de l'aile, est désormais une affaire florissante grâce aux efforts de ses propriétaires qui proposent une large palette d'animaux de course.

Gottfrey se moque éperdument des efforts consentis par les Longrin pour en arriver là. Il ne s'intéresse pas davantage aux chevaux qu'à la poussière qui fait éternuer plusieurs de ses sbires lorsque leurs voitures s'immobilisent devant les écuries.

Il se préoccupe uniquement de deviner ce qu'attend de lui le Grand Ordonnateur. Il sait surtout qu'il doit retrouver Ancel et Clare Hawk *à tout prix*.

Les membres de son commando n'ont pas enfilé de gilets pare-balles, les Longrin sont bien trop respectueux de la loi pour réagir violemment. Tous sont en revanche équipés d'oreillettes, et chacun d'eux connaît sa tâche.

Le dernier véhicule du convoi, l'Escalade conduit par Paloma Sutherland, se range en travers du chemin de façon à barrer la sortie. Elle descend de voiture, imitée par Sally Jones, et les deux femmes se mettent en position, l'arme à la main.

Chris Roberts et Janis Dern se garent devant la maison de style victorien. Ils se positionnent aussitôt sur la véranda qui ceint le bâtiment, le premier à l'arrière, la seconde à l'avant. Elle abat son poing sur la porte d'entrée.

— FBI !

Pedro et Alejandro se mettent en chasse des garçons d'écurie qu'ils réunissent dans l'enclos situé en face de l'écurie n° 5.

Gottfrey, accompagné de Vince Penn et Rupert Baldwin, se dirige au pas de course vers l'écurie n° 3 où se trouve le bureau de Chase Longrin, face à la sellerie.

L'air ambiant est chargé de poussière. Vince éternue pendant que Rupert maugrée entre deux violentes quintes de toux. De son côté, Gottfrey s'efforce de cracher le goût âcre qui lui envahit la bouche. Tout autre que lui entretiendrait des doutes à ce stade sur l'opposition entre réalité et illusion, mais au-delà de son agacement, il en veut surtout au Grand Ordonnateur de le confronter à une telle épreuve.

Les chevaux installés dans leurs box de part et d'autre de l'allée centrale observent les visiteurs avec curiosité, au milieu d'une odeur de crottin autrement moins désagréable que celle de la poussière. Les trois hommes se remplissent longuement les poumons en s'avançant.

— Chase Longrin ? appelle Gottfrey d'une voix forte. Monsieur Longrin ? FBI !

L'intéressé se lève de sa table de travail dans le bureau dont la porte est ouverte. Un mètre quatre-vingt-huit, le visage tanné par le soleil, les cheveux d'un blond presque blanc, il arbore une expression aussi grave que celle des défenseurs de l'Alamo.

— Egon Gottfrey, FBI, se présente le chef du commando en brandissant son badge, Vince et Rupert derrière lui.

— Oui, c'est ce que j'ai cru comprendre, réplique Longrin. On ne peut pas dire que vous ayez fait une entrée discrète. J. Edgar Hoover serait fier de vous.

— Nous avons un mandat d'arrêt aux noms d'Ancel et Clare Hawk.

— Vous vous êtes trompés de ranch. Celui des Hawk se trouve à une trentaine de kilomètres d'ici, de l'autre côté de Worstead.

— Ils sont arrivés ici à cheval peu après 2 heures du matin. Avant que vous tentiez de le nier, monsieur

Longrin, je vous rappelle que mentir à un agent du FBI est un délit, même si vous ne déposez pas sous serment.

Longrin regarde Rupert Baldwin de la tête aux pieds.

— Je croyais que les agents du Bureau étaient censés porter une tenue réglementaire.

— Nous disposons d'images satellitaires à infrarouge montrant que les Hawk ont quitté leur ranch pour se rendre chez vous, ment Gottfrey.

— Je demande à voir votre mandat, agent Gottfrey.

— Notre mandat d'arrêt concerne uniquement Ancel et Clare Hawk.

— Je faisais allusion au mandat de perquisition vous autorisant à fouiller mon ranch.

— Les suspects que nous poursuivons sont impliqués dans une affaire relevant de la sécurité nationale. Nous avons de bonnes raisons de croire qu'ils se cachent ici. Nous opérons dans le cadre d'une ordonnance fédérale globale qui nous autorise à opérer sous couvert d'un mandat rétroactif.

Rupert Baldwin, vexé par la remarque de Longrin sur sa tenue, tapote l'épaule de son chef et pointe du doigt l'ordinateur installé sur le bureau.

L'écran est scindé en quatre carrés sur lesquels s'affichent les images des caméras de surveillance du ranch. On distingue notamment l'esplanade sur laquelle sont garés les véhicules du commando.

— Monsieur Longrin, déclare Gottfrey, veuillez nous donner accès aux enregistrements de votre système vidéo. Nous souhaitons visionner l'arrivée d'Ancel et Clare Hawk la nuit dernière et savoir dans quel véhicule ils sont repartis. À moins qu'ils ne se trouvent toujours ici.

26

Ivan Petro, un genou à terre, reste dissimulé derrière un chêne, bien décidé à attendre le temps qu'il faudra. Il entend damer le pion à tous les imbéciles qui se trouvent au-dessus de lui dans la hiérarchie arcadienne.

En dépit de sa supériorité intellectuelle, lui qui est capable de réciter par cœur de longs passages des écrits de Nietzsche, de Weber et de Freud, il se demande s'il ne serait pas plus avisé d'appeler des renforts, quitte à avouer aux autres qu'il a trouvé Jane Hawk. La facilité avec laquelle elle lui a échappé le met mal à l'aise.

Après tout, ce n'est qu'une femme, malgré son entraînement à Quantico. Ivan n'est pas misogyne, il aime les femmes, mais uniquement pour leur donner le meilleur de lui-même, jusqu'à ce qu'elles le supplient de leur accorder un sursis. Pas question de laisser passer une aussi belle occasion en prévenant les autres. Il la tient. Il les tient, elle et son petit garçon.

Alors il attend, l'oreille tendue.

Il a toujours mal à la main gauche. Deux de ses doigts, gonflés et raides, saignent légèrement. Il tient son pistolet de la main droite.

À cinq mètres de lui, un bruissement de feuilles mortes et un petit caillou dévalant la pente trahissent la position de Jane.

Ivan tourne la tête en direction du bruit.

27

Les branches des chênes centenaires s'élevaient à plusieurs mètres au-dessus du sol, ce qui autorisa Jane à jeter une pierre très haut afin qu'elle tombe le plus loin possible sans rencontrer d'obstacle. Elle sortit de son abri en priant le ciel que son adversaire ne regarde pas dans sa direction et lança successivement deux cailloux avant de bondir, le Taser XREP à la main. Elle courait le risque d'être fauchée par une balle, mais tout valait mieux que cette attente.

Elle se réfugia précipitamment derrière un tronc à deux arbres de distance de sa cachette précédente. Apercevant un amas de feuilles mortes dans un puits de lumière, elle y mit le feu à l'aide de son briquet.

Ses chances de déclencher un incendie de forêt étaient minces, mais si détruire le petit bois était le prix à payer pour sauver son fils, elle y était prête.

Le fusil Taser dans la main gauche et le Heckler serré dans son poing droit, elle s'enfonça dans la pénombre avant que les flammes puissent révéler sa position et fit feu à quatre reprises dans la direction inverse de celle où il se cachait afin qu'il ne puisse pas la repérer aux éclairs s'échappant du canon de l'arme. L'écho des détonations se répercuta sur les troncs des chênes, rendant impossible la localisation du son, ce qui pousserait l'adversaire à se terrer en se croyant repéré.

Parvenue au bas de la pente, Jane lança un coup d'œil en arrière et aperçut le reflet des flammes sur les arbres. Le brasier était suffisamment important pour créer une diversion.

Elle se rua en direction du Range Rover, évitant les taches de soleil, soulagée de porter une tenue sombre, et tira à six reprises.

28

Le tintement des cailloux en direction de l'est incite Ivan à quitter son refuge, le temps d'examiner les alentours plongés dans la pénombre.

Au même instant retentit un premier coup de feu et il se souvient que Jane a été major de sa promotion à Quantico lors des épreuves de tir. Il se jette à terre, le nez au milieu des feuilles mortes. Une nuée de moucherons lui envahit les narines et il ne peut retenir un éternuement. Trois autres détonations ébranlent le silence, dont le bruit se répercute à travers le bois.

Ivan, allongé à plat ventre, s'apprête à relever la tête lorsque Jane tire à nouveau. Il compte six coups de feu. Ceux-ci sont trop nombreux pour qu'il en soit la cible, il est clair qu'elle ne sait pas où il se trouve et souhaite uniquement l'obliger à rester caché. Si le chargeur de son arme compte dix projectiles, comme c'est généralement le cas, elle est à court de munitions, mais elle dispose forcément de chargeurs de rechange.

Et d'un plan.

Il se relève lorsqu'il aperçoit une lueur orangée à une vingtaine de mètres à l'ouest, à mi-pente. Un feu de feuilles mortes dont les flammes s'élèvent à cinquante centimètres de hauteur. Un ruban de fumée s'échappe du brasier en dansant, tel un cobra hypnotisé par un charmeur de serpent.

Il s'agit d'une diversion, tout comme les coups de feu. Ou encore les cailloux et le bruit de feuilles mortes un peu plus tôt.

Une diversion, mais dans quel but ?

29

Au pied de la pente, Jane s'était accroupie derrière le Range Rover. Elle posa le Taser XREP à côté d'elle, éjecta le chargeur vide du Heckler, en glissa un autre à la place et rengaina son arme.

À ce stade, tout allait dépendre de sa capacité à déconcerter le géant avant qu'il ait pu comprendre à quoi rimait tout ce cinéma.

Elle écarta la trappe à carburant du Range Rover, dévissa le bouchon, récupéra les chaussettes coincées dans sa ceinture et les introduisit dans l'ouverture sans lâcher l'extrémité du lien en nylon auquel elles étaient attachées.

Elle attendit que le tissu se soit gorgé d'essence, puis elle ressortit les chaussettes grâce à leur attache de nylon en veillant à ne pas mouiller ses vêtements ou ses mains. L'opération terminée, elle revissa le bouchon et referma la trappe.

Elle s'éloigna du Range Rover et examina les alentours. La pente était moins escarpée que plus haut, mais elle allait devoir se montrer prudente pour ne pas glisser. Elle entama l'escalade, sa torche improvisée à la main, veillant à avancer le plus silencieusement possible sur les débris d'écorce. Elle buta contre une racine, parvint à ne pas perdre l'équilibre, et poursuivit son ascension sur une vingtaine de mètres.

Elle déposa les chaussettes gorgées d'essence sur un lit de feuilles mortes, recula de quelques pas, enflamma d'autres feuilles un peu plus bas de sorte que les flammes atteignent bientôt sa torche de fortune, puis elle redescendit le plus rapidement possible jusqu'au Range Rover derrière lequel elle se tapit à nouveau.

Les premières langues de feu s'élevèrent dans la pénombre du sous-bois et vinrent lécher les chaussettes qui s'enflammèrent en provoquant instantanément un incendie d'ampleur.

Le premier feu, allumé au sommet de la pente, commençait à s'étendre en envoyant des tourbillons de fumée au milieu des branchages.

Jane avait pu mesurer la patience de son adversaire. À condition d'attendre suffisamment longtemps, il était persuadé qu'elle finirait par commettre l'erreur de sortir de sa cachette.

L'inconnu avait une stature imposante. Dans son métier, les individus les plus costauds avaient tendance à se montrer sûrs d'eux et à se croire invincibles, à se croire plus intelligents et rusés qu'ils ne l'étaient en vérité.

Si son assaillant relevait de cette catégorie, Jane pouvait être certaine qu'il souffrait d'être insuffisamment considéré par les siens. Elle avait croisé la route de bien des individus de cet acabit au cours de sa carrière.

Ce sentiment de frustration suffirait à expliquer la raison pour laquelle il avait voulu agir seul, au lieu d'appeler en renfort ses collègues. Elle représentait à ses yeux la récompense suprême et il n'était pas question pour lui de partager avec d'autres le mérite de sa capture.

Il ne faisait aucun doute qu'elle l'avait déstabilisé en repoussant son attaque initiale. Et voilà qu'elle le poursuivait à présent, se déplaçait à travers bois en n'hésitant pas à utiliser son arme, allant jusqu'à allumer deux incendies pour saper son assurance. Il était rare qu'un individu tel que lui, son assurance ébranlée par le doute, soit capable de maîtriser son impatience.

Les incendies provoquent inévitablement des courants d'air. La chaleur du second feu aspirait dans sa direction l'air du premier brasier dont les flammes iraient automatiquement chercher de l'oxygène vers le haut de la pente, envoyant dans l'atmosphère des cendres incandescentes qui risquaient fort, à terme, de mettre le feu au bas de la pente.

Si Jane se trompait sur le caractère de son adversaire, elle pouvait très bien être la première victime de l'incendie qu'elle avait allumé. À force de jouer avec le feu ainsi qu'elle le faisait depuis plusieurs semaines, à tous les sens de l'expression, le diable pourrait bien décider de l'envelopper dans les flammes du jugement dernier.

L'instant suivant, elle se glissa en rampant sous le Range Rover.

30

À force de taper du poing sur la porte d'entrée de la maison des Longrin, Janis Dern voit apparaître sur le seuil une adolescente d'une douzaine d'années. Un garçon manqué au visage couvert de taches de rousseur, des baskets aux pieds, vêtue d'un jean fatigué et d'un T-shirt sur lequel sont brodés les mots SEMPER FI.

— Bon sang, madame ! On n'est pas sourds.

— Qui es-tu ? l'interroge Janis.

— Laurie Longrin. Vous n'avez qu'à vous asseoir dans la véranda, je vous apporte un verre de thé glacé ou de citronnade, comme vous voulez.

— Où sont ton père et ta mère ?

— Papa est dans son bureau, dans l'écurie n° 3, et maman plante des graines de pommes de terre dans le potager.

— Où est-ce ?

La gamine fait un geste vague en direction du nord-ouest. Elle sort de la maison en tirant la porte derrière elle.

— Venez, je vais vous montrer.

Janis est la plus jeune de quatre filles, une expérience qui l'a dissuadée à jamais de devenir mère de famille, ou de se fier à un enfant.

— Attends une seconde, dit-elle en retenant Laurie. Ce ranch est un élevage de chevaux, pas une ferme maraîchère.

— On fait un peu de tout, lui répond Laurie. On s'occupe de chevaux *et* de pommes de terre. On fait aussi pousser des carottes, des oignons et des radis. On fabrique également de très jolis couvre-lits en patchwork.

— T'es une petite maline, c'est ça ? Je vois le genre.

Avant que l'enfant ait pu réagir, elle pousse la porte de la maison et pénètre dans l'entrée.

— FBI ! FBI !

La gamine la suit et voit Chris Rodgers qui sort de la cuisine. Elle se précipite dans l'escalier.

— Ils arrivent, maman ! Et je peux te dire que c'est pas le FBI !

Janis se lance aux trousses de Laurie qu'elle voit disparaître dans une pièce à l'extrémité du couloir. Le temps de la rejoindre, Laurie a verrouillé la porte.

Si elle appartenait vraiment au FBI, Janis se trouverait confrontée à un vrai problème car rien ne l'autoriserait à fouiller les lieux. Faute d'avoir à répondre de ses actes auprès du Bureau ou de la Sécurité intérieure, elle sort son pistolet et tente d'enfoncer la porte à coups de pied. Les Techno Arcadiens qui l'emploient attendent d'elle des résultats.

La porte, protégée par un simple verrou qui cède rapidement, s'ouvre à la volée.

Les poings serrés autour de son arme, alors qu'elle a peu de risques de rencontrer la moindre résistance, elle se rue à l'intérieur de la pièce, courbée en deux.

Elle découvre un bureau.

Laurie l'observe d'un air satisfait. *Sale petite peste.* Alexis, sa mère, est assise à sa table face à son ordinateur. Elle est si bien concentrée sur sa tâche qu'elle ne lève même pas la tête de son écran.

— Arrêtez tout de suite ! lui ordonne Janis. Éloignez-vous de cet ordinateur.

Chris Roberts traverse la pièce en quelques enjambées, saisit le fauteuil à roulettes par le dossier et écarte la femme d'un geste brusque.

— Trop tard ! s'écrie la sale gosse d'un air triomphal.

***

Le bureau de Chase Longrin, dans l'écurie n° 3, est équipé d'un téléphone doté d'un haut-parleur. Un bruit de bagarre s'en échappe, suivi de la voix de Janis Dern.

— *Arrêtez tout de suite ! Éloignez-vous de cet ordinateur.*

Egon Gottfrey n'avait pas remarqué que la diode rouge de la fonction interphone était allumée. Longrin aura contacté sa femme en entendant les intrus pénétrer dans l'écurie.

— *Trop tard !* s'écrie une voix juvénile dans le haut-parleur.

En posant les yeux sur Chase Longrin, Gottfrey s'aperçoit qu'il sourit.

***

— Elle vient d'effacer les fichiers vidéo des caméras de surveillance, annonce Chris Roberts en se penchant sur l'écran.

Il est désormais impossible de savoir à bord de quel véhicule sont partis Ancel et Clare Hawk.

Janis fusille du regard la gamine. Elle lui arracherait bien les cheveux avant de l'assommer.

— Espèce de merdeuse ! Les petites malines dans ton style, ça me connaît.

— Qui peut être assez bête pour croire qu'on fait pousser des pommes de terre avec des graines ? rétorque Laurie, imperturbable.

Janis lève le bras comme si elle s'apprêtait à frapper l'insolente avec la crosse de son pistolet, histoire d'effacer sa mine satisfaite. Elle ressemble à Francine, l'une des sœurs de Janis.

La mère s'empare d'un pistolet dissimulé sous son siège à roulettes et fait feu en direction du plafond. Une pluie de plâtre s'abat sur les occupants de la pièce.

Janis se retourne d'un bloc et les deux femmes se font face, les poings serrés autour de leurs armes, prêtes à en découdre.

— Holà ! Personne n'a envie de ça, les tempère Chris qui a veillé à ne pas compliquer la situation en sortant son pistolet.

— Peut-être bien que si, grince Janis.

— Ça ne te ressemble pas, réplique son équipier. Qu'est-ce qui t'a mis dans un état pareil ?

— Cette petite connasse qui se croit tout permis avec son *Semper Fi* et ses taches de rousseur de merde.

— Je n'ai pas des taches de rousseur de merde, se défend Laurie. Tout le monde dit que je suis jolie.

— C'est plutôt vous qui vous croyez tout permis, intervient la mère. Sortez immédiatement de ma maison !

— Jusqu'à nouvel ordre, c'est *notre* maison, rétorque Janis.

Chris Roberts, décidé à éviter un carnage, met deux bonnes minutes à calmer sa collègue.

31

Tapi dans l'ombre près du sommet de la pente, Ivan Petro voit l'incendie gagner du terrain. La fumée s'épaissit, une odeur âcre lui brûle les narines.

Pour la première fois de son existence, il éprouve un réel malaise. Il se targue depuis toujours de ne pas connaître la peur. Habituellement, c'est lui qui fait peur aux autres. Il s'est suffisamment cultivé, en autodidacte, pour connaître la définition exacte du mot *malaise*: une sorte d'inquiétude ou de gêne alimentée par le doute. Mais il existe un océan entre savoir ce que signifie le mot et en ressentir personnellement les effets. Le doute qui s'est installé en lui ne le laisse pas en paix.

Certains adeptes de la révolution ont une théorie dérangeante pour expliquer le fait que Jane reste insaisissable et parvienne à abattre toutes ses cibles. Au-delà de ses capacités naturelles et de son passé au FBI, ils affirment qu'elle est gouvernée par une sorte de folie meurtrière depuis que son mari a été tué et que son petit garçon fait l'objet de menaces. Certains tueurs en série accumulent les victimes des années durant sans être appréhendés pour la simple raison que leur démence est alimentée par la raison, au lieu de s'en détacher. Guidés par l'intuition, ils ont toujours non pas un, mais deux trains d'avance.

Ivan a toujours pensé que cette explication était fumeuse, voire ridicule, au point de se moquer intérieurement des tenants de cette théorie.

À ce stade, il ne sait plus que penser.

Il ne voit pas comment la localiser dans ce repli de terrain sombre que gagne l'incendie. En dansant, les flammes et la fumée projettent des milliers d'ombres fantomatiques et les craquements du brasier couvrent le moindre bruit qu'elle pourrait provoquer.

Sa main gauche lance Ivan, il ne peut plus compter dessus. La fumée lui brûle les yeux et il a beau se tenir immobile, il est aussi essoufflé que s'il courait.

L'incendie ne menace pas le Range Rover pour le moment. Soudain, il comprend que l'intention de Jane en allumant l'incendie était de détruire le véhicule afin de le piéger dans ce bois.

Ivan est un homme de raison, il se réfère avant tout aux faits et aux chiffres. Il recourt rarement à son imagination, la fiction ne l'intéresse pas, dans les livres comme dans les films. De même, il est fier de ne pas être superstitieux. Il n'a jamais compté que sur ses muscles et son cerveau. Il est pourtant pris d'une sensation étrange qui lui met les nerfs à vif. Malgré la chaleur du brasier, il sent une vague de froid lui envahir la poitrine.

Furieux de se laisser entraîner par des sentiments irrationnels, il entend bien pousser sa raison à reprendre le dessus.

Le Range Rover est menacé à la fois par les flammes et par celle qui les a allumées. Il est prêt à tuer Jane au lieu de la capturer s'il le faut. Il n'aura plus qu'à offrir la dépouille sanglante de sa proie à ses supérieurs, quitte à les tuer aussi s'ils lui refusent l'avancement qu'il mérite depuis longtemps.

Il s'élance dans la pente, le pistolet à la main, aussi déterminé qu'un robot de film d'anticipation et avance à grandes enjambées en scrutant les alentours.

32

L'espace entre le châssis du Range Rover et le sol était si étroit que la joue de Jane touchait la terre.

À tous les coups, il penserait qu'elle l'attendait au pied de la pente, cachée derrière un arbre dans la pénombre, ou bien qu'elle se tenait en embuscade à l'intérieur de l'habitacle, mais jamais il n'irait imaginer qu'elle se dissimule *sous* le véhicule.

Lui-même étant trop gros pour se glisser sous le 4x4, il n'envisagerait même pas qu'elle puisse y arriver. En situation de crise, les tueurs ont une forte propension à calquer sur leur proie leurs propres limites.

Sans compter qu'elle se mettait en danger en choisissant une cachette aussi étriquée. À la lumière du palmarès de Jane jusque-là, jamais il ne la croirait capable d'une telle imprudence.

Mais ce qui relevait pour lui de la témérité était une nécessité pour la mère dont l'enfant se trouvait en danger à plusieurs centaines de kilomètres de là.

Si Jane avait voulu tuer son poursuivant, elle s'y serait prise autrement, mais elle avait impérativement besoin de l'interroger.

Le second incendie progressait régulièrement, mais lentement. À moins que le vent ne se lève, les flammes ne risquaient pas d'atteindre le Range Rover avant que l'inconnu y arrive.

La fumée s'élevait essentiellement à travers les arbres en quête d'air frais, mais un léger brouillard s'était immiscé sous le véhicule, qui la dissimulait à la vue. Le ronronnement du brasier ne suffirait pas à couvrir une quinte de toux, aussi respirait-elle à travers le tissu de son manteau au niveau du coude tout en surveillant le petit bois.

Elle le maudit de se montrer aussi lent, au point de lui ordonner dans sa tête de rejoindre le Range Rover, comme si elle avait sur lui le même pouvoir que les utilisateurs du mécanisme de contrôle sur les Modifiés. Soudain, elle le vit. Ou plutôt elle vit ses chevilles dont le rythme trahissait sa détermination. Il avançait à grands pas en direction du 4x4.

Brusquement, il eut une réaction inattendue.

33

Elle a allumé le premier feu moins de cinq minutes plus tôt, mais le petit bois a perdu tout son aspect bucolique à la Thoreau pour se transformer en un cadre inquiétant digne de Poe à mesure que les flammes se glissent entre les arbres.

Ivan Petro n'a rien à gagner en observant la prudence. Cette salope a pris le contrôle de la situation en écrivant un scénario qui place le Range Rover au centre de la scène. Elle veut l'obliger à ouvrir la portière côté conducteur. Si elle n'a pas profité du chaos pour fuir, elle l'observe probablement derrière un arbre et attend qu'il s'approche du véhicule.

Ivan craint notamment qu'elle ait eu l'idée de grimper dans l'un des vieux chênes et qu'elle l'observe à travers le feuillage. Il émane de lui une odeur âcre de transpiration et il a les intestins noués. Pour la première fois en dix-huit ans, depuis qu'il s'est libéré de l'emprise de ce père qui le battait, il a une remontée de bile qui lui brûle la gorge.

La salope ne se cache pas dans le coffre du Rover où il ne manquerait pas de la voir en s'approchant. Elle n'est pas non plus à l'avant du véhicule, elle serait gênée par le volant, les pédales, l'accoudoir. Même au pied du siège passager, elle serait visible.

Si elle s'est réfugiée dans le 4x4, elle est forcément tapie derrière le siège passager, le dos contre la portière, les pieds posés contre le tunnel de transmission, les poings serrés autour de la crosse de son arme, prête à l'abattre dès qu'il pointera le nez à la vitre.

Ou alors elle s'est accroupie contre la carrosserie, de l'autre côté du Rover, mais cela n'a aucune importance, la manœuvre qu'il a imaginée obligera Jane à se montrer.

Parvenu à quelques mètres de la portière du conducteur, il fait feu à trois reprises. La vitre arrière gauche explose en envoyant des éclats de verre sur la banquette, les projectiles poursuivent leur course et brisent à son tour la vitre arrière droite. Ivan est à la fois nerveux et furieux, l'une des balles a manqué sa cible et fait voler en éclats la fenêtre du conducteur.

Elle n'est pas dans l'habitacle, ou même de l'autre côté du véhicule, parce qu'elle se serait déjà relevée pour le faucher.

Ivan scrute les silhouettes tordues des arbres, balaie la pente du regard. En vain.

Tout en craignant de se prendre une balle en pleine tête à tout instant, il ouvre maladroitement la portière du conducteur avec sa main blessée. L'éclairage intérieur s'allume et il constate que Jane ne se trouve pas dans la voiture.

Il s'installe derrière le volant et referme la portière en grimaçant de douleur. Le mieux est de fuir le plus rapidement possible.

La clé électronique se trouve à l'intérieur de sa poche, il lui suffit d'enfoncer le bouton du démarreur de la main gauche, il n'est pas question de lâcher son arme pour le moment.

Un nuage de fumée se glisse à travers la vitre arrière, côté passager, et Ivan ne peut retenir une quinte de toux tout en cherchant des doigts le frein à main.

L'incendie se rapproche et il s'inquiète moins de Jane Hawk que d'être pris de vitesse par le feu.

Grave erreur.

Au moment où il cesse de surveiller le petit bois et baisse les yeux à la recherche du frein à main qu'il ne trouve pas, il aperçoit du coin de l'œil une ombre sur sa gauche.

Elle le menace à l'aide du Taser XREP et tire à bout portant avant qu'il ait pu relever le canon de son Colt .45.

Les quatre électrodes du projectile s'enfoncent dans son cou et il a l'impression d'avoir plongé la tête dans un nid de guêpes. Il lâche son pistolet. Le châssis du projectile se sépare de la pointe en libérant de nouvelles électrodes et il se trouve brusquement tétanisé par la décharge. Sa vision se brouille, ses mâchoires se crispent, une douleur fulgurante le traverse de la tête aux pieds et tout son système nerveux entre en court-circuit, entraînant la paralysie.

34

Ivan retrouve soudainement des sensations oubliées depuis l'enfance. Tremblant de douleur, il croit voir planer au-dessus de lui l'ombre paternelle. Un trop-plein de bile lui envahit la bouche, comme à chaque fois que son père s'apprêtait à le frapper. Il est dans l'incapacité de s'enfuir ou de se cacher, il serre les dents afin de ne pas laisser éclater sa haine, sachant d'avance qu'une telle réaction lui vaudrait des coups plus appuyés encore.

Faute de parvenir à déglutir, il écarte les lèvres et une montée acide s'écoule sur ses genoux. Il relève la tête sans comprendre, persuadé que la maison de son enfance est en feu, avant de s'apercevoir qu'il n'est plus un enfant. Assis à l'intérieur d'un véhicule, il est enchaîné au volant par des liens en nylon. D'un coup, tout lui revient. Il tourne la tête à gauche et la voit, de l'autre côté de la vitre disparue, son visage de déesse éclairé par les flammes. Elle a un œil brun et un œil bleu.

— Vous avez les yeux de deux couleurs différentes, déclare-t-il d'une voix pâteuse. Vous avez perdu une lentille de contact, mais je sais quel œil est de la bonne couleur. Jane Hawk a les yeux bleus.

— Et vous vous appelez Ivan Petro.

— Vous avez pris mon portefeuille.

Elle le lui jette à la figure, il tombe sur ses genoux couverts de bave amère.

Une odeur de brûlé flotte dans l'air, un nuage de fumée enveloppe le Range Rover. Le feu de feuilles mortes poursuit sa progression dans le sous-bois.

— Où m'avez-vous repérée ? s'enquit-elle.

La tête en vrac, il répond spontanément :

— À Placerville. Je vous ai vue sortir d'une supérette avec des sandwiches.

— Où ça ?

— Où se trouve Placerville ? Vous le savez aussi bien que moi puisque vous en venez.

— Ne cherchez pas à m'embobiner, le temps presse. Je veux savoir où vous avez planqué l'émetteur.

Il n'aurait jamais dû lui parler de Placerville.

— Je l'ai enfoncé dans votre joli petit cul pendant que vous dormiez.

Le canon du Heckler s'arrête à quelques centimètres de son visage. Il réagit en adressant à Jane un sourire méprisant.

— Épargnez-moi vos airs mauvais. N'allez pas vous imaginer que je croie ceux qui vous accusent d'être une tueuse.

— Je suis prête à en tuer cent comme vous pour sauver mon fils.

— Il est déjà mort. Ils ont même filmé la scène. Ils l'ont éventré avant de le laisser hurler jusqu'à son dernier souffle.

Elle le fixe avec son œil bleu et son œil brun, que vient compléter l'œil noir que dessine la gueule du pistolet. Une perle de transpiration naît entre ses deux yeux et roule le long de l'arête de son nez.

— Je vous signale que cette voiture est garée au-dessus d'un amas de feuilles mortes. Les flammes ne tarderont pas à lécher le réservoir. Elles feront le boulot à ma place.

Le moteur est à l'arrêt, elle l'a coupé. Ivan pourrait conduire même avec les mains attachées au volant, mais il ne peut pas atteindre le bouton du démarreur ni desserrer le frein à main.

Son pistolet se trouve sur le siège passager, où il est tombé lorsqu'elle l'a paralysé à l'aide du Taser.

Il respire difficilement, sans doute à cause de la fumée. Il feint d'avoir une quinte de toux afin de tester la solidité du lien qui immobilise sa main droite sur la partie inférieure du volant, sans qu'elle puisse remarquer son manège. Rien à faire, la lanière de nylon se resserre lorsqu'il tire dessus. Il continue à tousser et à tirer. Il a des poignets épais et puissants, il est surtout mû par une haine plus tenace encore que celle qu'il vouait à son père. La haine est le moteur le plus puissant au monde, c'est elle qui détruit les civilisations et nourrit les génocides. La sienne est si forte qu'elle peut venir à bout de ses liens.

Elle recule de quelques pas.

— Je veux savoir où se trouve l'émetteur. Et vite si vous ne voulez pas que je vous laisse brûler vif dans votre voiture pendant que je fouille la mienne.

Il ne peut pas continuer à tousser indéfiniment. Il doit gagner du temps s'il entend parvenir à arracher ses menottes en nylon.

— Ils n'ont pas tué votre gamin. Ils ne lui ont pas encore mis la main dessus.

— Si c'est vrai, vous avez peut-être une chance de vous en tirer.

— J'ai fixé l'émetteur à l'aide de colle époxy, vous n'arriverez pas à le retirer.

— Je ne vous conseille pas de me raconter des salades si vous ne voulez pas mourir.

— Je vous dis la vérité. Vous allez devoir le détruire avec un marteau.

La douleur qui lui traverse la main droite prend désormais le pas sur celle de la main gauche. Le lien en nylon lui entaille les chairs, ses doigts sont poisseux de sang. Ivan a appris à se nourrir de sa souffrance depuis l'enfance. C'est la souffrance qui a fait de lui un homme.

— J'ai collé l'émetteur au niveau de la roue arrière droite.

— Qui vous a fourni le numéro d'immatriculation de mon Explorer ?

— Personne. Ces salopards seraient capables de s'attribuer tout le mérite de votre capture.

Le sang dégouline de sa main. Il a tellement mal qu'il en a des éblouissements. Une nouvelle remontée d'acide gastrique lui envahit la gorge, qu'il s'empresse de ravaler.

— Vous n'avez pas l'air bien, s'inquiète Jane.

— Ça vous étonne, espèce de pauvre cinglée ?

— Vous transpirez à grosses gouttes.

— Vous croyez que l'idée de brûler vif m'amuse ?

— Qu'est-ce que vous fabriquez avec vos mains ?

Elle s'approche de la fenêtre pour mieux voir.

L'acide gastrique lui envahit les narines, il écume, et son haleine a l'odeur d'un corps en décomposition.

35

Coincé derrière son volant, Ivan Petro ressemblait à ces mannequins couramment utilisés dans les vieux films d'horreur avant que les trucages informatiques ne prennent le relais. Son cou était tendu à craquer, sa tête était toute gonflée, ses narines dilatées et ses yeux exorbités, les artères battaient furieusement au niveau de ses tempes. Une écume jaunâtre s'échappa de ses narines, il poussa un cri de rage et de désespoir avant de lui cracher à la figure un chapelet d'insultes, comme s'il comptait sur sa haine pour la tuer.

En s'approchant de la portière, elle vit sa main droite tuméfiée par les menottes en nylon, sa manche de chemise couverte de sang.

Le plastique des menottes était épais de près d'un centimètre et les crans du système de fermeture, admirablement conçus, se serraient automatiquement en cas d'effort. Ces liens étaient nettement plus efficaces que des menottes ordinaires, elle n'avait jamais vu quelqu'un parvenir à s'en débarrasser. C'était tout simplement impossible.

Ivan Petro avait beau s'apercevoir qu'il n'arrivait à rien, sa rage et sa haine ne faisaient que croître. Il était comme fou, prêt à tout pour se libérer, quitte à risquer une hémorragie cérébrale.

Le lien céda brutalement.

Son poing géant se libéra du volant en arrosant le tableau de bord et le pare-brise d'une pluie de gouttelettes de sang et il se rua sur le pistolet posé à côté de lui.

— Non, se contenta de dire Jane.

— *Si!* répliqua-t-il.

Elle lui tira deux balles dans le cou à l'instant où sa main armée se relevait.

Jane recula machinalement de quelques pas, hébétée. Tout pouvait arriver s'il avait réussi à venir à bout de ses menottes. Qui sait si la chair en bouillie de son cou n'était pas capable de se raccommoder toute seule, si les deux balles n'allaient pas se trouver aspirées par le canon du Heckler et retrouver leur place dans le chargeur ?

Mais Ivan Petro restait effondré sur le siège du Range Rover. Jane frissonna en constatant que la posture du mort était exactement la même que celle de Nick lorsqu'elle avait retrouvé son cadavre dans la baignoire. L'angle de la tête, le cou barbouillé de sang.

Au cours des vingt-quatre heures suivant la mort de ce mari qu'elle adorait, elle était restée sous le choc, incapable de la moindre pensée cohérente. Son âme torturée par le chagrin avait tenté de la culpabiliser. Qu'avait-elle fait de mal ? Comment avait-elle pu ne pas voir qu'il n'allait pas bien ?

Mais elle connaissait trop Nick pour croire longtemps à un suicide. En plus d'être amants, mari et femme, parents d'un adorable petit garçon, ils étaient des âmes sœurs au point de former un tout.

La position du corps d'Ivan Petro comme sa plaie répugnante à la gorge la ramenèrent soudain à cette soirée terrible en Virginie, quelques mois plus tôt. L'espace de quelques instants, elle perdit tout espoir de renouer un jour avec la paix, mais elle surmonta rapidement son désarroi.

Nick restait vivant à travers leur fils, et ce dernier avait besoin d'elle. Ne pas réussir à le sauver équivaudrait à tuer Nick une seconde fois.

Elle tourna le dos à Ivan Petro et partit à l'assaut de la pente au pas de course, au milieu des chênes entourés de fumée, tels des juges implacables le jour de l'apocalypse.

Elle atteignait le sommet, les yeux piquants et la poitrine douloureuse, lorsque le sol trembla sous ses pieds. Le réservoir du Range Rover venait d'exploser, mais elle ne jeta pas même un regard en arrière.

Elle quitta l'abri des arbres à l'entrée du champ et avala goulûment une bouffée d'air pur.

En regagnant sa voiture, elle ramassa au passage le marteau qu'elle avait lancé à Petro, puis elle récupéra sur le macadam du parking le tournevis et les débris du téléphone portable dont elle se débarrassa sur le siège passager.

Elle ouvrait la portière du conducteur lorsqu'elle vit une colonne de fumée noire s'échapper du petit bois. Elle s'empressa de prendre le volant, de démarrer et de quitter l'aire d'autoroute. Les automobilistes et les chauffeurs de poids lourds, alertés par le bruit de l'explosion et le nuage de fumée, regardaient l'incendie sans se douter qu'elle en était la cause.

Un hululement de sirène monta dans le lointain, sans qu'elle puisse savoir d'où venaient les secours. Il lui faudrait tout juste une heure pour arriver à Los Angeles, assez tôt pour échapper aux embouteillages qui congestionnaient quotidiennement la mégalopole.

Elle se mit à trembler de tous ses membres à la pensée du mort, dans les bois. Elle aurait besoin de beaucoup de chance à Indio et à Borrego Springs. En ces temps troublés, elle ne pouvait fonder ses espoirs sur le bon vouloir d'un destin cruel. Le mieux était encore de se préparer au maximum avant de passer à l'action, soutenue par l'amour qu'elle portait à son fils.

Elle s'arrêta sur une aire peu fréquentée, juste avant le col de Tejon. Elle s'isola à l'extrémité du parking et détruisit à l'aide du marteau l'émetteur placé derrière la roue de l'Explorer, faute de pouvoir le décoller.

Elle repartait en direction du sud lorsqu'elle éprouva une soudaine envie de musique. Elle opta pour *Kei's Song* de David Benoit, une composition écrite par ce dernier à l'intention de sa femme, et monta le son avant de se laisser emporter, régénérée par les envolées de piano.

36

Le petit garçon avait eu le plus grand mal à trouver le sommeil la nuit précédente, de sorte qu'il dormait à poings fermés ce matin-là. Il aurait fallu nourrir les chiens et les sortir, mais Cornell ne pouvait se résoudre à laisser l'enfant seul.

Il ne s'était jamais retrouvé avec une telle responsabilité sur les bras. Il avait beau essayer de se concentrer sur sa lecture, son attention s'échappait invariablement ailleurs.

Il craignait avant tout de mettre Travis en danger en agissant inconsidérément.

Il se pencha une nouvelle fois au-dessus du fauteuil et observa l'enfant. Travis donnait l'impression de ne pas respirer. Cornell aurait aimé s'assurer qu'il était bien vivant, sans oser le toucher.

Les bergers allemands avaient passé la nuit à tourner en rond dans la bibliothèque en se relayant pour dormir. Ils s'approchèrent de Cornell et le reniflèrent dans l'espoir d'être caressés, mais sa phobie de toute forme de contact avec un être vivant l'en empêcha.

Il avait toujours craint de voir son âme s'envoler s'il se laissait toucher par quiconque, le laissant en possession d'une enveloppe corporelle vide. Tout en sachant que cette peur était irrationnelle, jamais il n'avait pu l'étouffer. C'était d'autant plus étrange que Cornell s'appuyait en tout sur la raison.

Les chiens commençaient à s'agiter, ils avaient envie de satisfaire leurs besoins.

Il n'était pas question qu'ils laissent la moindre crotte sur ses tapis persans, mais comment ne pas les toucher au moment de les mettre en laisse? *C'est pas possible, pas possible, pas possible.*

Les chiens étaient probablement dressés pour ne pas s'enfuir, mais si d'aventure ce n'était pas le cas?

Le petit garçon les adorait, il serait bouleversé s'ils disparaissaient dans la nature. Cornell comprenait désormais ce qu'était le sens des responsabilités. Il s'agissait de prendre des décisions à la place des autres.

— C'est bon, je vais vous sortir, dit-il à voix haute, de guerre lasse, à force d'entendre gémir les chiens. Mais ne vous enfuyez pas, s'il vous plaît et merci.

À l'extérieur, la vallée baignait dans une chaleur torride, loin de l'atmosphère feutrée de la bibliothèque qu'aimait tant Cornell.

Les chiens parcoururent quelques mètres en courant avant de soulager leur vessie, puis ils reniflèrent brièvement les alentours avant de s'accroupir et de vider leurs intestins. Leur manège plongea Cornell dans la gêne tout en l'intriguant car il n'avait jamais assisté à pareille scène. Leurs affaires terminées, les deux chiens posèrent sur lui un regard interrogateur, les oreilles en avant. Il finit par comprendre qu'ils s'étonnaient de ne pas le voir ramasser leurs crottes dans un sachet en plastique. Outre qu'il n'avait pas de sachets en plastique, il ne voyait pas l'utilité de ramasser ces déjections canines au milieu des mauvaises herbes. Le jardin de Cornell n'avait rien d'un terrain de golf, ou d'une pelouse d'église.

Il se dirigea vers la petite maison bleue, précédé par son ombre gigantesque. Comme les chiens ne bougeaient pas, il les appela. Ils posèrent sur lui un regard surpris après avoir contemplé leurs crottes, étonnés de voir un humain si mal dressé, mais ils finirent par rentrer dans la vieille bâtisse à sa suite. Le sac de croquettes se trouvait dans la cuisine, comme le lui avait précisé l'enfant. Quant à la valise du petit garçon, il la trouva dans la plus petite des deux chambres.

Quelques instants plus tard, il verrouillait la porte de la petite maison et retournait dans la grange, le sac de croquettes et la valise à la main.

— Allez, venez ! S'il vous plaît et merci, dit-il aux chiens en s'émerveillant de constater qu'ils se positionnaient de part et d'autre de lui, comme s'ils tenaient à lui autant qu'à l'enfant.

Il ouvrit à l'aide d'une clé électronique la porte blindée dissimulée derrière un faux battant de vieilles planches et s'avança dans l'entrée blanche avec les chiens. Il referma la porte qui se verrouilla avec un claquement sec derrière lui et posa la main sur une plaque fixée au mur opposé. Ses empreintes débloquèrent le mécanisme automatique, un battant s'écarta et il retrouva la bibliothèque.

Les toilettes s'ouvraient immédiatement à sa gauche tandis qu'à sa droite s'alignaient un plan de travail, des placards, un double évier, deux congélateurs, deux fours à micro-ondes, ainsi qu'un four électrique.

Les chiens jappèrent de plaisir en voyant le petit garçon devant l'un des congélateurs dont il examinait le contenu.

— Je peux vous poser une question, monsieur Jasperson ? demanda Travis en se retournant.

— Oui, bien sûr. Mais appelle-moi Cornell.

— Comment fonctionnent vos frigos ?

Cornell battit des paupières. Surpris, il posa à ses pieds la valise et les croquettes.

— Comment ? Mais avec de l'électricité.

— D'accord, mais qui fabriquera l'électricité après la fin du monde ?

— Ce ne sera pas la fin du monde, mais la fin de la civilisation.

Le petit garçon fronça les sourcils.

— Les villes et tout le reste s'arrêteront, mais pas la planète. Pas la planète. Pas la planète. De toute façon, les frigos sont branchés sur un groupe électrogène qui fonctionne avec du propane stocké dans une grande cuve enterrée à l'extérieur. Assez pour alimenter la bibliothèque et le bunker pendant quatorze mois, ou bien le bunker seul pendant trente mois.

— Et ensuite ? voulut savoir le petit garçon.

— Une autre civilisation prendra peut-être le relais.

— Et si c'est pas le cas ?

— Alors je serai probablement mort.

— Probablement, acquiesça Travis. Puisque vous ne sortez jamais.

— Je ne sors plus. Je sortais très rarement avant, même quand je vivais dans la petite maison bleue. J'ai peur d'effrayer les gens.

— Alors comment vous faites pour avoir du lait au chocolat et tout le reste si vous sortez jamais ?

— Gavin passe une fois par mois. Il remplit les réfrigérateurs.

— Peut-être qu'il pourra continuer, s'il est pas…

— S'il n'est pas mort, oui. S'il n'est pas mort. S'il n'est pas mort.

Le petit garçon referma la porte du réfrigérateur et dévisagea Cornell d'un air grave.

— Monsieur Jasperson, pourquoi vous dites toujours tout trois fois ?

— Tu peux m'appeler Cornell et je ne dis pas tout trois fois.

— Si.

— Non, pas tout. Uniquement quand je ne veux pas que ce soit vrai, ou que ça arrive. Ou alors quand je sais que c'est faux alors que j'aimerais que ce soit vrai.

— Et ça marche ?

— Non, mais je me sens mieux. Tu veux manger ?

— Je crois bien que j'ai faim.

— Je peux préparer des œufs brouillés ou des œufs sur le plat, avec ou sans fromage. Et des toasts. Je peux préparer des sandwiches au saucisson. Avec de la mayonnaise, ou de la moutarde, ou les deux. Je connais toutes sortes de recettes.

— Et toi, tu as faim, Cornell ? s'enquit le petit garçon.

— Oui. J'ai faim.

— Alors je mange comme toi.

Les chiens s'approchèrent du sac de croquettes, la truffe en l'air.

— Il faut que je les nourrisse, décida Cornell. Pour l'instant, ils sont gentils. Pour l'instant, ils ne mordent pas. Pour l'instant.

— Ils t'aiment beaucoup, tu sais.

Cornell se figea au-dessus du sac de croquettes et tourna lentement la tête.

— Comment le sais-tu ?

— Ça se voit.

— Moi, je ne vois rien. Je ne sais pas comment voir ça.

— Eh ben, c'est le cas. Ils t'aiment.

Cornell observa l'un après l'autre les deux chiens qui remuèrent la queue.

— Hmmm. Hmmm. Peut-être est-ce parce que je leur donne à manger.

— Non, ils t'aiment pour de bon.

Cornell se sentait inévitablement trop grand, trop maladroit, trop bizarre en présence de ses congénères, même avec son cousin Gavin. Il en était de même avec les animaux. Les chiens lui avaient toujours aboyé dessus, les chats se hérissaient, montraient les dents et fuyaient en sa présence.

— Hmmm. Hmmm. Peut-être bien, ou peut-être pas. Mais ce serait une première. Ce serait une première. Une vraie première.

37

Si Egon Gottfrey avait cru que les Texans existaient vraiment, il les aurait détestés.

Les membres du commando retiennent Chase et Alexis Longrin prisonniers dans le salon en compagnie de leurs trois filles, Laurie, Daphné et Artémise. Chris Roberts et Janis Dern voudraient procéder à un interrogatoire en règle, mais les Longrin discutent entre eux des dernières séries qu'ils ont vues à la télé. Ils sont convaincus que Gottfrey et ses sbires n'ont aucune autorité juridique, ou bien que ce sont des traîtres s'ils font effectivement partie du FBI. Jane Hawk a réussi à embobiner ces gens par le biais de ses beaux-parents.

Cette impudence finit par lasser Gottfrey qui quitte la pièce et rejoint l'enclos dans lequel Pedro et Alejandro ont enfermé les employés du ranch, huit hommes et deux femmes. Neuf d'entre eux ne dorment pas sur place, si bien qu'ils étaient absents à 2 heures du matin quand Ancel et Clare Hawk sont arrivés à cheval.

Bodie Houston est le seul à résider sur le ranch, dans la petite maison du régisseur. La trentaine, les cheveux très noirs, le visage tanné par le soleil, il est fin et musclé. Il affirme vouer un véritable culte au FBI et regrette amèrement de n'avoir rien entendu cette nuit-là.

— Quand j'étais gosse, je rêvais d'intégrer le Bureau. Ce serait un honneur de vous aider, les gars, mais je ne peux rien vous dire.

Gottfrey l'observe en silence. Il se demande si le Grand Ordonnateur attend de lui qu'il passe les menottes à Houston et le jette du haut d'une falaise, ou bien qu'il le laisse tranquille.

Il opte pour la seconde solution.

38

La bibliothèque de Cornell était une forteresse de livres. Quatre fauteuils dépareillés, aussi beaux les uns que les autres, délimitaient un espace circulaire au centre de la pièce. Chacun disposait de sa petite table, des meubles anciens de diverses périodes sur lesquels étaient posées des lampes vitrail qui plongeaient la pièce dans une atmosphère douce aux couleurs rouge et or.

Cornell avait voulu reconstituer là ce qu'il imaginait être le paradis, tout en espérant secrètement ne pas se retrouver seul au paradis, ne plus effrayer ses semblables, être capable de leur parler.

Il n'était plus seul à présent et voyait cette nouvelle situation comme un test lui permettant de savoir s'il était prêt pour l'au-delà.

Les deux chiens étaient couchés sur le tapis, la queue entre les jambes. L'un d'eux ronflait. Cornell s'était habitué à ces chiens plus vite qu'il ne l'aurait imaginé, d'autant qu'il n'avait aucune raison de converser avec eux.

Il avait pris place dans une bergère, en face du petit garçon perdu dans un énorme fauteuil club. Il avait le sentiment d'être un ptérodactyle perché sur un fil électrique. Les jambes allongées sur des ottomanes, des plateaux fixés au bras de leurs sièges respectifs, ils mangeaient l'un en face de l'autre.

— Les sandwiches sont très bons, dit le petit garçon.

Cornell, ne sachant quoi répondre, se contenta de décrire la préparation des sandwiches.

— Du pain avec du beurre, deux tranches de saucisson, une tranche de fromage fondu et une tranche de provolone, des tomates émincées, un peu de mayonnaise, on appuie sur le tout avant de le toaster. Avec en plus deux cornichons chacun et un petit paquet de chips.

— Le cola, c'est bon avec les sandwiches, approuva l'enfant.

Cornell, aidé par sa mémoire photographique, aurait pu lui dresser la liste des ingrédients telle qu'elle figurait sur la canette, mais il se contenta de l'information la plus intéressante.

— Conditionné avec l'autorisation de The Coca-Cola Company, Atlanta, Géorgie, 30313.

— Je ne suis jamais allé à Atlanta, remarqua Travis.

— Moi non plus. On devrait y aller tous les deux un jour. Non, c'est bien trop effrayant.

— Pourquoi tu trouves ça effrayant ?

— Parce que c'est trop loin et trop grand, répondit Cornell.

— J'imagine que c'est vrai, si tu le dis.

Cornell avait plus de facilité à converser avec cet enfant qu'avec quiconque auparavant.

— Tu es le cousin d'oncle Gavin, déclara Travis après un silence.

— Ma mère, Shamira, était la sœur de sa mère, mais sa famille l'a reniée quand elle avait seize ans, avant ma naissance, si bien que personne n'était au courant de mon existence.

— Comment peut-on… renier quelqu'un ?

— On le met dehors, on ferme la porte et on ne le voit plus jamais.

— Waouh. C'est dur. Pourquoi ils ont fait ça ?

— Parce que ma mère se droguait et se prostituait.

— C'est quoi, se pro-situer ?

— Elle vendait son corps. Mais tu n'as jamais entendu parler de ça, tu n'as jamais entendu parler de ça. Jamais. Elle… elle faisait l'amour pour de l'argent.

Le sujet était délicat, et Cornell transpirait à grosses gouttes.

— On fait l'amour pour fabriquer des bébés. Ta mère a fabriqué des bébés ?

— Uniquement moi. J'étais bébé autrefois.

— Mais alors, qui est ton papa ?

— Personne ne sait, c'est un grand mystère.

— Ta maman ne se souvient pas ? Tu devrais lui poser la question.

— Ma mère est morte quand j'avais dix-huit ans.

Le petit garçon reposa son sandwich.

— C'est très triste.

— C'était il y a longtemps. Mange ton sandwich. Elle est morte d'une overdose de drogue, elle n'a pas pu s'en empêcher. Il faut manger, on ne peut pas s'en empêcher.

Travis contempla longuement son sandwich avant de réagir.

— C'est pas juste que les gens doivent mourir.

— Non, ce n'est pas juste. Pas juste. Mais c'est ainsi. Et il faut manger.

— Mais alors, si personne n'était au courant de ton existence dans ta famille, comment oncle Gavin pouvait être au courant ?

— Quand je suis devenu riche, j'ai engagé un enquêteur privé pour retrouver ma famille. Gavin est le seul dont j'ai pensé qu'il me plairait. Et c'est le cas. Je l'aime beaucoup. Je l'aimais beaucoup. C'est le seul que j'ai contacté. Sans doute est-ce la raison pour laquelle tu es en sécurité ici. Tu es encore en sécurité ici. Tu es en sécurité.

— Je me sens plutôt en sécurité.

— C'est bien. Tant mieux. À présent, mange ton sandwich, s'il te plaît et merci.

Le petit garçon mordit dans le pain, mastiqua longtemps la bouchée et l'avala.

— Tu es très riche ?

— J'ai à peu près trois cents millions.

— Waouh. Je sais même pas compter jusque-là.

— C'est effrayant, acquiesça Cornell qui faillit reposer son sandwich à l'idée de posséder une somme aussi vertigineuse.

Conscient de devoir montrer le bon exemple, il s'obligea à continuer à manger.

— Comment tu as fait pour gagner autant d'argent ?

— J'ai inventé des applis très populaires.

— Des applis ? J'en ai entendu parler, mais je sais pas ce que c'est.

— Tu sauras un jour. Quoi qu'il en soit, j'avais gagné tellement d'argent quand j'ai eu vingt-quatre ans que ça m'a fichu une trouille bleue.

— Pourquoi tu aurais la trouille de l'argent ?

— J'ai commencé avec dix dollars. Quatre ans plus tard, après avoir versé des impôts, j'avais trois cents millions. Ça n'arrive jamais, sauf que notre civilisation est un râteau de cartes.

— Un quoi ?

— Je te prie de m'excuser, s'il te plaît et merci. Parfois, ce n'est pas le bon mot qui sort. Je voulais dire comme un *château* de cartes. Notre civilisation est un château de cartes. Alors j'ai décidé d'être prêt pour le jour de l'Apocageddon.

— Alors tu as construit cette bibliothèque secrète de la fin du monde.

— Et un bunker qui est plus secret encore. Tu me prends pour un fou ?

— Non, t'es pas fou. T'es même très intelligent.

Cornell se rengorgea.

— Je n'y serais jamais arrivé sans l'aide de tous ces ouvriers philippins qui ne parlaient pas un mot d'anglais.

39

Gottfrey commence à se demander si le scénario prévoit qu'il se fasse damer le pion par des éleveurs de cheveux texans. Il va retrouver Rupert Baldwin qui fouille le bureau de Chase Longrin dans l'écurie n° 3.

Baldwin n'a rien trouvé d'intéressant dans les tiroirs et les classeurs, il a tout renversé par terre, sans doute pour se venger de la remarque de Chase sur sa tenue. Rupert se prend pour un rebelle sur le plan vestimentaire, il est très attaché à ses costumes en velours et ses cravates mexicaines.

Il a trouvé le moyen de pirater le site des cartes grises depuis l'ordinateur de Longrin, histoire d'obtenir la liste des véhicules appartenant au ranch : plusieurs pick-up, des vans pour les chevaux, deux 4x4, une Ford…

— J'ai refilé la liste à Vince, explique-t-il à Gottfrey. Il est occupé à vérifier qu'il ne manque aucun véhicule.

Le Grand Ordonnateur a décidé d'accélérer le mouvement. À peine Rupert a-t-il achevé sa phrase que Vince Penn se rue à l'intérieur du bureau avec toute la subtilité d'un montreur d'ours.

— Toutes les bagnoles sont là, à l'exception du Mountaineer Mercury. J'ai tout passé au peigne fin : le garage, les écuries, la grange. J'ai même fouillé la maison en vérifiant sous les lits. Rien de rien.

Son regard se pose alternativement sur Gottfrey et Rupert.

— Je plaisantais en disant que j'ai vérifié sous les lits.

Par souci d'efficacité, Gottfrey juge plus prudent de ne pas relever.

Rupert, muni du numéro d'immatriculation du Mountaineer, se met en quête de la base de données de la NSA contenant les coordonnées GPS de tous les véhicules du pays. Il n'a aucun mal à retrouver par satellite celui du Mountaineer.

Une carte s'affiche sur l'écran, au milieu de laquelle clignote un point rouge.

— Le véhicule n'est pas en mouvement. Il est probablement garé.

— Où ça ?

— À Killeen.

— Où est-ce ?

— Pas loin, répond Vince. J'y ai passé quelques semaines à une époque de ma vie, pour une fille. Elle n'était pas particulièrement belle, mais assez pour vouloir l'épouser. Jusqu'au jour où je me suis aperçu que c'était une pute et qu'elle n'avait aucune envie de se marier.

Rupert s'empresse de fournir à Gottfrey les informations dont il a réellement besoin.

— Killeen se trouve à un peu plus de deux cents kilomètres. L'hélicoptère le plus proche est stationné à Austin. Le temps qu'il arrive, nous récupère, et rejoigne Killeen, autant y aller en voiture. On en a pour deux heures, deux heures et quart grand maximum.

40

Cornell Jasperson était persuadé qu'un drame était sur le point de survenir. Il s'entendait très bien avec le petit garçon et les chiens ne l'avaient pas attaqué, mais il ne pouvait s'empêcher de se figer régulièrement et de dresser l'oreille, à l'affût d'une menace. Sans doute pas l'effondrement de la civilisation, il était encore trop tôt, mais un événement inquiétant tout de même.

Au dessert, ils dégustèrent des muffins à la noix de coco et à l'ananas, assis dans leurs fauteuils respectifs.

— J'ai dessiné tous les plans des bâtiments à l'époque où je vivais dans la petite maison bleue.

— Tu m'as expliqué que tu avais des ouvriers flipains. C'est quoi, exactement ? demanda l'enfant avec curiosité.

— Des ouvriers philippins. Originaires des Philippines, à l'autre bout du monde. Un archipel de sept mille îles, même si la population est concentrée sur onze d'entre elles.

— Ah bon ? Et tu pouvais pas trouver des ouvriers ailleurs qu'à l'autre bout du monde ?

— Pas des gens aussi qualifiés qui ne parlaient que le tagalog et se trouvaient dans l'impossibilité de raconter aux habitants de la région qu'ils construisaient une bibliothèque et un bunker secret, s'il te plaît et merci.

— Tagalog ? C'est un drôle de mot.

— Hmmm. Oui, d'une certaine façon.

La nuque et la colonne vertébrale de Cornell le démangèrent soudain, il leva la tête en direction du plafond, persuadé d'un malheur imminent.

— Qu'est-ce qui y'a ? s'étonna le petit garçon.

— Hmmm. Rien du tout. Pour en revenir à mon histoire, quand j'ai gagné trois cents millions, je me suis fait beaucoup de relations chez des gens influents. Ça m'a permis de trouver ces ouvriers, de leur obtenir des visas et des permis de travail, de les faire venir des Philippines. Ils étaient gentils et travaillaient bien. Parfois, ils chantaient la nuit. De très jolies chansons.

— Des chansons qui racontaient quoi ?

— Des légendes de Malaisie, mais aussi la mer et les étoiles, et Bouddha et Jésus. Ou encore des chansons d'Elvis Costello en tagalog.

Cornell entonna un refrain en tagalog, surpris de se sentir aussi à l'aise. Il n'avait même pas l'impression d'être ridicule en chantant. Sans compter qu'il regardait le petit garçon dans les yeux chaque fois qu'il lui parlait, ce qu'il faisait exceptionnellement en temps ordinaire.

— Ils sont trop bons, tes muffins, fit l'enfant.

Cornell lécha les miettes de glaçage sur ses doigts.

— C'est très gentil de ta part.

— Comment tu pouvais discuter avec les flipains s'ils parlaient pas anglais ?

— J'ai appris le tagalog avant de les engager. Ils vivaient dans des mobile-homes sur ma propriété et ne se rendaient jamais en ville. Et quand ils sont rentrés chez eux, ils étaient tous millionnaires grâce à moi.

— C'est grand, ça ! Des ouvriers millionnaires.

— Hmm. Ça m'a coûté beaucoup plus cher. En comptant les matériaux et tous les dons que j'ai faits, ça m'a coûté un drap.

— Un bras, tu veux dire ?

— Oui, un bras. Je ne sais pas pourquoi je fais ça, avec les mots. Quoi qu'il en soit, ça m'a coûté un cobra. Ah, flûte ! Voilà que ça recommence.

Le petit garçon éclata de rire, imité par Cornell. Ce dernier reprit très vite son sérieux en regardant les quatre écrans de sécurité accrochés au plafond. Il suffisait qu'un être à sang chaud d'une taille supérieure à celle d'un coyote approche de la grange à moins de trois mètres pour qu'une alarme discrète se déclenche et que la silhouette de l'intrus s'affiche sur les écrans. Ceux-ci ne montraient rien d'anormal.

— Tu as fait des dons à qui ? demanda l'enfant. Aux blessés de guerre, par exemple ? Je sais qu'oncle Gavin et tante Jessie leur donnent de l'argent.

— Il s'agissait de dons à des personnes haut placées pour obtenir l'autorisation d'ériger des palissades très hautes, sans permis de construire et sans inspection pendant les travaux. Ça ne sert à rien de construire un bunker secret s'il n'est pas secret.

— Des pots-de-vin, tu veux dire.

— Comment un enfant de cinq ans sait-il ce que sont des pots-de-vin ?

— J'aurai bientôt six ans. Mais surtout, ma maman fait partie du FBI.

— Ah oui, bien sûr.

— J'ai jamais mangé des muffins aussi bons.

— Hmm. C'est l'un des ouvriers qui m'a donné la recette. Ils font pousser toutes sortes d'ananas et de noix de coco aux Philippines. Tu veux un autre muffin ?

— Et comment ! Ce serait super, s'il te plaît et merci.

Cornell quitta son fauteuil après s'être débarrassé de son plateau sur l'ottomane, laissant derrière lui un muffin entamé que les chiens examinèrent avec envie.

— Ce muffin ne vous appartient pas, les gourmanda Cornell.

Il regretta aussitôt ses paroles en les voyant baisser la tête, penauds.

Il gagna la kitchenette, préleva dans le Tupperware un muffin qu'il posa sur une petite assiette, et lança un coup d'œil en direction des écrans de sécurité alors que l'alarme n'avait pas retenti.

Il attribua son angoisse à son caractère inquiet. « Tu es trop malin pour ton propre bien », lui répétait souvent sa mère. Du fait de son handicap, il avait toujours craint de voir s'effondrer la civilisation. Sans doute la mort relevait-elle chez lui de l'obsession.

41

Egon Gottfrey demande à six de ses gens de garder les Longrin et leurs employés jusqu'à nouvel ordre, avec interdiction de téléphoner pour qu'ils ne puissent pas alerter Ancel et Clare Hawk.

Il a demandé à Rupert Baldwin et Vince Penn de l'accompagner. Les deux hommes montent dans leur Jeep Wrangler et lui-même s'apprête à prendre place derrière le volant de son Rhino GX lorsque Janis Dern le hèle.

— Egon, je peux vous voir une minute?

Janis est une révolutionnaire convaincue et un bon élément, mais elle est toujours à cran. On se demande à quel moment elle va exploser en laissant échapper de sa bouche, ses narines et ses oreilles une pluie de rouages et de ressorts.

Elle s'approche de lui à le toucher, sans respect pour sa bulle, et le regarde droit dans les yeux, comme toujours.

— J'ai besoin d'un mécanisme de contrôle avec tout le matériel nécessaire.

— À qui voulez-vous l'injecter ?

— Laurie Longrin.

— L'une des filles ?

— C'est le meilleur moyen d'avoir un allié au sein du clan.

— Vous savez bien que le mécanisme ne fonctionne pas normalement sur les enfants de moins de seize ans.

— Je vous en prie ! Ce sont des bobards.

— Pas du tout, la contredit Egon, tout en sachant dans son for intérieur que c'est une ruse du Grand Ordonnateur.

Rupert et Vince s'éloignent déjà à bord de la Jeep.

— On n'injecte jamais le mécanisme aux moins de seize ans, insiste Gottfrey.

Janis Dern laisse échapper un soupir agacé.

— Ils n'ont pas procédé à suffisamment d'essais pour en avoir la certitude.

— Ils en ont réalisé neuf, et tous les cobayes sans exception ont craqué psychiquement et physiquement en moins de trois mois. Il a fallu les éliminer.

— Un échantillon aussi limité n'a aucune valeur scientifique. Ça vaut le coup de tenter l'expérience avec Laurie. *Ces gens-là peuvent nous conduire à Jane Hawk.* Quand bien même cette sale petite chiarde perdrait la boule et pleurerait du sang, quelle importance ? On s'en fout.

— Je ne m'en fous pas du tout. Je me contente de jouer le jeu et de faire ce qu'il veut.

Elle fronce les sourcils.

— Qui ça, *il* ?

— Le Grand…

Egon détourne le regard, mais elle continue de le fixer.

— Mon responsable chez les Arcadiens. Vous m'obéissez, au même titre que je lui obéis.

— Dans ce cas, demandez-lui la permission d'injecter un mécanisme de contrôle à Laurie Longrin. Au pire, il refusera.

Il se force à relever les yeux.

— On perd un temps précieux. Je dois me rendre à Killeen.

Janis Dern ne manque pas de charme, à condition de ne pas soutenir son regard trop longtemps. Elle n'a pas les yeux d'une femme aussi belle, mais ceux d'un monstre uniquement capable de s'épanouir dans la haine.

— Je ne peux pas, Janis, se défend-il. Ce n'est pas prévu.

Elle en a les larmes aux yeux, sans chercher pour autant à les essuyer. Elle pose une main douce sur la joue de Gottfrey et s'approche encore un peu plus.

— Si vous ne faites pas ça pour moi, lui glisse-t-elle dans un murmure, pensez au moins à Laurie la prochaine fois que vous aurez besoin de vous défouler.

— Me défouler ? répète Gottfrey, désarçonné.

— Jamais vous ne vous êtes intéressé à moi, alors que vous m'attirez énormément. J'ai fini par me résigner en comprenant que mon désir n'était pas payé de retour, mais la prochaine fois que vous éprouvez le besoin de vous défouler, au lieu de vous en prendre à un cow-boy bourré, pensez plutôt à cette petite salope narquoise de Laurie.

Gottfrey s'attendait si peu à un tel épisode qu'il en reste sans voix. Le Grand Ordonnateur a trouvé le moyen d'éluder son intuition.

Persuadée que le silence de son chef est dicté par la peur de la décevoir, elle laisse glisser ses doigts jusqu'à la bouche de Gottfrey.

— Je ne vous demande pas d'explication. Et n'allez pas croire que je vous ai fait cet aveu dans l'espoir que nous entamions une relation tous les deux. Je me suis résignée, ce qui ne m'empêchera pas de continuer à vous aimer de loin. Vous agissez toujours avec une telle assurance que vous finirez par triompher. Le cow-boy d'hier aurait pu être armé, et ceux qui l'ont précédé auraient pu mal réagir aussi, mais votre courage n'a pas de limite. Je le sais. J'en ai été témoin.

Elle retire sa main et il reste hébété, au point d'éprouver le besoin de se justifier.

— Je ne courais aucun risque, puisqu'aucun d'eux n'existait. La réalité n'existe pas.

— Du bétail sur pattes, grince-t-elle, convaincue qu'il fait allusion aux masses informes dont les Arcadiens finiront par prendre le contrôle. Vous avez des frères et sœurs, Egon ?

— Non, je n'ai personne. Personne n'existe à part moi.

— Vous avez de la chance. Moi, j'ai eu trois grandes sœurs. Vous détestez les enfants ?

— Je ne m'autorise pas à entretenir des sentiments aussi forts. À quoi bon, puisque rien n'est réel ?

— En tout cas, sachez que j'ai assez de haine pour nous deux. Prenez le temps d'y réfléchir, Egon. Je ne vous demande pas de m'aimer. Le jour où vous serez moins stressé, peut-être m'écouterez-vous.

Sur ces mots, elle s'éloigne en direction de la maison.

Egon grimpe dans le Rhino et remonte l'allée du ranch à l'extrémité de laquelle l'attendent Rupert et Vince dans la Jeep.

Les deux véhicules tournent à droite, en direction d'Austin.

Le ciel de ce bel après-midi s'étend sans une tache à l'infini. Les prés se perdent à l'horizon dans un monde débarrassé de ses mers et de ses montagnes.

Egon Gottfrey se demande ce que lui réserve le scénario, après ce périple à Killeen. Pour une fois, il est incapable de se fier à son intuition. Il serait infichu de dire s'il doit tuer Laurie Longrin ou Janis Dern, ou bien les deux. Le Rhino avale les kilomètres sans qu'il soit en mesure de prendre une décision, ce qui le mine.

42

La pancarte verte accrochée à la barrière annonçait : CHEZ GRAND-PÈRE ET GRAND-MÈRE. De l'autre côté de la clôture blanche, deux nains de jardin assis sur une souche fumaient la pipe tandis qu'un troisième caressait les cordes d'un luth. Trois autres nains dansaient un peu plus loin, au pied d'un moulin à vent dont les ailes tournaient sous l'effet du vent. Une fontaine à oiseau trônait au milieu de la pelouse, sans qu'aucun volatile n'ose s'y aventurer, alerté par son instinct. Une seconde pancarte, placée au-dessus de la porte d'entrée, accueillait le visiteur : DIEU BÉNISSE CETTE MAISON.

Jane enfonça la sonnette et Judy White, *alias* Lois Jones, ouvrit la porte. La cinquantaine opulente, les cheveux d'un noir de jais, les ongles des mains laqués de jaune vif et ceux des pieds peints en bleu, elle était chaussée de tongs et portait un jogging léopard très moulant que rehaussait un collier de saphirs, une multitude de bracelets en or et de bagues en diamant.

Elle retira la cigarette qui pendait de ses lèvres en laissant la fumée s'échapper lentement de sa bouche.

— Vous n'avez pas l'air dans votre assiette.

— Je pourrais aller mieux, mais je suis là.

— Vous avez prévu le triple de d'habitude ?

Jane lui tendit le sachet en papier qui avait servi aux sandwiches achetés sur l'aire d'autoroute.

— Entrez, ma chérie. Asseyez-vous, je vais voir où en est Pete.

La maison empestait le tabac. Si les White/Jones avaient vraiment été grands-parents, leurs petits-enfants seraient tombés comme des mouches. L'intérieur, bien trop chargé avec ses meubles anciens, ses rideaux et ses tapis, avait échappé au kitsch d'un jardin qui servait uniquement à brouiller les pistes.

La femme se dirigea vers le grand bureau qu'occupait son mari, sur l'arrière de la maison, laissant Jane seule avec deux énormes chats blancs allongés respectivement sur le canapé et sur l'un des fauteuils. Ils l'observaient comme si elle était une proie.

Jane allait prendre possession d'un fauteuil en cuir lorsque le chat installé sur le canapé se précipita d'un bond, lui ravissant son siège. Elle tenta de se rabattre sur le canapé, mais l'autre félin abandonna son fauteuil et la précéda.

Les deux chats laissèrent échapper un sifflement de mauvais augure en voyant Jane s'approcher du fauteuil libre.

— C'est bon, je reste debout, décida-t-elle.

Les sifflements cessèrent instantanément.

Dans son antre dont peu de visiteurs franchissaient le seuil, Pete Jones – ou bien John White – s'activait au milieu d'une nuée de vieilles presses d'imprimerie, d'imprimantes laser, de plastifieuses et autres accessoires biscornus qui donnaient à son atelier des airs de laboratoire de Frankenstein. Mais loin de redonner vie aux morts, l'occupant des lieux fabriquait des faux papiers de toutes sortes.

La femme en jogging léopard retourna au salon en tenant à la main un carton contenant la commande de Jane. Elle le posa sur la table de la salle à manger voisine et souleva le couvercle.

— C'est bien, déclara Jane en examinant les documents. Toutes mes félicitations à Pete.

— C'est mieux que bien.

— Vous avez raison, c'est de l'excellent travail.

La femme lui prit des mains le sachet en papier dont elle tira deux briques de billets de cent dollars retenus par des élastiques. Elle feuilleta du pouce chacune des liasses à deux reprises.

— Inutile de compter, vous êtes toujours honnête, dit-elle.

— Je suis heureuse de votre confiance, commenta Jane.

— Vous voulez savoir ?

— Savoir quoi ?

Judy Lois-White Jones lui montra du menton une boule de cristal et les cartes d'un jeu de tarot étalées sur la table.

— Je ne crois pas à tous ces trucs, fit Jane.

— Qu'on y croie ou pas, les cartes ne mentent jamais. Elles vous disent si vous serez riche ou pauvre, heureux ou malheureux, si vous vivrez ou si vous mourrez. Il suffit de leur poser la question.

Jane franchissait le seuil de la maison, quelques instants plus tard, lorsqu'elle se retourna vers la femme.

— Mon avenir ne dépend que de moi. Tout comme le vôtre ne dépend que de vous.

— Quel avenir ? Les cartes pourraient vous le dire.

— Je vous souhaite une bonne journée, madame White-Jones. La mienne sera agréable.

— Peut-être, ou peut-être pas, répliqua la femme avant de refermer le battant.

43

La Jeep et le Rhino GX roulent sans encombre sur l'Interstate 35 jusqu'à ce qu'ils tombent, au nord d'Austin, sur un semi-remorque qui s'est mis en travers de la route.

L'accident a eu lieu quelques minutes plus tôt et des centaines de cartons de chaussures de sport colorées se sont déversés sur la chaussée, recouvrant partiellement une Mini Cooper qui s'est encastrée dans la glissière de sécurité. Deux agents de la police de la route sont déjà sur place et une ambulance se faufile sur la bande d'arrêt d'urgence, le long des voitures arrêtées.

L'embouteillage provoqué par l'accident s'est formé si vite que Gottfrey se retrouve bloqué au milieu des autres voitures avant d'avoir compris ce qui lui arrivait. Il reste un instant perplexe, se demandant ce qu'attend de lui le Grand Ordonnateur, puis il descend du Rhino afin de voir s'il lui est possible de s'extirper de la nasse et de remonter la bande d'arrêt en contresens jusqu'à la sortie précédente.

Sur ces entrefaites arrive un troisième agent de la police routière qui dépose des fusées éclairantes le long de l'autoroute de façon à libérer la bande d'arrêt d'urgence pour les véhicules de secours.

Gottfrey hèle le flic au passage et lui montre son badge du FBI.

— Je vais vous demander de nous aider. Nous avons une urgence, avec mes collègues qui roulent dans cette Jeep Wrangler.

Le flic, un colosse de plus d'un mètre quatre-vingt-dix aux allures de catcheur, dévisage longuement Gottfrey, le front barré d'un pli. On pourrait croire que son interlocuteur débarque d'une autre planète.

— À ce stade, monsieur, votre badge a autant de valeur à mes yeux qu'une carte de bibliothèque. Notre priorité est d'évacuer les blessés et de rouvrir la route à la circulation.

Sur ces mots, il plante là Gottfrey qui s'énerve.

— Donnez-moi votre nom et votre numéro de badge. Je ne réponds de rien si nous ne sommes pas à Killeen dans moins d'une heure.

Le flic se retourne en se gonflant de son importance.

— Sauf votre respect, monsieur, si vous devez vraiment être à Killeen dans une heure, je vous conseille de vous mettre une hélice au cul et de péter très fort.

Gottfrey en reste interdit et choisit de ne rien répondre, sans doute guidé par la sagesse.

Il rejoint la Jeep, à trois véhicules de là, s'entretient avec Rupert et regagne le Rhino. Il s'installe au volant, descend les vitres et tente de se convaincre que ce délai n'a guère d'importance.

Rien n'a de sens, de toute façon. Le semi-remorque accidenté n'existe pas plus que les chaussures éparpillées sur la chaussée, le flic mal embouché, ou même Killeen.

Gottfrey doit se laisser porter. Il s'étonne toutefois d'éprouver une furieuse envie de descendre du Rhino, de sortir son pistolet et d'abattre le flic d'une balle dans le dos.

Il a cependant l'intuition qu'il s'éloignerait gravement du scénario en agissant de la sorte, au point d'en payer les conséquences.

Tandis que Gottfrey s'entête à n'être qu'un esprit pur délivré de toute contrainte matérielle, les occupants de certains véhicules ont pris la mesure du trésor en chaussures qui s'est échappé de la remorque. Les portières s'ouvrent et de nombreuses personnes se ruent sur les baskets à cinq cents dollars. En transe, les pillards regagnent leurs véhicules les bras chargés de chaussures, les déversent en hâte dans l'habitacle, puis retournent se servir, sous les regards outrés et apeurés des autres automobilistes.

Ces voleurs ne sont pas réels, pas plus que les baskets qu'ils convoitent. Tout ça n'a aucun sens.

Egon Gottfrey se laisse porter mais en repensant à Killeen où se trouvent sans doute encore Ancel et Clare Hawk, il regarde machinalement la matraque télescopique posée sur le siège passager et se souvient du cow-boy ivre. Il aimerait réserver le même sort à quelques-uns de ces amateurs de baskets.

44

Les pentes des monts Santa Rosa et San Jacinto se refermaient en pente abrupte sur la vallée de Palm Springs. Les palmiers se balançaient doucement sous la caresse du vent, abritant du mieux qu'ils le pouvaient les boutiques et les restaurants aux façades pimpantes baignées de soleil bordant Palm Canyon Drive.

Avant que sa vie ne bascule, les lieux de ce genre, imprégnés par l'histoire et la tradition, donnaient à Jane le sentiment d'être en sécurité. Elle avait désormais l'impression que plus rien ne pesait face à la folie des seigneurs du numérique et des réseaux sociaux qui avaient envahi la planète. Du point de vue des tenants du futur, ces vestiges du passé relevaient d'un primitivisme absolu alors que seul comptait le changement.

Elle dénicha à une rue de Palm Canyon Drive un motel d'apparence modeste pratiquant des tarifs tout sauf modestes, même en milieu de semaine, alors que la saison touristique touchait à sa fin. Il faisait déjà près de 30 degrés à l'ombre en ce mois d'avril, le mercure franchirait allègrement la barre des quarante d'ici un mois, à midi comme à minuit. L'employée de la réception prit l'argent qu'elle lui tendait, fit une copie de son permis de conduire et lui donna une clé électronique.

Au nombre de ses bagages figurait un attaché-case en titane contenant 210 000 dollars, pour la moitié prélevés trois jours plus tôt à un salopard nommé Simon Yegg.

Les Arcadiens les plus importants veillaient tous à mettre de côté d'importantes sommes d'argent afin de pouvoir entamer une nouvelle vie ailleurs sous un nom d'emprunt en cas de problème. En dépit de leur arrogance et de la conviction qu'ils parviendraient à leurs fins, un doute subsistait au fond d'eux-mêmes.

La chambre de Jane était meublée d'une petite table flanquée de deux fauteuils à jupe. Elle glissa l'attaché-case sous l'un d'eux avant d'accrocher à l'extérieur la pancarte NE PAS DÉRANGER et de verrouiller la porte.

Elle écarta légèrement les rideaux et surveilla l'Explorer pendant une dizaine de minutes sans que personne ne s'y intéresse. Elle s'assit sur le bord du lit en serrant dans sa main le téléphone jetable sur lequel elle avait reçu l'appel de Travis la veille. Elle serra l'appareil contre sa poitrine comme s'il s'agissait d'un talisman, dans l'espoir que leurs cœurs se rejoignent par magie et qu'elle sente la présence de son petit garçon.

Elle n'osait pas l'appeler, sûre que ses nombreux ennemis avaient établi une surveillance de la vallée de Borrego à l'aide d'avions capables d'espionner les réseaux téléphoniques. Les derniers progrès technologiques les autorisaient même à concentrer leurs recherches sur les appels passés depuis des appareils jetables dans un rayon de quatre-vingts kilomètres. Il ne leur restait plus qu'à demander au logiciel de se mettre à l'affût de mots tels que *maman*, *papa* ou *Travis* pour repérer leurs proies.

Elle se leva à regret et remisa le téléphone dans l'une de ses valises.

45

La ville de Killeen s'étend sous l'immensité d'un ciel sans relief dont le bleu se fait plus sombre à mesure qu'approche le crépuscule. Egon Gottfrey arrive sur place cinq minutes après Rupert et Vince. Il gare le Rhino GX et descend sans perdre un instant, oppressé par la lourdeur du ciel.

La partie historique de la ville, datant des années 1880, est essentiellement composée de bâtiments trapus aux façades de pierre ou de brique peinte. D'imposantes grilles en fer forgé séparent les trottoirs de la chaussée sur laquelle sont matérialisées des places de stationnement en épi.

Le Mountaineer blanc des Longrin est garé sur l'une d'elles, face à la devanture d'une agence immobilière.

La circulation est particulièrement fluide à cette heure pour une ville de cent quarante mille âmes, sans doute parce que les bureaux ferment à 17 heures. Gottfrey y voit une fois de plus le signe de la paresse du Grand Ordonnateur lorsqu'il s'agit de planter un décor.

Il est probable que l'East C Street s'animera à la tombée de la nuit, à en juger par la présence d'un bar karaoké et d'un restaurant mexicain.

Gottfrey compte une petite dizaine de piétons, pour la moitié en uniforme, ce qui ne le surprend pas puisque la base de Fort Hood borde la ville. En se dirigeant vers le Mountaineer près duquel l'attendent Rupert et Vince, il croise trois soldats qui le saluent d'un *bonsoir* amical auquel il répond sur le même mode.

— Les portes du véhicule n'étaient pas verrouillées, lui annonce Rupert. On a fouillé l'intérieur sans rien trouver, à part la clé de contact, cachée sous le siège avant.

— On en a déduit qu'ils ont abandonné le 4x4, enchaîne Vince. Soit ils se cachent quelque part en ville, soit ils ont trouvé un autre moyen de locomotion. D'une façon ou d'une autre, on est dans une impasse.

— Il n'y a pas d'impasse dans la vie, le corrige Gottfrey.

Il a pourtant remarqué que le quartier n'était pas équipé de caméras de surveillance. Il se trouve soudain plongé à l'époque du Far West, lorsque la police se contentait de surveiller la population avec les yeux.

Un homme à cheveux blancs d'allure distinguée les observe à travers la porte en verre de l'agence immobilière.

Gottfrey se doute aussitôt qu'il s'agit d'un figurant important, placé là dans le seul but de les mettre sur la piste d'Ancel et Clare Hawk.

— Attendez-moi, dit-il à ses hommes.

Gottfrey n'a pas encore atteint la porte de l'agence qu'elle s'ouvre et que l'homme à cheveux blancs avance à sa rencontre.

— À moins d'avoir perdu mon intuition, j'ai comme l'impression que vous faites partie de la police.

— FBI, répond Gottfrey en sortant son badge.

Son interlocuteur lui tend aussitôt une main qu'il n'ose pas refuser.

— Jim Lee Cassidy. C'est un honneur de vous rencontrer, monsieur Gottfrey.

Il montre le Mountaineer d'un mouvement de tête.

— Ce joli véhicule transportait un couple de paroissiens d'apparence innocente. Mais méfiant comme je le suis, j'ai tout de suite pensé qu'ils avaient l'air louches.

— Ils ont voulu vous louer une maison ?

— Pas du tout. Au moment où ils descendaient de ce Mountaineer, je m'apprêtais à ouvrir l'agence. J'avais à la main une mallette mal fermée qui s'est ouverte en éparpillant son contenu sur le trottoir. Comme le vent chassait mes papiers dans tous les sens, ces gens se sont précipités pour les ramasser, on aurait pu penser qu'il s'agissait de leur visa pour le paradis. Sans eux, j'aurais perdu des documents de la plus haute importance.

Gottfrey tire de la poche intérieure de sa veste une photo de Clare et Ancel.

— Ce sont eux, lui confirme Jim Lee Cassidy.

Les Hawk se sont toujours montrés d'une discrétion exemplaire, il a fallu que les Arcadiens usent de leur influence auprès des médias pour qu'il ne soit pas fait mention dans la presse des beaux-parents de Jane, dans l'espoir d'éteindre leur méfiance.

— Je serais curieux de savoir ce qui a éveillé vos soupçons, insiste Gottfrey.

— Eh bien, figurez-vous qu'une fois ramassés tous mes papiers, j'ai entamé la conversation avec le mari. Nous n'avons pas parlé plus de deux ou trois minutes, mais sa femme le tirait par la manche en lui rappelant qu'ils avaient une réservation. Sans compter qu'elle jetait un regard soupçonneux à tous les véhicules qui passaient à notre hauteur. Lorsqu'une voiture de police a remonté la rue, ils ont tiqué.

— Quelle heure était-il ?

— Je rentrais à l'agence après avoir fait visiter une maison à un jeune couple charmant. J'avais rendez-vous ici avec un bon client à 10 h 30, je dirais qu'il était un peu après 10 heures.

— À cette heure-là, la réservation dont parlait la femme ne pouvait pas concerner un restaurant. De quel côté sont-ils partis ?

Jim Lee Cassidy se tape la tempe de l'index afin de signifier à son interlocuteur qu'il n'a pas le crâne vide.

— Je les ai suivis des yeux jusqu'à ce qu'ils tournent à droite dans la 2e Rue. La gare routière se trouve au bout de la rue, je ne serais pas surpris qu'ils aient réservé des tickets de bus.

— Dans ce cas, pourquoi ne pas se garer en face de la gare routière ?

— Vous me posez la question par politesse, non ? Tout simplement parce qu'ils n'avaient pas envie qu'on sache comment ils avaient quitté la ville. Ça vous ennuierait de me dire ce qu'on leur reproche ?

— Une affaire de pédopornographie, ment Gottfrey.

Le visage de Cassidy se ferme.

— Si j'avais su ça, je ne les aurais jamais laissés partir.

Il secoue la tête d'un air désolé.

— On leur aurait pourtant donné le Bon Dieu sans confession. Décidément, on ne peut plus se fier aux apparences, de nos jours.

— D'autant que personne n'existe vraiment, réplique Gottfrey. Nous nageons dans la réalité virtuelle, comme dans un jeu vidéo géant. On ne peut se fier à rien.

46

La journée avait été magnifique. Un constat d'autant plus surprenant que Gavin et Jessica étaient probablement morts et que le petit garçon se trouvait en danger.

Sauf que le meilleur et le pire se présentaient à vous sans rime ni raison. Il pleuvait de l'argent un jour, les ennuis se multipliaient le lendemain. Le mieux était encore de prendre la vie comme elle était, de ne céder ni à l'euphorie, ni à l'accablement. Cornell ne se sentait pas dans son assiette quand il était trop heureux, ou trop triste. Il se sentait oppressé, avec l'impression que sa peau allait éclater, que ses nerfs faisaient des étincelles, que son squelette tout entier vibrait comme une ruche. En pareil cas, il se couchait dans le noir et le silence et pensait aux eaux sombres et immobiles d'un lac souterrain au fond d'une grotte jusqu'à ce que s'évanouisse le trop-plein d'émotions qui l'étouffait.

Le repas terminé, Cornell avait proposé au petit garçon de regarder la télévision, persuadé que tous les enfants ordinaires, c'est-à-dire ceux qui n'étaient pas comme l'enfant que lui-même avait été, regardaient la télé et jouaient aux jeux vidéo.

Le téléviseur qui se trouvait dans la bibliothèque était relié à une petite antenne parabolique fixée sur le toit de la grange. Cornell ne regardait personnellement aucune émission, pas même les infos. Ce tissu de mensonges le déprimait. Non, il se contentait d'allumer la télé quelques minutes chaque jour afin de s'assurer que les programmes étaient diffusés normalement, preuve que la civilisation ne s'était pas effondrée.

Sauf que le petit garçon n'avait pas envie de regarder la télé. Il avait envie de voir sa mère et se contentait de câliner les chiens, assis sur le tapis.

Il allait devoir attendre que sa mère le rejoigne, ce qui ne serait pas facile puisqu'elle avait toutes les polices du pays à ses trousses, d'après Gavin. Elle ne serait pas là avant demain. Au plus tôt.

Cornell réalisa soudain que la mère de Travis n'arriverait peut-être jamais. Elle pourrait mourir. Les mères meurent parfois. Sa mère à lui était bien morte d'une overdose.

Si la mère du petit garçon mourait… qu'adviendrait-il de lui ? Son père était décédé plusieurs mois auparavant. Si Gavin et Jessica et les parents du petit garçon étaient tous morts, où irait l'enfant ?

Il ne fallait pas que la mère meure. Il ne fallait pas qu'elle meure. Il ne fallait pas qu'elle meure.

Cornell sentit monter en lui une tristesse irrépressible à l'idée que le petit garçon n'ait nulle part où aller.

Cornell avait beau être doué en maths et savoir concevoir et encoder des applis à succès, il n'était pas doué pour les émotions fortes. Les émotions fortes lui donnaient le sentiment que sa peau éclatait, que ses nerfs faisaient des étincelles, que son squelette tout entier vibrait comme une ruche.

Il lui fallait se débarrasser de cette tristesse terrible avant qu'elle le plombe et l'oblige à laisser le petit garçon tout seul le temps qu'il se réfugie dans son bunker pour s'isoler dans le noir pendant plusieurs heures.

Sa tristesse avait l'apparence d'une brique de plomb qui pesait sur son cœur. Il aurait aimé la mettre dans une boîte

FedEx et l'expédier à quelqu'un qui avait besoin d'être plombé par la tristesse. Comme un terroriste qui tuait des gens en commettant des attentats, par exemple. Il vit dans sa tête le camion FedEx s'éloigner et disparaître à l'horizon.

Cette pensée le rasséréna, mais il ne pouvait pas rester là à regarder le petit garçon câliner les chiens en attendant sa mère, sinon il serait à nouveau triste. Le mieux était d'appliquer la recette qui lui permettait invariablement de se remettre d'aplomb.

— Il faut que je lise, dit-il à voix haute.

Le petit garçon releva la tête.

— Tu vas lire quoi ?

— Pas Ralph Waldo Emerson. Non, non, non. Plus jamais. Et pas non plus Sigmund Freud. Il était encore plus fou que ses patients. J'aime les romans, les nouvelles. Je me sens mieux quand je lis de la fiction.

— Je sais lire un peu, dit le petit garçon.

— C'est très bien. Être capable de lire un peu à ton âge, c'est très bien, déclara Cornell en se levant de son fauteuil.

— Tu veux bien me faire la lecture ?

Cornell se tétanisa, une main en appui sur le bras de son fauteuil et un pied en l'air alors qu'il s'apprêtait à enjamber l'ottomane. Il battit des paupières en regardant le petit garçon et ouvrit la bouche, mais aucun son ne franchit la barrière de ses lèvres.

La lecture constituait à ses yeux un acte très personnel. Il se sentait libre lorsqu'il se laissait embarquer par une histoire. Libre de s'identifier au personnage principal, homme ou femme, adulte ou enfant. Libre de mener une autre existence que la sienne en ayant pour une fois une apparence et un comportement normaux. Jamais personne ne lui avait fait la lecture, il était autodidacte. Il n'avait jamais envisagé non plus de faire la lecture à quelqu'un d'autre. Il le voyait comme une mise en danger de son monde intérieur, mais aussi comme une intrusion dans celui de l'autre.

— Ma mère me fait parfois la lecture, insista l'enfant.

— Vraiment ? balbutia Cornell, la jambe toujours figée en l'air.

— Mon papa aussi me faisait la lecture. Et oncle Gavin.

— Comme c'est bizarre, réagit Cornell.

Le petit garçon fronça les sourcils.

— Ce n'est pas bizarre du tout.

— Ah bon ?

— C'est même très bien. Les parents font tout le temps la lecture à leurs enfants.

— Pas ma mère.

— Je te ferais la lecture si je lisais vraiment bien.

Cornell reposa enfin son pied par terre et resta planté là un moment à réfléchir.

— On n'aurait pas besoin d'être assis à côté l'un de l'autre sur un canapé ? On pourrait être assis chacun dans un fauteuil ? Pas tout près ?

— Bien sûr, aucun problème. Ça t'ennuie que je me mette dans le fauteuil relax avec les chiens s'ils en ont envie ?

— Ils ne m'ont pas attaqué, répondit Cornell. Ils ne m'ont pas attaqué. Pas attaqué. Ce sont de bons chiens. Libre à eux de s'installer dans leur propre fauteuil ou de partager le tien.

— Super ! Alors, tu vas me lire quoi ?

— Je te demande un petit moment pour décider, s'il te plaît et merci.

Intrigué par l'idée de lire à voix haute, Cornell s'attarda près des rayonnages. Le petit garçon était intelligent, mais Dostoïevski était probablement trop compliqué pour lui.

Lui-même avait attendu d'avoir treize ans pour lire Dostoïevski. Alors Dickens ? Peut-être. Il passa en revue les ouvrages avant d'en choisir un et de poser son énorme carcasse dans un fauteuil.

— Celui-là, je l'ai lu quatre fois. Je l'aime beaucoup.

Il ouvrit le livre en entama la lecture.

— *Tout d'abord, on était en octobre, un mois précieux pour les garçons. Non pas que certains mois soient moins précieux que d'autres, mais il en existait des bons et des mauvais, ainsi que l'expriment les pirates.*

— C'est quoi, ce livre ?

Cornell lui montra la couverture.

— *La Foire des ténèbres*, de M. Ray Bradbury. Le titre pourrait laisser croire que ça fait peur, mais pas vraiment. C'est une histoire magique.

— Ça me dérange pas si ça fait peur, répliqua l'enfant. La vie fait peur, des fois.

Et ils passèrent l'après-midi ainsi, Cornell lisant, l'enfant écoutant, et les chiens partageant, à tour de rôle ou ensemble, le fauteuil de leur jeune maître. Après avoir pensé que faire la lecture était extrêmement bizarre, Cornell finit par s'y habituer.

La journée avait été magnifique. La nuit tombait à présent sur Borrego Springs.

47

Elle commença par se déshabiller et retirer sa perruque avant de poser son pistolet sur la tablette de la salle de bains et de prendre une douche brûlante.

Elle enfila des vêtements propres, les précédents sentant la fumée, et dissimula ses yeux bleus derrière une nouvelle paire de lentilles marron. Elle compléta son déguisement en ajustant sur son visage des lunettes à monture noire.

Après avoir lavé sa culotte et son T-shirt dans le lavabo, elle feuilleta le magazine *Palm Springs Life* dans lequel elle repéra les coordonnées d'un teinturier. Elle se rendit à l'adresse indiquée sur l'annonce et demanda à pouvoir récupérer son jean et son manteau le lendemain matin.

L'idée que la fugitive la plus recherchée du pays puisse vaquer à des occupations aussi banales la fit sourire intérieurement. Au cinéma, les héros en cavale ne prennent jamais le temps d'acheter du dentifrice. Quelques minutes plus tard, elle commandait un épais filet mignon dans un restaurant voisin. En attendant qu'on lui apporte un verre de vin, elle tira de sa poche le camée offert par Travis et le caressa longuement entre ses doigts avec la pitié d'une pénitente implorant la miséricorde divine au contact d'un chapelet.

48

La gare de la compagnie de bus Trailways à Killeen est si sommaire que seul un imbécile pourrait croire à sa réalité. Un simple hangar en tôle au toit presque plat, deux mille mètres carrés de macadam gris pâle marbré de taches d'huile de moteur.

L'endroit est néanmoins propre, la jeune femme qui vend des billets derrière un guichet est nettement plus pimpante que son cadre de travail. Des cheveux blonds retenus en queue de cheval à l'aide d'un ruban blanc, pas de maquillage, un teint délicatement rosé. Lorsqu'elle sourit, on pourrait croire que ses dents n'ont jamais été en contact avec la moindre nourriture et le blanc de ses yeux est aussi transparent que du lait. Elle est vêtue d'une robe immaculée et ses doigts sont encore brillants de la couche de gel hydro-alcoolique dont elle vient de s'enduire les mains lorsque Egon Gottfrey s'approche en lui montrant son badge du FBI.

— Je voudrais parler à la personne qui tenait le guichet ce matin.

Sue Ann McMaster, qui a passé là toute la journée lorsque sa collègue de l'après-midi n'a pas pu la remplacer en milieu de journée, n'a jamais eu l'occasion de croiser la route d'un agent du FBI et voit mal en quoi elle pourrait être utile à son interlocuteur. Cela ne l'empêche pas d'afficher un large sourire en découvrant la photo d'Ancel et Clare Hawk.

— Bien sûr. Des gens adorables qui se rendaient à Houston pour la naissance de leur petit-fils. Ils en étaient tout excités.

— À quelle heure est parti leur bus ?

— À 10 h 30.

— À quelle heure sont-ils arrivés à Houston ?

— Ils sont là-bas depuis longtemps, répond-elle en vérifiant sur son écran d'ordinateur. Je vois ici que le bus est arrivé à 15 h 09.

— J'aurais besoin de l'adresse de la gare routière de Houston.

***

Rupert et Vince, adossés à la Jeep, regardent l'immensité du ciel tacheté d'étoiles lorsque Gottfrey les rejoint. Tout en sachant que l'univers est une simple illusion, il ne peut s'empêcher d'en ressentir la pesanteur oppressante.

Il se demande même si cette impression désagréable n'est pas liée au fait qu'Ancel et Clare sont en passe de lui glisser entre les doigts, ce qui risque fort de déplaire au Grand Ordonnateur.

Les locaux de la police de Killeen se trouvent à une rue de là et l'agent de garde est trop heureux de fournir à ses visiteurs du FBI un petit bureau équipé d'un ordinateur.

Houston fait partie de la liste des villes dont le système de surveillance est relié en temps réel à la NSA. Pendant que Rupert visionne les images de la gare routière aux alentours de 15 heures, Gottfrey discute avec Vince afin de tester sur lui son intuition.

— En imaginant que les Hawk ont quitté le ranch des Longrin vers 2 h 30 du matin, ils seront arrivés à Killeen vers 4 h 30. À en croire Jim Lee Cassidy, ils se sont garés devant l'agence immobilière peu après 10 heures. Reste à deviner à quoi ils ont occupé leur temps dans l'intervalle.

— Ils ont pu prendre une chambre dans un motel pour se reposer, suggère Vince.

— Après avoir compris en regardant *Dimanche Magazine* qu'on allait leur injecter un mécanisme de contrôle, tu crois qu'ils se seraient enfuis dans le seul but de se reposer ?

— Il faut bien dormir. Dracula dort bien, lui aussi, alors que c'est un mort-vivant.

— Tu penses vraiment qu'on peut s'enfuir sans emporter de vêtements de rechange ou d'affaires de toilette ? Sans argent ?

— J'en sais rien, ça m'est jamais arrivé.

— Cassidy n'aurait pas eu besoin de *deviner* qu'ils se rendaient à la gare routière s'ils avaient eu des bagages.

— Il est agent immobilier.

Gottfrey ne peut se retenir de poser la question :

— Quel rapport ?

— Les agents immobiliers, c'est comme les chirurgiens. Ils sont pragmatiques. Tant qu'ils ne sont pas sûrs, ils n'affirment rien. Ils se contentent de deviner.

— Les chirurgiens et les agents immobiliers, tu dis ?

— Et les astronautes, ajoute Vince.

— Ça y est ! les interrompt Rupert Baldwin. Leur bus arrive à la gare routière.

Les trois hommes se serrent autour de l'écran et observent le ballet des voyageurs qui descendent du car. Ancel et Clare n'en font pas partie.

49

Le murmure des palmiers et des fougères se mêlait au parfum de jasmin et aux odeurs de barbecue dans la nuit. Les fleurs rouge sang des trompettes de Virginie dans un patio éclairé, des rires de jeunes filles qui semblaient fuser d'un monde épargné par la corruption, la mélodie de *String of Pearls* de Glenn Miller s'échappant d'une fenêtre ouverte…

Après le dîner, Jane avait voulu se promener dans les rues d'un quartier résidentiel. Son regard se perdit dans le mystère étoilé du ciel.

L'instant rendait précieux les détails les plus banals, mettant en relief leur fragilité en cette sombre période.

Son tour terminé, elle fit halte dans un petit parc en face du motel dans lequel elle avait pris une chambre. Elle observa longuement sa fenêtre allumée, s'attendant à tout instant à ce que les rideaux s'écartent légèrement, trahissant la présence d'un intrus. En vain.

Elle traversa la rue et regagna sa chambre. Elle était seule. Si la mort la guettait, ce n'était pas encore là, ni maintenant.

50

Le fonctionnaire de garde dans les locaux de la police de Killeen connaît bien le gérant de la gare routière, Dennis Van Horn. Il l'appelle chez lui et lui passe Egon Gottfrey.

D'après Van Horn, le chauffeur du bus dans lequel sont montés les Hawk, Lonnie John Bricker, était censé repartir de Houston au volant du bus de 16 heures à destination de San Antonio. L'arrivée était prévue à 19 h 10, et comme il est 19 h 26, il est probable que Bricker se trouve toujours sur place afin de remplir son rapport.

À 19 h 39, Gottfrey parvient à joindre le chauffeur par Skype. Assis face à un ordinateur dans le petit bureau prêté par le policier de garde, il est encadré par Vince et Rupert.

Bricker est un homme robuste et presque chauve d'une cinquantaine d'années. Son visage rond affiche une bonhommie communicative qui le rend instantanément sympathique.

Il fronce les sourcils, le visage penché en direction de l'écran sur lequel Gottfrey ressemble à une marionnette.

— Sans vouloir vous vexer, rien ne me dit que vous êtes vraiment à Killeen. En plus, quand vous avez montré votre badge à la caméra tout à l'heure, je n'avais aucun moyen de savoir s'il était vrai ou si vous l'aviez trouvé dans une pochette-surprise.

Les interrogatoires par Skype sont pratiques et permettent de gagner du temps, mais ils rendent difficile toute manœuvre d'intimidation. Gottfrey est contraint d'user de patience.

— M. Titus, le chef de la sécurité à la gare routière de San Antonio, vous a confirmé mon identité.

— Sans vouloir le vexer non plus, je ne le connais pas plus que vous. Je devrais peut-être contacter un avocat.

— Nous ne vous soupçonnons de rien, monsieur Bricker. Nous vous interrogeons en qualité de simple témoin dans le cadre d'une affaire d'importance nationale.

— J'ai passé ma journée à conduire un bus d'un bout à l'autre du Texas, je n'ai vu que des kilomètres d'autoroutes et mon lot de conducteurs de merde, je doute que le FBI s'intéresse aux types qui roulent trop vite ou qui collent au cul du véhicule précédent.

Le Grand Ordonnateur a bien prévu son coup, il s'est arrangé pour qu'il soit impossible par Skype de frapper un crétin de témoin quand on perd patience.

— Je tiens à préciser que si vous ne me soupçonnez de rien et si je n'ai pas besoin d'avocat, rien de ce que je peux vous dire ne pourra être utilisé contre moi, poursuit Bricker en levant la main comme s'il jurait sur la Bible.

— Nous sommes d'accord, réplique Gottfrey. J'ai envoyé deux photos à M. Titus en lui demandant de les imprimer et de vous les montrer.

Le regard de Bricker se pose brièvement sur les portraits posés devant lui. Il plisse les paupières avant de répondre :

— Vous voulez savoir quoi ?

— Je voudrais savoir si l'homme et la femme des photos ont voyagé à bord de votre bus aujourd'hui entre Killeen et Houston.

— Je m'en souviens. D'elle, en tout cas. Elle doit avoir dans les soixante ans, mais c'est encore une belle femme et j'ai bien vu que je lui plaisais. Beaucoup de passagères considèrent les chauffeurs de bus d'un œil romantique, tout ça parce qu'on navigue de ville en ville.

— De quelle façon lui plaisiez-vous ? s'étonne Gottfrey qui voit mal Clare Hawk s'intéresser à un type tel que Bricker.

Le chauffeur se cale confortablement sur son siège en arborant un sourire satisfait.

— Sans vouloir vous vexer, si vous n'êtes pas capable à votre âge de remarquer la lueur dans le regard d'une belle femme, vous êtes perdu pour la science.

Vince Penn laisse échapper un ricanement et Gottfrey se retient de lui coller une balle entre les deux yeux pour le supprimer du scénario. Il préfère remettre le chauffeur à sa place.

— Monsieur Bricker, pouvez-vous me dire où ces deux personnes sont descendues ?

— Comme c'était un trajet direct, elles sont descendues à Houston.

— Vous souvenez-vous de les avoir vues descendre ?

Bricker réfléchit avant de répondre :

— Si ça se trouve, ils sont descendus pendant que je vidais le compartiment à bagages.

— Cet homme et cette femme avaient-ils des bagages, justement ?

— Euh… peut-être des bagages à main… ou peut-être même pas.

— Il se trouve que nous avons visionné les images des caméras de sécurité de la gare routière de Houston et que ces gens ne sont pas descendus du bus.

Bricker prend un air perplexe.

— Je comprends pas.

— Une fois que vous avez rendu leurs bagages aux passagers, remontez-vous à bord du bus afin de vous assurer qu'il est vide ?

— Je parcours en général l'allée centrale pour jeter un coup d'œil. Y'avait personne.

— Le bus est-il équipé de toilettes ?

— Oui, bien sûr.

— Vérifiez-vous que les toilettes sont vides ?

— Ça m'arrive.

— Ce n'est pas systématique ?

— C'est pas mon boulot de nettoyer les toilettes, rétorque Bricker, sur la défensive. La seule raison de vérifier, comme on manque pas de passagers toxicos, c'est au cas où l'un d'eux se serait fait une piquouse et serait mort sur le trône d'une overdose.

— Avez-vous déjà été victime de ce genre d'incident ?

— Non, mais ça arrive.

— Vous n'avez donc pas vérifié les toilettes aujourd'hui ?

— Je transportais uniquement des gens normaux, j'ai pas eu un seul souci entre Killeen et Houston.

— Que devient le bus une fois les passagers repartis avec leurs bagages ?

— J'en ai conduit un autre jusqu'à San Antonio. Celui de Killeen, il a été nettoyé, on lui a fait le plein et tout le nécessaire. Je sais pas exactement comment s'y prennent les gars de l'entretien, faut leur poser la question. Bon, je peux y aller, maintenant, ou alors je suis dans le pétrin ?

— Pourquoi seriez-vous dans le pétrin, monsieur Bricker ?

— Je sais pas, ce serait pas la première fois que la police se tromperait.

Gottfrey laisse s'écouler un silence avant de réagir.

— Vous n'êtes pas dans le pétrin, mais il serait négligent de ma part de ne pas vous alerter sur le fait que mentir à un représentant du FBI est un délit.

Cette fois, c'est Bricker qui observe un silence.

— Je vous ai pas menti. Je vois pas bien comment, je me suis contenté de conduire ce bus de Killeen à Houston.

— Vous m'en voyez ravi, monsieur Bricker. Nous finissons invariablement par savoir quand on nous ment.

51

Janis Dern en a assez que cette petite connasse au visage constellé de taches de rousseur l'observe avec un sourire narquois. Elle lui a bien recommandé de ne pas ouvrir la bouche si elle ne veut pas qu'on la bâillonne avec du gros scotch, mais la gamine n'a pas besoin de parler pour la regarder avec insolence.

Si Francine, la sœur aînée de Janis, n'était pas toujours vivante, elle se poserait sérieusement la question de savoir si elle ne s'est pas réincarnée dans ce putain de garçon manqué.

Pour éviter toute tentative de rébellion, les dix employés du ranch ont été enfermés dans l'écurie n° 2, sous la garde de Pedro et Alejandro.

Certains ont des conjoints qui s'étonneraient de ne pas les voir rentrer, aussi les a-t-on autorisés, sous étroite surveillance, à prévenir leurs proches qu'ils travailleront tard ce jour-là. Très tard.

Gérer la famille Longrin est plus compliqué. On les sent unis et solidaires, ce qui les rend dangereux. Le plus sûr moyen d'éviter qu'ils ne commettent des bêtises est encore de les séparer.

Alexis Longrin est enchaînée à une chaise dans sa cuisine sous la surveillance de Chris Roberts, et on a enfermé son mari dans les toilettes du rez-de-chaussée, pieds et chevilles entravés, puis reliés entre eux afin de l'empêcher de se tenir debout.

Paloma Sutherland, après avoir laissé Sally Jones au volant de l'Escalade à l'entrée du ranch, surveille les deux petites dernières dans leur chambre : Daphné qui a huit ans et Artémise qui en a six. Paloma sait s'y prendre avec les enfants, sans compter qu'elles sont trop jeunes pour avoir été pourries par leur sœur aînée, même si Daphné a eu des velléités de résistance au début.

Janis a tenu à s'occuper elle-même de Laurie. Les murs de la chambre de l'ado sont couverts de posters de chevaux et de champions de skateboard multipliant les figures acrobatiques. Laurie a également punaisé au-dessus de son lit une affiche d'un Marine en grand uniforme, la main posée sur la poignée de son sabre.

Janis a attaché les chevilles de Laurie aux pieds de son fauteuil de bureau pour l'empêcher de se lever. Son poignet gauche est également retenu au bras du fauteuil à l'aide d'un lien en nylon. Janis a voulu l'humilier en lui laissant une main libre.

— Comme ça, tu pourras te curer le nez. Tu as la tête à ça. Tu manges tes crottes de nez, aussi ? Ce serait bien ton style. Je sais que tu aimerais me faire un doigt d'honneur, mais si jamais tu t'amusais à ça, je me ferais un plaisir d'écrabouiller ton majeur en me servant de la crosse de mon pistolet comme marteau. Tu m'as assez fait chier comme ça. Fini de rigoler.

Laurie, loin de bouder ou de se recroqueviller de peur, fait preuve d'une indifférence stoïque sans quitter Janis des yeux.

Sur les rayonnages sont alignés une centaine de romans pour adolescents. Janis n'en a pas lu un seul, pas plus qu'elle n'en connaît les auteurs, ce qui ne l'empêche pas d'examiner la collection de Laurie en laissant échapper des soupirs et de petits rires méprisants.

Elle ouvre ensuite les tiroirs, les fouille en sortant certains vêtements pour mieux les étudier puis laisse tomber à terre et piétine négligemment ceux auxquels Laurie doit tenir le plus.

Elle finit par récupérer une chaise, s'assoit en face de l'adolescente et la dévisage sans un mot.

Laurie pose sur Janis un regard vide et reporte son attention sur le bureau.

— C'est quoi, tout ce merdier sur les murs de ta chambre ? lui demande Janis.

Laurie ne répond rien.

— C'est bon, je t'autorise à me répondre. Drôle de piaule, pour une fille.

— Si ça me plaît.

— Tes posters n'ont rien de féminin.

— La plupart des filles adorent les chevaux.

— D'accord, mais ça manque de trucs *de fille*.

Laurie garde le silence.

— Quand auras-tu treize ans ?

— Le mois prochain, mais en quoi ça vous regarde ?

— Tu fais du skate ?

— Ouais.

— À quoi rime ton T-shirt *Semper Fi* et ce poster d'un Marine ? Tu as l'intention de t'engager dans les Marines ?

— Rien ne m'en empêche.

Janis dévisage longuement le profil de l'adolescente.

— Si je comprends bien, t'es lesbienne ?

— Bien sûr que non.

— Une vraie fille aurait des posters de boys bands dans sa chambre.

— Les boys bands et les acteurs, c'est ringard, se défend Laurie.

— Alors qu'est-ce qui n'est pas ringard ? Les groupes de filles et les actrices avec des jambes interminables et une bouche pulpeuse que tu pourrais embrasser ?

Laurie pose sur Janis un regard noir.

— Vous êtes dégoûtante.

Janis lui adresse un sourire entendu.

— Alors qui est cool, dans la vie ?

— Les gens qui ont le courage et le cran d'agir au nom du bien.

— Tu sais, il faut du cran pour avouer qu'on est lesbienne.

— Je sais pas si vous avez remarqué, mais le Marine sur mon poster est un mec. Un beau mec, capable d'assommer un bataillon de boys bands.

Elles s'affrontent du regard, un art dans lequel Janis est passée maître. Sa façon de fixer les autres perturbe ses interlocuteurs, et s'ils ont peur de la regarder, ils craignent plus encore de détourner les yeux. Un type avec qui elle est sortie brièvement lui a dit un jour qu'elle avait des yeux de tueuse. Un autre lui a expliqué que pendant l'amour, son regard brun-jaune était celui d'un prédateur en pleine jungle. Il trouvait ça sexy, jusqu'au jour où il s'est rendu compte qu'elle avait également un regard de prédateur en dehors des moments intimes. Elle prend ces critiques pour des compliments. Elle se sert de son regard comme d'un stylet à l'aide duquel elle transperce les autres, en particulier ceux qu'elle aimerait transpercer pour de bon.

Comme l'ado ne baisse pas la tête, Janis se penche plus près encore, jusqu'à ce que leurs visages se trouvent à quelques centimètres.

— Jane Hawk t'aurait-elle parlé des implants cérébraux ? glisse-t-elle dans un murmure. À moins qu'elle n'en ait parlé à ton père et que tu aies surpris leur conversation ?

— Je ne vois pas de quoi vous parlez.

— Non, j'imagine bien que même si ton père est au courant, il n'aura pas voulu t'effrayer. Je vais t'expliquer de quoi il retourne.

Sans quitter Laurie des yeux, Janis lui pose un doigt au niveau de la saignée du bras gauche. Laurie tressaille, mais elle ne répond rien et ne détourne pas le regard.

— On te fait une piqûre à cet endroit-là et on t'injecte le contenu de trois ampoules contenant des millions de machines minuscules qui remontent jusqu'à ton cerveau où elles se reconstituent sous la forme d'une toile alimentée par l'électricité du cerveau. On te donne l'ordre d'oublier la piqûre et tu oublies, mais tu restes notre *chose* jusqu'à la fin de tes jours. Si on te demande de tuer tes sœurs, tu le fais. Si on te demande de te suicider, tu obéis. Fini la petite Laurie narquoise. Fini les ricanements et les réactions insolentes. Il ne reste plus qu'une Laurie obéissante, prête à me lécher le cul si j'en ai envie.

Janis a la satisfaction de voir briller une lueur de désespoir dans les yeux de sa prisonnière qui ne peut s'empêcher de lui répondre d'une voix légèrement tremblante :

— Si c'était vrai, vous m'auriez déjà fait votre piqûre.

— Je te la ferais avec un plaisir non dissimulé, mais ce n'est pas moi qui décide. Mon boss dit toujours qu'on doit choisir soigneusement nos esclaves. Il n'est pas prévu dans le scénario qu'on asservisse des millions de gens du jour au lendemain.

L'ado fronce les sourcils.

— Quel scénario ?

— C'est sa façon de parler, mais écoute-moi bien, Miss Chiarde. Si jamais je mets la main sur ces ampoules, que ce soit dans une semaine ou dans un an, je reviendrai. Je me fous de mon boss et de son scénario. Tu vas passer le reste de ta vie de merde à surveiller tes arrières, mais je peux t'assurer que tu ne me verras pas venir. Un jour ou l'autre, tu me lécheras les bottes.

Intimidée, l'adolescente baisse la tête. Elle finit par rassembler son courage.

— En tout cas, vous êtes qu'un tas de merde et une grande gueule, dit-elle en affrontant Janis du regard, un large sourire aux lèvres. Faut quand même être très con pour s'imaginer que les pommes de terre ont des graines.

Janis n'est pas toujours capable de contrôler ses humeurs. Non pas qu'elle souffre d'une névrose quelconque, rien à foutre des conneries des psys. C'est juste qu'elle ne se laisse pas marcher sur les pieds et qu'elle n'aime pas les sales gosses comme cette Laurie qui se croit plus maline que tout le monde.

Janis n'a pas l'intention de massacrer Laurie Longrin comme l'a fait Egon avec l'autre cow-boy bourré.

Egon est si beau quand la rage l'emporte, il exprime sa violence avec la grâce d'un maître de ballet.

Janis entend juste punir cette gamine de son insolence en lui enseignant les manières. Elle la gifle à la volée, un aller-retour douloureux. Il faut bien que Laurie ait mal si Janis veut qu'elle retienne la leçon.

L'ado hoquette de surprise, sans lâcher un cri.

Janis se lève et se rend dans la salle de bains voisine où elle fait couler de l'eau froide sur sa main.

À son retour, elle constate que la gamine reste de marbre. Un filet de sang s'échappe de la commissure des lèvres et dessine une traînée rouge sur son menton et le long de son cou.

Janis décide de laisser mariner un peu sa prisonnière. Au lieu de reprendre sa place en face d'elle, elle se dirige vers les rayonnages et déchire les livres un à un. C'est à force de lire que cette petite peste a acquis son esprit rebelle. Exactement comme Francine, la sœur aînée de Janis qui n'avait rien à envier aux méchantes sœurs de Cendrillon.

52

Le département de la Sécurité intérieure a récemment ouvert une antenne dans l'un des bâtiments de l'aéroport de Killeen-Fort Hood.

Egon Gottfrey et ses hommes possèdent tous des papiers de la Sécurité intérieure, aussi vrais que ceux du FBI dont ils disposent. Avant de quitter les locaux de la police, Gottfrey prend la précaution d'appeler le directeur adjoint afin qu'il prévienne ses gens.

Le directeur adjoint fait partie des Arcadiens.

C'est l'un des avantages d'infiltrer le gouvernement, au lieu de préparer la révolution de l'extérieur. C'est d'autant plus intéressant que les agences concernées disposent des technologies les plus avancées.

Lorsque Gottfrey se présente à l'aéroport avec la glacière contenant les ampoules destinées à Ancel et Clare Hawk, un hélicoptère capable d'emporter neuf passagers l'attend sur le tarmac. Le pilote doit conduire le commando à Houston où il atterrira à côté de la gare routière aux alentours de 22 heures.

Deux agents en poste à Killeen sont chargés de les suivre au volant du Rhino et de la Jeep, mais ils ne seront pas sur place avant minuit. Gottfrey leur a demandé de laisser les véhicules à l'hôtel Hyatt Regency où il passera la nuit avec Baldwin et Penn.

C'est ainsi qu'un hélico virtuel décolle de la ville virtuelle de Killeen à destination de Houston, autre cité virtuelle. Comme Gottfrey et ses acolytes n'ont pas eu le temps de dîner, des sandwiches les attendent à bord de l'appareil. Des sandwiches tout aussi virtuels que le reste, bien qu'ils soient *réellement* délicieux. Ce n'est pas la première fois qu'un tel paradoxe ébranle les convictions d'Egon, mais il évite de s'attarder sur la question.

***

L'hélicoptère, telle une libellule géante, entame sa descente au-dessus de la mégalopole et se pose sur un espace dégagé face à la gare routière. Le battement des pales provoque un nuage de poussière fantomatique à la lueur des réverbères. Gottfrey et ses hommes attendent que le rotor se soit immobilisé pour quitter l'appareil et rejoindre le terminal des bus.

Le responsable de la maintenance se nomme Louis Calloway. N'étant pas de service à cette heure tardive, il est revenu spécialement pour renseigner les visiteurs. Il en ressort que les bus, une fois les passagers débarqués, sont nettoyés et inspectés afin de s'assurer de leur bon fonctionnement mécanique. L'atelier de maintenance est un hangar immense dans lequel ne manquent pas les recoins sombres. Si Ancel et Clare se sont cachés dans les toilettes du bus de Killeen à l'arrivée, ils ont aisément pu en descendre et remonter dans un autre car où ils se seront à nouveau tapis dans les toilettes en attendant que le véhicule prenne la route.

Si ce scénario est envisageable, il n'est pas aisé à mettre en œuvre. Tout d'abord parce que les passagers ne sont pas autorisés à circuler dans le hangar et qu'il aurait fallu beaucoup de chance à Ancel et Clare pour ne pas être vus des mécaniciens.

En outre, ils auraient dû descendre du premier bus en hâte, avant l'arrivée des équipes de nettoyage, et monter dans un autre car *déjà nettoyé*. Comment auraient-ils pu savoir lequel ? Et comment auraient-ils pu avoir l'assurance de trouver des sièges libres en sortant des toilettes ?

S'ils en ont pris le risque, la chance leur a souri car aucun chauffeur de la compagnie n'a signalé la présence de passagers en surnombre.

Gottfrey demande à Calloway la liste des bus qui se trouvaient dans le hangar à l'arrivée du car de Killeen, leur destination finale et leur heure d'arrivée, ainsi que le détail des arrêts effectués en route, avec les horaires concernés.

Visionner ensuite les images des caméras de surveillance va représenter un travail titanesque auquel Gottfrey et ses hommes ne sont pas prêts ce soir.

Egon se contente d'envoyer à son supérieur les renseignements fournis par Calloway en lui demandant de confier à ses équipes les recherches nécessaires pendant qu'il prend un peu de repos avec ses acolytes.

***

À l'arrière du taxi qui les conduit à l'hôtel Hyatt Regency, Rupert s'installe entre son chef et Vince de façon à épargner au premier les sempiternelles logorrhées du second. Gottfrey a posé la glacière à ses pieds.

Le taxi a parcouru quelques dizaines de mètres lorsque Gottfrey reçoit un coup de téléphone du chef de sa cellule, Sheila Draper-Cruxton, juge d'appel de son métier. Leurs portables respectifs sont équipés d'un système d'encryptage conçu par la NSA, ce qui leur permet de discuter sans crainte des oreilles indiscrètes. Draper-Cruxton confirme la bonne réception de la liste de Calloway.

À l'image de tous les mouvements révolutionnaires depuis la nuit des temps, les Techno Arcadiens sont organisés en cellules de petite taille. Quand bien même l'un des affiliés trahirait, il n'aurait pas assez de contacts pour mettre en péril le complot. Les responsables de cellule reçoivent directement leurs instructions de responsables régionaux dont ils ne connaissent que le nom de guerre, et ces responsables sont eux-mêmes placés sous les ordres du comité central qui les a recrutés.

Le Grand Ordonnateur a manifestement une prédilection pour tout ce cirque dont Gottfrey se passerait volontiers.

En attendant, la juge Draper-Cruxton a su par son responsable régional que le couple auquel Jane Hawk avait confié son fils a été tué samedi après-midi à Borrego Springs, en Californie. Nul doute que l'enfant se cache dans les environs.

Des Arcadiens attachés à diverses agences gouvernementales surveillent depuis les routes qui entrent et sortent de la vallée de Borrego, dans l'espoir de dénicher l'enfant et de capturer sa mère dont personne ne doute qu'elle volera au secours de son fils.

Par ailleurs, la juge a appris qu'un Arcadien dépendant de la Sécurité intérieure a été abattu dans un petit bois au nord de Los Angeles. Il semble que la victime ait croisé la route de Jane Hawk alors qu'elle tentait de rallier Borrego Springs.

Sheila Draper-Cruxton est une femme aussi élégante que cultivée dont Egon apprécie la finesse.

— Ces divers événements rendent d'autant plus urgente la capture des beaux-parents, décrète-t-elle avec assurance.

— Nous faisons au mieux, la rassure Egon en s'exprimant à voix basse afin de ne pas être entendu par le chauffeur de taxi. Je m'efforce de suivre le scénario.

— Il ne s'agissait nullement d'une critique de ma part. J'ai toute confiance en votre zèle. Cela dit, si les beaux-parents savent *quoi que ce soit* au sujet de la cachette de cet enfant, il est impératif de leur soutirer des informations. Il nous suffira alors de tendre une toile dans laquelle viendra s'empêtrer cette mouche de Jane Hawk.

— Qu'attendez-vous de moi ?

— Commencez par aller dormir, mais soyez prêt à partir à la minute où nous aurons pu localiser les beaux-parents.

— Aucun souci, je suis toujours prêt, réplique Egon. Le scénario nous a réservé beaucoup de scènes d'action aujourd'hui.

— Jolie métaphore, approuve la juge. Il s'agit de coincer Hawk au plus vite. Une question en attendant : avez-vous laissé les mécanismes de contrôle à Worstead avec vos gens ?

— Non, je les ai emportés puisque nous en avons besoin pour les beaux-parents.

— Très bien. Dans ce cas, j'envoie une demi-douzaine d'agents au ranch afin de prêter main-forte à vos équipes. Si jamais nous ne parvenons pas à retrouver les beaux-parents, il a été décidé d'implanter des mécanismes de contrôle à Chase et Alexis Longrin au cas où ils seraient au courant de la destination finale des Hawk.

— Je doute que les beaux-parents leur aient fourni ce renseignement.

— Moi aussi, reconnaît la juge, mais les Longrin se sont suffisamment foutus de nous. Autant transformer en zombies ces merdeux incultes pour en savoir le maximum.

C'est la première fois que Gottfrey entend la juge s'exprimer de façon aussi crue. Et si le Grand Ordonnateur voulait lui montrer que Draper-Cruxton a des doutes sur leur capacité à capturer Jane Hawk ?

53

Le peu de lumière qui filtrait à travers les rideaux ne suffisait pas à chasser la pénombre et le motel se trouvait dans une rue calme, mais Jane ne parvenait pas à trouver le sommeil.

Allongée sur le lit, la tête sur l'oreiller, elle gardait les yeux ouverts pour échapper aux visages qui défilaient dans sa tête. Gavin et Jessica Washington. Nathan Silverman, son mentor au FBI. Nick, toujours et encore. Sa mère, perdue lorsqu'elle était très jeune. Le visage le plus dérangeant de tous était celui de Travis. Dérangeant parce qu'il était le seul à être en vie au milieu de la galerie des morts convoqués par son inconscient.

Elle finit par allumer sa lampe de chevet, se rendit dans la salle de bains où elle récupéra le seau à glace, une canette de Coca et une flasque de vodka à moitié pleine.

Consciente d'avoir trop souvent recours à l'alcool pour dormir, elle n'avait aucune envie d'en devenir l'esclave, mais elle avait besoin de se reposer avant d'affronter la journée du lendemain. De toute façon, ce ne serait pas la vodka qui la tuerait.

Son verre de vodka-Coca à la main, elle récupéra la mallette en titane dissimulée sous l'un des fauteuils. Elle la posa sur le lit, l'ouvrit et regarda longuement les vingt et une liasses de billets de cent dollars. 210 000 dollars.

Elle préleva douze liasses correspondant à la somme qu'elle devait à Enrique de Soto pour le camping-car et le véhicule qu'elle allait récupérer à Indio.

Munie d'une paire de ciseaux, elle découpa le sac en plastique de la poubelle de salle de bains et s'en servit pour envelopper l'argent en scellant le tout à l'aide de scotch.

Jane possédait tout le nécessaire dans ses bagages. Des ciseaux, du ruban adhésif, des comprimés contre l'acidité gastrique, de la vodka, un calibre .45 équipé d'un silencieux, un couteau à cran d'arrêt, des menottes en nylon, un aérosol contenant du chloroforme fait maison…

— Je pourrais m'engager chez les scouts, marmonna-t-elle à mi-voix avant de retourner se coucher, d'éteindre et de dormir.

54

Chris Roberts pousse la porte de la chambre de Laurie Longrin et Janis lève la tête, un amas de livres déchirés à ses pieds.

— Je peux te voir une minute ?

Janis abandonne la gamine et rejoint Chris dans le couloir en refermant le battant derrière elle.

— Je viens de recevoir un appel d'Egon, lui explique son collègue. Ils ne tiennent pas encore les beaux-parents, mais ils n'ont pas abandonné la partie.

— Putain, Chris ! On ne peut pas garder ces gens indéfiniment.

— On nous envoie des renforts par la route depuis Austin. Une demi-douzaine de collègues qui seront là d'ici une demi-heure. Ils vont procéder à des interrogatoires individuels avec les employés du ranch en les menaçant de poursuites pour avoir protégé la fuite de Jane Hawk avant de les renvoyer chez eux.

— Et les Longrin ?

— Il est prévu de leur injecter des mécanismes de contrôle.

— Putain, trop bien ! s'écrie Janis. Si ça se trouve, on réussira à retrouver Ancel et Clare avant Egon. Chase et Nick étaient d'anciens copains de classe, je suis sûre qu'il a servi d'intermédiaire entre Jane et ses beaux-parents. Je veux bien rouler une pelle à un serpent à sonnettes si ce connard ne connaît pas la cachette des Hawk.

La formule fait sourire Chris.

— Te connaissant, ce ne sera pas la première fois.

— Vu les mecs qui courent les rues de nos jours, j'aime autant les serpents à sonnettes. Sinon, tu sais combien d'ampoules on nous apporte ?

— Egon ne m'a rien précisé, mais deux séries de trois suffisent.

— S'il y en a en rab, je suis preneuse.

Chris pose machinalement les yeux sur la porte de la chambre de Laurie.

— Elle n'a que douze ans. Tu sais bien ce qui se passe quand on injecte un mécanisme de contrôle avant seize ans.

— Je sais ce qui est arrivé à quelques sujets, mais ça ne veut rien dire. L'échantillon était trop faible. De toute façon, les enfants s'apercevront qu'on a modifié leurs parents. Ils s'en aperçoivent toujours. On ne peut pas les laisser comme ça.

Cette idée met Chris mal à l'aise, mais il ne veut pas créer de conflit avec sa coéquipière.

— D'accord, mais je te préviens tout de suite, je ne resterai pas là en attendant que le mécanisme opère.

Il fallait de huit à douze heures aux premières générations de l'implant cérébral pour modifier les victimes. Les produits mis au point récemment agissent en moins de quatre heures.

— Si jamais les gars ne nous apportent que deux séries d'ampoules, il suffit de piquer Chase en premier pour lui tirer les vers du nez. S'il nous fournit la cachette d'Ancel et Clare, inutile de piquer sa petite femme. J'utiliserai les ampoules restantes pour cette petite conne.

Chris lui adresse un regard concupiscent.

— Je n'ai jamais croisé quelqu'un qui ait la haine autant que toi. Je donnerais cher pour savoir comment tu te comportes au lit.

— Tu ne tiendrais pas la route, mon chéri. On en a déjà parlé, tu sais comme moi qu'on ne baise pas entre équipiers. C'est mauvais pour le boulot.

Il laisse échapper un soupir.

— On en reparlera le jour où la révolution sera terminée.

Janis aime bien Chris, mais il n'a aucune vision à long terme, contrairement à elle.

— Une révolution digne de ce nom n'est jamais terminée. C'est un mode de vie.

55

En plus des nombreux fauteuils qui meublent sa bibliothèque, Cornell avait installé deux grands canapés l'un en face de l'autre, de part et d'autre d'un tapis persan or, bleu et marron. Il lui arrivait souvent de dormir là les jours où il n'avait pas envie de regagner son bunker, bercé par ses auteurs de prédilection.

Ce soir-là, il installa des oreillers et une couverture sur chacun des canapés et posa sur les dessertes voisines de petites bouteilles d'eau fraîche et des cookies citron-chocolat au cas où son jeune visiteur ou lui-même auraient une petite faim pendant la nuit.

Travis prit le premier la salle de bains, se brossa les dents puis enfila un pyjama blanc et noir qui lui donnait l'air d'un karatéka. De retour dans la grande pièce, il s'installa sur le plus petit des deux canapés avec l'un des chiens, l'autre à ses pieds.

Il s'entortillait dans sa couverture lorsque Cornell sortit à son tour de la salle de bains.

— Hmmm. Hmmm. Hmmm. Je ne peux pas me servir du lavabo, tu as laissé quelque chose.

— J'ai tiré la chasse, se défendit le petit garçon.

— Oui, oui, oui, s'il te plaît et merci, mais tu as laissé sur le bord du lavabo un gobelet en plastique avec un tube de dentifrice et… et… et… ta brosse à dents. Dans le gobelet. Dans le gobelet. Dans le gobelet.

— Tu voudrais que je le mette où ?

— Pas dans la salle de bains. Sur la petite table avec ta bouteille d'eau et ton cookie. Ce serait bien. Ce serait bien. Très bien.

Le petit garçon repoussa la couverture et se mit en position assise.

— Désolé, pas de souci. Mais pourquoi ?

Cornell se mit à danser d'un pied sur l'autre, inquiet à l'idée que les chiens se décident finalement à l'attaquer.

— Hmmm, hmmm. Eh bien, c'est une brosse à dents et les brosses à dents sont des objets très personnels, très personnels, et si je trouve une autre brosse à dents que la mienne en allant me brosser les dents… c'est comme si quelqu'un d'autre me touchait, et je ne veux pas qu'on me touche.

— Oncle Gavin me l'avait expliqué, répliqua le petit garçon en enfilant ses chaussons. Mais je ne pensais pas que ça concernait les brosses à dents.

— Moi non plus, reconnut Cornell. Hmmm. Je suis surpris aussi.

Le petit garçon se rendit dans la salle de bains, récupéra son gobelet et sa brosse à dents qu'il posa sur la desserte à côté du cookie.

— Je suis désolé, monsieur Jasperson.

— Pas besoin d'être désolé. Pas besoin. Tu ne savais pas, tu ne savais pas, personne ne savait.

Cornell s'isola pour se brosser les dents et enfiler un pyjama bleu ciel tout doux. Il ne pouvait dormir qu'en pyjama bleu ciel tout doux.

Au moment de s'allonger, il éteignit toutes les lumières, à l'exception d'une lampe à l'abat-jour en verre soufflé qui diffusait dans la pièce une lumière couleur pêche.

— Je laisse toujours une lampe, précisa-t-il. Ça ne te dérange pas ?

— Pas de problème. Moi non plus, j'aime pas dormir dans le noir, même si je sais que le loup-garou n'existe pas.

Cornell s'enveloppa dans sa couverture et s'allongea sur le côté, face au petit garçon et aux chiens.

— Tout va bien ?

— Ben oui. Et toi ?

— Tout va bien. Hmmm. Hmmm. Hmmm.

— Qu'est-ce que tu essayes de me dire ? demanda le petit garçon.

Cornell lui montra l'iPod posé sur la desserte qui lui servait de table de nuit.

— Tu vois cet iPod ?

— Oui.

— Quelquefois, il m'arrive de me réveiller la nuit et d'avoir peur, alors je mets de la musique pour me rassurer. Des chansons de M. Paul Simon, souvent. Ça ne te dérange pas ? Je mettrai la musique pas fort du tout.

— Ça ne me gêne pas du tout. Ma maman joue du piano. Elle est très forte.

— Je me réjouis de rencontrer ta maman.

— Tu verras, elle va te plaire. Tout le monde l'aime, sauf les méchants qu'elle a envoyés en prison. C'est une championne.

— Elle sera bientôt là.

— Elle me l'a promis, et elle tient toujours ses promesses.

On aurait pu croire que la conversation ennuyait les chiens car ils bâillèrent à s'en décrocher la mâchoire. Peu soucieux de les déranger, Cornell préféra garder le silence. Quelques minutes plus tard, le petit garçon ronflait doucement. Cornell l'observa longuement, stupéfait de sa présence et de celle des chiens, plus surpris encore d'avoir lu à l'enfant une bonne partie du roman de Bradbury.

Cornell avait toujours détesté le changement, chaque jour devait se dérouler comme la veille, en espérant que le lendemain ne soit pas différent. Et voilà que plus rien n'était pareil et qu'il espérait le même lendemain.

En même temps, si tout pouvait changer en mieux d'un jour à l'autre, il n'avait aucune raison de vouloir que le changement s'arrête.

DEUXIÈME PARTIE

JANE ET JANIS

1

Laurie Longrin était forte et respirait la joie de vivre pour la bonne raison que sa famille était forte et respirait la joie de vivre. Elle l'avait compris depuis longtemps.

Si elle avait eu un père qui courait les filles et une mère qui noyait ses céréales dans l'alcool au petit-déjeuner, ses chances d'être heureuse et forte auraient été sérieusement compromises. Sauf que ses parents s'aimaient et travaillaient dur en élevant des chevaux magnifiques.

Cela n'empêchait pas Laurie de dépasser les bornes de temps en temps, comme par exemple à l'église, lorsqu'elle s'endormait pendant le sermon. Ou en abusant de l'expression *merde de cheval.*

Tout en acceptant ses propres faiblesses, à commencer par l'abus de l'expression *merde de cheval* et une fâcheuse tendance à se moquer des gens incultes, par exemple, Laurie avait le don de voir le mal chez les autres.

L'agent Janis Dern, qui avait tout d'une ripou de première si elle appartenait vraiment au FBI, était l'incarnation du mal. Contrairement à Cruella, elle ne prenait pas son pied en se fabriquant un manteau avec des peaux de bébés dalmatiens, mais avec des peaux de petites filles.

Elle avait refermé la porte pour aller discuter avec son collègue dans le couloir, mais ils avaient oublié de parler à voix basse. Laurie soupçonnait Janis de l'avoir fait exprès. Quand Janis avait parlé de la transformer en zombie, Laurie s'était demandé si ce n'était pas de la merde de cheval, mais plus ils en discutaient, plus elle commençait à y croire.

Laurie n'avait pas l'intention de rester là à se lamenter, attachée à sa chaise de bureau, dans l'espoir qu'Ethan Stackpool vienne la sauver. Ethan était super beau gosse, intelligent, gentil et costaud pour son âge, mais il était en cinquième comme elle, il n'avait pas encore la carrure d'un superhéros. C'était cool de penser à Ethan, ce qui arrivait souvent à Laurie, mais le mieux était encore de trouver un moyen de s'en tirer toute seule.

Les gens méchants sont idiots. Le mal vous donne satisfaction à court terme, mais il n'apporte que des ennuis en fin de compte. Laurie avait suffisamment lu de romans et vu de films pour le savoir. Elle avait surtout observé le monde autour d'elle.

Dès le premier abord, il ne faisait aucun doute qu'à la méchanceté de Janis Dern s'ajoutait la bêtise. Elle avait attaché les chevilles de Laurie au pied du fauteuil et le poignet gauche au bras de celui-ci, négligeant de lui entraver le poignet droit pour mieux l'humilier avec ses remarques débiles sur les crottes de nez. Sans doute espérait-elle aussi que Laurie se servirait de sa main droite pour lui faire un doigt d'honneur, ce qui lui aurait permis de lui briser les phalanges avec la crosse de son pistolet, comme promis. Sauf que Janis Dern, agent du Bureau fédéral des crétins, n'avait pas imaginé que les tiroirs du bureau de Laurie puissent contenir autre chose que des chewing-gums. À commencer par une paire de ciseaux.

La porte de la chambre à peine refermée, Laurie s'était empressée de s'emparer des ciseaux en question et de couper les liens de nylon qui lui immobilisaient le poignet gauche et les chevilles.

Elle fit un doigt d'honneur de la main gauche en direction de la porte tout en serrant précieusement les ciseaux dans son poing droit. Vingt-quatre heures plus tôt, il ne lui serait jamais venu à l'idée de poignarder quelqu'un. Mais dès lors qu'il s'agissait d'utiliser ses ciseaux pour éviter d'être transformée en zombie, elle n'avait plus d'état d'âme.

Attendre que Janis rentre dans la chambre et lui sauter dessus n'était pas une bonne idée. Janis avait de la ressource, elle était surtout cinglée et méchante.

Le mieux était encore de soulever la fenêtre à guillotine, d'écarter la moustiquaire et de se glisser sur le toit de la véranda.

Sa chambre donnait au nord, si bien que personne ne pouvait la voir depuis les écuries. En revanche, l'Escalade bloquait l'allée juste en face d'elle, sous un éclairage, mais sa conductrice lui tournait le dos, adossée à la carrosserie, une cigarette aux lèvres.

La véranda faisait tout le tour de la maison, de sorte que Laurie n'eut aucun mal à rejoindre le côté ouest d'où personne ne pouvait la voir.

Elle avait la possibilité de sauter à terre et de se faufiler jusqu'à l'écurie n° 5, loin de la n° 2 où étaient retenus prisonniers les employés, de monter une jument et d'aller chercher de l'aide. Sauf que Janis pouvait s'apercevoir à tout moment que sa prisonnière s'était échappée et que tous ses collègues prendraient Laurie en chasse sans lui laisser le temps de seller la jument. Elle aurait pu monter à cru, c'est vrai, mais encore fallait-il qu'elle arrive à l'écurie avant que l'alerte soit donnée.

En plus, ces ostrogoths étaient des brutes de première et ils n'hésiteraient pas un instant à abattre sa jument. Jamais Laurie ne supporterait d'avoir la mort d'un cheval sur la conscience.

L'autre solution consistait à rentrer dans la maison en passant par une autre fenêtre et se réfugier dans une pièce dont ses agresseurs ne soupçonnaient pas l'existence. Une pièce équipée d'un téléphone.

La chambre de ses parents un peu plus loin. À cette époque de l'année, les fenêtres de l'étage n'étaient jamais fermées à cause de la chaleur. Laurie coula un regard à l'intérieur de la pièce, plongée dans la pénombre, puis elle écarta la moustiquaire et enjamba le rebord de la fenêtre.

2

À quelques kilomètres au sud de Borrego Springs, au cœur du désert d'Anza-Borrego, la température dépasse toujours les 25 degrés alors que le soleil s'est couché six heures plus tôt.

Une pancarte, plantée la veille sur le bas-côté de la petite route, alerte les automobilistes : DÉPARTEMENT DE L'INTÉRIEUR / GROUPE D'ÉTUDE DE LA FLORE DU DÉSERT / DÉFENSE D'ENTRER SOUS PEINE DE POURSUITES.

Le groupe d'étude concerné n'existe pas, mais ceux qui ne se plient pas aux injonctions du panneau risquent bien davantage que de simples poursuites.

Légèrement à l'écart, sept ou huit personnes s'activent sous une grande tente. Celle-ci sert de QG à la force opérationnelle de quatre-vingts agents, disséminés à travers la vallée, qui cherchent Travis Hawk et sa mère. Les occupants de la tente pianotent sur des claviers, vérifiant les noms et les plaques d'immatriculation des suspects fournis par les opérateurs de terrain. Dans un coin, un congélateur rempli de pizzas, deux micro-ondes et un frigo contenant de l'eau et des sodas permettent aux agents de se restaurer.

Derrière la tente sont garés trois énormes camions. Le premier alimente toute l'installation grâce à une génératrice et une cuve de propane, une parabole installée sur le toit de la cabine. Sur le plateau du deuxième sont alignés six WC chimiques de chantier équipés de lavabos. Quant au troisième, il accueille un dortoir pour dix personnes.

Le responsable de la force opérationnelle et ses adjoints sont convaincus de retrouver le gamin, de capturer ou de tuer sa mère en moins de vingt-quatre heures.

Carter Jergen, debout à l'entrée de la tente, observe l'immensité morne du désert qu'entoure un rempart de montagnes plongées dans l'obscurité, tel le cratère d'une météorite géante. Au-dessus de sa tête, la lune et les étoiles ont une allure menaçante, comme si un astéroïde s'apprêtait à le pulvériser, conformément à un mécanisme céleste se reproduisant depuis la nuit des temps tous les millions d'années.

Pourtant, ce n'est pas l'arrivée d'un astéroïde qui l'effraye, mais la perspective de se trouver en face du Beau Monstre.

Jane a réussi à échapper à la mort jusque-là. À croire qu'on l'a baignée enfant, talon compris, dans les eaux du Styx où elle a pu acquérir l'immortalité, à l'image d'Achille dont elle n'a toutefois pas hérité la faiblesse.

À la suite de la fusillade au cours de laquelle Gavin et Jessica Washington ont trouvé la mort dimanche après-midi, Carter et son collègue Radley Dubose ont fait appel à des renforts. Il est clair que Jane Hawk tentera de récupérer son fils afin de le mettre à l'abri.

Jergen regrette de n'avoir pu prendre vivants les deux gardiens du petit garçon. Il aurait été aisé de les torturer ou de leur injecter un mécanisme de contrôle afin de les obliger à révéler la cachette de l'enfant. À défaut, le plus sage est encore de prendre le gamin pour s'emparer de sa mère. Mieux, de le tuer pour la priver définitivement de tout esprit combatif.

Les gens de la Sécurité intérieure ont établi le profil psychologique de Jane Hawk. Ils estiment à quatre-vingt-dix pour cent ses chances de se suicider si son fils est tué. Ce diagnostic soulagerait Jergen si les profils psychologiques de terroristes établis par la Sécurité intérieure au cours des années passées n'avaient pas été aussi peu fiables.

Une ombre imposante vient bloquer la fente de lumière qui s'échappe des pans de la tente et Jergen en déduit que son collègue Radley Dubose se tient derrière lui. Dubose, la gloire de Trou-du-cul-ville en Virginie-Occidentale, a fait ses études à la prestigieuse université de Princeton. Le responsable des admissions devait avoir picolé plus que de raison le jour où il a reçu le dossier de Radley. Jergen ne voit pas comment il a pu quitter la fac avec un diplôme, sinon en menaçant le président de Princeton de l'éviscérer. Avec son quintal distribué sur un mètre quatre-vingt-quinze, Jergen ne serait pas surpris que l'héritage génétique de son collègue remonte à l'homme de Cro-Magnon. En dépit de sa silhouette aussi massive qu'inquiétante, Dubose se déplace avec la légèreté d'un danseur étoile. S'il n'avait pas fait écran à la lumière de la tente, Jergen ne l'aurait pas entendu arriver.

— Je sais bien que cette vallée n'est pas un cratère, déclare Jergen, mais tu ne te demandes jamais si un astéroïde quelconque n'est pas susceptible de nous éradiquer tous, comme les dinosaures en leur temps ?

— Le seul astéroïde capable de me tomber sur le coin de la figure est cette salope de cul serré de Hawk, sans parler du polichinelle qui s'est échappé de son tiroir il y a cinq ans.

Jergen soupire.

— Décidément, on vous enseigne le sens de la poésie à Princeton.

— C'est quoi cette fixette ? On a passé l'âge. Tu as trente-sept ans et moi trente-cinq. Je me suis tapé des études à Princeton pour arriver à mes fins sur le plan professionnel, rien d'autre. En revanche, je suis surpris de ton attachement sentimental pour Harvard.

— Tous les hommes de ma famille font leurs études à Harvard depuis des générations. C'est une question de fierté, de tradition, et de réussite.

— Voilà bien une vision de gosse de riche de Boston. Entre deux cours, vous faites un match de crosse et vous rejoignez une amicale étudiante. Tout ça sans risque, pour le seul plaisir de briller aux yeux des rares personnes qui croient encore au prestige de Harvard. Je ne vois pas le rapport avec la réussite.

— Parce que tu sais ce qu'est la réussite, toi ?

— Dans ma famille, on fabrique du whisky clandestin, on fait pousser de la beuh et on vend des comprimés d'ecstasy depuis des générations. C'est ça, la tradition et la réussite.

— Je veux bien que vendre de la dope à des gamins soit une tradition, mais question réussite, j'avoue que ça m'échappe.

— Mon daron et mon oncle n'ont jamais vendu de drogue à des élèves de primaire. Seulement aux collégiens. À quatorze ans, on n'est plus un gamin. C'est l'âge de la majorité sexuelle, je te signale.

— Ce n'est pas du tout l'âge de la majorité sexuelle, même dans le fin fond de la Virginie-Occidentale.

— Ça l'était autrefois, avance Dubose.

— Ouais, et si tu remontes un ou deux siècles en arrière, tu t'apercevras qu'il n'y avait pas d'âge pour la majorité sexuelle.

Dubose passe un bras autour des épaules de Jergen qui se passerait volontiers d'un tel geste de camaraderie.

— C'était le bon temps, tu trouves pas ? C'est dommage qu'on n'ait pas inventé la machine à remonter le temps.

Il tape Jergen sur l'épaule avant d'ajouter :

— On a dormi quatre heures, mangé des pizzas géniales et bu assez de café pour courir un marathon. C'est l'heure de se remettre en chasse.

Sur ces mots, Dubose se dirige vers les véhicules garés dans le noir à côté de la tente.

— Les pizzas n'étaient pas géniales, elles étaient dégueulasses, rectifie Jergen en emboîtant le pas à son collègue.

— Parce que t'as pris de la pizza de tarlouze, avec des olives noires, des champignons et des herbes bizarres.

— C'était de la coriandre.

— Si tu avais pris de la pizza aux cinq viandes, comme moi, tu serais regonflé à bloc.

Carter Jergen grimace en repensant aux morceaux de fromage et aux immondes tranches de viande avalés par Dubose. Le festival de pets ne va pas tarder à suivre, et il n'a même pas de masque à gaz.

Les chefs de la révolution ont eu la bonne idée d'attribuer de belles bagnoles à leurs exécutants, sachant que c'est le contribuable qui paye. Le dernier véhicule en date affecté à Jergen et Dubose est un VelociRaptor, la variante à six roues et 800 chevaux du Ford F-150 Raptor, sans parler des options. Un monstre noir éblouissant.

Depuis qu'on leur a confié l'énorme 6 x 6 le vendredi précédent, Dubose s'en est approprié les clés.

— Cette fois, je prends le volant, décide Jergen.

— Quel volant ? rétorque Dubose en ouvrant la portière du conducteur.

Jergen n'a d'autre choix que de prendre la place du mort.

3

Laurie Longrin prit pied dans la chambre de ses parents. Les rideaux de l'une des trois fenêtres étaient tirés, on distinguait faiblement dans la nuit les immenses prairies qui encerclaient le ranch à travers les deux autres fenêtres, seul un rai de lumière filtrait sous la porte du couloir…

L'adolescente connaissait suffisamment bien la pièce pour éviter le lit et ne pas se cogner dans la commode.

Elle craignait de ne pas avoir pu se réfugier dans la cachette qu'elle convoitait avant que Janis et Chris donnent l'alerte.

À gauche de la commode s'ouvrait la porte de la salle de bains de ses parents, à droite celle d'un placard. Elle trouva la poignée à tâtons et la tourna très lentement afin de ne pas provoquer de grincement, veillant ensuite à ne pas tirer le battant d'un coup sec, au cas où le bois du chambranle aurait joué.

Une fois à l'intérieur, elle tira la porte à elle et alluma la lumière.

À condition de se hisser sur la pointe des pieds, elle était tout juste assez grande pour attraper la poignée permettant de libérer la trappe d'accès au grenier, sur laquelle était vissée une échelle télescopique. Les ressorts de la trappe protestèrent, mais pas suffisamment pour que le bruit s'entende du couloir. L'échelle se déplia d'elle-même, Laurie éteignit la lumière et grimpa dessus dans le noir. Une fois dans le grenier, elle tira la trappe à elle et l'échelle se replia en grinçant, à son grand agacement. L'instant suivant, l'adolescente se trouvait retranchée dans un espace suffisamment haut pour se tenir debout.

Le plancher du grenier était constitué de plaques de contreplaqué sur lesquelles étaient entassées plusieurs rangées de cartons contenant les décorations de Noël, de vieux livres et des souvenirs à demi oubliés dont on n'avait pas eu le cœur de se débarrasser, ainsi que la robe de mariée de sa mère dans une housse en plastique…

Les mains en avant, elle navigua entre les obstacles en évitant du mieux qu'elle le pouvait de faire crisser le contreplaqué. La partie centrale du grenier correspondait à peu près au couloir dans lequel elle avait entendu Chris déclarer sa flamme à une Janis indifférente. Il suffisait d'un grincement trop prononcé pour qu'ils soupçonnent la présence au-dessus de leurs têtes d'un être nettement plus gros qu'une souris.

Le grenier faisait l'objet d'un nettoyage deux fois par an, mais la poussière s'y accumulait dans l'intervalle et Laurie, prise d'une furieuse envie d'éternuer, se pinça les narines juste à temps.

Elle venait de se remettre en route lorsqu'elle sentit contre son visage une toile d'araignée. Elle s'empressa de la chasser d'une main moite en se demandant si l'architecte de la toile avait pu se réfugier dans ses cheveux.

Reste zen. Quand bien même elle aurait une araignée dans les cheveux, celle-ci ne la mordrait pas. Et même si elle la mordait, sa morsure n'était pas dangereuse, à moins d'avoir affaire à une recluse brune. Mais ce n'était pas une recluse brune. Elle le *savait.*

La voix du monstre s'éleva soudain sous ses pieds. Elle hurlait à faire trembler les vitres.

— La petite salope ! Cette sale petite merde s'est barrée !

Suivirent des éclats de voix, des claquements de portes et des bruits de pas précipités dans l'escalier.

Sûre à présent que le bruit de ses pas serait couvert par ce vacarme, Laurie poursuivit le long des cartons, le bras droit en avant, jusqu'à ce que ses doigts rencontrent la surface métallique froide d'un escalier en colimaçon dans lequel elle s'engagea.

Les marches recouvertes de caoutchouc et la rampe lui permirent de monter silencieusement sans risque de trébucher. Elle se retrouva bientôt dans une pièce circulaire de trois mètres de diamètre, une sorte de belvédère ceint de fenêtres qui laissaient pénétrer la lueur de la lune et des étoiles.

Les plaines du Texas s'étendaient à perte de vue et l'endroit servait à surveiller la progression du feu lorsque le vent et la sécheresse provoquaient des incendies dévastateurs dans la région.

Sur une étagère entre deux fenêtres reposait un téléphone auquel étaient raccordées les pièces principales de la maison ainsi que les écuries. Laurie était convaincue que les intrus ne penseraient pas à fouiller le grenier, persuadés qu'elle se serait enfuie à cheval, ou bien qu'elle aurait couru jusqu'à la route dans l'espoir d'arrêter un automobiliste.

En dépit de leurs affirmations, les intrus ne faisaient pas *vraiment* partie du FBI. Le FBI ne transformait pas les gens en robots et ne déchirait pas les livres d'enfants. Il s'agissait d'imposteurs, de voyous armés qui n'avaient aucune envie de voir débarquer le shérif du comté et ses hommes. Avec un peu de chance, ils prendraient la fuite en voyant que Laurie avait disparu.

L'adolescente allait s'emparer du téléphone lorsqu'elle fut prise d'une hésitation. Et s'il s'agissait bien d'agents du FBI ? Des agents corrompus possédant des papiers en règle ? Auquel cas le shérif risquait fort de les laisser en paix.

Si le FBI comptait parmi ses membres des agents corrompus, comment savoir si l'on pouvait se fier au shérif et à ses adjoints ? Auquel cas le bureau du shérif la laisserait s'expliquer et promettrait d'intervenir avant d'alerter ces monstres de Janis et Chris dès que Laurie aurait raccroché. *La petite salope s'est réfugiée dans le belvédère, au-dessus du grenier.* Elle se ferait prendre et on lui ferait une piqûre et elle serait obligée de lécher le cul de cette horreur de Janis chaque fois que celle-ci lui en donnerait l'ordre.

Prise de panique dans le noir de la nuit qui l'entourait, elle sentit une vague d'obscurité l'envahir par les yeux, le nez et les oreilles. Il avait plu en abondance cet hiver-là, de sorte que la prairie était verte, mais elle aurait voulu qu'un incendie éclate et que les flammes chassent les intrus.

Soudain, la solution lui apparut comme une évidence. Les pompiers ! Elle pouvait se fier aux pompiers.

Le comté comptait plusieurs brigades, essentiellement constituées de volontaires des deux sexes. Elle le savait parce que son père en faisait partie. Les pompiers étaient tous des gens bien et solidaires. Elle connaissait la plupart d'entre eux pour les croiser lors des pique-niques organisés les jours fériés, ou encore à l'occasion de la fête annuelle de Worstead.

Le chef des pompiers volontaires était Linwood Haney. Sa femme, Corinne, était pompier elle aussi. Leur fille Bonnie Jean, que tout le monde appelait BeeJay, avait l'âge de Laurie. Elle adorait les chevaux et les motos, et comptait s'engager dans les Marines pour devenir tireuse d'élite. Les Haney vivaient à moins de cinq kilomètres, Laurie pouvait être sûre qu'ils la croiraient et qu'ils alerteraient tous les autres pompiers du coin.

En décrochant, elle vit briller un voyant vert sur le clavier de l'appareil et se souvint que la même diode s'allumerait sur tous les postes de la maison. Avec un peu de chance, ces salauds n'avaient pas remarqué que l'une des lumières était étiquetée *Belvédère*, mais ils ne manqueraient pas de se poser des questions en voyant s'allumer la petite lumière verte.

Elle raccrocha précipitamment et la lumière s'éteignit.

Toute tremblante, elle resta longtemps les bras ballants, à la recherche d'une solution. Mais il n'y en avait pas, à part téléphoner aux Haney, les réveiller et les convaincre de réunir tous les pompiers volontaires de la région. Laurie allait devoir se montrer convaincante tout en restant le moins longtemps possible au téléphone. Il ne s'agissait pas que les ripoux du FBI remarquent son manège, mais il ne fallait pas non plus que M. Haney croie à une farce.

Laurie tremblait comme une feuille tout en s'en voulant d'avoir la trouille. En fait, ce n'était pas la trouille qui parlait, mais la prudence. Sa mère lui avait assez souvent répété que la prudence était une vertu cardinale.

Merde de cheval! Elle savait pourtant bien que ce n'était pas de la prudence, mais de la peur à l'état pur.

Qu'aurait pensé Ethan Stackpool s'il avait pu la voir?

Elle décrocha. La lumière verte s'alluma et elle raccrocha aussitôt. Elle décrocha à nouveau, le petit point vert perça l'obscurité et elle faillit raccrocher encore avant de se raviser et de composer le numéro des Haney.

4

Jergen et Dubose ont le sentiment d'être les rois de la nuit à bord du VelociRaptor dont le moteur gronde à la façon d'une divinité animale en colère. Il a beau savoir que sa question n'obtiendra pas de réponse, Jergen ne peut s'empêcher d'interroger son compagnon.

— Que cherche-t-on, exactement?

— Une indication, un signe, un indice, répond Dubose.

— Comment les reconnaître?

— Je ne sais pas pour toi, l'ami, mais je repérerai sans mal tout ce qui peut sembler anormal.

Comme à son habitude, le géant affiche la supériorité d'un Sherlock Holmes. Il reste cinq heures avant les premières lueurs de l'aube, la nuit promet d'être longue.

Quatre routes permettent d'accéder à la vallée. Les deux hommes roulent sur la S3 lorsque Dubose ralentit en voyant un gros camion d'une compagnie électrique garé sur le bas-côté, comme pour un chantier. Il s'agit en réalité d'un véhicule de la NSA transportant les batteries au lithium qui alimentent la caméra de surveillance chargée de scanner les plaques d'immatriculation de tous les véhicules qui se dirigent vers Borrego Springs, et d'envoyer les images aux techniciens installés dans la tente qui se chargeront d'identifier leurs propriétaires.

Le jumeau de ce camion stationne le long de Borrego Springs Road, et deux autres ont été installés sur la S22 qui traverse la vallée d'est en ouest. Pas une voiture, pas un pick-up, pas un SUV, pas un camping-car, pas un bus ne peut s'aventurer dans la région sans être examiné. Au moindre soupçon, les techniciens déclenchent une enquête sur leurs occupants.

Quand bien même Jane Hawk emprunterait une route en terre ou passerait à travers champ à bord d'un 4x4, des hommes postés à divers points stratégiques ne manqueraient pas de la repérer. Elle sera interceptée à l'instant où elle rejoindra une route normale, voire avant.

Il est peu probable qu'elle arrive avant midi. Elle n'est pas du genre à se jeter dans un piège tête baissée, elle prendra le temps de mûrir un plan.

Trônant derrière le volant comme si l'énorme véhicule lui revenait de droit, Radley Dubose ne peut s'empêcher d'aborder un sujet qui l'irrite au plus haut point.

— Je me demande si les gratte-papier qui nous donnent des ordres ont vraiment les couilles de prendre les commandes du pays. Ils feraient mieux d'implanter un mécanisme de contrôle à tous les flics locaux de sorte qu'on dispose des forces nécessaires. On n'aurait plus qu'à fermer la vallée dès que cette salope y mettra les pieds avant de fouiller maison par maison jusqu'à ce qu'on la trouve avec son gamin.

Habitué à incarner la voix de la raison chaque fois que son cul-terreux de coéquipier confond un scalpel avec une tronçonneuse, Jergen réagit d'une voix posée.

— On n'aurait jamais pu modifier tout le monde en un temps aussi court.

— On avait tout le temps, le contredit Dubose. Je te rappelle que la dernière mouture du mécanisme de contrôle se reconstitue en quatre heures à l'intérieur du cerveau.

Le bureau du shérif du comté de San Diego possède une antenne à Borrego Springs. À la suite de la fusillade qui a opposé Jergen et Dubose à Gavin et Jessica Washington, le responsable local, un dénommé Carré, a voulu prendre l'enquête en main jusqu'à ce que Jergen lui passe sur son portable le directeur adjoint de la NSA. Ce dernier s'est chargé de convaincre Carré qu'il en allait de la sécurité nationale, mais jamais le nom de Jane Hawk n'a été prononcé.

Jergen se sent obligé d'insister.

— Procéder à une injection sur des flics armés et naturellement méfiants tournerait à la catastrophe. Jamais on ne pourrait tous les avoir par surprise.

— Ouais, rétorque Dubose qui ne se résout pas à avoir tort. On aurait peut-être du mal avec quelques-uns d'entre eux, et alors ? Il suffirait de leur exploser la cervelle et de tout mettre ensuite sur le dos de Jane.

— Et si l'un des flics en question te tuait dans la bagarre ?

Le géant quitte la route des yeux et regarde Jergen comme s'il s'agissait d'un enfant demeuré.

— Comme si ça pouvait arriver…

— Quoi qu'il en soit, reprend Jergen, on disposera d'une armée de zombies à l'heure où elle arrivera sur place. Des autochtones qui connaissent parfaitement la région, et en plus grand nombre que tous les flics du cru.

Les équipes des Arcadiens n'ont pas chômé au cours des dernières vingt-quatre heures. Ils ont commencé par repérer leurs cibles avant de les aborder en se présentant comme des agents du FBI et de les modifier tranquillement chez eux. Il y en a déjà une bonne quarantaine.

— Ce sont des civils, déclare Dubose d'un air méprisant. Ils ne sont pas armés, contrairement aux flics.

— Les armes à feu ne règlent pas tout.

Le portable de Jergen interrompt l'échange des deux hommes. Le type chargé des communications dans la tente lui signale un incident au domicile de l'un des Modifiés.

5

Dans l'impossibilité de regagner les parties communes de la maison où les voyous la cherchent partout, prêts à lui arracher les ailes, Laurie Longrin reste prisonnière du belvédère.

C'est Linwood Haney qui a décroché. L'adolescente l'a visiblement réveillé.

— Allô ? Laurie Longrin à l'appareil. Il se passe des trucs terribles chez nous, monsieur Haney.

La suite est sortie toute seule, à un rythme soutenu.

— Ils prétendent appartenir au FBI, mais c'est faux. Ils veulent savoir où sont allés M. et Mme Hawk. Ils retiennent prisonniers papa et maman, une femme complètement cinglée m'a frappée, ils sont six, tous armés, et ils en attendent six autres, ils veulent nous tuer ou pire, je me suis réfugiée dans le belvédère, mais ils finiront par me trouver, je ne fais pas confiance au shérif, vous êtes le seul à qui je peux me fier.

M. Haney a voulu la calmer, mais elle l'a interrompu à plusieurs reprises pour lui fournir des détails supplémentaires. Laurie était la première surprise de la peur qui perçait dans sa voix, elle qui se pique d'être grande pour son âge, en digne héritière d'une longue lignée de ranchers texans.

C'est seulement en parlant à M. Haney qu'elle a pris la pleine mesure du danger que courait toute sa famille, au point de peiner à respirer. Elle avait bien compris qu'ils se trouvaient dans un grand bain de merde de cheval, elle n'était pas idiote, mais elle refusait jusque-là d'envisager le pire, de peur d'en rester tétanisée.

Elle a repris espoir en constatant que M. Haney la croyait.

— Il est arrivé la même chose au ranch d'Ancel et Clare hier soir. Garde ton calme, Laurie, et ne bouge pas. Nous arrivons, tout va s'arranger.

Hypnotisée par la lumière verte qui brillait sur le clavier du téléphone à côté du mot Belvédère, elle a dit à son interlocuteur de se dépêcher avant de raccrocher.

6

Borrego Springs compte moins de quatre mille habitants. Carter Jergen n'arrive pas à comprendre comment on peut vivre dans un endroit aussi torride, aussi sec, aussi poussiéreux, avec tout juste assez d'eau pour survivre. Même les palmiers ont l'air stressés et la seule tache de verdure se tapit à Christmas Circle, le petit parc du centre-ville. Le reste se résume à des hectares et des hectares de bitume et de béton, sans parler du désert qui menace certains quartiers. Il n'a aperçu nulle part de restaurant français digne de ce nom, ou même proposant de la nourriture comestible. Le motel local le plus huppé n'a pas la moitié des étoiles auxquelles il est habitué, aucun magasin ne propose de vêtements de marque.

Curieusement, les autochtones paraissent heureux. Ils sont même d'une amabilité insupportable, tout le monde lui souhaite le bonjour dans la rue.

Cela fait près de trente-six heures qu'il se trouve dans cet enfer. S'il lui fallait y passer le restant de ses jours, il s'enfermerait dans son garage, démarrerait sa voiture et attendrait que le monoxyde de carbone l'asphyxie. Il se coucherait même devant le pot d'échappement pour accélérer le processus.

Le jour où réussira la révolution, il passera tout son temps dans les plus grandes métropoles et les stations de vacances les plus huppées.

Il est possible que les habitants de Borrego Springs soient heureux au prétexte qu'ils sont supérieurs aux âmes obscures des hameaux perdus ou des maisons isolées des alentours.

Jergen et Dubose rejoignent l'un de ces trous paumés, constitué de quatre maisons de plain-pied construites le long d'un chemin de terre, à l'écart de Borrego Springs Road. L'accès au chemin est bloqué par un Jeep Grand Cherokee près duquel montent la garde deux Arcadiens vêtus de blousons du FBI.

Jergen et Dubose ont eu l'occasion de croiser le matin même, lors d'une réunion, l'ensemble des agents réunis dans la vallée, qu'ils relèvent du FBI, de la NSA, de la Sécurité intérieure, ou de plusieurs agences à la fois. Les deux hommes du Bureau reconnaissent le VelociRaptor et leur font signe de passer. Quatre autres Grand Cherokee sont garés dans la petite impasse.

Dubose se range devant le pavillon qui leur a été indiqué et les deux hommes descendent de l'énorme Ford.

En temps ordinaire, l'endroit serait plongé dans le noir à 2 heures du matin, faute de réverbère, mais les fenêtres des maisons, toutes allumées, suffisent à dissiper la pénombre.

Une épaisse couche de cailloux entoure le pavillon, d'où s'échappent quelques cactus difformes.

Jergen, fasciné par les chauves-souris qui croquent bruyamment des nuées d'insectes nocturnes, ne s'est jamais senti aussi peu à sa place que dans ce décor étrange.

L'un des trois agents qui ont reçu pour mission de modifier les occupants de la maison ouvre la porte.

— Ahmed al-Adel, se présente-t-il, conscient que les deux visiteurs n'auront pas retenu son nom lors de la réunion qui s'est déroulée quelques heures plus tôt.

La trentaine, une silhouette élancée, l'homme est issu d'une famille d'immigrants irakiens.

À l'image de tous ceux qui ont débarqué dans ce petit lotissement armés de glacières contenant des mécanismes de contrôle, Ahmed est rasé de près et porte un costume noir, une chemise blanche, une cravate sombre. Il est arrivé avec ses collègues à 21 heures, mais quelle que soit l'heure, les agents du FBI sont toujours plus crédibles lorsqu'ils sont conformes aux stéréotypes propagés par le cinéma.

Parce qu'ils opèrent incognito, Jergen et Dubose évitent le cliché des hommes en noir. Jergen a enfilé une veste sport Ring Jacket, un pantalon blanc du même créateur et des baskets Axel Arigato. Il porte au poignet une montre GraffStar Eclipse en titane au cadran intégralement noir.

Dubose, qui s'habille toujours comme l'as de pique, donne l'impression de rentrer directement des champs sans avoir pris le temps de se changer.

— Ils sont dans la cuisine, précise Ahmed.

Au total, les quatre pavillons abritent onze personnes qui ont reçu un implant cérébral. Au même titre que d'autres cobayes modifiés plus tôt dans la journée, ils ont été sélectionnés parce qu'aucun d'eux n'a moins de seize ans.

Leur système de contrôle de dernière génération est doté d'une fonction inédite, la « chambre des murmures », grâce à laquelle ils peuvent communiquer entre eux par télépathie. Cette capacité fait d'eux des limiers incomparables puisqu'il leur est possible de partager instantanément leurs découvertes.

La maison dans laquelle viennent d'arriver Jergen et Dubose abrite un couple. Robert et Minette Butterworth ont tous les deux la trentaine et sont enseignants. Il est prof d'histoire, elle est prof d'anglais. Assis sur des chaises de cuisine auxquelles ils sont entravés par des menottes en nylon, ils sont bâillonnés à l'aide de gros scotch.

Il n'est pas rare que les Modifiés se rebellent au cours de la période de quatre heures nécessaire à l'implantation du mécanisme de contrôle à l'intérieur du cerveau. Ils multiplient les questions, invoquent leurs droits constitutionnels et se montrent difficiles, au point qu'il est nécessaire de les museler.

Robert et Minette sont livides, les yeux écarquillés par la peur, mais le problème se trouve ailleurs : ils n'étaient pas seuls dans la maison. Une jeune femme en fauteuil roulant qui présente une forte ressemblance avec Minette est également bâillonnée.

Les deux collègues d'Ahmed al-Adel sont présents, eux aussi. Malcolm Kingman est un Afro-Américain imposant doté du visage et de l'attitude d'un homme d'église, mais avec le regard sans concession d'un juge du procès de Nuremberg. Zita Hernandez, une jolie femme de trente ans, complète cette équipe pour le moins éclectique.

Jergen s'intéresse tout particulièrement à Hernandez, et pas seulement parce qu'elle est séduisante. Elle est vêtue d'un pantalon noir parfaitement coupé, d'une chemise blanche Michael Kors et d'un blazer noir Ralph Lauren. Seules ses chaussures laissent à désirer, mais Jergen accepterait volontiers de lui prodiguer des conseils vestimentaires. Après l'avoir déshabillée.

La charmante Zita désigne la femme en pyjama dans le fauteuil roulant.

— Il s'agit de Glynis Gallworth, la sœur de Minette originaire d'Alexandria en Virginie. Elle rendait visite aux Butterworth cette semaine. Elle dormait dans la chambre d'amis, on avait déjà bien entamé la procédure quand on s'est aperçus de sa présence.

Jergen accueille ces informations avec perplexité. Alexandria est une ville bourgeoise, il a du mal à comprendre que l'on puisse s'échapper d'un lieu aussi sophistiqué pour passer une semaine dans ce pavillon perdu au milieu de nulle part.

— Glynis est paraplégique depuis l'adolescence, à la suite d'un accident, explique Zita. Elle travaille pour le département d'État à Washington, mais elle n'est pas... au courant.

Une façon de dire qu'elle ne fait pas partie des Arcadiens.

Glynis semble aussi terrifiée que sa sœur et son beau-frère.

— On se demandait s'il fallait lui injecter un mécanisme de contrôle, à elle aussi, ajoute Kingman.

Dubose adresse un sourire à la jeune handicapée.

— Madame, sans doute n'êtes-vous pas au courant des crimes commis par votre sœur et votre beau-frère. Nous intervenons dans le cadre d'une affaire de terrorisme touchant à la sécurité nationale.

Minette et Robert manifestent leur surprise en secouant vigoureusement la tête et en poussant des borborygmes de protestation étouffés par leurs bâillons. Quant à Glynis, on la sent à la fois dubitative et perdue.

— Nous disposons d'un mandat fédéral nous autorisant à interroger les suspects après leur avoir administré un sérum de vérité, improvise Dubose. Votre nom ne figure pas sur le mandat, mes collègues auraient dû savoir que la procédure ne vous concernait pas, mais la survie de la nation est en jeu et ne nous pouvons pas vous autoriser à assister à l'interrogatoire.

Sur ces mots, le géant quitte la cuisine en poussant le fauteuil roulant, traverse le salon et raccompagne Glynis dans sa chambre.

Carter Jergen adresse un sourire à Zita Hernandez qui ne semble pas indifférente à l'intérêt qu'il manifeste à son endroit.

Ahmed el-Adel et Malcolm Kingman sursautent en entendant une détonation dans les profondeurs du pavillon, ce qui en dit long sur leur fiabilité douteuse.

À l'inverse, Zita ne bronche pas, même lorsque résonnent deux autres coups de feu.

Jergen la trouve de plus en plus à son goût.

7

Enfermée dans le belvédère, Laurie Longrin n'avait nullement sommeil, alors qu'elle aurait dû être au lit depuis longtemps. La peur la maintenait éveillée, elle s'inquiétait autant pour ses parents et ses sœurs que pour elle-même.

Elle était impatiente de voir débarquer les pompiers, non pas avec un camion et des lances à incendie, mais à bord d'une nuée de pick-up et de 4x4, comme à l'époque du Far West lorsque les Texans d'antan venaient en bande chasser les méchants et sauver les innocents.

Son impatience confinait à la jubilation, à sa peur se mêlait une sorte d'excitation à l'idée qu'on botte les fesses de la bande de tarés venus perturber son quotidien.

Laurie n'était pas naïve, elle savait que le bien ne triomphait pas systématiquement. Pas du premier coup, en tout cas. La situation pouvait mal tourner de bien des façons. Les méchants se montraient souvent plus malins que les honnêtes gens. Contrairement à ces derniers, ils passaient leur temps à comploter et manigancer.

Elle n'était pas pessimiste pour autant, et sa peur se trouvait tempérée par son ravissement à l'idée que l'on puisse châtier ces voyous.

En même temps, elle n'était pas de la race des casse-cou qui prennent leur pied en sautant en parachute, en se battant avec des alligators, ou en marchant sur une corde raide tendue entre deux gratte-ciel. Laurie rêvait de devenir vétérinaire, d'épouser Ethan Stackpool et d'avoir quatre enfants. Les enfants et les alligators font rarement bon ménage.

Son excitation monta d'un cran lorsqu'elle vit deux paires de phares trouer la nuit au niveau de l'entrée du ranch et sa peur s'évapora presque aussitôt. Elle passa la langue sur sa lèvre tuméfiée et défia en pensée celle qui l'avait frappée : *Tu te lécheras le cul toute seule, Janis.*

Laurie savait combien le destin pouvait se montrer changeant, mais elle semblait l'avoir oublié dans son excitation. Les deux 4x4 qui remontaient l'allée n'appartenaient ni à M. Linwood Haney ni à l'un de ses amis. Il s'agissait de Suburban noirs auxquels Sally Jones, qui montait la garde à l'entrée de la propriété à côté de son Escalade, fit signe de passer. Loin d'être les pompiers, il s'agissait des renforts dont Chris avait annoncé l'arrivée à Janis.

Laurie, ses sœurs, son père et sa mère allaient devoir affronter non pas six, mais *douze* ennemis, avec leurs armes, leurs seringues et leurs implants cérébraux.

L'adolescente avait beau fouiller la nuit du regard, aucun autre phare ne signalait l'arrivée des secours.

Elle s'aperçut brusquement qu'elle n'avait pas emporté avec elle la paire de ciseaux grâce à laquelle elle avait coupé ses liens. Ces ciseaux étaient pourtant la seule arme dont elle disposait.

8

Lorsque Radley Dubose regagne la cuisine, Minette Butterworth s'est transformée en fontaine. Lorsqu'elle ne bêle pas derrière son bâillon, elle donne l'impression de s'étouffer avec sa langue.

Jergen la trouve répugnante. De son point de vue, afficher ses émotions est indigne. Les manifestations outrancières de ce genre sont aussi creuses que les discours des politiciens, elles visent essentiellement à attirer l'attention sur soi dans l'espoir d'éveiller à bon compte l'empathie d'autrui.

Robert, le mari, voudrait les persuader qu'il n'a pas peur. Une lueur de haine pure brille dans ses yeux. Il hurle sa rage en vain puisqu'il a la bouche recouverte de gros scotch. Il tend ses muscles à craquer en se démenant sur sa chaise.

Contrairement à Jergen, Dubose n'affiche pas son dédain, mais une sorte de curiosité. On pourrait penser qu'il observe avec intérêt les animaux exotiques d'un zoo.

Son attention s'émousse rapidement, il se tourne vers Ahmed, Malcolm et la charmante Zita.

— Vous n'aviez pas besoin de nous pour gérer cette crise, les amis. À l'aube du monde que nous sommes en train de créer, vous croyez vraiment qu'il est utile de conserver des logiciels périmés ? Pourquoi le ferait-on ? Pour des raisons sentimentales ? Vous avez vraiment envie qu'on continue de salarier des ouvriers quand des robots font leur boulot plus efficacement ?

Ahmed et Malcolm prennent un air embarrassé, sans qu'il soit possible de deviner s'ils ont honte de leur faiblesse ou bien s'ils réprouvent les métaphores de Dubose lorsqu'il compare Glynis à un logiciel obsolète.

— La bioéthique est bonne pour tous ceux qui réprouvent la révolution scientifique que nous menons, enchaîne Dubose. La société ne peut pas se permettre de dépenser des millions pour des masses qui coûtent plus cher qu'elles ne rapportent. Ce genre de gaspillage a causé la perte de bien des civilisations avant la nôtre.

Zita s'empresse d'apporter de l'eau à son moulin.

— En plus, c'est une question de compassion. De qualité de vie. Il est cruel d'obliger les handicapés à vivre de façon aussi sordide.

— Absolument, approuve Dubose. Nous avons désormais les moyens d'empêcher la venue au monde de tous les êtres qui ne sont pas normaux, ce qui ne nous empêche pas de montrer de la compassion pour tous les accidentés de la vie.

Zita Hernandez observe soudain le philosophe de cambrousse avec un intérêt non dénué d'arrière-pensées sexuelles, au grand déplaisir de Jergen.

— Pour mémoire, poursuit Dubose, Jane Hawk a voulu se réfugier dans ce pavillon et c'est elle qui a tué Glynis sur un coup de folie.

Cette version des faits semble convenir à Malcolm, Ahmed et Zita. Une fois leur implant cérébral en état de marche, Robert et Minette oublieront tout ce qu'on leur ordonnera d'oublier, ils se souviendront uniquement du scénario qu'on leur fournira.

Dubose, menton levé, prend la pose avantageuse d'un général haranguant ses troupes ou d'un homme d'État à la Churchill.

— Je vous laisse gérer la suite, les amis.

Quelques instants plus tard, il quitte la maison en entraînant Jergen et les deux hommes retrouvent la nuit peuplée de chauves-souris et d'insectes dans laquelle flotte une odeur d'urine de coyote. Une fois de plus, c'est Dubose qui prend le volant du VelociRaptor.

Jergen a honte de ce collègue grossier et mal éduqué, mais il n'en admire pas moins sa dureté et son caractère implacable.

— Tu l'as abattue de trois balles, remarque-t-il alors que le lourd véhicule s'éloigne du lotissement.

— Ouais.

— Pour quelle raison ? Une balle à bout portant ne suffisait pas ?

— Je lui ai collé une bastos en pleine poitrine, elle était tout ce qu'il y a de plus morte.

— Alors pourquoi as-tu continué à tirer ?

— J'aimais pas la tête qu'elle faisait.

— Pourquoi ça ?

— On aurait dit qu'elle ricanait.

— N'oublie pas qu'elle travaillait pour le département d'État, lui rappelle Jergen.

— Oui, je vois le genre.

— Mais alors, tu lui as mis les deux autres balles…

— En pleine tête.

— Et ça a marché ?

— Maintenant, elle a vraiment l'air morte.

9

Janis Dern s'efforce de contrôler sa rage. Elle n'a pas envie qu'on la colle au coin le temps de se calmer. Qu'on l'envoie se coucher en la privant de dessert pendant que Francine et ses deux autres sœurs prennent deux fois du gâteau. Tout ça parce que papa ne veut pas voir que sa petite Francine chérie et les deux autres lèche-cul maltraitent la petite dernière. Pour se remettre, Janis a uniquement besoin de donner une bonne leçon à une gamine grande gueule au visage couvert de taches de rousseur…

Les six agents envoyés en renfort d'Austin viennent d'arriver. Ils se trouvent actuellement dans l'écurie n° 2 où ils enseignent les bonnes manières aux employés du ranch avant de les renvoyer dans leurs foyers.

Ils ont apporté une glacière contenant quatre mécanismes de contrôle. Les deux premiers sont destinés à Chase et Alexis, les deux restants serviront en cas de besoin. Une fois que les Longrin auront reçu leur piqûre et que les nanomachines auront tissé leur toile jusque dans les recoins les plus éloignés de leur cerveau, il suffira de leur demander où sont allés Ancel et Clare Hawk.

Mais Janis se fiche éperdument des beaux-parents de Jane. Elle n'a qu'une idée en tête.

Ses collègues et elle ont fouillé la maison et les écuries sans parvenir à mettre la main sur Laurie. Les autres sont persuadés qu'elle s'est enfuie à travers champ dans l'espoir de rejoindre la grand-route et d'arrêter un automobiliste, si elle n'a pas été mordue par un serpent à sonnettes ou bouffée par une meute de coyotes.

Janis a pitié des malheureux serpents et autres coyotes qui auraient la mauvaise idée de s'empoisonner au contact de cette petite salope.

Pedro Lobo, qui surveillait les employés dans l'écurie n° 2, a rejoint la cuisine où il garde Alexis Longrin pendant que Chris parcourt la grand-route dans l'espoir de voir la gamine le héler en le prenant pour un citoyen lambda.

Janis ne partage pas l'avis de ses collègues.

Cette sale chiarde est une petite maline. Jamais elle n'aurait pris le risque de s'enfuir en pleine nuit, sans lampe de poche, dans l'espoir de trouver une bonne âme à une heure pareille. Cette petite conne est un grain de sable dans les rouages de la vie, le bouchon qui obstrue les canalisations, une couille dans le potage. Il est plus vraisemblable qu'elle se sera terrée sur place comme un rat, prête à semer la merde à la première occasion.

Les téléphones des écuries ont été débranchés. Si la gamine s'est enfuie en passant par la fenêtre de sa chambre, elle se sera empressée de revenir dans la maison pour téléphoner.

Les portes sont toutes verrouillées, les fenêtres du rez-de-chaussée soigneusement fermées. Reste la possibilité qu'elle possède une clé, ou bien qu'un double soit caché quelque part dehors.

À moins…

À moins qu'elle n'ait pris pied sur le toit de la véranda et qu'elle ne soit entrée par une autre fenêtre avec l'intention de se réfugier dans une cachette quelconque.

Janis est la seule à privilégier cette théorie. Les autres prennent Laurie pour une simple gamine terrorisée à qui il ne viendrait jamais l'idée de retourner dans la gueule du loup.

Paloma Sutherland a fouillé le premier étage pendant que Sally Jones, Chris et Janis s'occupaient du rez-de-chaussée, des abords de la maison, du garage et des écuries.

Janis recommence à zéro la fouille de la maison dans ses moindres recoins, même ceux dans lesquels seul un contorsionniste parviendrait à se glisser. Elle s'assure que les placards n'ont pas de double fond, que le buffet de la salle à manger ne dissimule pas une cache. Elle regarde sous les meubles, même lorsque l'espace est à peine assez grand pour y passer la main. Elle sonde la cheminée et les cloisons, à la recherche d'un mécanisme secret.

Elle se trouve dans la chambre des parents lorsqu'elle est frappée par un détail incongru sur le marbre de la commode : une paire de ciseaux d'enfant au milieu des flacons de parfum Lalique, de la brosse et du peigne à manche d'argent, des figurines de porcelaine japonaises en kimono.

À l'évidence, il s'agit des ciseaux grâce auxquels la gamine a tranché ses liens, et qu'elle aura emportés pour pouvoir se défendre en cas de besoin.

Ce détail a échappé à Paloma Sutherland.

Le regard de Janis se perd dans le miroir placé au-dessus de la commode, comme si celui-ci avait pu garder le reflet de l'adolescente lorsqu'elle a posé ses ciseaux à cet endroit.

La salle de bains n'offre aucune cachette. Janis écarte la porte du placard et allume la lumière, mais Laurie ne s'est pas réfugiée là non plus.

Une sangle pend du plafond, attachée à la trappe du grenier.

Paloma a été la première à décider que la gamine ne serait jamais retournée à l'intérieur de la maison, elle n'avait donc aucune raison d'explorer le grenier. Paloma est fille unique, elle ne sait rien de la rouerie de l'aînée au sein d'une fratrie de sœurs.

Les ressorts de la trappe émettent un léger grincement et l'échelle se déploie silencieusement jusqu'au sol du placard.

10

Carter commence à s'habituer aux spectacles étranges, néanmoins il a un mouvement de recul en voyant deux grosses araignées velues qu'il pense être des tarentules s'échapper de l'obscurité et traverser le cône de lumière des phares du VelociRaptor garé à côté de l'aérodrome local.

Il est persuadé que les horribles bestioles se carapatent l'une derrière l'autre avant de s'apercevoir que la seconde est agrippée à la première. Celle-ci n'a pas l'air heureuse de la désinvolture de ce passager dont elle tente de se débarrasser. Les pattes des deux araignées, grosses comme les doigts de Jergen, s'entremêlent et les bestioles s'excitent dans tous les sens avant d'être avalées par la nuit.

N'importe quel autre jour, l'aérodrome Anza Air serait fermé à cette heure puisque les vols ne fonctionnent qu'en journée. La NSA a toutefois signé un contrat juteux ce lundi-là avec les propriétaires des lieux sous prétexte de tester en milieu désertique un engin volant dont il n'a pas été précisé la nature.

En réalité, il s'agit d'établir une surveillance aérienne de l'ensemble de la vallée dans un rayon de quatre-vingts kilomètres en espionnant les conversations passées depuis les portables. Les techniciens ont mis au point un programme spécial à partir d'un certain nombre de mots-clés que Jane Hawk serait susceptible d'utiliser lors d'une conversation avec son petit garçon ou celui qui en a la garde. À bord de l'avion de la NSA, un ordinateur transcrit les conversations en temps réel, avec la possibilité de localiser précisément la source des appels suspects.

Deux appareils, arrivés tout spécialement de San Diego pour l'un et de Los Angeles pour l'autre, sont rangés sur le tarmac.

La piste de l'aérodrome ne mesure que huit cents mètres, mais la moitié suffit aux deux Havilland DHC-6 Twin Otters pour décoller, moins encore pour atterrir. Dans leur configuration de base, ces appareils sont capables de transporter dix-neuf passagers en plus des deux membres d'équipage, mais ils n'emportent que quatre techniciens dans le cas présent.

Un camion-citerne stationne sur une aire aménagée la veille avec du béton à prise rapide à côté des deux avions. Il contient assez de kérosène pour que les appareils puissent voler trois jours durant en se relayant toutes les quatre heures.

Quatre mécanos équipés de tout le matériel nécessaire sont arrivés sur place à bord d'un camping-car de dix-huit mètres garé tout près du terminal. Ils y logeront pendant tout le temps de l'opération en compagnie du chauffeur du camion-citerne et de l'avitailleur.

Le pilote et le copilote d'un hélicoptère Airbus H120 viennent compléter l'équipe, au cas où il serait nécessaire de procéder à des recherches aériennes.

Des hommes sont en train de poser tous les trois mètres, de part et d'autre de la piste, des éclairages mobiles sur batterie qu'il est possible d'éteindre et d'allumer à mesure des décollages et atterrissages de nuit.

Les propriétaires de l'aérodrome, s'ils sont heureux des conditions généreuses du contrat qu'ils ont signé, sont surtout surpris par l'ampleur de l'opération. Sans doute se demandent-ils pourquoi les « tests » concernés n'ont pu être réalisés sur l'une des nombreuses bases militaires de l'armée de l'air. Ils ont toutefois la sagesse de ne pas poser de questions indiscrètes.

Radley Dubose, qui discutait avec les équipes chargées de poser les éclairages mobiles, regagne le VelociRaptor.

— Il leur reste trois heures de boulot, le premier Otter pourra prendre l'air vers 7 heures du matin.

Le désert doit avoir senti combien Jergen le détestait car il trouve le moyen d'envoyer à nouveau les tarentules en exploration dans la lumière des phares. Le combat atteint son apogée, l'araignée qui supporte sa congénère se déplace furieusement dans tous les sens sur ses pattes velues avant de se retourner sur le dos dans l'espoir de se débarrasser de l'intruse. Les deux bestioles s'affrontent dans un enchevêtrement de pattes au milieu d'un nuage de poussière, puis elles se séparent et se dressent de toute leur hauteur. Au moment où Jergen est convaincu d'assister à la morsure mortelle finale, il voit les tarentules disparaître dans la nuit côte à côte.

— À quoi jouent-elles ? se demande-t-il à voix haute.

— Elles se font la cour, réplique Dubose. Si tu n'es pas capable de reconnaître la passion quand elle croise ta route, l'ami, c'est que tu n'as chevauché personne depuis trop longtemps.

11

Tel un spectre revenu du royaume des morts, Janis Dern navigue entre les poches d'ombre et les cratères de lumière dessinés par les lampes en forme de cône accrochées à la poutre maîtresse sans faire grincer le contreplaqué sous ses semelles.

Des cartons empilés sur près de deux mètres de hauteur forment un labyrinthe poussiéreux, meublé par une multitude de toiles d'araignées qui se balancent doucement sous l'effet des courants d'air.

Janis garde la main droite posée sur la crosse du pistolet enfoui dans un étui à sa ceinture. Laurie a très bien pu abandonner ses ciseaux sur la commode parce qu'elle a trouvé une arme plus efficace. L'une des tables de nuit de ses parents dissimulait peut-être un pistolet. À douze ans, elle ne devrait pas savoir se servir d'une arme à feu, mais par les temps qui courent, les parents irresponsables sont légion et il n'est pas impossible que cette sale petite conne soit capable de se mettre en position de tir et d'anticiper les effets du recul.

À chaque carrefour, entre deux piles de cartons, Janis fait preuve de la plus grande prudence, jusqu'à ce qu'elle découvre un escalier métallique en colimaçon menant à une redoute perchée dans les hauteurs de la maison. Elle comprend immédiatement que l'adolescente s'est réfugiée là-haut. Elle n'a pas fui la maison car elle savait disposer d'une cachette intéressante. Par sa situation, parce qu'elle recèle une arme quelconque, ou bien encore…

— Un téléphone ! s'écrie-t-elle à voix haute. Putain de merde !

Janis se rue dans l'escalier en colimaçon, telle une balle dans le canon d'un fusil.

Elle découvre une petite pièce entourée de fenêtres offrant une vue à trois cent soixante degrés sur la nuit.

Un téléphone est posé sur une étagère entre deux fenêtres, mais le belvédère est vide.

Sous l'effet d'une violente bourrasque, les vitres se mettent à trembler. Un tourbillon de poussière, de paille et de feuilles mortes s'élève au niveau du toit. Une lumière aveuglante troue l'obscurité en éclairant violemment la petite pièce, les ombres des croisées entament une danse grotesque à travers l'espace…

Un instant perdue, Janis comprend rapidement qu'un hélicoptère équipé d'un projecteur frôle la maison avant de se positionner en vol stationnaire au-dessus de l'Escalade qui bloque l'allée. Dans le cône de lumière, Sally Jones lève la tête et adresse de grands signes aux occupants de l'appareil, persuadée d'avoir affaire à des renforts dont on aurait oublié de lui annoncer l'arrivée.

Cette petite salope de garçon manqué, cette sale gamine fourbe s'est servie du téléphone pour appeler les secours. Il ne peut pas s'agir du shérif puisque l'hélicoptère n'est pas orné d'un sigle étoilé, mais quels que soient ces connards, ils ont cru cette petite mangeuse de crottes de nez et se sont précipités à sa rescousse avec la fougue d'une brigade de Texas Rangers. Le même fiasco que la veille, au ranch des Hawk, lorsque Gottfrey et ses équipes se sont fait damer le pion par ce fils de pute de Juan Saba.

Janis se souvient brusquement d'avoir fourni à Laurie Longrin de précieux détails sur les implants cérébraux et la façon dont les nanomachines tissent leur toile dans la tête de leurs victimes.

À part Jane Hawk, qui a réussi à percer le secret du complot, les Arcadiens veillent jalousement à ne jamais parler de cette arme imparable. Janis, soucieuse de terroriser cette petite peste avec ses taches de rousseur, était si bien persuadée de pouvoir lui injecter un implant cérébral qu'elle a tout expliqué à cette putain de gamine.

Il est urgent de lui mettre la main dessus.

12

Au volant de son Range Rover customisé toutes options, Chris Roberts observe l'infini du ciel en mesurant sa chance d'être associé à la cabale la plus radicale de tous les temps, d'appartenir à l'élite qui asservira bientôt la planète en attendant d'accéder à l'éternité si les progrès de la technologie médicale continuent sur le même rythme qu'au cours des années récentes. Chris a glissé dans la fente du système audio un CD de rap. Trop cool ! Il chante à l'unisson de Puff Daddy, comme à l'époque de ses treize ans, il y a si longtemps. Puff Daddy en duo avec Faith Evans. *Trop bien, le sexe à l'état pur !* Il rêve de passer une semaine torride en compagnie de Janis Dern…

Il multiplie les allers-retours sur la grand-route qui lui appartient à cette heure, bercé par l'espoir de voir apparaître l'aînée des filles Longrin sur le bas-côté à tout moment. Pour l'instant, la chance ne lui a pas souri…

Son attention se trouve soudain attirée par les lumières d'un hélicoptère. Même dans les petites villes, la police est désormais équipée d'hélicoptères, en plus des voitures de patrouille. Le phénomène est plus inhabituel en pleine cambrousse à une heure pareille et Chris est pris d'un mauvais pressentiment.

L'appareil passe au-dessus de sa tête en se dirigeant vers le ranch Longrin. Il vole dans l'obscurité à moins de cent mètres d'altitude sans qu'il soit possible de voir s'il est siglé.

Au même moment apparaissent sur la route des phares qui viennent à sa rencontre. Chris s'aperçoit bientôt qu'il ne s'agit pas d'une seule voiture, mais d'un convoi. La caravane passe à toute vitesse à sa hauteur, tel un peloton de voitures de course à l'approche de la ligne d'arrivée.

Deux, trois, cinq, sept, neuf, dix, onze véhicules au total, essentiellement des pick-up et des 4x4.

La survenue simultanée de l'hélicoptère et du convoi ne tient pas de la coïncidence. Il n'y a pas trente-six endroits où pourraient se rendre tous ces gens, surtout à cette heure, et avec autant de précipitation. Il ne fait aucun doute aux yeux de Chris qu'ils se dirigent vers les Écuries Longrin.

La route est à nouveau déserte.

Chris freine brutalement, exécute un demi-tour sur les chapeaux de roues et coupe la musique. Il rejoint précipitamment le ranch des Longrin et trouve les onze véhicules garés le long de l'allée. L'Escalade bloque toujours l'accès à la maison et Sally Jones, entourée de quelques-uns des agents venus d'Austin en renfort, est en pleine discussion avec plusieurs dizaines d'autochtones. Chris se gare de travers afin d'empêcher la petite troupe de repartir, il descend du Range Rover et avance en direction des nouveaux arrivants, la main posée sur la crosse de l'arme accrochée à sa ceinture.

13

Laurie Longrin avait voulu attendre que M. Haney et les autres pompiers volontaires mettent un terme à ses ennuis avec les abrutis du Bureau Fédéral des Idiots avant de sortir de sa cachette, mais l'arrivée des renforts venus d'Austin l'affola. En s'apercevant qu'elle avait perdu ses ciseaux pendant sa fuite, elle prit peur. Seule au milieu du belvédère vitré, elle se sentait nue et vulnérable, même s'il était impossible qu'on la voie du dehors tant qu'elle se tiendrait baissée.

D'un seul coup, elle se souvint d'avoir laissé les ciseaux sur la commode de sa mère avant de s'aventurer dans le placard. Le mieux était encore de redescendre les chercher avant de regagner son refuge.

Elle avançait à tâtons dans le grenier lorsque la trappe s'ouvrit. La lumière du placard dissipa les ténèbres et l'échelle se déplia toute seule. Quelqu'un montait !

Laurie pensa tout d'abord se réfugier dans le belvédère avant de comprendre qu'elle y serait prise au piège. Elle jugea plus prudent de se dissimuler tout au fond du grenier, derrière un mur de cartons.

Elle venait à peine de s'accroupir au fond de sa cachette lorsque les ampoules s'allumèrent. Elle tendit l'oreille, sans percevoir le moindre bruit, jusqu'à ce que s'élève une voix qu'elle reconnut aussitôt :

— Un téléphone ! Putain de merde !

Janis était si près que Laurie faillit laisser échapper un cri, persuadée que la jeune femme l'avait vue et s'adressait à elle. Au lieu de quoi l'autre cinglée venue tout droit des enfers se précipita vers l'escalier en colimaçon.

Laurie venait de se décider à quitter sa cachette pour redescendre et se mettre en quête d'un nouveau refuge lorsque la maison trembla sur ses bases sous la pression d'une forte rafale qui déchira les toiles d'araignées en s'immisçant dans le grenier à travers les évents du toit. Laurie commença par se pincer le nez pendant trente secondes pour ne pas respirer la poussière avant de comprendre que ce tremblement de terre était provoqué par un hélicoptère en vol stationnaire à côté de la maison. Elle se redressa de joie.

M. Glenn Alekirk, un pompier volontaire du voisinage qui avait été pilote d'hélicoptère dans la Navy, était propriétaire d'un Robinson R44 Raven de quatre places grâce auquel il surveillait ses terres lorsqu'il ne se rendait pas à Austin, San Antonio, ou encore Uvalde où vivait sa belle-famille. Si l'hélicoptère était bien celui de M. Alekirk, les pompiers arrivaient en force et Laurie n'avait plus rien à craindre de cette folle de Janis.

Elle s'apprêtait à contourner le mur de cartons lorsqu'elle eut l'intuition que Janis, surprise par l'arrivée de l'hélicoptère, risquait fort de regagner l'échelle. Avec le hurlement du moteur de l'appareil, Laurie n'avait aucun moyen de savoir où se trouvait son ennemie. Le mieux était encore d'attendre dans son recoin quelques minutes de plus et elle se recroquevilla entre les cartons. Le souffle de l'hélicoptère faisait toujours trembler la maison, tout rentrerait bientôt dans l'ordre. Très bientôt. Elle avait pourtant mal au ventre et son cœur cognait à tout rompre. Le rugissement du rotor dans la nuit, qui lui paraissait rassurant quelques instants plus tôt, fit naître en elle un nouveau sentiment de peur.

14

Fttt-fttt-fttt-fttt-fttt, le bourdonnement implacable des pales de l'hélicoptère rappelle à Janis l'époque où Francine la jetait à terre et lui giflait les oreilles, *fttt-fttt-fttt-fttt-fttt*, jusqu'à ce qu'elle perde tous ses moyens à en avoir mal à la tête. Ces jours-là, le bourdonnement lui martelait les tympans des heures après la fin de l'agression dont elle avait été victime…

Janis dévale l'escalier en colimaçon avec l'impression d'être aspirée vers le bas, ses pieds glissent sur les marches en dépit de leur protection de caoutchouc, la rampe métallique tremble entre ses doigts, elle est emportée par un manège infernal.

Fttt-fttt-fttt-fttt-fttt.

En bas des marches, elle s'immobilise, prise de vertige, terrifiée par le battement du rotor alors qu'elle pensait avoir définitivement vaincu ses peurs depuis longtemps.

Le vacarme de l'hélicoptère ne signale pas seulement l'échec de l'opération menée aux Écuries Longrin, il annonce l'effondrement de toutes ses attentes. Elle a merdé dans les grandes longueurs en laissant s'échapper cette petite connasse et en lui offrant la possibilité d'alerter les secours. Une erreur de cette ampleur ne se paye pas par une tape sur la main, ou même des gifles sur les oreilles.

Il règne une discipline sévère chez les Arcadiens, il est essentiel de maintenir le secret le plus strict autour des nanomachines. Si sa hiérarchie apprend que Janis a porté atteinte à la révolution par négligence, elle peut être certaine qu'on lui injectera dans les veines le contenu de trois ampoules du liquide translucide. Après quoi elle se contentera d'obéir aveuglément aux ordres qu'on lui donnera. Il n'est pas impossible qu'on l'offre en cadeau à un geek quelconque du mouvement arcadien qui l'exploitera sexuellement, la faisant vieillir d'une décennie en un an, jusqu'au jour où l'on jugera préférable de l'étrangler et de jeter sa dépouille dans une décharge.

Son vertige ne s'est pas entièrement dissipé, mais Janis ne peut pas rester là indéfiniment. Il lui faut impérativement retrouver cette petite merde de Laurie et se servir d'elle pour rétablir la situation. Il y a *forcément* un moyen de rattraper le coup.

Reste à débusquer l'autre naine narquoise. Si l'hélicoptère est arrivé avec des renforts, comme la veille chez Juan Saba, il est hors de question que la gamine puisse s'échapper grâce à eux.

Janis se trouve à mi-chemin entre l'escalier en colimaçon et la trappe lorsqu'elle aperçoit au détour d'un mur de cartons le cadavre d'une araignée baignant dans ses entrailles. Elle vient d'être écrasée, le sang est encore humide.

Janis ne s'est pas aventurée dans les allées qui sillonnent entre les cartons puisqu'elle a rejoint directement l'escalier du belvédère. Ce n'est donc pas elle qui a écrasé cette bestiole.

Il faut croire que des forces surnaturelles sont prêtes à lui prêter assistance, elle n'avait quasiment aucune chance de remarquer cette tache en passant. Elle se tétanise sur place et se met à trembler de tous ses membres tandis que le *fitt-fitt-fitt-fitt-fitt* de l'hélicoptère continue de secouer la maison.

15

Au niveau de l'Escalade, Sally Jones et trois des agents venus d'Austin se trouvent face à une foule d'une trentaine de personnes et le rapport de force ne joue pas en faveur des Arcadiens. Chris juge la situation explosive.

L'hélicoptère s'éloigne légèrement et se met en vol stationnaire au-dessus du pré habituellement réservé à l'exercice des chevaux, mais le vacarme du moteur oblige à parler fort. Des cris fusent des deux groupes qui s'affrontent et la tension monte d'un cran. Le projecteur de l'hélicoptère s'est figé sur Sally et ses trois collègues. Leurs traits accentués par l'éclairage brutal leur donnent l'apparence de marionnettes inquiétantes.

Sally et deux des agents d'Austin ont sorti leurs badges du FBI, mais les pompiers volontaires et leurs accompagnants ont décidé de ne pas se laisser impressionner. Ils exigent de voir un mandat d'arrêt ou un ordre de perquisition, ce qui n'entre pas dans leurs prérogatives puisque la fouille du ranch ne les concerne pas.

Plus inquiétant encore est la façon dont ils citent à tout bout de champ le nom de Jane Hawk. Il n'est pas question ici de ses beaux-parents ou du fait que Chase Longrin était un ami d'enfance de Nick Hawk, mais bien de cette femme en laquelle ils voient la victime d'un complot alors que toute l'Amérique devrait la considérer comme une menace contre la sécurité nationale.

Il y a plus grave, du point de vue de Chris qui observe la scène à distance. Loin de parler de Jane Hawk avec l'affection due à une proche ou une voisine, ces gens manifestent à son endroit une admiration proche de la vénération. En dépit de la formidable puissance mise en œuvre par les forces qui la poursuivent depuis des mois, elle a réussi à s'élever au rang mystique de héros populaire.

La foule exige de voir Chase, Alexis et leurs enfants. Elle veut savoir pourquoi les employés du ranch sont retenus contre leur gré. Ils n'ont aucun droit de poser la moindre question et ils le savent. Ce sont de simples intrus, mais on a beau leur rétorquer qu'ils peuvent être inculpés pour entrave à la justice, ils refusent catégoriquement de lever le camp. La situation peut rester bloquée des jours durant, si elle ne dégénère pas avant.

Le plus jeune des agents d'Austin n'a même pas pris la peine d'exhiber son badge. Il a préféré sortir son arme et la poser contre sa poitrine, un geste idiot qui attise les flammes. Plusieurs des nouveaux venus sont armés et rien ne dit que les autres ne dissimulent pas des armes sur eux, leur brandir un pistolet sous le nez peut mettre le feu aux poudres à tout instant.

Chris Roberts traverse la foule et s'approche de son jeune collègue en lui ordonnant de ranger son pistolet. Il lui explique que l'opération n'ayant rien d'officiel, un affrontement est risqué. Ils ont des amis haut placés et des juges à leur solde, c'est vrai, leurs complices au sein des médias feront tout pour couvrir la moindre bavure, mais il n'est pas certain que ces précautions soient d'une grande utilité si une fusillade provoque un nombre important de morts et de blessés.

16

Laurie Longrin estima que suffisamment de temps s'était écoulé et qu'elle pouvait s'extraire de sa cachette. Si Janis n'était pas redescendue en quatrième vitesse affronter le contingent de pompiers qui venait d'arriver, c'est qu'elle était retournée définitivement dans son antre qu'elle n'aurait jamais dû quitter, en Transylvanie ou ailleurs.

Elle se releva, se remplit longuement les poumons, coupa sa respiration, et tendit l'oreille. L'hélicoptère s'était légèrement éloigné, la charpente ne tremblait plus au-dessus de sa tête, mais le battement des pales suffisait à masquer tous les sons ambiants.

Elle n'avait aucune envie de se terrer de la sorte. Elle se sentait ridicule et piteuse, elle n'était pas sur terre pour se cacher. Papa leur répétait suffisamment souvent qu'il ne servait à rien de fuir pour la simple raison que les ennuis finiraient invariablement par les rattraper, que la situation ne ferait qu'empirer s'ils restaient cachés et qu'il serait d'autant plus difficile d'affronter la réalité le moment venu.

Elle coula un regard autour d'une pile de cartons et découvrit à cinquante centimètres d'elle le regard de Janis Dern. Même dans la pénombre, elle eut les plus grandes peines à reconnaître le visage de son bourreau. Ses traits étaient contorsionnés par la peur ou la haine, sans qu'elle puisse savoir ce qu'il en était exactement. Janis ressemblait à ce qu'avaient dû être les premiers humanoïdes, avant que l'espèce ne s'affine. L'une des lampes du grenier allumait un reflet jaune dans ses yeux, donnant l'impression qu'ils étaient électriques, ou phosphorescents.

— *Mon petit animal domestique préféré*, dit-elle dans un murmure terrifiant.

Avant que Laurie ait pu réagir, le monstre aux yeux jaunes lui sauta dessus et elle sentit deux points métalliques l'atteindre à travers son T-shirt. Son corps tout entier se tétanisa et une douleur foudroyante la submergea de la racine des cheveux à la plante des pieds. Elle s'effondra en ayant le sentiment que son squelette tout entier avait fondu. Des sons inarticulés sortirent de sa bouche et elle fut prise de spasmes comparables à ceux d'un poisson fraîchement pêché se débattant au bord d'une rivière.

17

Fttt-fttt-fttt-fttt-fttt. Le battement des pales s'est adouci, mais Janis est incapable de chasser de son esprit la torture de ces gifles qui la rendaient sourde, la sensation oppressante du genou de Francine sur sa poitrine, son cœur qui palpite difficilement sous la pression de sa cage thoracique comprimée.

Elle profite que l'autre petite pute soit paralysée à ses pieds pour poser son Taser et sortir de sa poche une poignée de liens en nylon. Elle commence par ligoter les poignets de cette petite traînée.

— Tu as bien mérité le sort qui t'attend, dit-elle à voix haute. Tu es foutue, c'est fini, tu vas enfin recevoir la punition que tu mérites depuis toujours.

La gamine a suffisamment récupéré pour lui envoyer un coup de pied à la figure, mais elle n'a aucune force et c'est presque une caresse qui frôle Janis au niveau de l'épaule.

Furieuse, Janis ramasse le Taser afin de gratifier cette sale petite pouffe d'une nouvelle secousse électrique. Elle pose l'extrémité du Taser sur son cou et voit avec satisfaction se brouiller les traits de la gamine, ses yeux se révulser.

Cette fois, elle n'utilise pas moins de trois liens autobloquants pour lui entraver les chevilles, veillant à laisser tout juste assez de mou entre les deux jambes pour qu'elle puisse marcher en traînant des pieds.

18

Les papillons de nuit renoncent à la lueur des fenêtres comme à la lumière des éclairages extérieurs, attirés par le projecteur qui semble les aspirer en direction d'un vaisseau extraterrestre…

Voyant que la foule s'excite de plus en plus et que Sally Jones ne parvient pas à calmer ses ardeurs en affirmant agir au nom de la loi, le jeune agent d'Austin refuse de ranger son arme.

— Regarde un peu ces gens, dit-il à Chris Roberts. Ce n'est pas une bande de simples culs-terreux, ce sont des voyous armés jusqu'aux dents. *En plus, ils nous prennent en photo avec leurs téléphones.*

— Raison de plus pour ne pas leur agiter un pistolet sous le nez, contrairement à toutes les règles édictées par le Bureau.

— Parce que si ça tourne au vinaigre et que les balles se mettent à voler dans tous les sens, tu as envie de retrouver ta tête à la une d'Internet ?

— Tu parles de ça comme si on était au temps du Far West. Le Net est régulé par la loi, on le maîtrise.

— Peut-être qu'on le maîtrise, mais on ne l'a pas encore muselé.

— Sans oublier que nous avons des alliés bien placés dans le privé, insiste Chris. La moindre information postée ce soir aura disparu dans l'heure, peut-être même plus rapidement. Ils ont les moyens d'effacer le nom de Longrin des recherches Google s'ils le veulent.

Le jeune agent secoue la tête en observant la populace d'un air inquiet.

— Je n'ai aucune envie que ces gens me tirent le portrait. Surtout dans des circonstances pareilles. Ça ne me plaît pas du tout.

19

Cette sale petite traînée de Laurie ne veut pas se relever. Comme elle se trouve en mauvaise posture, elle fait semblant d'être déboussolée, incapable de se mettre debout et d'avancer, mais c'est du cinéma et Janis n'est pas dupe. Cette gamine est une simulatrice née. C'est la reine de la supercherie. Elle ment comme elle respire et Janis refuse de tomber dans le panneau.

— Allez, remue-toi le cul, ordonne-t-elle à sa prisonnière. Relève-toi tout de suite, ou je colle mon Taser sur ta sale petite gueule et je t'oblige à le manger, toi qui as la langue si bien pendue.

La menace fait effet. La gamine se lève sur des jambes flageolantes et regarde Janis d'un air méprisant. Ça ne change pas. Ce genre de comportement est caractéristique des pestes de son acabit qui se croient supérieures au reste de la planète. Elles respirent la suffisance, la vanité, l'arrogance et le mépris.

L'adolescente tangue d'un cône de lumière à l'autre en direction de la trappe et de l'échelle en se cognant contre les murs de cartons, comme si elle peinait à se remettre des décharges du Taser. Le simple fait qu'elle se soit relevée est la meilleure preuve que son malaise est du chiqué, mais elle ne peut pas s'empêcher de continuer son cirque. Cette gamine a la rouerie dans le sang.

— Avance, bordel ! s'énerve Janis en poussant devant elle la petite salope.

Laurie descend de l'échelle à reculons en s'agrippant à la main courante, elle pose un pied mal assuré sur chacune des marches, comme si les décharges électriques avaient bousculé tous ses repères.

Janis attend qu'elle se trouve à la moitié de l'échelle pour s'y risquer à son tour en veillant à ne pas tourner le dos à sa prisonnière. Elle a compris la leçon et commence par s'asseoir sur le bord du trou avant de descendre les échelons l'un après l'autre.

Trois marches plus bas, la gamine relève la tête, un œil calculateur brille entre ses mèches de cheveux.

Janis lui envoie un coup de pied dans la poitrine avant qu'elle ait pu tenter quoi que ce soit et la gamine s'effondre au pied de l'échelle. Janis saute à terre et attrape Laurie par son T-shirt.

— Allez, allez, sale petite merde ! Tu ne risques pas de remporter un Oscar en jouant la comédie aussi mal.

Elle force l'adolescente à se remettre sur ses jambes et la pousse hors du placard avant de la diriger vers la porte du couloir.

La gamine prouve une fois de plus sa traîtrise en se ruant brusquement sur les ciseaux lorsqu'elle passe à côté de la commode de sa mère. Janis s'y attendait, si bien qu'elle lui envoie un coup de rangers dans les côtes avant qu'elle ait pu récupérer son arme de fortune.

La petite idiote chancelle et tombe à genoux, gênée par les liens qui lui entravent les chevilles.

Janis balaye d'un geste le peigne et la brosse posés sur la commode, fait voler le plateau en argent et les petits flacons de parfum Lalique, s'empare de l'une des geishas de porcelaine et l'envoie à la figure de la gamine avant de recommencer avec les deux autres. Elle rafle les ciseaux d'un geste rageur.

— Debout, petite merde. *Debout!* Je n'ai aucune envie de recevoir un implant cérébral à cause de toi. Lève-toi immédiatement ou bien je t'électrocute à coups de Taser jusqu'à ce que tu t'étouffes en avalant ta langue.

20

Après avoir enfermé les employés du ranch dans l'écurie n° 2 et les avoir confiés à la garde d'Alejandro Lobo, trois des agents d'Austin viennent prêter main-forte au trio qui fait face à la foule en colère. Leur arrivée devrait dissuader les autochtones d'utiliser leurs armes.

Chris Roberts espère que l'un des trois agents a pensé à réclamer de nouveaux renforts. Mais quand bien même des Arcadiens supplémentaires auraient déjà pris la route, ils arriveront trop tard pour empêcher les péquenauds d'en face de commettre l'irréparable.

Sally Jones, comprenant qu'il est essentiel de ne pas donner l'impression que les représentants de l'autorité sont débordés, demande soudain le silence.

— Huit de nos collègues se trouvent à l'intérieur de la maison, et quatre autres dans les écuries, ment-elle. Nous sommes venus ici en nombre afin de régler une affaire qui touche à la sécurité nationale, que ça vous plaise ou non. L'avenir de notre pays est en jeu. Je sais que vous êtes tous d'excellents patriotes et que vous ne souhaitez pas vous mettre hors la loi. Je vous demande de réfléchir avant de regretter la suite. La plupart d'entre vous ont probablement des enfants qui les attendent à la maison. Pensez à eux. Vous n'avez pas envie qu'ils se retrouvent orphelins. Ils ont besoin de vous.

— Vous nous menacez, c'est ça ? s'élève une voix. Vous comptez nous tirer comme des lapins ?

Sally lève les deux mains dans un geste d'apaisement.

— Pas du tout. Je souhaite juste vous expliquer que nous agissons dans un cadre légal. Quiconque tentera d'interférer avec notre mission sera poursuivi avec toute la rigueur de la loi. Je le répète, avec toute la rigueur de la loi. Vos enfants risquent de ne plus vous voir pendant très longtemps. Si vous allez en prison, votre réputation en sera ternie, *la leur aussi*. Tout ça pour quoi ? Parce qu'on vous a mal informés.

Celui qui s'est présenté à son arrivée comme Linwood Haney, le leader du groupe, s'avance.

— Amenez-nous Chase, Alexis et leurs trois filles. Ils nous diront si vous avez agi avec eux dans le cadre de la loi.

— Ce n'est pas possible, se justifie Sally. Vous ne comprenez pas la situation. Chase et Alexis ont accepté de coopérer en échange de l'immunité. Nous sommes actuellement en train de recueillir leurs dépositions sous serment. Interrompre la procédure risquerait de compromettre sa validité, et de remettre en cause leur immunité. Croyez-moi, ils n'en ont aucune envie.

Chris serre les dents. Sally parle à ces gens sur un ton condescendant et paternaliste, elle les prend pour des culterreux incultes, comme le font certains médias lorsqu'ils parlent de « l'Amérique profonde ».

La réaction ne se fait pas attendre.

— Vous êtes en train de nous dire que leur avocat s'est déplacé à une heure pareille ? Vous savez qui est leur avocat au moins, jeune femme ? Le vieux Rolly Capshaw se couche tous les soirs à 20 h 30, aussi sûr que notre drapeau est une bannière étoilée. Il ne serait pas debout à 3 heures du matin même s'il apprenait que Jésus revient sur terre cette nuit.

Les voisins des Longrin manifestent leur approbation et Linwood Haney reprend la parole :

— Et je peux vous dire que leur déposition ne vaut pas un clou si vous la recueillez hors de la présence de leur avocat.

21

Le rugissement de l'hélicoptère est plus sourd dans le couloir du premier étage qu'il ne l'était dans le grenier, mais le battement des pales se fait soudain très présent alors que Janis pousse l'autre petite pute dans l'escalier menant au rez-de-chaussée.

Le bruit du moteur donne mal à la tête à Janis et lui vrille les tympans, ses oreilles bourdonnent comme à l'époque où sa saloperie de sœur la giflait à tour de bras, elle a l'impression que tout le poids du bourreau de son enfance lui pèse sur la poitrine.

Elle attend que la gamine ait pris pied dans l'entrée pour l'obliger à se retourner. Elle constate avec satisfaction que la petite conne a perdu de son arrogance.

— Écoute-moi bien, espèce de traînée. Je n'ai pas l'intention de rejoindre les rangs des Modifiés *à cause de toi*. Te tuer ne me fait ni chaud ni froid, alors assez de conneries. *C'est fini !* Je vais t'enlever tes liens et t'emmener dehors, tu vas expliquer gentiment à tous ces crétins de bouseux que tu as eu tort de les appeler à la rescousse. Explique-leur que tu n'avais pas bien compris ce qui s'est passé cette nuit. Tu as intérêt à te montrer convaincante, je sais que tu en es capable, menteuse comme tu es. Exactement comme *elle*. Tu as le vice dans le sang, tu ne peux pas t'empêcher de mentir. Tu sais que tu peux te comporter en sale petite peste autant que tu veux parce que papa ferme les yeux, comme le mien avec *elle*. Alors pas de bêtise, tu restes sagement tout contre moi comme si j'étais ta meilleure pote, débrouille-toi comme tu veux, mais personne ne doit s'apercevoir que je te tiens par la ceinture dans ton dos. Arrange-toi pour mentir avec un grand sourire convaincant. Tu vas me renvoyer dans leurs foyers tous ces merdeux, sinon je te colle une balle en pleine tête.

22

Chris Roberts ne remarque pas immédiatement que Janis sort de la maison en compagnie de la petite Laurie. C'est seulement lorsque le projecteur de l'hélicoptère quitte le petit groupe des agents pour se poser sur sa collègue qu'il prend la mesure du désastre à venir.

Il ne sait pas à quoi joue Janis, mais son arrivée n'augure rien de bon.

Il ne reconnaît même pas la Janis pleine d'assurance qu'il connaît. Sa collègue est une grenade vivante à moitié dégoupillée. Elle a la tête rentrée dans les épaules, ce qui ne lui ressemble pas. Jusqu'à sa silhouette avenante qui laisse place à celle d'un épouvantail. Les yeux lui sortent des orbites, à la façon de ceux d'une marionnette du diable. Elle affiche un sourire effrayant sur son visage blême dont la lumière crue accentue l'apparence cadavérique.

La gamine collée contre elle est hirsute et serre les poings. On dirait une somnambule au bord d'un précipice.

Le silence se fait instantanément, on n'entend plus que le fouettement grave des pales qui prend des allures de glas.

— Laurie Longrin tient à s'excuser, s'écrie Janis en ponctuant son annonce d'un sourire aussi aiguisé qu'une faucille.

23

Fttt-fttt-fttt-fttt-fttt…

Janis Dern serre la ceinture de la petite pute de la main gauche afin de l'empêcher de se réfugier au milieu de la foule. Le pouce de sa main droite est accroché au passant de sa propre ceinture de façon à pouvoir écarter le pan de son manteau et sortir son arme en un éclair.

À la lumière aveuglante du projecteur, le plancher de la véranda donne l'impression d'être verglacé et Janis sent un frisson la parcourir. Les yeux douloureux, elle détourne le regard.

Elle s'arrête avec la petite conne en haut des marches de la véranda et les murmures se taisent. Les voisins des Longrin attendent la suite, pour certains la bouche ouverte, les yeux vides. Une bande de péquenauds dont Janis ne rejoindra jamais les rangs. Elle sait qu'elle est au-dessus de la populace depuis l'âge de neuf ans. Plus précisément, depuis le jour où elle a vu Francine, à genoux, esclave du plaisir de ce salopard. Ils ne valaient guère mieux que des bêtes, l'un comme l'autre. À cet instant précis, elle a su qu'elle n'était pas de cette race-là. Son histoire familiale repose sur un mensonge géant. Elle veut croire qu'elle est née de parents inconnus, que son père et sa mère biologiques appartiennent à l'élite, qu'elle a été enlevée peu après sa naissance et vendue à un couple sordide et cruel. Peu après l'avoir surpris avec Francine, Janis s'est retrouvée un jour seule avec son prétendu père. Il ne lui a rien demandé, mais cela ne l'a pas empêchée de l'avertir que s'il avait le malheur de lui demander ce qu'il exigeait de Francine, elle n'hésiterait pas à lui arracher avec les dents ce qui dépassait. De même qu'elle n'a rien à voir avec les autres membres de sa famille, elle n'a rien de commun avec les culs-terreux de ce soir. Elle est bien trop évoluée pour rejoindre la masse des Modifiés condamnés à la soumission depuis que leur cerveau a été envahi par une toile d'araignée géante.

Elle adresse un sourire à la gamine et à tous ces gens.

L'autre petite salope serait capable de tromper un détecteur de mensonges. Cette conne a intérêt à embobiner tous ces crétins, à leur enjoindre de rentrer chez eux, sinon le prochain implant cérébral portera le nom de Janis Dern. Il est hors de question que cette dernière se laisse modifier. À trente ans, elle est trop vieille et sans doute plus assez belle pour être consignée dans un Aspasie.

Ce nom, emprunté à la maîtresse d'un édile d'Athènes il y a près de vingt-quatre siècles, désigne l'un des bordels ultrasecrets dont se sont dotés les Arcadiens les plus fortunés et les plus puissants. Aspasie compte des antennes à Los Angeles, San Francisco, New York et Washington. Il s'agit de propriétés luxueuses, décorées à grands frais de meubles anciens et d'œuvres d'art du goût le plus exquis. Ces palaces raffinés autorisent les membres de ce club très sélect à assouvir leurs désirs les plus pervers dans un cadre élégant. Les filles proposées à leur convoitise sont aussi ravissantes que des mannequins de haut vol, toutes sacrifient au culte d'Éros avec la plus grande obéissance.

Aucune requête n'est jamais trop poussée. Charmantes, aussi heureuses que des anges en apparence, elles ne quittent jamais Aspasie. L'idée de recouvrer la liberté ne les effleure même pas. Les nanomachines qui leur ont été injectées, différentes de celles des Modifiés ordinaires, les ont débarrassées de tout souvenir et de toute personnalité. L'implant cérébral a fait d'elles des jouets vivants en les privant à jamais de leur âme humaine.

Janis a eu l'occasion de visiter l'Aspasie de Washington, invitée par un membre du club qui reconnaissait son zèle révolutionnaire et son dévouement à la cause arcadienne.

Ce qu'elle a vu ce jour-là n'a cessé depuis de hanter ses nuits et de la pousser à se hisser le plus haut possible dans la hiérarchie des Techno Arcadiens.

— Laurie Longrin tient à s'excuser, déclare-t-elle d'une voix forte à tous ces gens qui n'appartiennent pas au même monde qu'elle.

Gregory, le type qui l'a invitée à l'Aspasie de Washington, est un riche chef d'entreprise avec qui elle entretient en pointillés une relation torride. Janis a compris que c'était encore le plus sûr moyen de gravir les échelons au sein du mouvement. Il lui a parlé sur l'oreiller de ces bordels dont la rumeur lui avait rapporté l'existence, mais auxquels elle ne croyait pas. Greg est un amant vigoureux, imaginatif et… très affûté. Il affirme parfois être une version moderne du Dr Jekyll et de Mr. Hyde, mais il ne plaisante qu'à moitié. Elle ne connaissait que Jekyll, aussi a-t-elle souhaité accompagner Hyde lors d'une virée à Aspasie, en qualité de simple spectatrice. Gregory a de fortes tendances exhibitionnistes, il s'est dit qu'il pourrait être intéressant, la prochaine fois que Janis coucherait avec Jekyll, de se souvenir de Hyde. Ce soir-là, dans une chambre d'Aspasie, Gregory l'a gratifiée quatre heures durant d'un spectacle d'une dépravation démoniaque en soumettant une dénommée Flavia à des sévices dont Janis n'aurait jamais soupçonné l'existence. Sans aller jusqu'à cette extrémité, il a expliqué par la suite à Janis qu'il aurait pu sans difficulté poignarder à mort Flavia au moment de la jouissance finale s'il en avait éprouvé l'envie. À condition de payer le supplément prévu pour se débarrasser de la dépouille de la fille et installer à sa place une autre pensionnaire.

Janis entend se trouver au sommet lorsque triomphera la révolution, si elle veut se trouver être en sécurité et museler sa peur.

À côté d'elle, la connasse aux taches de rousseur ne dit rien et Janis s'empresse de lui pincer la taille en tordant la ceinture dans son dos, histoire de rappeler à cette pute ce qui l'attend si elle ne lui obéit pas.

— Laurie Longrin tient à vous présenter ses excuses, répète-t-elle. Elle regrette de vous avoir fait venir jusqu'ici, mais elle n'avait pas bien compris ce qui se passait.

La petite salope s'éclaircit la gorge, sourit et salue de la main la foule, à la grande satisfaction de Janis qui ne s'attendait pas à tant de complaisance.

— Cette gentille dame vous demande à tous de repartir, se lance Laurie en haussant le ton de façon à être entendue au-dessus du grondement de l'hélicoptère, d'une voix qui ne tremble même pas. Mais si vous repartez, elle me tuera.

Cette pauvre conne n'a donc aucun instinct de survie ? Son court laïus terminé, elle tente d'échapper à son bourreau, sans y parvenir.

Janis dégaine son pistolet dont elle colle le canon contre la tempe de l'adolescente. La réaction des voisins ne se fait pas attendre, plusieurs d'entre eux font mine de s'élancer à son secours.

— Je ne vous conseille pas de bouger si vous ne voulez pas avoir sa mort sur la conscience ! crie Janis. Un pas de plus et je lui brûle la cervelle.

Comment se tirer d'une telle impasse ? Elle n'a nulle part où se réfugier, aucun moyen d'échapper à la peur, à la servitude, à la déchéance. L'unique consolation qui lui reste est d'abattre cette horreur de sale petite merde.

24

Chris, Sally et leurs collègues d'Austin reculent machinalement, soucieux d'échapper à la foule tout en se démarquant de Janis. La tension est trop forte, trop d'armes sont sorties, cette histoire finira mal. À compter de maintenant, il s'agit de veiller à ce qu'il y ait le moins de victimes possible.

Chris ne reconnaît pas la personne avec laquelle il fait équipe depuis plus de deux ans. Il faut croire qu'elle a dans la tête une faille digne de celle de San Andreas qui n'attendait qu'un élément déclencheur pour provoquer un séisme majeur. Chris était pourtant persuadé de la connaître mieux qu'il ne connaît sa propre sœur, comme quoi on ne sait jamais ce qui se passe dans l'esprit du voisin.

Le projecteur de l'hélicoptère est forcément réglable à partir du tableau de bord car la lumière devient deux fois plus aveuglante tandis que le diamètre de son faisceau rétrécit. Tout en plongeant dans l'ombre le reste de la véranda, il se fige sur Janis et Laurie avec une telle intensité que les insectes nocturnes luisent comme autant d'étincelles au milieu d'un torrent de flammes tout droit sorti de l'enfer.

L'adolescente se couvre machinalement les yeux d'une main tandis que Janis hurle un ordre au pilote, mais celui-ci ne peut l'entendre.

— Ce crétin essaye de sauver la gamine, mais il va obtenir l'effet inverse, glisse à Chris le jeune agent d'Austin.

L'instant relève de ces moments qui voient la Mort jouer avec les vivants, désireuse de leur montrer que personne n'est à l'abri de ses doigts crochus, pas même les petites filles à taches de rousseur.

Janis, au comble de la rage au point d'en perdre la raison, vise l'hélicoptère qu'elle n'a pourtant aucune chance d'atteindre à cette distance.

L'écho d'une double détonation troue la nuit, et Chris Roberts comprend brusquement que le copilote doit avoir derrière lui une carrière de tireur d'élite, sans doute au sein de l'armée.

Personne n'échappe aux doigts crochus de la Mort, surtout les monstres qui choisissent de s'en prendre aux petites filles à taches de rousseur.

Avant que Janis ait pu retourner le canon de son pistolet en direction de la tête de son otage, elle reçoit en pleine tête un projectile qui fait exploser sa boîte crânienne aussi bien qu'une citrouille creuse remplie de pétards le jour d'Halloween. Ses cheveux s'envolent dans tous les sens comme des oiseaux tirés d'un cauchemar maudit et son corps bascule en arrière pendant que l'adolescente vole au-dessus des marches de la véranda, se précipite vers la foule et s'effondre en sanglotant.

25

Il est 4 h 10 lorsque Gottfrey, qui dormait dans sa chambre de l'hôtel Hyatt Regency, est réveillé en sursaut par la sonnerie de son portable. Le scénario n'attend jamais, si bien qu'il est instantanément alerte alors qu'il a dormi moins de quatre heures.

Sa supérieure au sein des Arcadiens lui détaille les événements de la nuit dans le ranch des Longrin : la mort de Janis Dern, prise d'une crise de folie ; l'affrontement qui n'a heureusement pas dégénéré entre les agents et les voisins ; le départ des premiers, avec l'accord des seconds qui acceptent de ne pas remettre en cause la légitimité de leur mission à condition qu'aucune poursuite ne soit engagée contre le tireur qui s'est chargé d'abattre Janis ; les mesures prises dans la foulée par les Arcadiens pour éviter que les rebelles du ranch Longrin ne publient sur le Net le compte rendu illustré de leur intervention.

Gottfrey se fait la réflexion que le Grand Ordonnateur n'avait sûrement pas prévu un tel dénouement à cette scène dans son scénario. Fort de son expérience, il sait déjà que les acteurs négligents feront les frais de cette opération ratée. À commencer par le personnage de Janis Dern, désormais inutile.

En même temps, Gottfrey peine à croire qu'on lui fera porter le chapeau pour cette entorse au scénario alors qu'il ne se trouvait même pas sur place. De Worstead à Houston en passant par Killeen, il a suivi la piste sans rechigner. *Toujours se laisser porter, puisque rien n'est réel.*

Sa correspondante lui explique aussi que les recherches effectuées par les Arcadiens sur les bus au départ de la gare routière de Houston ont abouti. Une vidéo de surveillance montre Ancel et Clare Hawk débarquant d'un car à Beaumont à 17 h 02 la veille. Le chauffeur d'un Uber de la ville est en possession de renseignements utiles.

— De Houston, poursuit la supérieure de Gottfrey, vous en avez pour une heure et vingt-sept minutes de route jusqu'à Beaumont à condition de partir tôt ce matin, avant l'heure de pointe.

— Nous serons sur place avant 7 heures, répond Gottfrey.

— La glacière contenant les mécanismes de contrôle maintiendra les ampoules à bonne température pendant au moins trente-six heures.

— Le thermomètre indique 5 degrés, précise Gottfrey.

— Parfait. En attendant, votre tenue d'hier a été envoyée au pressing et nettoyée. Il vous suffit de contacter la réception pour qu'un porteur vous l'apporte.

— Un autre détail qui ne colle pas, réagit Gottfrey.

— Je vous demande pardon ?

— L'hôtel ne propose pas de service de teinturerie aussi rapide, surtout en pleine nuit.

— Bien évidemment, mais nous avons procédé au nécessaire.

— Un léger ajustement du script.

— Un *quoi* ?

— On dit souvent que le rôle du roi est important, répond Gottfrey, mais le maître des horloges n'en est pas moins l'auteur de la pièce, puisqu'il est libre de récrire certains passages et de modifier le cours de l'histoire.

— J'avoue n'avoir pas envisagé la situation sous cet angle, déclare la correspondante d'Egon. Mais il est vrai que nous récrivons la pièce et que celle-ci n'est autre que l'avenir de ce pays et du monde tout entier.

— En tout cas, fait Gottfrey, si je veux suivre le scénario, je vais devoir prendre une douche.

La remarque fait rire sa correspondante.

— Je vous conseille de ne pas traîner et de prendre la route au plus vite. Il est indispensable de mettre la main sur les beaux-parents, de les modifier et de retrouver ce gamin. C'est en mettant Jane à genoux que nous parviendrons à briser la détermination de cette chienne.

26

Rien n'a changé, ni l'infini des plaines du Texas, ni l'immensité du ciel, ni le Range Rover customisé… Et pourtant, plus rien n'est comme avant.

Chris Roberts est stupéfait de la façon dont la situation s'est modifiée du tout au tout en l'espace d'une heure. Tout en multipliant les allers-retours sur la grand-route dans l'espoir de retrouver la gamine des Longrin cette nuit-là, il rêvait d'une semaine torride en compagnie de Janis. Il l'imaginait nue et pensait même avoir besoin de Viagra pour tenir le choc avec une femme pareille alors qu'il est tout juste âgé de vingt-cinq ans. Et voilà que ce corps tant convoité repose désormais dans une bâche imperméable fournie par les Longrin avec le puzzle qui sert de tête à la morte, le tout emballé avec un rouleau de gros scotch et placé dans le compartiment arrière du 4x4. Le tableau de Janis nue est nettement moins attrayant, d'un seul coup.

Chris n'est pas pessimiste de nature, ce n'est pas davantage un grand penseur, mais cet épisode lui donne à réfléchir. Rien n'empêche jamais la survenue d'un drame, alors autant ne pas broyer des idées noires. De toute façon, les pessimistes ne sont pas drôles et Chris se voit comme un mec très drôle.

Quant aux grands penseurs… tous ceux dont il a croisé la route ont plus ou moins sombré dans l'alcool pour éviter de se suicider. Les rares qui ne sont pas tombés dans l'alcool et qui ne se sont pas flingués se trouvent internés dans un hôpital psychiatrique, ou alors ils feraient bien d'y prendre pension.

Cela n'empêche pas Chris d'avoir une idée profonde alors qu'il roule de nuit en direction de Dallas-Fort Worth, à quatre heures de route de Worstead. Il en est le premier désarçonné. Ce n'est pas tant la profondeur de l'idée qui l'inquiète que l'idée elle-même.

Chris a toujours eu le don de pousser les autres à se confier à lui, et il a pu constater qu'un grand nombre d'Arcadiens sont issus de familles dysfonctionnelles. Janis lui a rarement parlé de ses proches, sinon pour lui dire qu'en plus de n'avoir pas vu ses parents et ses sœurs depuis quatorze ans, elle leur souhaite de crever de maladies terribles, dans d'atroces souffrances. À la lumière de ce qui s'est passé au ranch Longrin, Chris en arrive à se demander si le fait que tant d'Arcadiens soient issus de familles dysfonctionnelles ne menace pas le bon fonctionnement du mouvement à terme.

Lui-même a la chance d'avoir grandi dans une famille normale, ce qui lui confère un certain avantage. Ses parents s'adorent et ne se disputent jamais. Ils ont géré ensemble une affaire florissante, ce qui leur a permis il y a cinq ans de prendre leur retraite dans une maison donnant sur l'océan Pacifique à Laguna Beach, alors qu'ils avaient tout juste cinquante-huit ans. Ils adorent Chris depuis toujours, il a d'ailleurs conservé d'excellents souvenirs de sa jeunesse et, plus particulièrement de son adolescence. Ses parents dirigeaient une agence d'hôtesses de charme aussi discrète que huppée à Los Angeles, les filles le trouvaient mignon avec ses airs de Tom Cruise blond et lui faisaient profiter de leurs charmes à l'œil pour se mettre dans les petits papiers de sa mère.

Ces souvenirs attendrissants ne suffisent pas à effacer de la mémoire de Chris la présence du cadavre de Janis à l'arrière du Range Rover. Chaque fois qu'il passe sur un nid-de-poule ou prend un virage un peu vite, la bâche tressaute dans le coffre et il croit entendre des bruits bizarres. Il espère qu'il s'agit de son imagination.

Une longue route l'attend avant d'arriver à destination, chez le patron d'une entreprise de travaux publics. Le type en question, un Techno Arcadien, construit des lotissements dans la banlieue de Fort Worth et il n'aura aucun mal à offrir à Janis une sépulture digne d'elle dans les fondations de l'une de ses maisons. On peut difficilement mettre la mort de Janis sur le dos de Jane Hawk, étant donné le nombre de gens qui ont assisté à la scène, le mieux est encore d'oublier ce fiasco et de se débarrasser du corps de Janis. Son nom disparaîtra des fichiers du FBI, de la Sécurité intérieure et de la NSA, ses cotisations retraite passeront par pertes et profits, et personne dans sa famille ne s'inquiétera de son sort puisqu'elle a coupé les ponts avec ses proches depuis quatorze ans, qu'ils soient morts depuis dans des souffrances atroces ou pas.

Chris Roberts trouve d'une infinie tristesse la mort d'une fille aussi sexy que Janis, mais comme il déteste être triste, puisque c'est un mec drôle, le mieux est de chasser son blues en écoutant de la bonne zique.

Les chansons de Puff Daddy font l'affaire la plupart du temps, mais pas forcément à l'heure de conduire la dépouille de Janis jusqu'à sa dernière demeure bétonnée. Chris réfléchit à la question pendant quelques minutes avant de se décider pour un CD de TLC. *Baby-Baby-Baby* lui remonte aussitôt le moral, *Red Light Special* confirme la tendance et boum, *Diggin' on You* achève de dissiper son spleen. Ça lui rappelle de bons souvenirs, il trouvait ça cool avant même d'être pubère, lui qui a été précoce sexuellement. T-Boz Watkins, Left-Eye Lopes, Chilli Thomas… TLC… Une bombe ! Et voici *No Scrubs*, leur plus gros tube. La musique achève de tirer Chris de sa torpeur tandis qu'il file dans la nuit finissante du Texas en direction d'un avenir arcadien *qui lui appartient* !

27

Laurie Longrin eut beau rester longtemps sous la douche et se shampooiner les cheveux à plusieurs reprises, elle se sentait sale. Sous l'effet de l'eau brûlante, elle était rouge de la tête aux pieds, mais elle n'arrivait pas à chasser l'impression de froid qui lui comprimait la poitrine et tremblait de tous ses membres.

Sa mère lui tendit un drap de bain, prête à l'éponger. Laurie aurait préféré se sécher elle-même, ainsi qu'elle le faisait depuis une éternité, mais elle comprenait la réaction maternelle. Sa mère en avait *besoin*. Il lui fallait s'assurer que son aînée était vivante, qu'elle était indemne, et Laurie se laissa faire.

Sa mère n'arrêtait pas de lui promettre qu'ils allaient tout mettre en œuvre pour ne plus jamais vivre des heures aussi terrifiantes, que tous les adultes du ranch seraient désormais armés, que Laurie et ses sœurs n'iraient plus en classe et poursuivraient leurs études à la maison où personne ne pourrait plus les atteindre tant que Jane Hawk n'aurait pas lavé son honneur en dénonçant les agissements de ces salopards avides de pouvoir.

La mère de Laurie n'était pas du style à se laisser attendrir facilement, elle avait d'ailleurs les yeux secs. Elle n'en était pas moins folle de rage contre ces gens qui avaient violé l'intimité de son foyer, tout en se montrant douce et attentionnée avec Laurie. Cette dernière la sentait inquiète et voyait bien qu'elle s'efforçait de camoufler sa peur.

Laurie avait beau être secouée, elle avait tout de suite perçu le désarroi de sa mère. Ses parents étaient les deux personnes qu'elle admirait le plus au monde, au point de leur accorder toute sa confiance. Elle les observait à leur insu dans l'espoir de comprendre comment ils avaient pu devenir aussi formidables. Elle y avait gagné le sentiment de savoir quelle adulte elle souhaitait devenir à terme, consciente que la route était encore longue.

La mère de Laurie ne mentait jamais, mais comment pouvait-elle avoir l'assurance que le drame de cette nuit ne se reproduirait jamais ? Papa et maman ne parlaient pas à tort et à travers sans afficher la moindre arrogance pour autant. Ce que la mère de Laurie avait voulu dire, c'est qu'elle donnerait sa vie pour que des voyous comme ceux-là ne puissent plus prendre les siens pour cible.

Laurie enfila un pyjama et s'assit sur le banc de la salle de bains pendant que sa mère la peignait et lui séchait les cheveux, puis elle se laissa border dans son lit. Laurie devait bien reconnaître qu'elle avait envie que sa mère remonte les couvertures jusqu'à son menton, qu'elle l'embrasse sur le front et la joue.

Ce n'est qu'en voyant sa mère s'asseoir à côté de son lit pour la regarder dormir qu'elle réagit :

— Je t'aime et j'aurai toujours besoin de toi, mais Daphné et Artémise sont encore petites et elles ont encore plus besoin de toi.

Sa mère se pencha vers elle et posa une main sur son front, comme si elle avait la fièvre.

— Tu verras, tout ira bien.

— Je sais, maman. Avec toi et papa et Daphné et Artémise et tous les chevaux, je serais idiote de penser le contraire.

Maman repartie, ce fut au tour de papa de s'asseoir sur son lit.

— Si tu savais comme je suis désolé, ma chérie. Dieu sait à quel point je suis désolé, mais tu… tu as été formidable cette nuit.

Papa s'était fait avoir par une bande de sales voyous armés qui faisaient partie du FBI, ou peut-être pas, mais qui avaient en tout cas de vrais badges du Bureau, et il n'avait rien à se reprocher puisqu'il avait respecté la loi. Ça ne l'empêchait pas de s'en vouloir d'avoir sous-estimé ces ripoux. Il leur en voulait de leur avoir laissé le champ libre, de s'être laissé ligoter. Papa n'était pourtant pas une mauviette, aucun doute là-dessus, mais c'était avant tout un gars bien et tout le monde sait que les méchants ont tendance à profiter des gens bien, justement parce qu'ils sont bien.

Elle se redressa dans son lit et serra son père fort contre elle alors qu'il n'en pouvait plus après toutes ces émotions, jamais elle ne l'avait serré aussi fort de toute sa vie. Elle ne lui laissa pas le temps d'ouvrir la bouche. Elle non plus n'avait rien à dire, ils savaient qu'ils s'aimaient, et puis les Texans ne sont pas du genre à perdre leur temps en palabres inutiles.

Papa régla au minimum le rhéostat de sa lampe de chevet au lieu de l'éteindre. Elle n'aurait pourtant rien dit s'il l'avait laissée dans le noir. Laurie n'avait pas peur du noir, sachant que c'est idiot d'avoir peur du noir. Ce n'est pas le noir qu'il faut redouter dans la vie, mais les personnes vicieuses qui veulent tuer les autres, et elle était contente qu'il ait laissé la lampe allumée parce qu'elle pourrait le voir quand il se retournerait, au moment de franchir le seuil de sa chambre. Lui aussi pourrait la voir, et elle lui sourirait car elle se doutait qu'il avait besoin de la voir sourire.

Elle attendit qu'il ait refermé la porte pour baisser les paupières.

Dans le noir de sa tête, Laurie vit apparaître avec une netteté incroyable le visage de Janis. Un visage déformé par la méchanceté, les yeux brillants à la lueur des ampoules du grenier, qui lui glissait dans un murmure vipérin : *Mon petit animal domestique préféré.*

Laurie rouvrit les yeux.

Elle ne s'était jamais sentie aussi lasse de sa vie. Elle avait mal partout, dans son corps comme dans son cœur et dans sa tête, mais elle ne parvenait pas à ne plus penser.

Elle avait cru comprendre que la mère de Jane Hawk s'était suicidée quand Jane était petite. Son père était un pianiste célèbre qui donnait des concerts dans le monde entier. Elle l'avait entendu dimanche soir à la télévision dire que sa fille unique était malade mentale ou une connerie du même acabit. À l'insu de ses parents, Laurie les avait entendus un jour discuter de Martin Duroc, le père de Jane. Ils disaient que sa première femme ne s'était pas suicidée en vrai, que c'était lui qui l'avait tuée et qu'il s'en était tiré sans une égratignure, mais que Jane était au courant depuis toujours, qu'elle l'avait entendu le soir du drame, mais qu'elle n'avait rien pu prouver. Laurie trouvait ça effrayant.

Janis et Jane.

Elles avaient grandi toutes les deux dans des familles de tarés, mais comment pouvait-on réagir de façon aussi différente ? La première était une criminelle endurcie alors que la seconde mettait sa vie en jeu pour combattre la méchanceté du monde.

Laurie et Bonnie Jean Haney, sa meilleure amie, avaient des parents formidables, de sorte qu'elles n'avaient aucune raison de mal tourner. Cela dit, on ne savait jamais. Qui sait si l'une d'elles ne deviendrait pas une cinglée totale alors que l'autre s'engagerait chez les Marines, par exemple ?

Et ses sœurs, Daphné et Artémise ? Était-il possible que l'une ou l'autre commette des hold-up ou fasse sauter des églises quand elles seraient grandes ?

Elle frissonna à cette seule pensée, perturbée à l'idée que l'éducation ne change rien au destin des gens.

Janis venait d'une famille pourrie et elle avait voulu s'en échapper, ce qui ne l'avait pas empêchée de devenir pourrie à son tour. Quelle tristesse.

Triste ou pas, Janis était morte et c'était aussi bien comme ça. Laurie se posait plein de questions, mais il ne lui serait pas venu à l'idée de regretter la mort de Janis. Morte la bête, mort le venin, alléluia.

Si jamais, en dépit de toutes ses bonnes résolutions, Laurie Longrin devenait un monstre, elle serait *contente* que quelqu'un l'abatte.

Elle finit par s'endormir et fit un rêve dans lequel, devenue grande, elle était aussi mauvaise que Janis alors que celle-ci était une petite fille innocente dont le seul défaut était de dire *merde de cheval* un peu trop souvent. Elles se trouvaient toutes les deux dans la véranda et Laurie essayait de chasser les pompiers volontaires pour pouvoir tuer tranquillement la petite Janis. Le tireur de l'hélicoptère abattait Laurie d'une balle dans la tête, elle essayait d'en ramasser tous les morceaux pour les recoller, mais il manquait un gros morceau de crâne et une bonne partie de la cervelle, l'un de ses yeux avait volé et elle n'arrivait pas à le retrouver. Bien qu'elle fût un monstre, elle essayait désespérément de ramasser toutes les pièces du puzzle de sa tête éclatée en répétant à l'infini : *Je ne voulais pas, c'était un mensonge, rien que de la merde de cheval. Je ne veux pas qu'on me tue !*

Elle finit par se réveiller, des larmes plein les yeux, incapable de stopper ses pleurs. Elle s'enfouit la tête dans l'oreiller pour étouffer ses sanglots et pleura très longtemps dans l'espoir de tarir un jour l'immense tristesse qui l'étouffait. Elle pleurait pour avoir compris qu'il ne servait à rien de vouloir épuiser son stock de larmes car les pleurs feraient désormais partie de son quotidien jusqu'à la fin de ses jours, au même titre que le rire ou l'espoir.

Troisième partie
LE RÉVEIL DES REPTILES

1

Des nuages laineux dont la teinte corail tranche avec le turquoise du ciel survolent la vallée de Borrego alors que point l'aube.

Carter Jergen et Radley Dubose continuent d'explorer inlassablement la région dans l'espoir d'apercevoir, sur le tissu de la normalité, une tache susceptible de leur fournir une indication, un signe, une manifestation de la présence de Travis Hawk.

Il serait plus exact de dire que seul Dubose cherche de tels indices. Assis à côté de lui sur le siège passager, Jergen est essentiellement préoccupé par ce désert qui le perturbe.

Trois vautours d'allure sinistre tracent un cercle concentrique au-dessus du golf de Borrego Springs, peut-être à l'affût d'un golfeur matinal foudroyé par la chaleur à hauteur du troisième trou.

— Qui voudrait jouer au golf en plein désert ? s'étonne Jergen à voix haute.

— Toutes sortes de gens, répond Dubose. Ce n'est pas désagréable de jouer dans un environnement aussi sec.

— Tu ne risques pas de me voir taper sur une balle de golf quand il fait plus de quarante à l'ombre.

— D'une façon ou d'une autre, l'ami, je t'imagine mal jouant au golf. Je te vois plutôt pratiquer le polo, le croquet, ou la chasse au renard.

Jergen a fini par s'accoutumer aux piques de son collègue sur ses origines patriciennes.

— Quoi qu'il en soit, enchaîne Dubose, la température ne franchira pas la barre des 40 degrés avant le mois prochain. La météo annonce seulement trente-trois aujourd'hui.

— Un temps glacial, raille Jergen.

Un autre résident du désert traverse la route devant le VelociRaptor : un serpent à sonnettes de près de deux mètres qui relève la tête d'un geste fluide à l'approche du véhicule.

Dubose vise délibérément le reptile et l'écrase à quatre-vingts kilomètres heure. Pendant près d'une minute, le corps de l'animal vient frapper le châssis du 6 x 6, comme si un câble s'était enroulé autour d'un essieu.

Jergen attend que le silence ait repris ses droits pour adresser un reproche à Dubose.

— Et si tu ne l'avais pas tué ? S'il est encore en vie quand on descendra du Raptor tout à l'heure, il ne sera pas content. Ces fichues bestioles ont la vie dure.

— Mon bon ami, j'ai comme l'impression que tu confonds ce crotale avec les débutantes endurcies qui ont peuplé ta jeunesse à Boston.

La sonnerie du portable de Dubose évite à Jergen de trouver une réponse bien sentie. L'appareil se trouve sur le siège, entre les cuisses de la merveille de Virginie-Occidentale qui le frotte consciencieusement contre son sexe avant de prendre l'appel. Sans doute pour conjurer le mauvais sort.

Comme si les tarentules, les vautours, la chaleur et les serpents à sonnettes ne suffisaient pas, Jergen aperçoit un vieux pick-up rouillé en panne sur le bord de la route. Une vieille femme au visage buriné en pantalon kaki à poches, chemise de lin brun clair, baskets rouges et chapeau de paille signale qu'elle a besoin d'aide en agitant un mouchoir. Avec ses cheveux blancs et son air pincé, elle a tout d'une tortue du désert. Après avoir passé au moins huit décennies dans un tel environnement, on lui imagine sans peine un caractère irascible et des opinions imbéciles dont elle fera part sans limite à quiconque l'écoutera.

En pareil cas, il arrive parfois à Radley Dubose de mettre en avant son charme rural et ses bonnes manières sudistes. Il est capable, si la fantaisie lui prend, d'aider un chien éclopé à traverser une rue avant de relever l'adresse figurant sur son collier et de discuter aimablement avec le maître reconnaissant.

Le portable collé à l'oreille, entre deux monosyllabes à l'adresse de son correspondant, Dubose n'est pas d'humeur à sauver une vieille femme qui lui rappellerait sa grand-mère. Il accélère à hauteur du véhicule en panne et gratifie la naufragée de la route d'un double coup de klaxon moqueur.

La conversation achevée, le géant repose le portable entre ses cuisses, le regard impénétrable derrière ses lunettes noires, le visage sombre.

— Quelqu'un a gâché la fête en pissant dans le bol de punch.

— Traduction ? demande Jergen, persuadé qu'il s'agit d'une expression plébiscitée par les anciens de Princeton.

— Un incident pour le moins regrettable impliquant un crocodile chez un certain Corrigan.

— Les crocodiles vivent dans les marais tropicaux, pas dans le désert.

— Je ne parle pas des crocodiles de ce genre, mais de ceux dont se méfiait Bertold Shenneck.

Shenneck n'est autre que l'inventeur des nanomachines. Grâce à l'appui de plusieurs financiers, il a mis au point la stratégie grâce à laquelle les Arcadiens entendent imposer leur Utopie à un monde en pleine effervescence.

— Tu comprendras dès qu'on sera chez Rooney Corrigan, poursuit Dubose.

— Qui est-ce ?

— Un indigène de troisième génération qui connaît tout le monde dans le coin. L'idéal dans le cas d'une mission comme la nôtre.

— L'élite des bouffeurs de sable.

— Lui, sa femme et leurs deux fils se sont fait embrumer le cerveau hier soir.

— Je te signale que le terme exact est *modifié*. Ils ont été modifiés hier soir, ce sont désormais des Modifiés.

Dubose balaye la remarque d'un soupir amusé.

— Je dis encore ce que je veux, l'essentiel est de se comprendre.

2

Cornell écoutait une chanson de M. Paul Simon. Lorsqu'il s'était réveillé angoissé bien des heures plus tôt, il avait éprouvé le besoin d'écouter de la musique. Son iPod contenait plusieurs playlists de chansons de M. Paul Simon qui avaient sur lui un effet apaisant en cas d'insomnie.

Le petit garçon ronflait toujours sur le canapé d'en face, les chiens lovés contre lui. À les voir, Cornell avait du mal à imaginer qu'ils puissent mordre quiconque.

Il se rendait dans la salle de bains lorsqu'il se figea sur le seuil, pris d'une appréhension inexplicable. Ah oui ! La brosse à dents. À ceci près que la brosse à dents n'était plus là et que le petit garçon n'avait nullement voulu le terroriser. Il ne le referait plus.

Cornell se brossa les dents, prit une douche, s'habilla et regagna la bibliothèque. L'enfant dormait toujours, mais pas les bergers allemands. Ils sautèrent du canapé en veillant à ne pas troubler le sommeil du petit garçon. Des chiens très bien élevés.

Cornell leur servit un bol de croquettes et les accompagna dehors pour leurs besoins.

Pendant qu'ils vaquaient à leurs occupations de chiens, il perçut un bruit de moteur d'avion. Un ronronnement plus insistant que celui des appareils qui survolaient habituellement la vallée. Il scruta le ciel et finit par découvrir le coupable, à moins de six cents mètres d'altitude.

Après s'être vidé la vessie, les chiens reniflèrent les alentours, à la recherche de l'endroit idéal pour passer à la suite. Ils avaient tout juste terminé leurs affaires lorsque le bruit de moteur, qui s'était éloigné, revint en force.

Duke et Queenie, d'humeur joueuse, se dirigèrent vers la petite maison bleue et Cornell en profita pour étudier le ciel. L'avion était un bimoteur, plus gros que les petits Piper empruntant habituellement les pistes de l'aérodrome local.

Après tant d'années à vivre refermé sur lui-même, Cornell Jasperson ne savait toujours pas à quel point il était différent des autres. Sans doute ne le comprendrait-il jamais. Chaque fois qu'il parvenait à trouver un équilibre marqué par une routine et des rituels qui lui convenaient, un événement inattendu survenait qui le déstabilisait et le plongeait dans l'angoisse. À l'image de la brosse à dents du petit garçon. Ou de cet avion.

Jusque-là, les bruits d'avions ou de camions, de voitures, de motos et de machines en général ne l'avaient jamais inquiété. Pour une raison qu'il ne s'expliquait pas, cet avion-là émettait un bruit qu'il *ressentait*. Il en avait des fourmis partout, des fourmis qui lui envahissaient les narines, s'agitaient dans ses oreilles, lui chatouillaient les yeux.

Cornell avait porté des dreadlocks pendant des années. Il avait appris dix jours plus tôt seulement que M. Bob Marley, le génie du reggae, était mort depuis plusieurs décennies. Depuis, il se réveillait en pleine nuit et voyait

M. Bob Marley dans son cercueil. Il avait surtout l'impression d'avoir sur la tête des cheveux de mort. Il en avait été si perturbé qu'il s'était rasé la tête, si bien que son crâne ressemblait désormais à un œuf difforme.

Mais l'incident des dreadlocks n'était rien comparé à cet avion. Le bruit s'éloigna à nouveau sans que Cornell en soit rassuré. Des fourmis invisibles lui couraient sur tout le corps et envahissaient ses entrailles, jusqu'aux ventricules de son cœur. Ce bruit de moteur l'envahissait, le *touchait* de la même façon que si quelqu'un l'avait approché physiquement, il avait la conviction que l'appareil allait lui voler son esprit et son âme, si bien qu'il ne serait bientôt plus personne, rien qu'une *chose* sans but ni souvenirs.

Il appela les chiens, rentra la tête dans ses épaules de dinosaure et courut de sa démarche maladroite jusqu'à la vieille grange dans laquelle était dissimulée sa bibliothèque secrète, surpris de s'en être autant éloigné.

La clé électronique au fond de la poche de son jean déverrouilla automatiquement le mécanisme et il se précipita dans le vestibule. Les chiens se ruèrent à sa suite en jappant, leur course rythmée par le cliquetis de leurs griffes sur le carrelage, croyant sans doute qu'il voulait jouer, et la porte se referma derrière eux.

Cornell allait pousser la poignée du battant intérieur donnant sur la bibliothèque lorsque sa main se figea. Tout tremblant et perdu, il pensa au petit garçon à l'intérieur, écartelé entre son désir de retrouver son refuge et sa peur d'effrayer l'enfant.

Son corps tout entier le démangeait, son système sanguin était infesté de parasites qui lui rongeaient le cœur, des araignées avaient envahi son estomac, des mille-pattes s'immisçaient dans la moelle de ses os pour y pondre leurs œufs, des millions d'êtres microscopiques s'attaquaient à son esprit et à son âme.

L'avion avait survolé sa propriété et le bruit de moteur était sans doute encore perceptible à l'extérieur, mais le vestibule était parfaitement silencieux. L'absence de son ne le soulageait pourtant pas. Ce genre d'incident était susceptible de le perturber pendant des heures, au point de l'obliger à s'allonger dans le noir en s'imaginant qu'il flottait dans un bassin d'eau rafraîchissante.

Il n'allait pas pouvoir attendre éternellement dans ce vestibule que son angoisse se calme. Le petit garçon risquait de se réveiller et de s'inquiéter de son absence. Cornell était responsable de cet enfant jusqu'à l'arrivée de sa mère, l'arrivée de sa mère, l'arrivée de sa mère. En outre, les chiens finiraient par troubler le silence du vestibule et il n'aurait pas la possibilité de s'allonger, de sorte qu'il ne pourrait pas s'imaginer flotter dans un bassin d'eau rafraîchissante.

— Cornell, s'apostropha-t-il lui-même sur un ton agacé. Tu peux y arriver. Tu dois te calmer et t'occuper du petit garçon. Tu arrives bien à concevoir des applis qui rendent heureux des millions de gens, tu arrives bien à gérer cette immense fortune effrayante, alors tu arriveras à t'occuper de cet enfant.

En vérité, il ne voyait jamais aucun des millions d'utilisateurs de ses applis, de même qu'il communiquait avec ses banquiers et ses conseillers financiers uniquement par téléphone ou par e-mail, de peur qu'ils ne le touchent. À l'inverse, le petit garçon risquait fort de le toucher par inadvertance.

Les chiens gémirent, impatients de retrouver la bibliothèque.

Le petit garçon court de grands risques à cause de moi, il va mourir à cause de moi, pensa soudain Cornell.

— Non, non, non ! s'écria-t-il, horrifié. Le petit garçon ne va pas mourir. Il vivra et deviendra vieux, il vivra et deviendra vieux, il vivra et deviendra vieux.

Il saisit la poignée et le mécanisme électronique se déclencha avec un léger soupir.

Des fourmis dans tout le corps, jusque dans ses os, Cornell se rua dans la bibliothèque en agitant furieusement la tête et les bras dans l'espoir de chasser l'avion qui bourdonnait dans sa tête. Ses jambes ployèrent sous lui et il tomba à genoux tandis que les chiens rejoignaient à toutes pattes leur petit maître.

L'enfant était réveillé. Il se tenait à moins de trois mètres de Cornell, un verre de lait chocolaté à la main.

— Tu vas bien ? Je peux t'aider ? interrogea-t-il Cornell avec ce qui ressemblait à de la peur, ou peut-être de l'inquiétude.

— Les chiens, les chiens, les chiens et moi, nous avons joué dehors. Ils ont fait pipi et caca et ils voulaient jouer, alors on a couru dans le jardin sous l'avion qui passait au-dessus de nos têtes, on a couru et couru, je suis fatigué.

C'était un mensonge, mais pas un mensonge mortel, un simple petit mensonge pour rassurer le petit garçon.

— Tu veux du lait chocolaté ? s'enquit l'enfant.

— Pas tout de suite, lui répondit Cornell en s'allongeant. Je vais commencer par me calmer, me calmer, me calmer.

— Je peux venir m'asseoir à côté de toi, si tu veux.

— Non, non, se défendit Cornell en feignant d'être essoufflé afin de dissimuler sa peur. Je préfère m'allonger par terre sur le carrelage frais, comme si c'était un bassin rempli d'eau. Un bassin. Rempli d'eau. Je préfère flotter par terre et fermer les yeux comme si j'étais mort. Ma respiration. Reprendre ma respiration.

— Très bien, acquiesça le petit garçon en allant s'asseoir.

Les chiens reniflaient un peu partout et Cornell eut peur qu'ils le touchent avec leur truffe, mais il n'en fut rien, ils se contentèrent de rejoindre Travis.

L'horrible pensée l'assaillit de plus belle.
Le petit garçon va mourir à cause de moi.

3

Au terme d'un trajet de cent cinquante kilomètres depuis Houston au volant de son Rhino GX, suivi par Rupert Baldwin et Vince Penn dans leur Jeep Wrangler, Egon Gottfrey arrive à la gare routière de Beaumont peu avant 7 heures du matin.

Les trois hommes n'ont pas encore visionné les images enregistrées par le système de surveillance. Le Grand Ordonnateur, persuadé que la multiplication des obstacles vient enrichir le scénario, a veillé à ce que la NSA archive les enregistrements des caméras uniquement dans les grandes métropoles, et pas dans les villes de moins de cent cinquante mille habitants.

Beaumont ne compte que cent vingt mille administrés, et si les autochtones souhaitent un jour trouver leur place dans le grand rêve orwellien, ils seraient bien avisés de concevoir des enfants à un rythme plus soutenu.

Gottfrey, Baldwin et Penn sont accueillis par Léon Fettwiler, un agent du FBI doté d'une personnalité aussi marquante qu'un bol de glace à la vanille. D'après ce que croit savoir Egon, Fettwiler ne fait pas partie des Arcadiens, il lui a juste été demandé de visionner les images puisqu'il se trouvait sur place.

Fettwiler est accompagné par la responsable de la gare routière, une femme si falote que Fettwiler brille à côté d'elle. Gottfrey ne prend pas même la peine de retenir son nom, il ne fait aucun doute à ses yeux qu'il s'agit d'une simple figurante.

La responsable de la gare dispose dans son bureau d'un vieil appareil qui conserve les images enregistrées sept jours seulement, sans possibilité de les transférer sur une autre machine. Les explications de la femme sont aussi ennuyeuses qu'interminables, la lecture des conditions de vente d'une police d'assurance ne serait pas moins distrayante.

Lorsqu'elle se décide enfin à diffuser l'extrait de quatre secondes enregistré la veille à 17 h 05, Gottfrey découvre des images dignes d'un film porno tourné en Super 8 dans les années 1950 avec une lampe de chevet en guise d'éclairage. Gottfrey, Rupert et Vince voient une femme de la taille de Clare Hawk descendre d'un bus. Elle a un fichu sur la tête et la suit un homme coiffé d'un Stetson qui pourrait être Ancel.

— Qui sont ces gens ? s'enquiert la responsable de la gare routière.

— Des criminels, répond Gottfrey en visionnant à nouveau le court extrait.

— De quoi sont-ils coupables ?

— D'avoir commis des délits.

— Nous ne sommes pas habilités à vous en révéler davantage, insiste Fettwiler, au cas où la femme n'aurait pas compris.

Des images prises par une autre caméra montrent le même couple monter dans un Uber à la sortie du terminal, mais la caméra les filme uniquement de dos.

— Tu crois que ce sont eux ? demande Gottfrey à Rupert Baldwin.

Ce dernier triture sa cravate mexicaine en se dandinant d'un pied sur l'autre dans ses Hush Puppies.

— Je serais bien infoutu de te le dire.

— Moi aussi, approuve Vince. Difficile à dire. La vidéo est mauvaise et l'éclairage…

— Je peux vous assurer qu'il s'agit bien d'eux, le coupe Fettwiler, évitant à Vince Penn la conclusion de ses explications fumeuses. Le chauffeur du Uber pourra vous le confirmer.

— Où est-il ? veut savoir Gottfrey.

— Il nous attend sur le parking d'en face.

L'intéressé patiente effectivement à côté d'un GMC Terrain SLE blanc. Le Grand Ordonnateur a trouvé le moyen de le doter d'une personnalité plus affirmée que Fettwiler et la responsable de la gare. Tucker Treadmont, âgé d'une petite trentaine d'années, mesure moins d'un mètre soixante-dix et pèse plus de cent kilos. Il porte des santiags, un jean trop large et un polo bleu ciel qui moule sa poitrine débordante. Ses cheveux bruns sont tirés en arrière et il est doté d'un visage poupin imberbe troué de deux yeux verts.

Fettwiler tire d'une enveloppe kraft des photos 18 x 24 d'Ancel et Clare.

— Ouais, c'est bien ce type-là avec sa greluche. Ils m'ont contacté une heure avant d'arriver.

— Où les avez-vous conduits ? demande Gottfrey.

— Le plus simple, c'est encore que je vous y emmène.

— Nous avons nos propres véhicules.

— À cette heure-ci, je devrais bosser. Je suis pas un putain de millionnaire.

— Je ne suis pas client chez Uber.

— Je travaille aussi à mon compte. Je suis pas leur boy.

La joute se poursuit pendant une trentaine de secondes, jusqu'à ce que Gottfrey y mette un terme en avertissant Treadmont qu'il se rend coupable d'entrave à la justice. Il préférerait de loin écrabouiller la tête de cet abruti avec sa matraque télescopique. La menace ne trouble guère le chauffeur qui s'entête, et Gottfrey finit par se dire que le plus simple est encore de payer l'autre imbécile. De toute façon, Treadmont n'existe pas vraiment, pas plus que l'argent de sa course. Le Grand Ordonnateur a décidé de faire tourner Egon en bourrique, rien d'autre.

— Combien demandez-vous pour nous montrer le chemin ?

— Cent vingt et un dollars et cinquante cents, répond le chauffeur.

— Vous plaisantez.

— Je les ai pas conduits au coin de la rue.

Bien décidé à ne pas donner à son interlocuteur un centime de plus que la somme exigée, Gottfrey sort six billets de vingt de son portefeuille avant de s'apercevoir qu'il n'a pas de monnaie. Rupert y ajoute un dollar de sa poche, et Vince fournit les cinquante cents manquants.

Gottfrey se tourne vers Fettwiler.

— On se débrouillera pour la suite. Merci de votre aide.

— Je comptais vous accompagner.

— Ce ne sera pas nécessaire.

Fettwiler salue les trois hommes et disparaît. On pourrait s'imaginer qu'il n'a jamais existé.

Quelques instants plus tard, Gottfrey quitte le parking à la suite du GMC, suivi par la Jeep de Rupert et Vince. Il a parcouru quelques dizaines de mètres à peine lorsque son portable sonne. Le nom de sa supérieure, la juge Sheila Draper-Cruxton, s'affiche à l'écran.

Leur conversation de la veille était si plaisante qu'il se réjouit de cet appel, mais il redescend très vite sur terre en l'entendant lui passer un savon à cause du fiasco des Écuries Longrin : Janis Dern avait de graves problèmes psychologiques, Gottfrey a eu le tort de ne pas s'en apercevoir à temps. Au regard du danger qu'elle faisait courir à la révolution, il aurait dû la conduire dans un coin tranquille et lui coller une balle dans la tête, *blablabla*. La juge avertit Gottfrey que cet échec aura de graves conséquences pour lui, surtout s'il ne parvient pas à mettre la main au plus vite sur Ancel et Clare Hawk.

— Vous baisiez cette conne ? demande-t-elle en guise de conclusion.

— Quelle conne ?
— De quelle conne parle-t-on, à votre avis ? s'énerve Draper-Cruxton. Janis, bien sûr ! C'est pour ça que vous n'avez rien vu, parce que l'amour rend aveugle ?
— Pas du tout, madame la juge. Je ne fonctionne pas comme ça.
— Je vous conseille de mieux maîtriser votre testostérone, Gottfrey. Contentez-vous de remplir votre mission, siffle-t-elle avant de raccrocher.

Egon se demande bien à quoi joue le Grand Ordonnateur en lui glissant autant de peaux de banane sous les semelles. Il éprouve si fort l'envie de matraquer ses semblables depuis quelque temps, à commencer par Vince Penn et Treadmont, le savon de la juge lui donne une petite idée de ce qu'attend de lui le Grand Ordonnateur. Il est temps de laisser au vestiaire ses réticences, la violence est encore la solution la plus adaptée. La nuit précédente, il a rêvé qu'il abattait Ancel Hawk et tranchait la gorge de Clare. À bien y réfléchir, c'est la façon qu'a trouvée le Grand Ordonnateur de lui indiquer la voie.

4

Jane Hawk laissa derrière elle Palm Springs, Rancho Mirage, Indian Wells et La Quinta. Indio, à la limite de la faille de San Andreas, contrastait avec l'opulence des cités voisines et n'avait rien d'un lieu de villégiature, avec son décor poussiéreux, ses industries et commerces agricoles.

Ferrante Escobar, le neveu d'Enrique de Soto, dirigeait une affaire honnête en customisant des véhicules haut de gamme pour une clientèle aisée dans de vastes ateliers implantés dans une zone industrielle. La présence d'un poste de garde à l'entrée s'expliquait moins par la valeur des véhicules entreposés là que par la présence du sous-sol secret, dissimulé sous l'un des trois hangars de tôle et de béton, dans lequel le propriétaire des lieux menait un trafic d'armes lucratif.

Les ouvriers venaient d'entamer leur journée lorsque Jane se présenta à l'entrée du site, peu après 7 heures du matin.

— Bonjour, dit-elle au garde dans sa guérite en lui tendant un faux permis de conduire. Elinor Dashwood, j'ai rendez-vous avec M. Escobar.

Le garde lui indiqua le troisième bâtiment dont elle vit sortir Ferrante au moment où elle se garait.

À peine âgé de trente ans, mince, beau garçon, la barbe soigneusement taillée, il avait la grâce d'un matador et s'exprimait d'une voix harmonieuse.

— Ravi de vous rencontrer. Vraiment ravi.

Avec son allure d'adolescent bien élevé, nul n'aurait pu deviner qu'il menait une double vie, même s'il paraissait bien jeune pour se trouver à la tête d'une affaire aussi florissante. À l'évidence, son oncle Ricky lui avait fourni les fonds nécessaires, et comme de Soto et son neveu n'avaient pas de secret l'un pour l'autre, Ferrante connaissait la véritable identité de sa visiteuse.

— Je vous suis reconnaissante du risque que vous prenez en m'accueillant ici.

Il hocha la tête presque timidement, avec déférence. La main qu'il tendait était ferme, mais il baissa les yeux lorsqu'elle voulut croiser son regard.

— Les véhicules fournis par mon oncle doivent arriver à 11 heures. Je vous propose de patienter dans le salon réservé à la clientèle. Vous y trouverez du café et des doughnuts, ainsi que la télévision.

— Ricky vous a-t-il précisé que j'avais besoin d'une arme de poing ? J'aimerais un Heckler et Koch Compact de calibre .45.

— Aucun souci. Souhaitez-vous qu'on s'en occupe tout de suite ?

— Ce sera fait. Je n'aurai pas le temps de m'attarder après avoir récupéré les véhicules.

— Dans ce cas, je vous invite à me suivre.

Elle prit dans l'Explorer un cabas contenant deux paquets : le premier contenait les cent vingt mille dollars à l'intention d'Enrique de Soto, le second quatre-vingt-dix mille. Ferrante l'entraîna à l'intérieur du bâtiment.

— C'est ici que sont entreposées les pièces de rechange et autres fournitures automobiles. J'y ai installé mon bureau.

L'antre de Ferrante était une pièce de dix mètres sur dix, haute de plafond, ceinte de cloisons munies de verre cathédrale en hauteur afin d'éviter toute indiscrétion. La porte se referma avec un léger clic, signalant la présence d'un verrou électronique. Jane compta deux autres battants. Le premier s'ouvrait sans doute sur des toilettes, mais le second donnait directement sur l'extérieur.

Le mobilier, un mélange de teck, de chrome, de verre et de cuir noir, était rutilant. Ce décor contrastait curieusement avec la sculpture tarabiscotée posée sur le bureau et les quatre grandes toiles dessinant un carré géant sur l'un des murs.

Chacune des œuvres représentait un cœur humain de façon si réaliste, avec ses veines et ses artères, que Jane avait l'impression de voir le muscle se gonfler et se dégonfler au rythme de ses battements. Si des gouttes de sang s'échappaient de trois des cœurs, un flot vibrant s'échappait du quatrième, tous étant prisonniers d'un enchevêtrement de ronces.

Enrique avait prévenu Jane que son neveu était très religieux. Ces tableaux représentaient le Sacré Cœur du Christ, mais de façon moderne et presque moqueuse. En dépit de sa piété, Ferrante pratiquait le second degré.

— Que pensez-vous de ces œuvres ? demanda le jeune homme.

— Elles sont étonnantes.

— C'est le mot juste.
— Audacieuses.
— Tout le monde ne comprend pas.
— Et très pittoresques.
— J'évite d'insister auprès de ceux à qui ça échappe.
— Vous avez bien raison.
Il lui adressa timidement un coup d'œil en coin.
— Chaque fois que je regarde ces tableaux, je me sens profondément ému, inspiré, et confirmé dans mes convictions.

Le terme *confirmé* était sans doute celui qui décrivait le mieux Ferrante, comme s'il cherchait à trouver dans sa foi la justification de ses activités criminelles. Son oncle n'était pas le seul proche qui vivait en marge de la loi. Ce gamin, parce qu'il avait vu le jour au sein d'une famille plus ou moins mafieuse, se sentait obligé de poursuivre la tradition.

Tout en observant la façon dont son interlocuteur admirait les toiles, Jane entrevit une autre explication. Ricky lui avait expliqué que son neveu se rendait tous les jours à la messe. Si Ferrante s'imaginait que sa foi l'autorisait à vendre des armes illégalement, rien ne lui interdisait de cautionner d'autres crimes.

Le viol et le meurtre, par exemple.

Cette pensée n'était pas le fruit de la paranoïa de Jane, elle était essentiellement le fruit de son expérience.

À l'époque où elle travaillait pour le FBI, elle avait arrêté un tueur en série nommé J. J. Crutchfield qui était persuadé d'accomplir la volonté divine en tuant des adolescentes portées sur le sexe, au prétexte qu'elles risquaient de corrompre les garçons de leur âge. De cette façon, Crutchfield permettait à des jeunes gens des deux sexes d'échapper aux griffes du diable. Il conservait les yeux de ses victimes dans un bocal, convaincu que ces filles avaient aperçu le visage de Dieu à l'instant de leur mort et que leurs yeux étaient des reliques sacrées. Il avait davantage de mal à expliquer pourquoi il éprouvait le besoin de violer ses victimes avant de les assassiner.

Tout en s'intéressant aux peintures, Jane prit conscience que son hôte l'observait à la dérobée.

— Ce sont des œuvres inoubliables, déclara-t-elle en guise de conclusion.

Elle se tourna vers Ferrante et lui trouva un sourire dérangeant, sans qu'elle puisse en expliquer la raison exacte. Elle se souvint soudain d'une remarque d'Enrique de Soto, la veille au téléphone : *Je dois avouer que c'est un drôle d'oiseau... Il fait une fixette à propos du sang.*

Le jeune homme s'apprêtait à ouvrir la bouche lorsqu'il se ravisa en détournant une nouvelle fois le regard. Il ouvrit l'un des tiroirs de son bureau et sortit un Heckler & Koch Compact de calibre .45 dans sa boîte d'origine.

Une arme neuve, sans histoire ni passé, sans identification officielle. Ferrante se fournissait probablement auprès de son oncle Ricky. Cela signifiait que les armes qu'il proposait étaient volées, et revendues avec une marge considérable.

— Combien ? s'enquit-elle.

Il la regarda droit dans les yeux, sans ciller cette fois.

— Je ne veux pas d'argent. J'attends de vous un trésor infiniment plus précieux.

Elle posa le cabas à ses pieds afin de garder les mains libres.

5

Carter Jergen trouve le lieu immonde à la seconde où il le découvre. Il frissonne de dégoût sur le siège passager du VelociRaptor.

Rooney Corrigan, tout au bas de l'échelle des bouffeurs de sable de cette vallée désertique, réduit son empreinte carbone en produisant sa propre électricité, à en juger par les deux éoliennes installées sur son terrain. De vilaines structures métalliques qui ne sont pas sans évoquer les machines de mort de *La Guerre des mondes*, à des années-lumière des moulins à vent hollandais.

La maison de plain-pied où s'est déroulé « l'incident du crocodile » possède en guise de toit une multitude de panneaux solaires. Elle dresse sa triste façade crépie au milieu d'une vaste étendue sableuse qu'aucun cactus ne vient égayer. L'unique preuve de l'existence d'une flore sur ce coin de planète aride se limite à trois palmiers géants aux feuilles desséchées et un olivier malingre aux airs de sculpture avant-gardiste.

Des rangées parallèles de cailloux délimitent l'allée qui conduit jusqu'à la maison devant laquelle sont rangées deux Jeep Cherokee noirs.

Dubose fait halte à une quinzaine de mètres des véhicules et examine le pavillon d'un air maussade.

— J'appelle ça l'incident du crocodile, mais il est surtout question du triomphe de la mémoire reptilienne. Il existe une chance sur dix mille qu'un individu modifié soit victime d'un effondrement psychique lorsqu'on lui implante un mécanisme de contrôle.

Jergen fronce les sourcils.

— Le triomphe de la mémoire reptilienne ?

— Une expression de l'inventeur des nanomachines.

— Bertold Shenneck ? Mais il est mort.

— Je ne suis pas en train de te dire qu'il m'a parlé pendant une séance de spiritisme. Il s'est inquiété de la possibilité d'un tel phénomène dès le début. Il entrevoyait la possibilité de crises psychotiques de deux sortes.

— Comment se fait-il que tu sois au courant de tout ça, et pas moi ?

— Je connaissais l'une de ses proches, Inga Shenneck.

— Sa femme ?

— Avant qu'elle l'épouse, et pendant quelque temps par la suite, on est sortis ensemble.

Jergen a du mal à y croire.

— Mais… mais cette fille était un canon.

— C'est rien de le dire, acquiesce Dubose. C'était même une bombe atomique. Elle était insatiable, elle m'épuisait.

Carter Jergen ne croit pas au sens de l'existence, pas plus qu'il ne croit au bien et au mal. Il n'a pas une vision en noir et blanc du monde dont il ne distingue que les nuances de gris. Il n'est nullement convaincu que la vie, la société ou la justice sont équitables. Il ne le souhaite même pas. L'équité constitue une aberration à ses yeux, elle n'est présente nulle part dans la nature. Il ne croit qu'aux vertus du pouvoir. Seuls ceux qui possèdent la volonté de s'emparer du pouvoir sont habilités à esquisser l'avenir.

Il n'en trouve pas moins *injuste* qu'un crétin de cambrousse ayant très certainement obtenu frauduleusement sa bourse d'études à Princeton, un type qui plie ses tranches de bacon en deux à l'heure du petit-déjeuner pour les manger avec les doigts, un ignare qui ne sait pas distinguer un couteau à beurre d'un couteau à poisson puisse avoir eu une aventure avec une femme telle qu'Inga Shenneck.

— C'était une femme gracieuse avec un goût exquis…

Dubose hoche la tête.

— C'est bien pour ça que je lui plaisais.

— Tu ne m'en as jamais parlé.

— Je ne parle jamais à personne des femmes avec qui j'ai été. La discrétion est le propre d'un gentleman.

— Tu parles de discrétion alors que tu viens de me dire qu'elle était insatiable ?

Dubose paraît surpris.

— Je te rappelle qu'elle est morte. Je ne vois pas l'utilité de me montrer discret alors qu'elle se trouve dans un cercueil.

Jergen observe longuement les éoliennes dont les pales géantes cisaillent l'air, sans parler des oiseaux qui ont le malheur de passer à leur portée. Le soleil se reflète sur les panneaux solaires. Le crépi de la façade est vert comme de la mauvaise bile, un chien pelé d'origine incertaine traverse l'allée, s'accroupit et dépose une crotte devant le VelociRaptor.

— Cet endroit me ferait croire à la réalité de l'enfer, commente Jergen en balayant d'une main le triste paysage.

Dubose hausse un sourcil.

— Tu me sors la grande scène du deux ? Notre boulot est difficilement compatible avec les angoisses existentielles. Tu ferais mieux d'arrêter de regarder les séries historiques à la télé, elles te mettent les idées en vrac. Tu verras, tu te sentiras nettement mieux après, et j'aime te voir heureux, l'ami.

— *Comme vous êtes gentil !* s'exclame Jergen en français sur un ton moqueur. *Vous êtes trop aimable ! Merci infiniment.*

Dubose secoue la tête en soupirant.

— *De rien, mademoiselle,* répond-il dans la même langue.

— Tu parles français ? réagit Jergen, ébahi.

— Tu pourrais aussi bien demander à un ours s'il chie dans les bois, rétorque Dubose.

Il pose une main sur l'épaule de son collègue.

— Calme-toi, mon pote. Si tu perds les pédales rien qu'en voyant l'extérieur de cette maison, je n'ose pas imaginer ta réaction à l'intérieur.

Carter Jergen s'oblige à supporter la main de Dubose, sachant qu'elle ne restera posée là que quelques instants.

— Ah ouais ? Qu'y a-t-il à l'intérieur ?

— Des morts.

— J'en ai vu pas mal dans ma vie, dont un certain nombre tués par mes soins.

— Peut-être, mais ceux-là ne sont pas jolis jolis.

6

Croyant lire de la désapprobation sur les traits de Jane, Ferrante Escobar s'explique.

— Je ne traite qu'avec des clients riches et fiables soucieux de se protéger au quotidien dans un monde de plus en plus dangereux. Ils n'ont pas envie qu'on vienne confisquer leurs armes le jour où sera promulguée la loi martiale, alors ils préfèrent rester discrets.

Le trafiquant cherchait à se justifier de façon injustifiable, mais Jane n'avait pas envie de se le mettre à dos. Il lui fallait rejoindre la vallée de Borrego l'après-midi même. Monter cette opération lui avait déjà pris un temps précieux, il n'était pas question de prendre davantage de retard.

— Combien ? insista-t-elle.

Le visage de Ferrante se chiffonna.

— Les mensonges gouvernent le monde depuis toujours, mais nous vivons à une époque plus trompeuse que jamais. Tout ce qu'on peut voir à la télé, lire dans les journaux ou sur le Net vise à nous cacher la vérité, à protéger les mécréants, à renforcer le pouvoir de dirigeants plus puissants que tous les monarques du passé.

— Je suis assez d'accord, approuva Jane, mais quel rapport avec le prix de ce pistolet ?

— Tout le monde dit que vous êtes un monstre, répliqua le jeune homme sur un ton fébrile en ne la quittant plus des yeux alors qu'il avait eu tant de mal à croiser son regard auparavant. Ils s'appliquent tous à vous décrire sous les traits d'une créature maléfique digne d'un mauvais film de Batman, mais les gens commencent à se poser des questions sur Internet, persuadés que vous avez découvert des vérités dérangeantes pour nos gouvernants.

Tout en continuant à poser sur Jane un regard brûlant, Ferrante posa la main droite sur sa poitrine, puis la main gauche sur la droite, comme s'il voulait empêcher son cœur d'éclater. Dans le même temps, sa voix se fit plus douce, traduisant un sentiment que Jane n'aurait pas su définir.

— Les gens pensent que vous avez découvert un complot majeur, mais que vous ne savez pas de quelle façon le dénoncer à cause de la corruption qui règne à tous les niveaux du système. Alors vous êtes condamnée à fuir pour rester en vie.

— Et vous, que pensez-vous ?

L'angoisse sur son visage céda la place à une immense tendresse.

— Je pense que vous êtes l'incarnation de la vérité dans un océan de mensonges. J'ai chez moi la reproduction d'un tableau exposé au Louvre. On la voit vêtue de son armure lors du couronnement de Charles VII.

— Non, le coupa Jane.

— Vous ne lui ressemblez pas, mais vous portez une armure, vous aussi.

Gênée de tant de révérence, Jane voulut se défendre.

— Je ne lui ressemble en *rien*. Dieu parlait à Jeanne d'Arc, du moins le croyait-elle, mais il ne m'a jamais parlé. Je me suis engagée dans ce combat pour des raisons égoïstes. Je voulais réhabiliter mon mari et sauver mon fils, c'est bien contre mon gré que ma lutte a pris une autre ampleur. Je ne suis pas faite pour supporter un tel fardeau. Je ne me sens pas capable de sauver cette putain de nation tout entière. Je peux très bien mourir demain. Il y a même de grandes chances que je sois morte. Je me sens lasse et j'ai peur. Je ne me fais guère d'illusion sur la protection de Dieu ou d'un ange gardien quelconque si un salopard essaye de me tirer une balle en pleine tête.

Le geste de Ferrante, les mains posées sur son cœur, pouvait paraître aussi mélodramatique que ridicule, mais son admiration se trouva décuplée par les dénégations de Jane.

— Si j'avais vécu au XVe siècle et que j'avais assisté au couronnement de Charles VII, je lui aurais fait la même requête.

— Écoutez-moi, Ferrante. Je refuse de jouer un rôle qui n'est pas le mien. Je n'ai rien d'une sainte, croyez-moi. J'ai les deux pieds dans la boue de la réalité et je me contente d'avancer comme je le peux, en commettant mon lot d'erreurs. Je baigne dans la boue et le *sang*.

Mais rien n'aurait pu détourner le jeune homme de son objectif.

— Je ne demande que votre bénédiction. Je vous demande juste de poser vos mains sur ma tête et de bénir mon existence.

Si elle s'exécutait dans un élan de miséricorde, sans aucune illusion sur les pouvoirs qu'il lui accordait, Ferrante en sortirait sanctifié. Il y verrait la justification de sa vie, de ses actions. Elle se rendrait coupable d'imposture, mais elle ne pouvait s'autoriser à le contrarier. La vie de Travis en dépendait. Elle s'était bien montrée capable de mentir et de tuer pour son fils, alors pourquoi ne pas feindre d'avoir reçu la grâce divine ?

Mais elle ne pouvait se résoudre à lui donner sa bénédiction, sans vraiment comprendre quel défaut à sa cuirasse la plaçait dans une telle impasse.

Elle posa son regard sur les quatre tableaux tandis que résonnaient dans sa tête les paroles d'Enrique. *C'est un drôle d'oiseau… Il fait une fixette à propos du sang. Je vous laisse la surprise.*

Le sang en question ne symbolisait chez Ferrante Escobar ni la violence, ni la vengeance, ni la haine, mais le sens du sacrifice, la rédemption à travers la souffrance. Jane, qui avouait elle-même avoir les deux pieds dans la boue, pouvait le comprendre.

Elle baissa les yeux et son regard s'arrêta sur l'étrange sculpture posée sur le bureau. Ce qu'elle avait pris initialement pour une œuvre abstraite et biscornue était en réalité une couronne d'épines.

À défaut de lui offrir ce qu'il attendait, peut-être pouvait-elle imaginer une alternative. Elle s'approcha du bureau, souleva la lourde sculpture et la serra en se mordant la langue pour ne pas montrer sa douleur alors que les épines de la couronne trouaient sa peau. Elle regarda le jeune homme et reposa la sculpture sans se soucier des gouttes de sang qui perlaient sur ses doigts.

Ferrante la regarda fixement pendant un long moment, la mine grave. Sans un mot, il prit le boîtier contenant le pistolet, traversa le bureau et entraîna sa visiteuse jusqu'à la salle d'attente réservée à la clientèle où il la laissa après lui avoir offert l'arme.

Jane se rendit dans les toilettes attenantes où elle se savonna les mains à grande eau avant de les sécher, veillant à stopper les saignements à l'aide de serviettes en papier.

Elle aurait été curieuse de savoir si Ferrante nettoierait les gouttelettes de sang qui maculaient le sol de son bureau comme celui du couloir, ou bien s'il conserverait précieusement le chiffon avec lequel il les effacerait. Tout bien réfléchi, elle aimait autant ne pas le savoir.

Elle regagna la salle d'attente, s'installa sur le canapé et examina le pistolet en s'interrogeant sur le sens de son existence.

7

La porte des Corrigan s'ouvre à l'instant où Jergen et Dubose descendent du VelociRaptor et un membre du mouvement arcadien nommé Damon Ainsley descend les deux marches de béton faisant office de perron. C'est un personnage solide au teint habituellement fleuri, mais il fait cette fois grise mine.

— On a un problème, déclare-t-il avec un petit rire amer. *Un problème!* Putain, voilà que je me mets à parler comme un rond-de-cuir. Si vous voulez tout savoir, on est dans une merde noire.

À en croire Dubose, le Dr Shenneck, celui que cocufiait la belle Inga, a envisagé deux scénarios susceptibles d'effondrement psychique chez les sujets modifiés. Le premier, relativement bénin, voit l'ego et l'identité se désintégrer au moment où l'intéressé prend conscience de ne plus avoir la maîtrise de ses pensées, provoquant un effacement complet de la mémoire et une incapacité à penser de façon cohérente.

Le second cas, nettement plus préoccupant, voit se dissoudre l'ego sans perte d'identité. En pareille situation, le sujet conserve uniquement sa mémoire reptilienne et n'obéit plus qu'à ses pulsions, sans se préoccuper de son environnement social. Le Dr Jekyll cède alors la place, non pas à Mr. Hyde, mais à un être exclusivement préoccupé de ses plaisirs.

Damon Ainsley se dirige vers l'une des deux Jeep.

— Il faut absolument que je fume un joint pour éviter d'avoir la nausée. Je vous conseille aimablement de vous blinder avant d'entrer.

— Je suis blindé de naissance, réplique Dubose.

De ses études à Harvard, Carter Jergen a conservé le souvenir que deux phénomènes expliquent la présence supposée du cerveau reptilien chez les êtres humains. Ces derniers, au-delà du singe, sont les héritiers de l'ensemble des espèces dont il est l'aboutissement. En clair, le premier amphibien qui a quitté le milieu aquatique afin de s'aventurer sur le rivage a laissé en nous son empreinte génétique. Un prêtre pourra contester cette doctrine en affirmant que nos instincts reptiliens sont le résultat de la malédiction prononcée par le serpent dans le jardin d'Éden. Quelle que soit la vérité, notre cerveau reptilien est incapable d'amour, de compassion, de bienveillance, ou de toute autre des vertus associées au monde civilisé. Il ne vit que pour son plaisir, et la première façon de gratifier celui-ci consiste à infliger des souffrances.

Dubose s'apprête à pénétrer dans la maison des Corrigan lorsqu'il se tourne vers son coéquipier.

— Tu vas assister à une expérience inoubliable, l'ami, dit-il sur un ton sentencieux. Plus de seize mille individus ont été modifiés jusqu'à ce jour, et c'est la première fois que la prédiction de Shenneck se vérifie. C'est un peu comme si nous assistions à la naissance de l'ampoule électrique en présence de Thomas Edison.

Tant de grandiloquence chez un tel péquenaud sudiste agace Jergen au plus haut point.

— J'avoue que le rapport avec l'ampoule électrique m'échappe un peu.

— Nous assistons à un moment historique.

— Comme moi, tu viens d'entendre Damon nous parler d'une merde noire. J'ai du mal à croire que la merde ait quoi que ce soit d'historique.

Le géant pose sur son collègue le même regard condescendant qu'il adresserait à un enfant ignorant.

— L'Histoire n'est pas une longue suite d'instants glorieux, Carter. C'est la somme de nos échecs et de nos réussites. C'est bien pour cette raison que le naufrage du *Titanic* figure un moment historique.

Sur ces mots, il s'avance à l'intérieur du pavillon.

8

Un ciel lugubre s'installe au-dessus des eaux sombres du golfe du Mexique à mesure que disparaissent les derniers rayons du soleil matinal. Les raffineries de la côte texane figurent des silhouettes sans relief à l'approche de l'orage.

Egon Gottfrey, toujours en chasse d'Ancel et Clare Hawk, se réjouit de constater que la ville de Beaumont paraît plus réelle que Worstead, où tout a commencé, tout en regrettant que le Grand Ordonnateur n'ait pas davantage le goût des décors colorés.

Au volant du Rhino GX, toujours suivi par la Jeep Wrangler de Rupert et Vince, il voit le GMC Terrain de Tucker Treadmont traverser les banlieues de la ville et s'engager dans la campagne. Le convoi n'est pas sans évoquer une procession funéraire sans corps.

La route longe des prairies d'herbes sauvages qui doivent se transformer en marécages infestés de moustiques à certaines périodes de l'année. Le GMC ralentit, son clignotant droit s'allume, et Treadmont s'arrête sur le bas-côté, aussitôt imité par Gottfrey et Baldwin.

Treadmont descend de son véhicule en regardant le ciel d'un air inquiet, le nez levé comme un chien de chasse reniflant l'orage. Pour quelque raison obscure, les pointes des seins démesurés du chauffeur se tendent sous son polo bleu ciel trop serré, formant un tableau aussi érotique qu'une dépouille de cafard écrasé.

— Pourquoi vous arrêtez-vous ? lui demande Gottfrey.

— C'est là que le cow-boy et sa femme m'ont demandé de les déposer.

Gottfrey et ses hommes observent les alentours avec étonnement.

— Mais… on est au milieu de nulle part, remarque Vince Penn. On ne voit aucune maison, que des champs à perte de vue.

Treadmont leur montre du doigt un chemin de terre, un peu plus loin.

— Je les ai vus partir par là au moment où je faisais demi-tour.

Une ferme et deux dépendances dessinent des silhouettes noires dans le lointain. À moins qu'il ne s'agisse d'un mirage.

— Ils n'ont pas précisé qui vivait là ? insiste Gottfrey.

— Ils ne m'ont rien dit du tout et je ne leur ai pas posé de question. Pour tout vous dire, je m'en contrefiche.

— Pourquoi ne pas vous avoir demandé de les déposer directement là-bas ? Vous n'avez pas trouvé ça étrange ?

— Vous savez, m'sieur, une bonne moitié de ce que je vois dans la vie me paraît étrange. Maintenant, si ça vous dérange pas, j'ai un boulot.

Tandis que Treadmont disparaît en direction de Beaumont, Rupert Baldwin scrute attentivement la ferme.

— Si on prend les voitures, ils nous entendront arriver. Je propose qu'on y aille à pied.

Comme ses hommes, Gottfrey porte un pistolet à la ceinture, mais il cache également une arme de petite taille dans un étui fixé autour de sa cheville.

L'instant suivant, les trois hommes se mettent en route.

9

Le salon des Corrigan est confortablement meublé d'un canapé et de trois énormes fauteuils relax tournés vers une télévision à grand écran. Le décor de la pièce, délibérément nautique, est constitué de faux tableaux de bateaux naviguant sur des eaux calmes ou agitées, comme on peut en voir dans les chambres de certaines chaînes hôtelières. Le pied de l'une des lampes est enrobé de coquillages, un autre représente une sirène de porcelaine surmontée d'un abat-jour orné de marsouins.

Ce pavillon perdu en plein désert abrite un amoureux de la mer.

Un jeune collègue dont Carter Jergen ne connaît pas le nom est assis sur le bord de l'un des fauteuils. Il fume d'une main tremblante une cigarette dont il met les cendres dans un coquillage.

— Harry, c'est bien ça? lui demande Dubose.

— Harry Oliver, oui.

— Au téléphone, vous m'avez parlé d'une boucherie. Pour l'instant, ça ressemble plutôt à un camping de station balnéaire.

— Allez voir dans la cuisine et la véranda, répond Harry d'une voix chevrotante de vieillard paralytique. C'est là que…

La rumeur des éoliennes, feutrée par le toit et les murs de la maison, n'est pas sans évoquer le bourdonnement d'une ruche.

Carter Jergen suit Dubose dans un couloir sombre dont l'une des deux ampoules est grillée. Les portes qui s'ouvrent sur les chambres laissent pénétrer un peu de soleil à travers les rideaux fermés. Une mer démontée sous un ciel d'orage s'est figée sur le papier peint des murs.

La première victime gît sur le seuil de la cuisine, un badge de la Sécurité intérieure accroché à la poche de poitrine de sa veste. L'homme est allongé sur le dos, le visage couvert de morsures, les orbites vidées de leurs yeux, comme celles de Samson à Gaza.

Le propriétaire de la maison, Rooney Corrigan, repose également sur le dos à droite d'une table en formica jaune, la tête séparée du corps.

Dubose s'avance en prenant soin d'éviter les lambeaux humains qui jonchent le sol et Jergen l'imite tout aussi prudemment.

Le plus jeune des deux fils adolescents de Rooney baigne dans une mare de sang, son cadavre déchiqueté dans un tel état que Jergen détourne les yeux.

— C'est l'aîné qui a perdu les pédales, explique Dubose. Il s'appelle Ramsey, ce qui signifie *bouc* en vieil anglais. Tu ne trouves pas ça ironique ? Je ne sais pas si c'était un agneau quand il était petit, mais ce n'est plus le cas.

La mère de famille a tenté de s'enfuir, elle n'a pas été plus loin que la véranda qu'entoure une moustiquaire. Chemisier déchiré, soutien-gorge arraché, elle affiche une grimace horrifiée sur son visage figé par la mort. Sa bouche, ouverte en un cri silencieux, a été horriblement mordue. Ses yeux écarquillés conservent le reflet de l'horreur à laquelle elle a assisté avant d'avoir la nuque brisée.

Le bruit des éoliennes, atténué par les mailles de la moustiquaire qui transforment le ronflement des pales en un chuchotement désincarné, prend encore une couleur différente dans cette véranda. On pourrait croire qu'elle s'est transformée en antichambre de l'au-delà.

— Allons voir Ramsey, décide Dubose.

10

Le chemin est surélevé d'une bonne trentaine de centimètres par rapport aux champs qui le bordent. La terre est si compacte que Gottfrey et ses hommes ne laissent aucune trace de leur passage, pas plus qu'Ancel et Clare Hawk la veille.

La végétation est encore plus curieuse qu'elle ne le paraissait de loin, les champs sont constitués d'épais fourrés, essentiellement des espèces que Gottfrey ne connaît pas. Son attention est attirée par des buissons ratatinés aux longues tiges couvertes de feuilles biscornues et de fleurs pâles en forme de bourse. Depuis la route, il les imaginait plus petites, mais elles ressemblent de près à de gros cocons sans être tout à fait des cocons non plus.

Sans doute parce que ce décor hostile évoque à ses yeux un paysage extraterrestre abritant des formes de vie dangereuses, il repense à la juge Sheila Draper-Cruxton, au savon qu'elle lui a passé au téléphone. *Je vous conseille de mieux maîtriser votre testostérone, Gottfrey. Contentez-vous de remplir votre mission.*

Les nuages noirs filent vers le nord, poussés par un vent d'altitude dont on ne ressent nullement les effets au sol. Le ciel est bas, les oiseaux fuient en piaillant vers les rares refuges que leur propose à perte de vue ce territoire inhospitalier.

Le chemin de terre se fait plus étroit, enserré entre les étranges buissons. Gottfrey s'arrête afin de les étudier de plus près. Les bourses sont constituées d'une matière laiteuse translucide à travers laquelle on devine des formes sombres, prêtes à éclore. De près, il leur trouve une forme familière, mais il ne saurait dire laquelle.

— Que regardez-vous ? s'étonne Rupert Baldwin.

Rupert et Vince se sont arrêtés à quelques mètres de là et observent son manège d'un air intrigué.

— Je me disais… Non, ce n'est rien, répond Gottfrey en secouant la tête.

Ils reprennent leur chemin en direction de la ferme, mais Gottfrey ne peut détacher son regard de ces plantes qui le fascinent. Il se demande si ces étranges sacs font partie de la plante, ou bien si ce ne sont pas des cocons filés par quelque insecte inconnu qui aurait pris possession de ces champs. Il se fige à nouveau. Il sait à présent à quoi lui font penser ces sachets étranges : à des testicules.

— Egon ? l'interpelle Rupert.

— Oui, j'arrive, s'empresse-t-il de répondre en se remettant en marche.

Il n'a plus aucun doute à présent sur les intentions du Grand Ordonnateur. Par la voix de la juge Draper-Cruxton, celui-ci exige de lui des résultats, quel qu'en soit le prix. Ces derniers temps, le scénariste a planté des décors assez sommaires, or ce n'est pas le cas de ces champs dans lesquels poussent des plantes inconnues couvertes de testicules. Ce n'est pas un hasard, les plantes sont là pour lui rappeler quel sort l'attend si sa mission est un échec.

Cette prise de conscience n'est pas pour apaiser ses inquiétudes, mais il sait ce qui l'attend s'il souhaite éviter les représailles du Grand Ordonnateur : égorger Clare et abattre Ancel, comme dans son rêve.

Il doit bien évidemment commencer par les capturer, leur injecter des mécanismes de contrôle et les interroger, mais dès qu'ils lui auront révélé la cachette du petit Travis, il pourra se débarrasser d'eux comme bon lui semble.

Les trois hommes arrivent en vue de la ferme et de ses dépendances. La maison elle-même est vieille, sa façade usée par les éléments. Les marches de la véranda sont de guingois, la balustrade est brisée à plusieurs endroits, une partie a même totalement disparu. La plupart des carreaux sont cassés, une épaisse couche de poussière recouvre ceux qui restent intacts. Le jardin est rongé par les mauvaises herbes et les murs de la maison abandonnée sont pris d'assaut par le lierre. La plus grande des deux dépendances est une grange de planches blanchies par le soleil. La petite écurie qui se dresse un peu plus loin n'est pas en meilleur état.

Il est peu probable que les beaux-parents de Jane se cachent dans ces ruines, mais le chemin de terre ne va pas plus loin.

Gottfrey, Rupert et Vince sortent leurs armes et entament la fouille des lieux.

11

Le triste pavillon perdu en plein désert semble ployer sous le poids de l'horrible tragédie qui s'y est déroulée. Carter Jergen, les narines assaillies par une forte odeur de sang et d'urine, a conscience d'être en présence d'un monstre. Les rideaux de la pièce sont tirés, une lampe de bureau diffuse une lumière chiche qui peine à chasser la pénombre.

On accède à la chambre de Rooney Corrigan, comme à ce bureau, par un autre couloir que celui reliant le salon à la cuisine. Les agents Solomon et Taratucci surveillent Ramsey, le fils de dix-sept ans prisonnier du fauteuil de son père.

Les menottes en nylon qui lui entravent les poignets sont attachées aux bras du fauteuil, celles qui lui emprisonnent les chevilles sont solidement fixées au tube vertical soutenant l'assise, duquel rayonnent les cinq pieds à roulette du siège. Au regard de la violence dont a fait preuve l'adolescent, les agents ont jugé plus prudent de lui ligoter le torse et les jambes.

Ramsey est prostré sur le fauteuil, les yeux clos, le menton sur la poitrine. Il a l'air de dormir, épuisé par la sauvagerie des quatre meurtres qu'il a commis. Il est grand et costaud pour son âge, il pourrait sans peine jouer au football américain.

Des croûtes de sang séché maculent ses cheveux blonds en bataille, son visage, ses vêtements et ses mains.

Taratucci, qui n'aurait aucun mal à trouver un emploi de garde du corps au sein de la mafia, est assis à un mètre cinquante de son prisonnier, un pistolet serré dans son poing.

Solomon, nettement plus élégant que son collègue, porte une chemise faite sur mesure et une cravate. Ses cheveux clairsemés, poivre et sel au niveau des tempes, tout comme son visage patricien et ses épaules bien droites, lui donnent l'allure d'un avocat attaché à quelque cabinet prestigieux.

— Pourquoi ce tas de viande est-il encore en vie ? demande Radley Dubose. Pourquoi ne pas l'avoir envoyé rejoindre les quatre autres ?

Solomon s'emploie à lui expliquer la situation sur le ton mesuré d'un juriste.

— Nous avons commencé par attacher les membres de la famille Corrigan à des chaises de cuisine avant de leur injecter des mécanismes de contrôle. Mme Corrigan, grâce à la nouvelle version des nanomachines, a été modifiée en trois heures quarante, une demi-heure de moins que le sujet le plus tardif. Il s'agissait de Ramsey Corrigan.

Solomon jette un coup d'œil en direction de l'adolescent prisonnier du fauteuil de bureau.

— Comme ils réagissaient tous à la phrase *Vous avez vu la dame rouge ?*, nous sommes passés aux tests d'usage et tout indiquait qu'ils étaient modifiés.

La phrase utilisée initialement par les Arcadiens pour donner des ordres aux Modifiés était *Jouons au crime dans la tête*, une référence au roman d'anticipation de Richard Condon, *Un Crime dans la tête*, publié en 1959. Lorsque

Jane Hawk est entrée en possession de ce sésame, les Arcadiens ont opté pour une autre formule, *Oncle Ira n'est pas oncle Ira*, un emprunt au roman *L'Invasion des profanateurs* écrit par Jack Finney en 1955. Comme cette salope de Hawk a également réussi à percer ce secret, il a fallu reprogrammer les seize mille Modifiés en leur fournissant une nouvelle phrase. *Vous avez vu la dame rouge ?*, au même titre que la formule initiale, fait allusion au livre de Richard Condon dans lequel l'assassin programmé, Raymond Shaw, passe à l'action en voyant la dame de carreau dans un jeu de cartes.

— Nous avons libéré les quatre Modifiés avant de leur donner l'ordre de chercher Travis Hawk, poursuit Solomon. Nous avions pratiquement fini de leur donner leurs instructions…

Sans terminer sa phrase, il pose un regard inquiet sur l'adolescent.

— Ramsey s'est pris la tête dans les mains en hurlant, je n'ai jamais entendu un cri pareil. Un cri de rage et de terreur à la fois. Il s'est mis à trembler violemment en hurlant encore plus fort. On a tout de suite compris que l'implant cérébral n'avait pas fonctionné normalement.

Salomon s'exprime d'une voix mal assurée, il doit se reprendre pour trouver la force de continuer.

— Kirk Granger… Il s'agit du collègue dont vous avez vu le cadavre dans la cuisine. Granger s'est précipité pour maîtriser Ramsey avant qu'il ait pu se blesser. Pendant qu'il lui remettait des liens, Ramsey lui a vomi un flot d'obscénités comme on peut en entendre dans la bouche de criminels enfermés dans des unités psychiatriques, puis il s'est levé d'un seul coup et l'a violemment mordu au visage avant de lui sectionner la carotide avec les dents. Je ne sais pas comment il a fait pour lui arracher les yeux, d'autant que Kirk pratiquait les arts martiaux, mais en l'espace de cinq secondes, il était mort. À ce moment-là, Ramsey se rue sur son père, saisit au vol un hachoir et le massacre avec une force *inouïe*. Le tout en moins de dix secondes.

— Ça ne me dit pas pourquoi vous n'avez pas explosé la tête de ce connard, insiste Dubose.

Cette fois, Taratucci répond, sans jamais quitter Ramsey des yeux.

— Ne soyez pas ridicule. Vous n'avez pas vu les impacts de balle dans les murs et les placards de la cuisine ? Le gamin se déplaçait à une vitesse fulgurante, il était impossible de le prendre pour cible.

— Son frère se fait tuer à son tour, reprend Salomon, et la mère tente de s'enfuir. Je ne sais pas pourquoi elle l'intéresse davantage que nous, peut-être a-t-il décidé de la violer avant de la tuer, toujours est-il que le chaos règne dans toute la maison. Heureusement que nous avions pris la précaution d'apporter un Taser XREP au cas où les sujets résisteraient. Je lui ai tiré dans le dos pendant qu'il arrachait les vêtements de sa mère. Sa *propre* mère !

— Il ne se contrôlait plus, ajoute Taratucci. Il ne savait plus qui il était.

— De toute façon, la mère était morte, précise Salomon. Il lui avait brisé la nuque en l'attrapant.

Dubose paraît songeur.

— Il aura senti que le mécanisme prenait le contrôle de son cerveau. Ou alors la nanomachine ne se sera pas reconstituée normalement dans sa tête. Il est parti en vrille, sa personnalité s'est entièrement effacée. Shenneck avait prévenu que ce genre d'incident pouvait survenir dans des cas très rares, mais il espérait que ça plonge le sujet dans un état catatonique. Il était loin de se douter qu'une personne modifiée, en cas de problème, puisse franchir la porte interdite.

— C'est quoi ce bordel ? s'agace Jergen. De quelle porte parles-tu ? Pourquoi dis-tu qu'elle est interdite ?

— Shenneck affirmait que la Nature était évolutive par essence, mais que cette évolution était irréversible. On sait qu'aucun cataclysme génétique n'est capable de nous renvoyer à un état antérieur dans la chaîne de l'évolution. On ne s'endort pas un soir dans la peau d'un être humain pour se réveiller le lendemain en singe. Eh bien, Shenneck pensait qu'il en était de même de notre psychisme. Nous sommes le produit d'un long processus évolutif, mais la Nature ne nous permet jamais de renouer avec les fantômes de formes de conscience passées. Elle a doté notre psychisme d'une porte interdite que rien ne peut entrouvrir.

— Sauf que Shenneck avait tort, réagit Jergen.

— Il m'a fallu utiliser les cinq projectiles de mon fusil Taser pour neutraliser Ramsey suffisamment longtemps, de façon que Salomon et Taratucci puissent le ligoter.

Dubose secoue la tête.

— Vous auriez mieux fait de l'abattre. Allez, on l'emmène dehors et on fait un carton.

— Impossible, rétorque Salomon. Les chercheurs du labo de Menlo Park souhaitent l'examiner dans l'espoir de comprendre le phénomène. Ils nous envoient un hélicoptère et un commando de la CIA pour l'évacuer.

— Ils ne comptent pas le mettre sous calmant ?

— Ils ont peur que son état n'empire. Ils préfèrent l'étudier tel qu'il est actuellement.

— Un commando de combien de types ?

— Ils pensaient que quatre suffiraient, mais je leur ai conseillé d'en envoyer six.

Ramsey Corrigan, qui donnait l'impression de somnoler, relève la tête et regarde lentement autour de lui, à la façon d'une tourelle de tank manœuvrée par un artilleur. Ses yeux se fixent sur Jergen.

Si son regard reste humain, la férocité avec laquelle il observe sa proie donne froid dans le dos à Jergen. En dépit de ses liens, l'adolescent donne l'impression d'être prêt à passer à l'attaque.

— Tuez-le tout de suite, conseille Jergen.

— Je regrette de ne pas l'avoir fait, reconnaît Solomon, mais l'ordre de le transférer à Menlo Park émane directement du comité central. Quiconque abat Ramsey sera considéré comme un traître à la révolution. Vous savez déjà quelles seraient les conséquences en pareil cas...

12

La ferme abandonnée sert de refuge à une multitude d'insectes rampants qui deviendront à terme des insectes volants attirés par le bois pourri sur lequel poussent des champignons dans les recoins les plus sombres. On trouve également là des squelettes de rats et des plumes d'oiseaux, mais aucune trace des beaux-parents de Jane Hawk.

Ce qui ressemblait de loin à une écurie est en réalité un poulailler dont le sol de terre battue est couvert de plumes moisies qui collent aux semelles d'Egon Gottfrey. Le lieu n'abrite plus qu'un vilain opossum gras dont les sifflements agressifs chassent précipitamment l'Arcadien pendant que Rupert Baldwin et Vince Penn rient sous cape.

La grange est en piteux état, avec ses poutres mangées par les termites, ses murs aux planches tordues, ses portes à moitié arrachées et son toit de tôle troué. Par beau temps, les rayons du soleil pénétreraient à travers l'ouverture béante et traceraient des rectangles dorés en chassant l'ombre, mais un ciel gris menaçant plane au-dessus de la vieille bâtisse.

L'échelle permettant d'accéder au grenier à foin n'a plus que quatre barreaux, Ancel et Clare ne peuvent donc pas être tapis là-haut. De toute façon, Gottfrey a pu constater que personne n'avait pénétré dans cette grange depuis une éternité, le lieu est aussi désert qu'un cratère martien.

Vince Penn examine le sol à son tour.

— Rien. Aucune trace de pneus ou de quoi que ce soit. Pas une tache d'huile. Il est peu probable qu'un véhicule ait stationné ici, même autrefois.

De Worstead au ranch Hawk, du ranch Hawk aux Écuries Longrin, des Écuries Longrin à Killeen, de Killeen à Houston, de Houston à Beaumont, et maintenant ce trou du cul du monde…

— La poussière de paille aurait conservé des empreintes si quelqu'un était passé par là, insiste Vince Penn. Rien. Zéro. Que dalle.

La juge Draper-Cruxton a donné à Gottfrey un curieux ultimatum. À l'évidence, le Grand Ordonnateur n'est pas satisfait de la façon dont il s'est servi de son intuition.

Sous le regard méprisant de Rupert, l'inimitable Penn enchaîne :

— On dirait bien que les Hawk ne sont pas passés par ici. S'ils n'ont pas mis les pieds dans la maison, la grange ou le poulailler, c'est qu'ils ont poursuivi leur route à travers champ. Reste à savoir où ils sont allés.

Gottfrey se fait la réflexion que rien de ce qui lui arrive n'est réel. À part son esprit, tout n'est qu'illusion. Sa philosophie nihiliste est la seule façon plausible de donner un sens à ce monde de chaos. Rien n'a d'importance. Il doit se laisser porter.

— On est dans une impasse, insiste Vince. Face à un mur. Au fond d'un cul-de-sac.

Il remarque soudain les chaussures de Gottfrey.

— Dis donc, Egon. Tes godasses sont bizarres. Tu les trouves pas bizarres, Rupert ?

Les chaussures de Gottfrey sont couvertes de boue à la suite de son exploration du poulailler, et des plumes y restent collées.

— On dirait que tu portes des chaussons en peluche ! s'écrie Vince. Tu trouves pas, Rupert ?

— Des chaussons en peluche tout droit sortis de l'enfer, maugrée Baldwin.

Gottfrey sort son pistolet, abat Vince d'une balle et en réserve deux autres à Rupert Baldwin, qui n'a jamais su dégainer rapidement.

Cette fois, le Grand Ordonnateur ne lui en tiendra pas rigueur, lui qui prône la violence. Le scénario exigeait un bain de sang, et c'est un nouvel Egon Gottfrey qui entre en scène.

— Ta cravate mexicaine était ridicule, dit-il au cadavre de Rupert avant de rengainer son arme et d'essuyer ses semelles sur les vêtements des deux morts du mieux qu'il le peut.

Le ciel qui l'accueille à la sortie de la grange lui rappelle la matière grise du cerveau humain, avec ses méandres et ses replis. Les nuages, de plus en plus menaçants, figurent la cervelle du monde, pleine d'idées sombres.

Il reprend en sens inverse le chemin de terre battue jusqu'à l'endroit où sont garés les véhicules, en bord de route. Il récupère dans la Jeep l'ordinateur de Rupert Baldwin et l'emporte dans le Rhino GX.

Il vient tout juste de s'installer au volant de son luxueux SUV lorsque gronde le premier roulement de tonnerre. Aucun éclair n'a encore troué le ciel, preuve que l'orage n'est pas encore là, mais il est imminent.

Gottfrey démarre, fait demi-tour et repart en direction de Beaumont. Il existe d'autres moyens de retrouver les beaux-parents Hawk. Ce ne sont tout de même pas des fantômes. Si seulement...

Il comprend alors qu'il n'était pas censé jouer son rôle, d'une scène à l'autre, en compagnie de figurants tels que Janis Dern et Chris Roberts et les frères Lobo et Rupert Baldwin. Encore moins de cet abruti grotesque de Vince Penn. Gottfrey a l'étoffe d'un héros solitaire, ce qui est logique puisqu'il est l'unique protagoniste *réel* de cette histoire. Un héros indestructible comme l'inspecteur Harry ou Shane. Un héros de la révolution qui ne se laisse pas marcher sur les pieds et ne fait pas de quartier. Pour la première fois depuis longtemps, il se sent soudain en phase avec l'auteur de la pièce.

Lors de la poursuite qui l'a conduit de Worstead à Beaumont et au-delà, il aura forcément négligé un indice, distrait par la présence de ses acolytes de pacotille. À présent qu'il est seul, il va ouvrir les yeux, le brouillard qui l'aveuglait va se dissiper et il pourra enfin tuer les beaux-parents de Hawk, ou bien les modifier.

13

Tôt mardi matin, Minette Butterworth, qui enseignait l'anglais au collège, téléphona à son principal afin de lui annoncer qu'elle prenait sa journée car elle était malade, tout comme son mari, Robert, professeur d'histoire. Minette et Bob n'avaient pourtant jamais été absents une seule fois en six ans.

Ils n'avaient pas non plus l'habitude de mentir à leur employeur. Minette se sentait coupable de tricher, mais Bob la rassura en affirmant qu'ils œuvraient pour une bonne cause puisqu'ils recherchaient le petit garçon enlevé à la demande des autorités.

En plus des commentaires de son mari, Minette entendit une petite voix dans sa tête lui confirmer qu'elle agissait sagement.

Les adjoints du shérif ne pouvaient participer à l'opération en uniforme, dans leurs voitures de patrouille, de peur que les ravisseurs ne tuent le malheureux enfant. Sans compter que les agents n'étaient pas assez nombreux, ce qui les avait poussés à recruter localement des volontaires de confiance afin de poursuivre les recherches en toute discrétion.

Les ravisseurs étaient des gens dangereux et armés. Minette, loin d'être effrayée par la mission qui l'attendait, en était tout excitée. L'agent Kingman, un Afro-Américain très gentil, lui avait précisé qu'elle n'avait aucune raison d'avoir peur dans la mesure où Bob et elle ne seraient jamais confrontés directement aux bandits. Leur tâche consistait uniquement à les localiser et appeler les autorités.

Minette adorait les enfants, bien qu'elle n'en ait pas encore elle-même. L'idée qu'on puisse maltraiter un petit la rendait malade.

En sortant de la douche et en découvrant Bob nu, prêt à prendre sa place, elle fut prise d'une bouffée de désir soudaine. Elle préférait faire l'amour le matin, et non au terme d'une journée fatigante. Elle passa ses bras autour du cou de son mari et l'embrassa.

Elle se figea aussitôt, honteuse de telles pensées alors qu'un enfant de cinq ans dépendait d'eux. Tout en se connaissant des défauts, elle s'était toujours imaginé être une bonne personne, mais sa conscience ne lui avait jamais parlé de façon aussi présente que ce matin-là : *Tu sais quelle tâche t'attend. La remplir de ton mieux te rendra heureuse et tu te rendras utile.*

Elle se demanda si la même petite voix résonnait dans la tête de Bob en voyant ce dernier entrer dans la douche sans un mot.

Se rendre utile. Minette avait connu une jeunesse frivole, mais elle était devenue sérieuse du jour au lendemain à la suite d'une tragédie. Depuis quinze ans, elle avait trouvé son équilibre en faisant pénitence à sa façon. Elle avait *besoin* de se sentir utile. En plus de son travail d'enseignante, elle s'était engagée dans de nombreuses associations d'aide aux enfants en difficulté ou aux personnes handicapées.

Lorsqu'elle s'était retrouvée seule pour la première fois, à son entrée à l'université, elle était sortie avec un certain Mace Mackey qui entamait son master à l'époque. Mace se piquait d'être un mauvais garçon alors qu'il manquait simplement de sens moral. Elle s'était tellement entichée de lui qu'elle n'était même pas rentrée chez ses parents l'été suivant, avant sa deuxième année, au prétexte qu'elle avait trouvé un bon boulot à la fac. Le travail en question était une invention, sa seule raison de rester était Mace qui avait financé son été en échange de ses faveurs.

Minette et sa sœur Glynis s'étaient toujours bien entendues. Minette manquait beaucoup à Glynis et celle-ci, âgée de seize ans, avait décidé de rendre visite à son aînée pendant une semaine. Minette, très fière de montrer à sa cadette son bel appartement et d'exhiber son petit ami plus âgé, attendait cette visite avec impatience. Le deuxième soir, ils rentraient tous les trois d'un concert de death metal lorsque Mace avait insisté pour conduire sa Maserati alors qu'il avait passé la journée à avaler des amphétamines. Minette n'avait pas insisté pour prendre sa place, sachant qu'il en serait agacé. Et puis elle-même avait fumé un joint et bu une vodka chocolatée. Résultat des courses, Mace avait réduit la Maserati en miettes. Il s'en était tiré sans une égratignure, Minette s'était uniquement cassé un doigt, mais Glynis, grièvement blessée à la colonne vertébrale, était sortie de l'accident paraplégique à vie.

Minette, qui avait longtemps reproché à ses parents de se montrer vieux jeu, avait brusquement compris qu'on se délestait plus aisément de ses valeurs bourgeoises que de sa culpabilité. Quinze ans s'étaient écoulés depuis, et sa conscience la travaillait toujours autant.

Se rendre utile. Suite à l'accident, elle n'avait retrouvé un semblant de bonheur qu'en aidant Glynis et d'autres, en donnant davantage qu'elle ne recevait, et voilà que les autorités lui proposaient de se rendre utile en aidant à retrouver un petit garçon en danger.

En s'habillant dans sa chambre, Minette découvrit soudain un hématome de la taille d'une capsule de bouteille au niveau de son bras droit. La saignée était comme tuméfiée et sensible. En examinant la marque de plus près, elle distingua un point rouge au niveau de la veine, comme si on lui avait fait une prise de sang, ce qui n'était pas le cas.

Peut-être une morsure d'araignée? Rien de grave. Pas de quoi s'inquiéter. Autant ne plus y penser.

Enfin prête, elle se rendit dans la cuisine où elle mit en route la machine à café. En attendant que Bob la rejoigne, elle avait le temps de préparer le lit dans la chambre d'amis. Elle remonta le couloir et posait la main sur la poignée de la porte lorsqu'elle se souvint qu'ils n'avaient pas d'invité en ce moment.

Un peu perdue, elle allait rebrousser chemin quand elle sentit la culpabilité la tarauder de plus belle. Elle ouvrit la porte et trouva la pièce plongée dans la pénombre, le soleil du matin se glissant à travers les interstices des stores vénitiens.

Elle s'avança dans la pièce, alluma la lumière et constata que le lit était défait. Quelqu'un avait donc bien dormi là.

Perplexe, elle se retourna et découvrit le corps sans vie d'une femme dans un fauteuil roulant. *Mon Dieu, son visage!* Il n'était plus question de visage à proprement parler, mais d'une plaie béante au milieu d'un crâne en miettes. La femme n'était pas une inconnue, mais sa sœur Glynis!

Le cœur de Minette…

Minette sortait un mug du placard de la cuisine quelques instants plus tard lorsque son cœur se mit à battre violemment. Elle posa le mug sur le plan de travail, posa une main sur sa poitrine et constata qu'il n'y avait rien d'anormal.

Elle regarda la porte du placard, les sourcils froncés, sans avoir le souvenir de l'avoir ouverte.

Une bonne odeur flottait dans la cuisine et Minette reporta son attention sur la machine à café dont le pot en pyrex avait quasiment fini de se remplir. Perturbée sans s'en expliquer la raison, elle gagna le salon en passant par la salle à manger et s'étonna de ne pas reconnaître son intérieur. Les dimensions mêmes de la maison paraissaient changées. Son cœur battait à tout rompre et elle se sentait irrémédiablement attirée par la chambre d'amis, comme si les lois de la gravitation avaient brusquement changé.

Elle se trouvait dans le couloir quand un souvenir violent l'immobilisa: *Mace perdant le contrôle de la Maserati à grande vitesse, l'auto heurtant le trottoir avant de s'écraser sur le tronc d'un chêne contre lequel elle rebondissait sous la violence du choc. Minette, tremblant de tous ses membres, essaye d'ouvrir la portière avant et s'étonne d'y parvenir sans peine. Elle s'extrait du véhicule et s'éloigne de quelques pas en titubant avant de se retourner. La portière arrière est entièrement pliée et le visage de Glynis dessine un cercle blême de l'autre côté de la vitre explosée. Elle se met à hurler dans un nuage de sang.*

Minette, toute tremblante, se demanda pourquoi lui revenait un souvenir aussi horrible.

Décidément, elle ne se sentait pas dans son assiette et son étonnement laissa place à la plus grande confusion.

Elle repartit en direction de la chambre d'amis dont elle ouvrit la porte avant d'allumer la lumière.

Les draps étaient en boule, quelqu'un avait dormi là...

D'autres signes confirmaient une présence : des taches et des débris sur la moquette vert sapin. Des taches sombres et des débris indéfinissables dont la vue perturba pourtant Minette, au point qu'elle détourna le regard.

La porte du dressing était entrouverte. Elle s'avança en évitant consciencieusement les taches, écarta la porte et découvrit un fauteuil roulant dont l'occupante lui tournait le dos, la tête penchée vers la droite. La partie arrière du crâne de la femme avait explosé, un morceau d'os pendait, retenu par un lambeau de peau et des mèches de cheveux.

Minette se souvint d'avoir vu cette scène. C'était même elle qui avait poussé le fauteuil roulant à l'intérieur du dressing.

Le cœur de Minette...

Assise à la table de la cuisine, les mains serrées autour d'un mug de café brûlant, Minette Butterworth sentit ralentir les battements de son cœur. Sa grand-mère avait souffert autrefois de tachycardie, peut-être avait-elle hérité de sa maladie, mais sa grand-mère n'en était pas morte et Minette n'avait aucune raison de s'inquiéter.

Une petite voix intérieure lui confirma qu'elle n'avait rien à craindre. Rien du tout du tout du tout. Tout irait bien si elle se rendait utile.

Bob la rejoignit, rasé, lavé, habillé, et but son café debout.

— Il faut qu'on y aille, Min. On a une liste de lieux à visiter et de gens à voir. Une longue liste.

— Ce petit garçon doit être terrifié, répondit Minette en se levant. Seul un monstre est capable d'enlever un enfant sans défense.

— Le taux de criminalité dans ce pays est bien supérieur à ce que veulent bien nous avouer les huiles de Washington, grommela Bob. Et ça ne fait qu'empirer.

Ils montèrent dans leur pick-up Toyota Tacoma et prirent la route sans que Minette ait besoin de dire à Bob où aller. Il avait appris la liste par cœur, ce qui était un exploit pour lui. Minette avait une excellente mémoire, elle était capable de réciter des pages et des pages de poésie, mais pas son Bobby. Ce dernier était un excellent pédagogue, mais si elle ne prenait pas la précaution de lui donner la liste des courses, Bobby oubliait toujours l'essentiel. Il était d'autant plus curieux qu'il ait retenu la liste des lieux et des gens à visiter.

Par chance, rendre visite aux autres habitants de leur petit lotissement leur était épargné puisque tous les voisins participaient aux recherches. Des gens formidables, auxquels Minette était reconnaissante de vouloir retrouver ce petit garçon. Pour un peu, elle en aurait pleuré d'émotion.

14

Il était 10 h 38 lorsque Tio, l'envoyé d'Enrique de Soto, arriva avec un peu d'avance au volant du camping-car Tiffin Allegro derrière lequel était remorqué un Chevrolet Suburban blanc. Le garde à l'entrée lui recommanda de se garer au fond de la zone industrielle, puis il appela Jane, *alias* Elinor Dashwood, dans le salon d'attente réservé à la clientèle et lui signala l'arrivée des deux véhicules.

Tio, la trentaine, avait un physique de jockey. Une épaisse cicatrice blême au niveau de son cou signalait une rencontre passée avec un adversaire qui avait tenté de lui trancher la gorge.

L'homme chargé de reconduire Tio jusqu'à Nogales le suivait au volant d'une Porsche 911 Turbo S. Il se gara à côté du camping-car en laissant tourner son moteur, sans même prendre la peine de descendre de voiture.

L'Allegro avait été repeint dans un bleu nuit qui ne faisait pas partie des teintes proposées par Tiffin. Le fabricant ornait les flancs de ses véhicules de bandes de toutes les couleurs que Ricky avait également modifiés et repeintes en rouge vif. Le camping-car était si voyant, personne n'aurait pu imaginer que son propriétaire puisse se lancer dans une mission clandestine.

Jane, armée de son cabas, monta à bord à l'invitation de Tio. L'ensemble des vitres étaient teintées, à l'exception du pare-brise, si bien que l'intérieur du véhicule était sombre. Tio et la jeune femme prirent place l'un en face de l'autre dans le box servant de kitchenette. Elle lui tendit le paquet contenant les liasses.

— Cent vingt mille, comme prévu.

Tio rangea l'argent dans le sac qu'il avait apporté.

— Enrique, il mé dit que c'est pas la peine dé compter. Il vous fait toute sa confiance et il dit qué vous pouvez loui faire toute votre confiance quand vous en aurez fini avec être veuve.

— Je constate que mon Ricky est un incurable romantique, sourit Jane.

— Oui, qué toutes les femmes, elles l'adorent, et c'est pas des conneries. Les plaques d'immatricoulation des deux véhicoules et les papiers, ils sont dans la boîte à gants. Les plaques spéciales pour le Suburban et tout lé reste, c'est dans la chambre, précisa Tio en désignant la partie nuit du véhicule.

Jane se leva.

— Attendez-moi.

— Vous allez vérifier c'est tout là ?

— Absolument.

Tio tritura nerveusement sa cicatrice.

— Je vais dire à Ricky que vous donnez pas la confiance, qu'il va être très malheureux.

— Je sais que tout est là, mais je veux m'assurer que tout est en ordre, que Ricky ne s'est pas trompé. Et puis vous n'avez pas besoin de lui dire que j'ai vérifié, je ne voudrais pas que le pauvre soit trop malheureux.

— C'est d'accord pour moi, pourquoi j'aime pas quand il est malheureux.

Son doigt se figea sur la cicatrice.

— On sait jamais quelle connerie il va imaginer quand il est malheureux, ajouta-t-il.

Quelques instants plus tard, Jane était de retour.

— Tout est parfait.

Tio lui fit signe de se rasseoir.

— Posez-vous, que j'ai des troucs à vous dire.

— Mes associés ne devraient pas tarder, dit-elle en reprenant sa place.

— Jé vais aller vite. Il faut que vous savez des vérités qu'elles sont importantes à propos de loui.

— Ricky ?

— Qui d'autre on parle ?

— Je vous écoute.

— D'abord, il a oune queue comme oune chéval. *Un énorme garañón.*

— Je veux bien vous croire sur parole, mais qu'en savez-vous ?

— J'ai pissé à côté dé loui, des centaines dé fois. J'ai pas régardé exprès, ça m'intéresse pas, mais j'ai vou quand même.

— Je comprends.

— Les premières fois avec oune fille, il va trop vite, mais après ça, il tient plous longtemps qué n'importe quel mec qué vous avez connu. Deux fois plus longtemps, au moins.

— Il ne me viendrait pas à l'idée de remettre en cause votre parole, mais comment pouvez-vous le savoir ?

Tio leva la main droite, sur le dos de laquelle s'étalait un tatouage. Un cœur rouge entouré d'un ruban bleu sur lequel s'étalait en lettres écarlates une phrase en espagnol : TIO EST À MAYA POUR TOUJOURS.

— Maya, c'est ma copine.

— C'est elle qui vous a obligé à porter ce tatouage ?

Il adressa à Jane un regard dans lequel perçait toute sa pitié.

— Peut-être qué vous comprenez pas bien les mecs. Tio, il est l'esclave de personne. Jé l'ai fait par amour.

— J'en suis tout émue.

Tio baissa la tête, honteux d'avoir affiché tant de sentimentalisme.

— Maya, elle était la copine de Ricky, mais il a changé. Alors Maya et moi, on a compris qué lé destin, il nous voulait ensemble. Maya, elle est la plous sexy.

— C'est donc comme ça que vous avez pu mesurer l'endurance de Ricky. Maya vous a fait des confidences sur l'oreiller.

Tio haussa les épaules.

— Vous connaissez. Vous baisez, c'est très bon et après, il faut bien discouter.

Pris d'un doute, il ajouta précipitamment :

— Pas vous tromper, moi jé souis champion dou marathon au lit, comme Ricky. *Le puedo hacer por horas.*

— Je m'en serais doutée rien qu'à vous voir.

— Oui, mais c'est pas dé moi qué jé parle, tout souite. Jé parle dé Ricky, qué vous devez savoir.

Jane avait l'étrange sentiment de jouer Roxane dans une version grotesque de *Cyrano de Bergerac*, avec Tio dans le rôle d'un Cyrano manquant d'éloquence et Enrique, en coulisse, dans celui de Christian de Neuvillette.

Tio, un large sourire aux lèvres, joignit les mains en prière afin de prendre Dieu à témoin de ses dires.

— Ricky, il a jamais tapé oune meuf dé sa vie. Jamais il taper oune meuf. Il traite ses meufs comme des dames.

— Il faut dire que s'il avait la mauvaise idée de me taper, je lui couperais la main.

Le sourire se figea.

— Je disais ça en passant, ajouta Jane.

Tio tritura de plus belle sa cicatrice.

— Jé crois pas qué jé dirai ça à Ricky.

Jane lui adressa un sourire approbateur en se levant.

— On ne voudrait pas qu'il soit malheureux. Contentez-vous de dire à Ricky que vous ne m'avez rien appris. Je l'ai toujours admiré de loin. À l'époque où j'étais mariée comme à présent que je suis veuve.

— Il faut aussi qué jé vous dise, qué Ricky il est dingue dé mousique, pouisque vous jouez lé piano.

— Allons-y, le coupa Jane. Comme Roxanne, j'ai du pain sur la planche avant d'entrer au couvent.

Tio sortait du box, le sac contenant l'argent à la main, lorsqu'il reconnut le mot *couvent*. Il se tétanisa, comme frappé par la foudre.

— *¡ No, usted no puede!* Vous pouvez pas. Jé vous ai dit qué Maya elle est très sexy, mais vous êtes encore plous sexy, alors vous pouvez pas aller au couvent. Pour ma sœur, oui, mais jamais pour vous.

Jane ne vit pas l'intérêt de lui expliquer qu'elle parlait au second degré. Tant mieux si Tio rapportait ses propos à Enrique, autant ne pas se mettre ce dernier à dos au cas où elle aurait besoin d'un autre véhicule à l'avenir.

— Si jamais je survis à l'épreuve que je suis en train de traverser, déclara-t-elle d'une voix solennelle, je confierai mon fils à la garde de mes beaux-parents et je me retirerai du monde. Je connais un monastère en Arizona, les Clarisses de l'Adoration perpétuelle. Je crois que je vivrai heureuse là-bas. Après tout, Audrey Hepburn est bien devenue bonne sœur.

— Audrey *qui*? demanda Tio, interdit.

— C'était l'actrice la plus ravissante de son époque, la Jennifer Lawrence de son temps, mais encore plus belle. Sous le nom de Sœur Luc, elle a été bonne sœur au Congo où elle a contracté la tuberculose, expliqua Jane en omettant de préciser que la carrière religieuse de la comédienne s'était déroulée au cinéma, dans le film *Au risque de se perdre*.

— Jé souis bouléversé de savoir qué vous férez ça, réagit Tio, manifestement troublé.

Elle le dirigea doucement par l'épaule vers la porte du camping-car.

— Au contraire, vous devriez être heureux pour moi, Tio. En attendant, allez retrouver Maya, puisque vous lui appartenez pour toujours.

15

Minette et Robert Butterworth avaient reçu pour mission de se présenter à l'improviste chez tous leurs élèves, à l'heure où ces derniers étaient en classe. Aux parents des plus studieux, Min et Bob expliqueraient qu'ils réalisaient une évaluation au nom d'un riche philanthrope offrant des bourses d'études aux plus méritants. Aux familles des collégiens les moins prometteurs, ils proposeraient un placement au sein d'un programme destiné aux élèves en difficulté.

Ces visites leur donneraient l'occasion de noter tout détail anormal, à partir d'une liste d'indices qui leur avait été fournie et qu'ils connaissaient par cœur. Curieusement, Min n'avait pas le souvenir de l'avoir mémorisée.

Au cas où personne ne serait présent, ce qui risquait de se produire fréquemment puisque le père et la mère travaillaient dans un grand nombre de familles, on leur avait recommandé de forcer la porte à l'aide du pistolet crocheteur de police qu'on leur avait confié et de procéder à une fouille en règle des lieux.

Deux bergers allemands avaient disparu en même temps que le petit garçon. Minette peinait à comprendre pourquoi les ravisseurs s'étaient encombrés de chiens, et comment ceux-ci avaient accepté de se laisser prendre, mais elle n'était pas là pour se poser des questions. Le mieux était encore d'avancer à partir des éléments dont elle disposait. De se rendre utile en obéissant aux ordres. Ces chiens ne présentaient aucun danger, Bob et elle n'avaient pas à craindre d'être mordus, et s'ils voyaient deux bergers allemands répondant aux noms de Duke et de Queenie, le petit garçon ne serait pas loin.

Si jamais les ravisseurs avaient jugé les chiens trop encombrants, au point de les tuer, il était important de fouiller chaque jardin et de voir si un coin de terre n'avait pas été remué récemment. Au début, Minette se sentait mal à l'aise de pénétrer chez des inconnus en leur absence et de fouiller leurs affaires, mais dès la cinquième maison, elle s'était habituée au point de conduire ses investigations sans se poser de question. Après tout, Bob et elle agissaient à la demande des autorités, en qualité d'auxiliaires de police. Pour le bien commun. Ce n'était d'ailleurs pas dangereux, elle n'avait aucune raison de s'inquiéter. Vraiment aucune.

Surtout, elle était ravie de se rendre *utile*.

La cinquième maison était celle de Walter et Louise Atlee, les parents d'un élève de Minette prénommé Colter. Celui-ci était un gentil garçon doublé d'un bon élément,

Minette voyait mal ses parents être impliqués dans un enlèvement, mais la vie d'un petit garçon était en jeu. Ainsi que le leur avait expliqué ce gentil policier afro-américain, l'agent Kingman, il était difficile de se fier à quiconque de nos jours. Pas question de mettre en danger un enfant au prétexte que des gens tels que Walter et Louise Atlee donnaient *l'impression* d'être honnêtes.

Minette était occupée à fouiller les papiers de Walter Atlee dans son bureau lorsque se produisit un curieux phénomène. Un murmure se fit entendre, une voix masculine qui prononça un chapelet interminable de gros mots et d'obscénités toutes plus dégoûtantes les unes que les autres. Jamais Minette n'avait rien entendu d'aussi grossier, il ne pouvait s'agir que d'un fou. Curieusement, le murmure semblait tout proche alors qu'elle était seule dans le bureau.

Les injures avaient cessé depuis une trentaine de secondes lorsque Bob rejoignit sa femme.

— Min, tu as entendu ça ?

— Oui. Il y a quelqu'un dans la maison.

— Non, nous sommes seuls.

La voix recommença, plus fort cette fois, et Minette s'aperçut qu'elle résonnait dans sa tête.

— La chambre des murmures, balbutia-t-elle.

Elle n'avait jamais entendu cette expression de sa vie, ce qui ne l'empêchait pas de l'employer en sachant parfaitement à quoi elle correspondait. La chambre des murmures permettait à tous les individus *utiles* de communiquer entre eux. Chaque fois que l'un ou l'autre disposait d'une information importante, il lui suffisait de la partager par le biais de la chambre des murmures, efficace dans un rayon d'une trentaine de kilomètres. Cette capacité de coordination était un gage d'efficacité en cette époque où la planète ne tournait plus rond. Grâce à la chambre des murmures, chacun pouvait se rendre plus utile encore.

Il était déconcertant que cette nouvelle fonctionnalité, ce Twitter interne, soit aussi mal utilisée par cet homme qui ventilait sa frustration en proférant des injures. L'intéressé n'était pas dans son état normal, à sa colère se mêlaient une violence et des désirs inassouvis qui choquaient profondément Minette. Ses divagations se poursuivaient de façon ininterrompue en formant une litanie de pleins et de déliés, à la façon d'un chant grégorien, que Minette était dans l'incapacité d'étouffer dans sa tête.

Très secouée, elle se laissa tomber sur le fauteuil de bureau dans l'espoir que les injures se tarissent, les deux mains agrippées au rebord de la table, comme un naufragé se raccrochant à une épave dans l'espoir de survivre à la tempête. Le torrent d'insultes et d'obscénités, loin de se calmer, traduisait des envies crues qui déstabilisaient Minette. Aux gros mots s'ajoutèrent bientôt des cris et des hurlements effrayants, dignes d'un coyote en chasse. L'émetteur ne se contentait plus de proférer des injures, il revendiquait son indépendance, célébrait le plaisir du viol, la joie du meurtre et la destruction de l'Autre. À mesure que cette cataracte d'émotions perverses prenait possession de son cerveau, Minette sentit se dissoudre son âme.

Figé sur le seuil de la pièce, Bob était tombé à genoux avant de se recroqueviller en position fœtale.

Minette finit par perdre toute notion de temps. Elle n'aurait pas su dire si cette invasion de son esprit avait duré quelques minutes ou plusieurs heures, mais l'érosion de son être se poursuivait implacablement, son malaise initial cédant désormais la place à une forme agréable d'anticipation.

Minette, soudain libérée de sa peur, vit son Bobby déployer lentement ses jambes et se redresser, une lueur sauvage dans les yeux.

Quatrième partie
ARMAGEDDON

1

Luther Tillman, qui avait exercé les fonctions de shérif dans un comté rural du Minnesota pendant près de seize ans, se déplaçait avec l'agilité d'un félin en dépit de sa carrure imposante. Jane sentit sa présence à l'instant où il ouvrait la porte du camping-car et montait à bord, moins à cause de son poids que de son charisme naturel.

Elle ne l'avait pas vu depuis douze jours, lorsqu'elle l'avait laissé en compagnie de sa fille Jolie à la charge de Leland et Nadine Sacket, un couple d'amis fortunés qui dirigeaient une école pour orphelins au Texas. À la demande de Jane, Leland avait emmené Luther à Palm Springs dans son jet privé le matin même avant de louer une voiture et de le conduire à Indio.

L'ancien shérif, que la presse et les autorités avaient accusé de complicité avec Jane, s'était rasé la tête depuis leur dernière rencontre tandis que son menton s'effaçait progressivement derrière une barbe poivre et sel. Luther, qui avait essentiellement endossé des uniformes et des costumes dans sa vie d'adulte, portait cette fois des baskets rouges, un jean noir, un T-shirt à l'effigie de la chanteuse Janelle Monáe, une saharienne en jean dissimulant l'arme qu'il portait sur lui, ainsi qu'une lourde chaîne en argent digne d'un chef de gang de ghetto.

Jane sortit de la kitchenette où elle était occupée à trier les faux papiers fournis par ses correspondants de Reseda.

— Vous n'êtes pas aussi beau que Janelle Monáe, mais je suis sacrément contente de vous voir quand même, dit-elle en serrant le géant dans ses bras.

— Je doute d'être aussi doué que Janelle, mais je ferai de mon mieux.

Ils avaient traversé ensemble des épreuves marquantes pendant deux longues journées dans le Kentucky avant de se séparer au Texas. Jane savait pouvoir confier à cet homme sa vie, comme celle de son fils.

— Vous n'avez même pas l'air fatigué, je ne sais pas comment vous faites, s'étonna Luther.

— Je suis pourtant épuisée, et j'ai peur. Travis est provisoirement en sécurité, mais ils savent qu'il se cache quelque part dans la vallée de Borrego et si on ne le récupère pas très vite, ces salopards finiront par lui mettre la main dessus.

Elle l'entraîna jusqu'à la petite kitchenette où ils s'installèrent l'un en face de l'autre.

Luther avait pris conscience du complot arcadien le jour où l'une de ses amies, une institutrice modèle nommée Cora Gundersun, avait commis un attentat suicide en entraînant dans la mort quarante-six personnes, dont le gouverneur du Minnesota et un membre de la Chambre des représentants. La sachant incapable d'un acte aussi atroce, il s'était lancé dans une enquête au cours de laquelle sa femme Rebecca et sa fille aînée Twyla avaient été modifiées. Sa cadette de dix-sept ans, Jolie, avait réussi à échapper à ce sort funeste et se cachait désormais chez les Sacket au Texas.

— Comment Jolie a-t-elle réagi quand vous lui avez annoncé votre venue ici ?

— À peu près comme une femme de Marine. Comme vous, Jolie n'est pas du genre à s'évanouir en recevant de mauvaises nouvelles. Elle est persuadée que je serais capable de démolir ces salauds à moi tout seul, mais j'ai bien peur que sa confiance en moi soit exagérée.

— Elle vous connaît bien, remarqua Jane. J'imagine que vous n'avez pas de papiers sur vous ?

— Je suis venu les mains dans les poches.

Elle lui tendit un permis de conduire sur lequel figurait la photo envoyée par Luther en pièce jointe d'un e-mail au couple de Reseda.

— Alors vous avez une nouvelle identité à présent. Ce permis est dûment enregistré dans la base de données de l'État de Californie, aucun souci si jamais vous faites l'objet d'un contrôle. Vous vous appelez Wilson Ellington et vous vivez à Burbank. L'adresse existe vraiment, elle correspond à un immeuble d'appartements, à ceci près qu'il n'y a pas de numéro 25.

— La qualité du travail est incroyable. Vous disposez de faussaires remarquables, dit-il en constatant que l'hologramme du sceau de la Californie apparaissait et disparaissait en fonction de l'angle sous lequel on examinait le document.

— Il faut croire que j'étais faite pour vivre en hors-la-loi.

— En ces temps troublés, c'est indéniablement la position la plus rassurante. J'imagine que vous avez un plan ?

— Je vous l'expliquerai tout à l'heure. Vous êtes-vous déjà servi d'un fusil d'assaut ?

Il haussa un sourcil.

— Je n'en ai jamais eu entre les mains.

— Alors vous ne serez pas déçu.

— Pourquoi en avez-vous besoin ?

— Ce sera notre assurance vie, en cas de besoin.

2

Telles les eaux impétueuses d'un torrent, les mots roulaient à l'infini, exprimant la rage, l'envie et la haine. Ce flot corrosif avait envahi la tête de Minette avec une force qui ne laissait place à rien d'autre. Hébétée par la puissance de ce tsunami d'émotions primaires, elle se laissa tomber sur le fauteuil de bureau, la bouche ouverte sur un cri muet. Le déluge verbal qui déferlait sur elle acheva de dissoudre ses pensées. La peur ressentie initialement sous la pression de cette logorrhée s'effaça et un sentiment d'excitation se leva peu à peu en elle, lui suggérant la possibilité d'une liberté sans entrave.

Bobby, son homme, confronté à la même expérience, céda brusquement à ses pulsions. Elle le vit arracher un cadre accroché au mur et le réduire en miettes en l'abattant sur le dossier d'un fauteuil, au milieu d'une pluie de verre et d'échardes de bois. Il lâcha ce qui restait du cadre, s'empara avec une force inouïe du lourd fauteuil et l'envoya valser dans la bibliothèque. Les rayonnages s'effondrèrent et les livres s'écrasèrent sur le plancher, pêle-mêle. Il ramassa un ouvrage au hasard dont il déchira la couverture avant de recommencer avec un autre, une joie animale brillant dans son regard. À sa rage se mêla un rire malsain, alimenté par le ravissement que lui procurait cet élan destructeur.

Minette mesura soudain l'inanité de cette vie creuse qu'ils menaient tous. La voix qui remplissait sa tête l'encourageait à imaginer une existence plus pure et plus libre, à se débarrasser des chaînes de cette civilisation imbécile, à laisser parler son instinct, à renoncer à la lutte pour le seul plaisir de la lutte, à s'alléger du fardeau qui encombrait l'humanité depuis des millions d'années en l'empêchant d'exprimer son animalité.

Bobby, son mâle, arracha l'abat-jour d'un lampadaire dont il agrippa le pied afin de s'en servir comme d'une masse grâce à laquelle il fit exploser des figurines en porcelaine. Minette prenait un malin plaisir à voir bras, jambes et têtes se détacher et rouler au sol, anéantis par ce mâle suant et soufflant dont la puissance la transfigurait. Elle ne parvenait pas à se souvenir de son nom, tout comme son propre nom lui échappait. Quelle importance ? Les noms n'étaient rien, une façon comme une autre pour cette société esclavagiste de marquer son cheptel humain.

Le mâle posa sur elle un regard insistant et elle lut dans ses yeux une joie sauvage, un ravissement absolu à l'idée de briser ses chaînes. Elle vit sur le bureau un lourd objet qu'elle saisit à pleines mains. Le mot *ordinateur* résonna brièvement dans sa tête. Elle arracha la machine des câbles qui la raccordaient au mur dans une gerbe d'étincelles et la machine chuta lourdement en ébranlant dans sa tête des nœuds dont elle n'avait jamais soupçonné l'existence jusque-là. Libre… elle serait bientôt entièrement libre…

3

Egon Gottfrey prend une chambre dans un hôtel de Beaumont, il a besoin de temps pour réfléchir à la suite du scénario. L'établissement est d'une telle banalité qu'il a l'impression de prendre ses quartiers dans une chambre purement conceptuelle. Et parce que les aliments ont un goût malgré leur absence de réalité, il s'oblige à descendre au bar manger un sandwich et avaler un ou deux verres. Le plafond, les murs, le sol, les tables et les chaises de bois sombre, les box habillés de skaï rouge se reflètent dans le long miroir derrière le bar, ajoutant à la solitude du lieu.

Le barman est un grand type d'allure bonhomme doté d'une large panse et d'une épaisse tignasse. Gottfrey refroidit ses ardeurs en commandant un scotch d'un air glacial.

Il en est déjà à son deuxième verre quand arrive son cheeseburger au bacon. Au moment de l'entamer, une caricature de prof s'installe au bar un peu plus loin, à un tabouret de distance.

Ce figurant a des cheveux blancs mal peignés et des sourcils neigeux particulièrement touffus. Une grosse boule d'onyx noir orne l'une de ses oreilles, il porte de petites lunettes à monture métallique, un nœud papillon, une chemise à carreaux, une veste en tweed, un pantalon d'épaisse laine brune, des chaussettes de sport blanches et des mocassins. L'inconnu est si éloigné des stéréotypes des Texans que Gottfrey n'a aucun doute sur la volonté du Grand Ordonnateur de lui transmettre un message important par le truchement de ce prof.

L'inconnu commande le même scotch que Gottfrey, preuve qu'il s'agit bien d'un protagoniste important. Le temps que le barman lui apporte son whisky, il ouvre un livre de poche et se met à lire, sans se soucier de la présence de cet autre client qui l'observe.

Gottfrey comprend suffisamment bien la structure narrative du scénario pour mesurer l'importance d'un accessoire tel que le livre. Il s'agit d'un roman intitulé *Dans le jardin de la bête*, par Erik Larson. À en juger par l'illustration de couverture, l'action se déroule en Allemagne nazie.

Gottfrey prend le temps de finir son cheeseburger avant de se tourner vers son voisin.

— Un bon bouquin ?

Le professeur, feignant de découvrir qu'il n'est pas seul, baisse ses lunettes le long de son nez et regarde Gottfrey par-dessus les verres.

— C'est même un ouvrage brillant. La description glaçante d'une société tout entière sombrant dans la folie en l'espace d'une année. J'y vois un parallèle dérangeant avec notre époque.

— Hitler et son Parti national-socialiste des travailleurs allemands ? Une bande de clowns qui n'en avaient probablement que l'apparence.

Cette observation fait naître un sentiment de fraternité intellectuelle chez le professeur. Il tourne son tabouret vers Gottfrey, pose son livre sur le comptoir et lève son verre d'une main marquée de taches de vieillesse.

— C'était exactement ce que vous dites. Une bande de clowns, d'idiots inadaptés, d'allumés et de voyous convaincus de leur profondeur philosophique, d'ignares qui se prenaient pour des intellectuels.

Gottfrey approuve gravement.

— Ce qui ne les a pas empêchés de pousser à la guerre un peuple entier et de commettre un génocide.

— L'époque où nous vivons n'est guère différente, monsieur.

— Mais *comment* ? demande Gottfrey. Comment ont-ils pu mener aussi vite à la ruine une nation intelligente ?

— La question mérite d'être posée. Il suffit de les regarder. Goering avec son visage lisse de bébé, Horst Wessel et son menton fuyant, Martin Bormann qui aurait pu jouer les gangsters au cinéma, ce nigaud timide d'Himmler, Hess et ses airs d'homme de Néandertal ! Cela dit, ils avaient compris le pouvoir des rituels, et des symboles. La swastika sur le drapeau nazi, les uniformes SS, Hitler en trench-coat et veste de combat ! De véritables torchons en costume. De mauvais acteurs s'octroyant des rôles de chefs le temps d'une pièce brièvement glorieuse. On devrait toujours se méfier des comédiens capables de tout jouer. Ce sont des êtres vides et froids, ce qui ne les empêche pas d'entraîner les foules à leur suite.

Le professeur vide son verre et le barman lui en sert d'autorité un autre.

La description de son interlocuteur fait apparaître dans la tête de Gottfrey les visages de Vince Penn, de Rupert Baldwin, de Janis Dern et de beaucoup d'autres.

— Peut-être, acquiesce-t-il, mais pour que cette bande de clowns arrivent au pouvoir en réduisant à néant tous leurs adversaires, il leur fallait davantage qu'une bonne maîtrise des symboles, des rituels et des costumes.

— Ils avaient la passion! s'écrie le professeur. Une passion supérieure à celle de leurs opposants. La passion du pouvoir, l'envie passionnée de détruire la société pour mieux la reconstruire à leur image, de museler toute contestation, d'ériger un monde au sein duquel nul ne remettrait en cause leur opinion. La destruction a de tout temps suscité davantage de passion que l'envie de conserver et de bâtir. C'est un vilain trait de la nature humaine. La passion, monsieur. Une passion brûlante capable d'engendrer la cruauté.

Gottfrey opine du chef.

— Ils étaient si bien persuadés du bien-fondé de leur cause qu'ils tuaient sans l'ombre d'un scrupule. Quand on tue sans remords, il n'est pas difficile de tout massacrer sur son passage en attendant d'atteindre les marches du pouvoir.

— C'est une triste réalité.

— Quiconque souhaite devenir un leader doit en assumer le rôle, poursuit Gottfrey. Il ne suffit pas de suivre la voie tracée par d'autres. Les symboles, les costumes, le prestige et la passion transforment en dieu n'importe quel clown. À ce prix, le plus modeste d'entre nous est capable de triompher.

— C'est tellement vrai, approuve le professeur. Tellement vrai et tellement triste.

— J'étais déprimé en arrivant ici, mais vous m'avez remonté le moral. Laissez-moi vous offrir un verre, propose Gottfrey alors que son compagnon n'a pas fini son deuxième scotch.

— Monsieur, je ne refuse jamais l'offre généreuse d'un étranger. Ce qui ne m'empêche pas de trouver paradoxal qu'un sujet de conversation aussi sombre vous ait remonté le moral.

— Ce n'est pas ça, le corrige Egon. Vous m'avez aidé à résoudre un dilemme intérieur, je suis votre débiteur.

4

Des baskets blanches aux pieds, vêtu d'un pantalon de toile blanc et d'une chemise hawaïenne rose et bleu, Bernie Riggowitz n'avait pas vraiment un physique de sauveur avec ses quatre-vingt-un ans et son mètre soixante-dix pour soixante-trois kilos. Une semaine plus tôt, alors qu'elle avait besoin de changer de voiture de toute urgence, Jane avait obligé Bernie, l'arme au poing, à la conduire à Nogales à bord de sa Mercedes E350. Non content d'avoir des nerfs d'acier, il avait fait preuve d'un sang-froid et d'un humour inaltérables, si bien que l'enlèvement initial s'était rapidement transformé en un périple amical au terme duquel ils étaient devenus *mishpokhe*.

À peine avait-il rejoint Indio que Bernie retrouvait Jane et Luther Tillman dans la kitchenette du camping-car. Lorsque ses deux interlocuteurs lui eurent narré par le menu le complot arcadien et le fonctionnement des implants cérébraux, Bernie ne manifesta aucune surprise et ne posa aucune question. Son visage était resté impénétrable tout au long de l'explication, mais son regard paraissait lointain.

— Que se passe-t-il, Bernie ? lui demanda Jane, inquiète de le voir sans réaction. Vous trouvez cette histoire trop farfelue, c'est ça ?

— Ce n'est pas ça, ma chérie, c'est même tout l'inverse. Votre histoire est si peu farfelue que j'en ai les *kishkes* en marmelade.

— Vous savez, si vous préférez vous retirer, je…

Bernie fit taire Jane en posant une main sur son bras.

— Arrêtez, ma chérie. Vous ne vivrez jamais assez longtemps pour me voir vous abandonner.

Il se tourna vers Luther.

— Je suis désolé pour votre femme et votre fille. Votre souffrance…

Il ne put achever sa phrase, son visage tordu en une grimace pleine de compassion.

Luther, aussi imposant que le dieu Thor de l'autre côté de la table, réagit d'une voix comme un roulement de tonnerre.

— Il est hors de question de laisser ces salauds prendre Travis à Jane.

— Dieu vous entende, fit Bernie en serrant affectueusement le bras de la jeune femme. Je ne suis pas très savant en matière de Kabbale, mais je crois savoir que le *Sefer Yetsirah* parle d'un golem en argile accomplissant la vengeance divine. Ces *momzers* arcadiens sont l'inverse du golem. Ils s'emparent de précieux êtres humains pour les transformer en marionnettes d'argile. Je ne vois pas comment on pourrait se retirer d'un combat pareil sans perdre sa dignité. Donnez-moi une arme.

— Vous n'en aurez pas besoin, répondit Jane.

— On ne sait jamais. Je sais me servir d'un pistolet. Le business des perruques n'était pas toujours rose, autrefois.

— Bernie et sa femme avaient une entreprise de perruques, expliqua Jane à Luther. Ils vendaient leurs produits sur toute la côte Est.

— Quatorze États plus le district de Columbia, précisa Bernie. Il y avait les petits malins habituels qui réclamaient leur quote-part. Autant se mettre en faillite tout de suite.

On ne leur a jamais rien donné. J'avais une arme, Miriam aussi, on était tout à fait capable de jouer à Humphrey Bogart et Lauren Bacall quand il s'agissait de convaincre ces *khazers* qu'on n'était pas des lavettes.

Il mit les mains en avant, paume en l'air.

— J'ai honte de l'avouer, shérif, mais on n'avait pas de permis de port d'arme. Cela dit, on n'a jamais tué personne.

Jane dévisagea longuement le vieil homme.

— On croit connaître quelqu'un, avant de s'apercevoir un jour que c'est un dur.

— De l'eau a coulé sous les ponts. J'ai quatre-vingt-un ans maintenant, et je suis à peu près aussi dur que des *kreplach* au fromage.

— Dieu seul sait ce qui nous attend, intervint Luther. Vous avez raison de vouloir être armé, monsieur Riggowitz. Ça ne vous ennuie pas, Jane ?

— Depuis quand n'avez-vous pas tiré ? interrogea-t-elle en s'adressant au vieil homme.

— À peu près trois semaines. Je m'entraîne dans un club de tir au moins une fois par mois, où que je sois.

— Vous êtes en train de me dire que vous avez une arme ?

— Un vieil homme comme moi qui roule surtout de nuit, vous voudriez que je ne sois pas armé ? J'ai une arme dans ma valise. Je voulais juste voir votre réaction, savoir si ça vous ennuierait que je sois armé.

— Le soir où je vous ai forcé à me conduire en Arizona, vous étiez armé ?

Il hocha la tête, un sourire aux lèvres.

— Dans un étui spécial placé sous mon siège, la crosse en avant pour que je puisse récupérer mon pistolet plus facilement.

— Dans ce cas, pourquoi ne pas l'avoir sorti ?

Il prit un air affolé.

— Menacer d'une arme une fille aussi jolie que vous ? Vous plaisantez !

— Ils prétendent partout que je suis un monstre. Et si c'était vrai ?

— *Bubeleh*, il m'a fallu moins d'une minute pour savoir que vous aviez un cœur plus gros que le ventre. Je me trompe, shérif ?

— Pas le moins du monde, monsieur Riggowitz. Mais appelez-moi Luther.

— M. Riggowitz, c'était mon père. Appelez-moi Bernie.

Pour la première fois depuis que Luther était monté dans le camping-car, Jane le vit sourire.

— On forme une vraie Dream Team.

Jane passa un bras autour des épaules de Bernie et l'embrassa sur la joue.

— Très bien, Eliot Ness. Vous prenez le volant du camping-car et vous nous conduisez en douce dans la vallée de Borrego avant de nous libérer discrètement. En cas de besoin, n'hésitez pas à sortir votre arme, mais si jamais vous avez besoin de l'utiliser, c'est que notre mission aura mal tourné.

5

La femme ravagea la maison avec son partenaire, poussée par la diatribe qui monopolisait sa chambre des murmures. L'auteur anonyme ne se contentait pas d'user de grossièretés, il exprimait des haines inconnues qu'elle s'appropriait aussitôt. Des images d'un réalisme incroyable envahissaient son esprit : *d'énormes pales déclenchant un vent tempétueux au-dessus de sa tête ; un visage grièvement mordu aux orbites vides ; un hachoir levé par un poing tendu ; les mêmes énormes pales fouettant l'air ensoleillé de plus en plus vite ; une tête humaine roulant comme une boule de bowling ; des marsouins sur un abat-jour ; des tableaux de vaisseaux en pleine tempête ; une explosion de plumes et d'ossements fragiles au moment où un oiseau se fait déchiqueter par les pales...* Autant de visions enchaînées qui excitaient la femme au moment où elle arrachait, dans une pluie d'éclats de verre, la porte d'un meuble vitrine contenant tasses, soucoupes, plats et assiettes. Elle prit une pile d'assiettes décoratives à bord doré, les jeta brutalement sur la table de la salle à manger, puis elle s'empara d'une saucière et d'un pot à lait qu'elle brisa l'un contre l'autre comme des cymbales, se blessant au pouce. Le sang jaillit de la coupure et elle porta le pouce à sa bouche afin de sucer avidement le liquide chaud. Son partenaire lui prit aussitôt la main et suça son doigt à son tour afin de la goûter. Boire du sang déclencha chez eux une vague de désir animal. Encouragés par la voix inconnue, ils se jetèrent sur la table, la débarrassèrent d'un geste de ses débris de porcelaine, arrachèrent leurs vêtements respectifs et copulèrent furieusement en ébranlant leur couche improvisée avec une férocité effrayante qui n'avait plus rien de commun avec l'amour ou la tendresse. Tout en se labourant en rythme, ils laissaient échapper des cris gutturaux dont l'écho se réverbérait sur les murs de la pièce dévastée. Au bord de la jouissance, elle vit apparaître dans sa tête une image qui ne lui était pas dictée par la voix : celle d'une femme morte affalée dans un fauteuil roulant, son joli visage distordu par la peur. Ce souvenir fit naître chez elle une vague de culpabilité et elle trouva le moyen de balbutier, en plein coït : *Je suis... je suis... Minette.* Cette ombre de chagrin s'évanouit aussi vite que le souvenir qui y était associé et elle fut prise d'une rage qui effaça définitivement de sa conscience le nom qu'elle s'était attribué, entraînant avec lui toute humanité, tout espoir, toute possibilité de transcendance. Le mâle, l'accouplement terminé, se dégagea d'elle en titubant, pleinement rassasié. Libérée du poids de son partenaire, elle saisit une longue écharde de porcelaine qui gisait sur la table et s'en servit comme d'un poignard pour tuer le mâle avec un acharnement plus grand encore que celui de la copulation.

6

Carter Jergen et Radley Dubose, à la recherche du plus petit indice susceptible de leur révéler la cachette de Travis Hawk, font sensation en parcourant les rues de Borrego Springs à bord de leur VelociRaptor noir. Jergen lit de l'envie sur les traits de bien des passants qui donneraient sans doute un an de leur existence minable dans ce lieu désertique pour conduire un véhicule comme celui-ci. Il les comprend.

Tel un sphinx avec ses lunettes noires et son visage de marbre, Dubose se tourne vers lui.

— Je ne sens rien de bien engageant.

— Alors arrête de te tâter l'entrejambe en permanence, rétorque Jergen.

— Ce n'est pas le moment de plaisanter, l'ami. Je possède une intuition proche du sixième sens dès qu'il s'agit de flairer les ennuis. Je sens un danger imminent. Un événement grave se prépare. Je le sens à l'air que je respire, à la lumière du soleil, à la sécheresse du désert.

Carter Jergen se représente soudain les collines de Virginie-Occidentale, dont est originaire Dubose, peuplées de devins de campagne et de vieillards armés de baguettes de sourcier, de vieilles femmes édentées se prenant pour des haruspices fouillant les entrailles d'animaux sacrifiés à la recherche de l'avenir, de prophètes apocalyptiques armés d'une bible, de Cassandre de cambrousse. Dubose, élevé parmi ces cul-terreux avides d'occulte, sera resté fidèle à des superstitions que les dignes enseignants de Princeton n'auront pas été capables de remplacer par leurs propres superstitions rationalistes.

— Quelle plaie nous attend, à ton avis ? Une invasion de sauterelles, de grenouilles ou de mouches ? raille Jergen.

Dubose prend le temps de réfléchir avant de répondre.

— C'est lié à Ramsey Corrigan…

— Le fameux cas sur dix mille. La résurgence du cerveau reptilien. Pourquoi me parles-tu de lui ?

— On a négligé un détail.

— Un détail ?

— Ouais, un détail, répète Dubose en se rangeant le long du trottoir.

Le colosse observe le paysage à travers ses lunettes de soleil enveloppantes comme si le désert d'Anza-Borrego contenait dans son océan de sable tous les secrets de l'Égypte antique.

— Ça te dérange si je mets un peu de musique ? finit par demander Jergen en rompant le silence.

Un hululement de sirène se fait entendre, une voiture de police apparaît au carrefour suivant, gyrophare allumé. Elle accélère et s'éloigne en direction du sud.

Dubose démarre en trombe et s'élance à la poursuite du véhicule noir et blanc.

— Ça y est, grommelle-t-il.

— Ça y est quoi ?

— Le détail.

— Qu'en sais-tu ? insiste Jergen.

Dubose pose sur lui un regard apitoyé.

— Et toi, l'ami ? Comment peux-tu ne rien savoir ?

7

Bernie Riggowitz avait quitté Indio et roulait sur la 86 au volant du camping-car, confortablement assis sur son coussin gonflable qui le faisait dominer plus encore les autres véhicules, n'hésitant pas à morigéner les conducteurs les moins disciplinés à ses yeux.

— Regarde-moi cet abruti qui roule bien au-dessus de la limite de vitesse. Il conduit comme s'il avait le cul à la place des oreilles.

— Il reste quarante-trois kilomètres jusqu'à Salton City, précisa Jane, assise sur le siège passager. Ensuite, on prend la 22 sur une cinquantaine de kilomètres.

Assis derrière elle sur un fauteuil, Luther l'interrompit.

— En regardant le canapé, je me demande s'il sera assez grand.

— Je n'aimerais pas passer la nuit coincée dedans, mais ça fera l'affaire le temps d'un contrôle routier.

Un autre conducteur, plus pressé encore que le précédent, dépassa le camping-car.

— Si ce type ne termine pas la journée dans un fauteuil roulant, ça tient du miracle, maugréa Bernie.

Jane avait beau se sentir en sécurité avec ses deux compagnons, le monde lui paraissait plus hostile que jamais de l'autre côté du pare-brise. La mer de Salton, apparaissant sur leur gauche, se chargea de lui signaler qu'ils se trouvaient à plus de cinquante mètres sous le niveau de la mer de ce côté des monts Santa Rosa. Les eaux salées qui brillaient de mille feux au soleil ressemblaient moins à un miroir qu'à un lac toxique dans un cauchemar peuplé de noyés cherchant à entraîner les vivants dans les abysses.

8

La maison en bois est entourée d'une ceinture d'herbe à l'ombre de quatre immenses palmiers. Le terrain dispose d'un puits qui permet à ses propriétaires de prétendre vivre dans un climat normal.

Un Buick Encore est garé le long de la route, à moins de dix mètres de l'allée qui mène à la maison. Le Dodge Charger des hommes du shérif passe à côté du SUV et se gare un peu plus loin.

Dubose se glisse entre les deux véhicules et remonte l'allée en passant devant une boîte aux lettres sur laquelle est inscrit le nom ATLEE. Il serre le frein à main et coupe le moteur.

— Alors, l'ami, tu ne sens toujours rien ?

— Sentir quoi ?

— L'arrivée des ennuis, répond Dubose en descendant du VelociRaptor.

Jergen imite son exemple et constate avec satisfaction que les deux adjoints du shérif faisaient partie du contingent dépêché au supermarché où ont trouvé la mort Gavin et Jessica Washington deux jours plus tôt. Ils savent donc que Jergen et Dubose sont des agents de la Sécurité intérieure. La police locale a accepté de céder l'enquête aux autorités fédérales dimanche, il est probable que les deux adjoints ne se feront pas tirer l'oreille si Dubose exige de prendre la main.

— Voici Mme Atlee, fait l'un des adjoints en voyant une femme d'une quarantaine d'années descendre du Buick. C'est elle qui a appelé police-secours afin de signaler un 460.

— Un cambriolage, c'est bien ça ? demande Dubose.

— Absolument.

Louise Atlee les rejoint, très perturbée.

— Dieu soit loué ! Vous devez intervenir, même si j'ai peur qu'il soit trop tard. J'allais m'engager dans l'allée quand j'ai vu la fenêtre du salon éclater littéralement ! Alors… alors…

Sa bouche se met à trembler, ses yeux se mouillent de larmes.

— Alors je les vois traîner dans le jardin ma belle Wilkinson. Une vision d'horreur !

— Pouvez-vous nous dire qui est cette Wilkinson, madame Atlee ? s'enquiert l'un des adjoints en posant la main sur la crosse de son arme de service.

— Il ne s'agit pas de quelqu'un, le corrige Dubose, mais d'une horloge de grand-père de la seconde moitié du XVIIIe siècle fabriquée par l'horloger Thomas Wilkinson.

Carter Jergen pose sur son collègue un regard qui n'a rien d'amène. Voilà que Dubose est spécialiste en horloges anciennes, maintenant. Jergen est heureux que l'adjoint ait posé la question à sa place.

— Une horloge qui fait partie de la famille depuis cinq générations ! Je n'ose pas imaginer dans quel état elle doit être.

Elle tend un index tout tremblant en direction d'un objet de forme oblongue. Jergen suit le doigt du regard et découvre la vieille horloge au pied d'un palmier.

— Quand j'ai vu exploser la vitre, j'ai reculé le plus vite possible avant de me garer sur la route et d'appeler la police. En descendant de voiture, j'entends un vacarme *démoniaque* dans la maison, comme si quelqu'un cassait tout à l'intérieur.

Elle pleure à chaudes larmes.

— J'ai entendu deux voix. Une voix d'homme et une voix de femme qui hurlaient et juraient. Alors je me suis dépêchée de remonter dans ma voiture. Et maintenant que vous êtes ici, tout est redevenu calme, j'imagine qu'ils se seront enfuis par-derrière.

Louise Atlee vient tout juste d'achever sa phrase lorsque la porte de la maison s'écarte. Une femme nue apparaît sur le seuil. Elle a les cheveux en bataille et les mains rouges de sang. Jergen reconnaît Minette Butterworth, l'une des personnes modifiées, dont Dubose a tué la sœur de trois balles la veille au soir dans son fauteuil roulant.

9

Un grondement de tonnerre s'abat du ciel en faisant trembler sur ses bases l'hôtel de Beaumont où est descendu Egon Gottfrey. Des trombes d'eau ruissellent le long des carreaux de la fenêtre près de laquelle il est assis dans le salon de sa suite, l'ordinateur de Rupert Baldwin posé devant sur lui.

Il consulte une liste de noms, à commencer par celui de Jim Lee Cassidy, l'agent immobilier de Killeen qui a vu Ancel et Clare Hawk se diriger à pied vers la gare routière. Baldwin a également répertorié le nom de Sue Ann McMaster, l'employée qui a vendu au couple des billets pour Houston, celui de Lonnie John Bricker qui conduisait le bus concerné, ou encore celui de Tucker Treadmont, l'odieux chauffeur Uber de Beaumont qui leur a demandé une fortune pour les conduire jusqu'à une ferme abandonnée au milieu de nulle part.

Le nom dont Gottfrey a le plus besoin manque à l'appel : celui de la responsable de la gare routière de Beaumont, une figurante si insignifiante qu'il paraissait totalement inutile de retenir son identité sur le moment. Grâce aux liens mis en place par Baldwin pour accéder aux banques de données de la NSA, Gottfrey parvient en quelques minutes à découvrir qu'elle se nomme Mary Lou Spencer.

Si Ancel et Clare Hawk ont effectivement emprunté un 4x4 Mercury aux Longrin afin de se rendre à Killeen, reste à savoir s'ils ont bien rallié Houston par la suite.

Le Grand Ordonnateur a fourni à Gottfrey une énigme qu'il lui faut résoudre au plus vite s'il ne veut pas payer les conséquences de son échec.

Il est persuadé que Tucker Treadmont, avec ses boots pointues, ses seins débordants et son regard gris-vert calculateur, n'a conduit les Hawk nulle part. Sûrement pas, en tout cas, dans cette vieille maison avec son poulailler et sa grange branlante.

Le plus simple serait de mettre la main sur Treadmont et de le torturer jusqu'à ce qu'il avoue la vérité, mais sans doute serait-ce une erreur. Il pourrait bien s'agir d'un piège.

Le Grand Ordonnateur attend de lui qu'il soit un héros solitaire capable d'une grande violence, mais il ne fait rien pour lui faciliter la tâche, sinon il ne l'aurait pas envoyé enquêter à l'autre bout du Texas.

Des éclairs apocalyptiques zèbrent le ciel au-dessus de Beaumont à la façon d'une araignée géante traversant la ville sur ses pattes de feu. La pluie qui dévale le long des carreaux a des reflets de mercure.

Egon Gottfrey entame ses recherches en commençant par Jim Lee Cassidy dont il obtient le portrait en quelques clics. L'agent immobilier, âgé de soixante-six ans, est originaire de Waco au Texas. Il a servi au sein de l'armée pendant vingt ans avant de se lancer dans l'immobilier. Il est marié à Bonnie Cassidy, née Norton, avec laquelle il a eu deux enfants : Clint, trente-trois ans, et Caroline, trente-cinq.

Du fait du passé militaire de son père, et parce qu'il est de la même génération que Nick Hawk, Gottfrey est curieux de savoir si Clint n'a pas servi dans les Marines avec le mari de Jane. Il se trouve que Clint n'a pas de passé militaire pour la bonne raison qu'il est né avec un pied bot.

Il a été opéré très jeune, mais les séquelles qu'il en a gardées ne l'auraient pas autorisé à s'engager. Sa sœur Caroline n'est pas davantage passée dans les rangs de l'armée.

Egon Gottfrey est un homme patient. S'il existe un lien entre tous ces gens et les Hawk, il le découvrira.

L'idée d'être un héros solitaire lui plaît. Il n'est pas du genre à parler à tort et à travers, ou à porter des cravates mexicaines.

Il s'intéresse à présent au deuxième nom de sa liste, celui de Sue Ann McMaster, l'employée de la gare routière de Killeen.

L'orage qui gronde dehors n'est pas un simple phénomène météorologique. C'est avant tout une façon pour le Grand Ordonnateur de saluer la façon dont Gottfrey se réinvente dans son rôle. Chaque fois qu'Egon quitte des yeux son écran pour admirer le spectacle de l'autre côté de la vitre, il se rengorge à l'idée que cet orage si réaliste lui est destiné.

10

Carter Jergen ressent un creux au niveau de la poitrine, comme si celle-ci s'était vidée de ses organes. La chaleur oppressante, le soleil aveuglant et les événements étranges auxquels il assiste font naître chez lui un sentiment inquiétant, comme si un péril mortel le guettait...

Minette Butterworth, nue comme un ver, se tient sur le seuil de la maison. Loin de s'intéresser aux nouveaux arrivants, elle regarde ses mains couvertes de sang avec étonnement.

— Il a de la chance, glisse Radley Dubose dans un murmure à son compagnon.

— Qui donc ?
— Je parle de ce vieux Bob Butterworth. Qui aurait pu se douter que sa femme avait un corps pareil, avec la tenue qu'elle portait hier soir ? Un pur délice.
Jergen a du mal à détacher son regard de la déesse de mort qui dresse sa silhouette sur la véranda, mais il se tourne d'un air incrédule vers Dubose. Depuis le temps, il devrait pourtant connaître ce dernier.
— Tu plaisantes ou quoi ?
— Mon cher ami, je ne plaisante jamais quand il s'agit de faire la bête à deux dos.
— Où est Bob ? se demande brusquement Jergen.
— J'imagine que la chance a fini par le lâcher.
Minette baisse ses mains rougies et descend lentement les marches de la véranda avec la grâce d'un mannequin lors d'un défilé de créateur, sous le projecteur impitoyable du soleil. Elle se fige à l'entrée de l'allée et dévisage enfin les visiteurs.
— Elle est blessée ! s'exclame le jeune adjoint en se précipitant pour lui porter assistance.
Dubose l'arrête en lui saisissant l'épaule.
— Holà, jeune homme ! Vous n'êtes pas habilité à intervenir, cet incident est lié à celui de dimanche au supermarché. Personne ne piétine nos plates-bandes.
— Mais elle est blessée !
— Je ne crois pas.
Confirmant les dires de Dubose, Minette Butterworth laisse échapper un cri sauvage aussi sinistre que celui d'un coyote en chasse. Un chapelet d'obscénités, émaillé de sons gutturaux, jaillit de sa bouche. Jergen croit entendre Ramsey Corrigan, qui a massacré ses parents, son frère et un agent de la Sécurité intérieure affilié aux Arcadiens.
Un téléphone apparaît comme par miracle dans le poing de Dubose. Il déroule son carnet d'adresses et appelle le Groupe d'étude de la flore du désert dont le

quartier général est installé dans une tente le long de Borrego Springs Road.

— Tuez Ramsey Corrigan. Tout de suite! Il contribue à l'effondrement psychologique des Modifiés en se servant de la chambre des murmures.

Minette se tait soudainement, comme pétrifiée. Jergen sort son arme.

— Que se passe-t-il? s'inquiète l'un des adjoints.

Mme Atlee bat en retraite en direction de son Buick.

— Établissez des barrages, ordonne Dubose à son correspondant. Vite! Bloquez toutes les routes qui quittent la vallée.

Les Arcadiens ont évité de prendre une telle mesure jusque-là pour ne pas effaroucher Jane Hawk et lui permettre d'arriver dans la vallée de Borrego avant de refermer le piège sur elle.

Jergen le rappelle à son coéquipier qui le coupe aussitôt:

— Il ne s'agit plus uniquement de Hawk. Je te rappelle que nous avons modifié cinquante personnes la nuit dernière.

Le vide à l'intérieur de la poitrine de Jergen gagne son ventre. Son inquiétude se transforme en crainte, sans qu'il ose succomber à la peur.

— Rien ne nous dit que tous les Modifiés sont aussi atteints que cette cinglée.

— C'est vrai, mais le cerveau humain est très vulnérable. Il est fort possible que les cinquante Modifiés souffrent de psychoses diverses et que certains puissent conserver un semblant d'apparence normale. Il faut limiter les dégâts au plus vite en écartant ces gens.

— Les écarter? Tuer cinquante personnes ne passera pas inaperçu.

— Sans compter les dommages collatéraux.

Les dommages collatéraux. Jergen comprend qu'il en fait potentiellement partie.

— Si jamais on les laisse quitter la vallée, il sera quasiment impossible de taire leurs exactions. D'un autre côté, on perd notre meilleur atout face à cette salope de Hawk en contrôlant tous les véhicules qui sortent. Autant fouiller également tous ceux qui arrivent, en espérant la coincer.

— Si ça se trouve, elle est déjà là.

— Je n'en serais pas surpris, répond Dubose.

Au même instant, alors qu'elle semblait prête à ventiler sa rage sur les nouveaux arrivants, Minette Butterworth fait demi-tour et rentre précipitamment à l'intérieur de la maison.

11

Du sable et des rochers à perte de vue sous le soleil de plomb qui envahissait un ciel délavé. De rares plantes desséchées aux formes tordues dont on aurait pu penser qu'elles étaient le résultat d'une catastrophe nucléaire ancienne.

Ce paysage maudit donnait l'impression de crier à Jane qu'il lui avait volé à jamais son petit garçon.

Le camping-car, après avoir laissé dans son sillage la mer de Salton, se trouvait à une quarantaine de kilomètres de Borrego Springs lorsque Jane aperçut un camion de chantier garé à quelques mètres de la route. Il n'y avait pourtant pas de travaux à cet endroit-là et l'on n'apercevait des ouvriers nulle part.

— Ralentissez, mais ne vous arrêtez pas, recommanda-t-elle à Bernie.

Au passage, elle repéra l'œil de la caméra de surveillance fixée sur le pare-chocs du lourd véhicule. L'immatriculation du camping-car serait immédiatement transmise au

QG que les Arcadiens n'auraient pas manqué d'installer dans la vallée de Borrego.

Connaissant Enrique de Soto, elle pouvait être sûre que le numéro du Tiffin Allegro figurerait sur les bases de données officielles, le camping-car étant officiellement enregistré au nom d'Albert Rudolph Neary.

— OK, Bernie. Vous pouvez reprendre de la vitesse. Comment vous appelez-vous, déjà ?

Au lieu de lui répondre simplement, le vieil homme élabora.

— En fait, maman m'a officiellement prénommé Albert Rudolph, mais elle préférait m'appeler Al, ce qui ne me plaisait pas vraiment. Alors du jour où elle est morte, quand j'avais dix-sept ans, je me suis fait appeler Rudy.

— D'où êtes-vous originaire, Rudy ? demanda Luther Tillman depuis son fauteuil, derrière Jane.

— Je suis né à Topeka, mais j'ai quitté le Kansas après la mort de maman. Mon père était mort d'une crise cardiaque quand j'étais bébé. Je me suis installé dans l'Ouest et j'y suis resté. Je vis à Carpinteria, un petit coin de paradis. Penny, ma femme – que Dieu la bénisse – est décédée il y a quatre ans. Penny adorait le désert, alors j'y ai répandu ses cendres, conformément à ses dernières volontés. Je reviens tous les ans en pèlerinage au mois d'avril.

Jane ne cacha pas son étonnement. Non seulement Bernie connaissait son personnage sur le bout des doigts, mais il avait consciencieusement oublié les formules yiddish qu'il affectionnait.

— Où avez-vous pêché tous ces détails ?

Un grand sourire illumina ses traits.

— Quand on vend des perruques, il faut savoir raconter des conneries, si vous me passez l'expression.

12

La ville de Beaumont flotte au gré de l'orage tandis que Gottfrey nage au milieu d'un océan d'informations glanées à coups de clics de souris.

Sue Ann McMaster, l'employée de la gare routière de Killeen, vingt-neuf ans, née à Vidor, Texas, est mariée à Kevin Eugene McMaster, gérant d'une entreprise d'aménagement paysager. Elle est mère de deux enfants, Jack et Nancy, respectivement âgés de huit et six ans. Rien dans son parcours n'indique un lien quelconque avec la famille Hawk, ou avec l'un des maillons de la chaîne qui a conduit Gottfrey jusqu'à cette ferme isolée où se trouvent les dépouilles de Baldwin et de Penn. Si tant est qu'ils aient existé. Sue Ann s'appelait Luckman de son nom de jeune fille, mais jusqu'à son mariage, son permis de conduire était curieusement établi au nom de Spencer. Des recherches plus approfondies permettent à Egon de découvrir qu'elle s'est mariée une première fois, à l'âge de dix-sept ans, à un certain Roger John Spencer de Beaumont, tué huit mois plus tard dans un accident de la route.

Spencer…

Le cinquième nom figurant sur la liste de Gottfrey est celui de Mary Lou Spencer, la responsable de la gare routière de Beaumont. En moins de cinq minutes, Egon apprend qu'elle a eu trois enfants dont l'un, Roger John, est mort accidentellement onze ans plus tôt.

À l'évidence, si Sue a travaillé autrefois à la gare routière de Beaumont, cela pourrait expliquer sa rencontre avec Roger et leur mariage. Et lorsqu'elle a déménagé à Killeen après avoir épousé Kevin McMaster, il n'est pas étonnant qu'elle ait été mutée à la gare routière locale. Mais ce qui n'aurait rien de surprenant dans un monde d'une complexité infinie prend une tout autre tournure dans le décor imaginé par le Grand Ordonnateur où un tel lien trahit forcément une manipulation.

Gottfrey a la certitude que les autres noms de sa liste sont également là pour mieux le lancer sur une fausse piste et l'empêcher de retrouver Ancel et Clare Hawk. Il lui suffit de découvrir le lien qui unit tous ces personnages pour savoir lequel d'entre eux sait où se cachent les beaux-parents de Jane. Il ne lui restera plus qu'à délier la langue du salopard ou de la salope concernés.

En piratant les banques de données de la NSA, il devrait atteindre son but en moins d'une heure.

Plusieurs éclairs traversent le ciel, des roulements de tonnerre grondent dans la foulée en faisant trembler sur ses bases l'univers imaginaire qui l'entoure. Gottfrey y voit la preuve que le Grand Ordonnateur approuve sa démarche. La partie de plaisir ne fait que commencer.

13

Bernie ralentit en découvrant un embouteillage un peu plus loin.

— Un contrôle de police, déclara Jane en apercevant le barrage au-dessus des toits des véhicules précédents.

Elle s'empressa de détacher sa ceinture et de rejoindre le coin salon dans lequel se trouvait un canapé convertible. De son côté, Luther se précipita vers la chambre du Tiffin Allegro.

— Dites-moi si vous avez besoin d'aide, proposa Bernie.

— Je me débrouille, ne vous inquiétez pas. Contentez-vous d'être un Albert Rudolph convaincant.

Le canapé était posé sur un socle rehaussé de quelques centimètres par Enrique de Soto. Normalement, il était nécessaire de retirer les coussins pour déplier le lit, mais ceux-ci avaient été collés sur un épais panneau de particules au rebord dissimulé sous une couche de tissu. En exerçant une pression sur le panneau, Jane déclencha un loquet et le panneau glissa en avant, révélant une cachette.

Jane s'y allongea sur le dos et referma le compartiment secret en tirant le panneau vers elle pendant que Luther imitait son exemple en se tapissant de façon similaire sous le grand lit de la chambre.

Plongée dans l'obscurité, attentive au moindre bruit, Jane écouta ronronner le moteur du camping-car à mesure qu'il tournait au ralenti et redémarrait à l'approche du barrage.

Si l'Allegro avait tenté de passer de la drogue à la frontière et si le contrôle avait été effectué par des agents des stups, ils auraient découvert les deux cachettes en moins de trois minutes, même sans l'aide de chiens, mais les agents chargés de contrôler les véhicules appartenaient au FBI, à la Sécurité intérieure ou à la NSA. Voyant au volant un personnage aussi peu suspect que Bernie Riggowitz, il était peu probable que le camping-car fasse l'objet d'une fouille en règle.

14

Mme Atlee, réfugiée dans son 4x4 Buick aux portes verrouillées, observe Carter Jergen et ses collègues à travers le pare-brise comme s'il s'agissait de créatures marines au fond d'une faille océanique.

Sans doute parce qu'ils s'expliquent mal le comportement de Minette, sa nudité comme le sang qui lui macule les mains, les deux adjoints laissent bien volontiers la direction des opérations à Radley Dubose. Sur l'injonction de ce dernier, l'adjoint Utley et son collègue Parkwood se postent de part et d'autre de la maison afin d'en surveiller les abords, prêts à alerter les deux Arcadiens si la femme tente de s'enfuir.

Dubose a décidé de pénétrer dans la maison en passant par la porte principale en compagnie de Jergen, mais celui-ci semble hésitant.

— On ferait mieux d'attendre l'envoi de renforts.

— Il n'y a pas de renforts, mon cher ami. Les renforts se trouvent sur les barrages, occupés à vérifier que des zombies ne tentent pas de s'échapper.

— Des zombies ? Quels zombies ?

— Ceux qui sont comme Minette Butterworth.

Dubose atteint les marches de la véranda lorsque Jergen se fige.

Le soleil le brûle soudainement, l'atmosphère s'est transformée en fournaise et chaque bouffée d'air lui arrache la gorge.

— Ce n'est pas un zombie. Elle a franchi la porte interdite, son cerveau reptilien a repris le dessus, comme tu me l'as expliqué.

Dubose se tourne vers son compagnon avec une impatience censée lui donner honte d'être aussi bouché.

— Elle n'a conservé quasiment aucun souvenir de sa vie d'avant. Elle est incapable de différencier le bien du mal. Elle est désormais privée de conscience et d'inhibition, je doute qu'elle soit encore sujette à la peur. Elle est uniquement animée par ses pulsions, à commencer par le plaisir que lui procure toute forme de violence. Elle n'a plus la moindre capacité intellectuelle de redouter les conséquences de ses actes. Le monde se résume pour elle à un nid de rats qu'elle n'aspire qu'à dévorer. Au même titre qu'un serpent, elle est prête à tuer pour se nourrir et se défendre, mais contrairement aux reptiles, elle est prise d'une frénésie orgasmique à l'idée de tuer. Son esprit n'est plus qu'un trou noir cannibale, affranchi de tous les tabous. Elle te voit comme un simple morceau de viande. Et tu voudrais ergoter sur le sens du mot *zombie*, comme si tu prenais le thé à Harvard ?

Jergen sent un trop-plein de salive emplir sa bouche et il est pris d'une envie de vomir. Il déglutit à plusieurs reprises.

— Tu as vu le sort que Ramsey Corrigan a réservé à ses parents, à son frère et à ce spécialiste des arts martiaux de la Sécurité intérieure ? *En quelques secondes*.

— Il a dix-sept ans et une carrure d'athlète, alors que Minette a le double de son âge et pèse moitié moins que lui. En plus, c'est une putain de fille, un *trou*, et elle n'a pas l'avantage de la surprise. Maintenant, tu comptes m'aider, ou bien tu préfères pleurnicher ?

Dubose monte les quelques marches de la véranda et Carter Jergen ne prend même pas le temps de dresser dans sa tête la liste des avantages qu'il y aurait à pleurnicher, ils sont trop nombreux. En revanche, il cherche en vain un argument pour se convaincre d'accompagner son collègue.

Il finit par suivre Dubose en s'interrogeant sur ses motivations psychologiques. Sans être victime de son cerveau reptilien, il doit avoir un cerveau dérangé. Il a beau trouver Dubose navrant et répugnant, il ne peut s'empêcher de vouloir mériter son approbation. Sans doute parce que la mère de Jergen ne s'intéresse qu'à ses œuvres de charité et que son père est un être froid, incapable de la moindre affection, que seule intéresse la perfection. L'auto-analyse était l'un des sports préférés des adolescents attardés avec qui il a fait ses études à Harvard. Jergen, qui trouvait ce genre d'exercice puéril à l'époque, est prêt à changer d'avis à présent. Il se demande bien ce qui peut pousser les gens à agir comme ils le font, à commencer par sa propre personne.

Dubose est un cul-terreux sans éducation qui a grandi dans une famille sordide avant de suivre de pauvres études à Princeton, mais il est incapable du moindre doute. C'est un être cruel et brutal qui adore le pouvoir et tous les avantages afférents, un élitiste affirmé en dépit de ses origines, un violeur et un assassin sans scrupules animé par la conviction que les lois de la nature sont celles de la violence et de la mort, que la conscience et la vertu sont des inventions permettant aux plus forts de s'imposer auprès des plus faibles. Autant de critères qui font de Dubose un être admirable. Ce n'est peut-être pas un grand frère idéal, pourtant Jergen lui emboîte le pas et s'enfonce à l'intérieur de la maison derrière lui.

15

Aucun des fonctionnaires chargés de contrôler les véhicules au niveau du barrage routier ne portait d'uniforme, mais celui qui fit signe à Bernie de s'avancer portait un badge de la Sécurité intérieure autour du cou.

Le vieil homme baissa sa vitre en arborant une mine solennelle.

— Waouh ! Si la Sécurité intérieure est impliquée, c'est que l'heure est grave.

Étant donné la hauteur du camping-car, l'homme était forcé de tendre le cou en direction du conducteur. Il avait une tête de *gurnisht*, dépourvue de tout trait marquant. Le genre de visage que l'on oublie trente secondes après l'avoir vu.

— Nous sommes à la recherche d'un fugitif, monsieur. Rien de grave. Puis-je voir votre permis ?

— Je l'ai préparé, je me doutais que vous me le demanderiez, répondit Bernie en tendant le document à son interlocuteur.

L'agent de la Sécurité intérieure le scanna à l'aide d'un appareil qui ressemblait à une petite lampe de poche et le rendit à Bernie.

Le faussaire de Reseda avait modifié la photo que lui avait envoyée le vieil homme de façon à en garder l'allure générale tout en modifiant les caractéristiques susceptibles de permettre à un logiciel de reconnaissance faciale d'établir un lien entre Albert Rudolph Neary et Bernie Riggowitz.

— Monsieur Neary, déclara le fonctionnaire en rendant son permis à Bernie, veuillez autoriser mes collègues de la Sécurité intérieure à fouiller votre véhicule. Vous êtes en droit de refuser, auquel cas je vous prie de vous ranger sur le bas-côté en attendant que nous obtenions un mandat.

— C'est inutile. Rudy Neary est aussi fier d'être américain que n'importe qui, et peut-être même davantage que la moyenne de nos concitoyens de nos jours. Regardez tant que vous voulez.

Deux collègues de l'interlocuteur de Bernie montèrent à bord de l'Allegro en empruntant la porte latérale. Le premier, un jeune type aux cheveux coupés en brosse et aux yeux couleur d'ardoise, un pistolet accroché à sa ceinture, se tourna vers le vieil homme.

— Vous voyagez seul, monsieur Neary ?

— Oui, tout seul.

— Nous n'en avons pas pour longtemps.

Adoshem, adoshem, fais que ces types soient des idiots aveugles, pensa très fort Bernie, avec la conviction que les intrus ne découvriraient pas Jane et Luther dans leurs cachettes, pas plus que les armes et le matériel dissimulés dans les socles des bancs de la table de cuisine.

L'autre agent de la Sécurité intérieure, plus âgé, avait les tempes argentées et des fils gris dans ses cheveux bruns. Il avait dix kilos de trop et un visage élastique respirant la bonhomie. À l'image de son collègue, il était armé et ne portait pas de blouson. Il s'installa sur le siège passager en souriant de toutes ses dents. Il portait un badge au nom de Walter Hackett.

— Beau véhicule, monsieur Neary. Votre camping-car est de toute beauté. Je rêve d'avoir le même le jour où je prendrai ma retraite.

— Mon gendre prétend que je n'ai pas besoin d'en avoir un aussi grand. À mon âge, il doit penser qu'un fauteuil relax me suffirait. Ou bien un cercueil.

— Ma fille a épousé un type du même acabit, soupira Hackett. Quel bon vent vous amène à Borrego Springs, en dehors de l'envie d'échapper à votre gendre ?

— J'espère que vous ne m'arrêterez pas pour ça parce que je ne suis pas sûr que ce soit très légal, avec tous ces règlements, mais ma femme m'a demandé avant de mourir de disperser ses cendres dans le désert.

— Je suis désolé, monsieur Neary. Aucun souci, je ne travaille pas pour le ministère de l'Environnement. Vous avez les cendres de votre femme avec vous ?

— Oh non, elle est morte il y a quatre ans, mais je viens lui rendre une petite visite chaque année pour notre anniversaire de mariage.

— Elle a eu de la chance d'avoir un mari aussi romantique. Comment se prénommait votre femme ?

Les larmes montèrent aux yeux de Bernie lorsqu'il repensa à Miriam.

— Pénélope, mais tout le monde l'appelait Penny.

— Je ne suis plus avec ma femme depuis neuf ans, mais un divorce est forcément moins douloureux, même quand on n'a rien vu venir.

— D'une façon ou d'une autre, c'est dur, compatit Bernie. La solitude pèse autant dans les deux cas.

— Je ne vous le fais pas dire. Combien de temps comptez-vous rester dans la région ?

— J'ai réservé une place au camping pour trois nuits, mais avec toutes vos histoires de fugitif, je ne suis pas sûr de rester aussi longtemps. La mort me prendra suffisamment tôt pour qu'un terroriste ne vienne pas accélérer le mouvement.

— Ne vous inquiétez pas, monsieur Neary. Il n'y a aucune menace terroriste, juste un type en fuite qu'on recherche.

16

Jane Hawk, allongée dans le noir au fond de sa cachette, à l'affût du moindre bruit, entendait des voix étouffées, des bruits de pas amortis sur la moquette du camping-car, des portes que l'on ouvrait et refermait...

Le décor avait été savamment étudié, Bernie ayant apporté deux valises de vêtements qu'il avait accrochés dans le placard ou rangés dans la commode avant d'installer ses affaires de toilette dans la salle de bains. Des livres et des magazines étaient posés sur la table de nuit, du café froid traînait au fond d'une tasse sur une table basse à côté du canapé sous lequel était tapie Jane. Tout indiquait que le vieil homme voyageait seul, aucun détail n'aurait pu trahir la présence à bord de deux passagers clandestins.

La fouille s'éternisait pourtant.

Jane s'appliquait à rester totalement immobile, mais lorsqu'elle sentit un insecte ramper sur le dos de sa main gauche, elle ne put réprimer un mouvement instinctif et ses doigts heurtèrent légèrement le montant du canapé.

Le bruit était étouffé, il avait sûrement été couvert par le ronronnement du moteur qui tournait au ralenti, mais les voix se turent brusquement.

L'insecte était toujours là. À en juger par ses pattes et ses antennes, il devait s'agir d'un gros cafard qui avait fait le voyage depuis Nogales. Jane le laissa cette fois lui explorer la main et le poignet.

17

La maison tout entière ressemble à un paysage post-apocalyptique. Les rideaux ont été déchirés et arrachés de leurs tringles, les tableaux lacérés, les fauteuils éventrés, les chaises désossées. La télévision à grand écran, détachée du mur, a explosé sous les assauts d'une lampe en laiton et ses composants électroniques sont comme éviscérés. Les figurines de porcelaine sont en miettes, tout comme la collection de poupées anciennes. De longues traînées d'urine maculent le papier peint, les livres ont été jetés à terre et l'intruse a même déféqué sur l'un d'eux. Les verres et les assiettes sont réduits à l'état d'échardes acérées. Dans la salle à manger, le mari, à moitié dénudé, est atrocement défiguré, sa bouche ouverte sur un cri d'horreur silencieux, son sexe sectionné. La maison n'est plus qu'un champ de ruines insensé après le passage d'une armée pratiquant sans raison la politique de la terre brûlée.

Jergen et Dubose, les poings serrés autour de la crosse de leur arme, avancent silencieusement avec la plus grande prudence. Ils font irruption dans les pièces les unes après les autres en surveillant tout particulièrement les portes de placard qui pourraient bien se transformer en piège mortel. La mire du pistolet de Jergen tremble alors que celle de son collègue est ferme, mais il ne peut calmer ses mains tant son cœur bat fort. Comme Minette ne se trouve pas au rez-de-chaussée, il leur faut monter à l'étage.

Celui-ci a été épargné par la rage folle de l'intruse. Contrairement au rez-de-chaussée, aucune empreinte sanglante de pied nu ne souille le plancher, ce qui n'empêche pas les deux hommes de fouiller les pièces successives afin de s'assurer que la forcenée n'est pas là.

— Elle a dû traverser la maison et ressortir par-derrière avant qu'on ait pu mettre les adjoints en surveillance, déclare Dubose en baissant le canon de son arme.

— Pour aller où ?

— Le golf se trouve tout près, il y a des maisons autour. Ou alors elle s'est enfuie dans le désert.

Dubose sort son téléphone et contacte les hommes du QG. Il leur donne l'ordre de faire décoller l'hélicoptère et de procéder à des recherches en basse altitude. Rien à foutre si ça intrigue les autochtones. Il s'agit de mettre la main sur une femme nue se déplaçant à pied, mais également de s'assurer qu'aucun des Modifiés encore en vie n'a perdu la tête à son tour.

Radley Dubose quitte la maison et s'entretient avec les adjoints Utley et Parkwood dont les chemises d'uniforme sont tachées de transpiration. Il leur explique que la femme s'est échappée et qu'il part à sa recherche avec Jergen. Il leur conseille de regagner les locaux du shérif à Borrego Springs en attendant que les gens de la Sécurité intérieure leur précisent la nature du danger qui menace la région.

— Je ne peux pas vous en dire plus, conclut Dubose. Il est probable que certains puits des environs ont été contaminés par des terroristes avec un psychotrope comparable à la phéncyclidine. La drogue que l'on surnomme couramment *angel dust*, mais dans une version plus puissante. Si vous avez déjà tenté de maîtriser quelqu'un qui a consommé de la PCP, vous saurez qu'il est doté d'une force surhumaine. Mais ce n'est rien à côté de la saloperie utilisée par les terroristes.

Carter Jergen ne se fait toujours pas à la facilité avec laquelle Dubose est capable de convaincre ses interlocuteurs en leur débitant des idioties plus grosses que lui. Sa stature imposante, l'air savamment solennel qu'il se donne et son calme olympien subjuguent littéralement ceux à qui il s'adresse. Comment ces deux flics peuvent-ils tomber aussi bêtement dans le panneau ?

Les traits tirés, Utley et Parkwood gobent les explications de Dubose sans un mot et repartent en direction de leur voiture de patrouille. La chaleur donne des maux de tête à Jergen qui a l'impression de se trouver en permanence face à un projecteur. Il aurait besoin d'une boisson fraîche, de deux cachets d'aspirine et d'un mois de repos dans un palace du Vieux Sud à l'ombre d'un magnolia centenaire. Si les deux premières options sont envisageables, la troisième devra attendre.

— Tu ferais mieux d'envoyer des collègues au poste de police avant que les flics du cru ne prennent des décisions idiotes, suggère-t-il à son équipier.

Dubose brandit son portable.

— Les gars du QG t'ont entendu, réagit-il avant de coller à nouveau le téléphone contre son oreille. C'est bien compris ?... Bien. Arrangez-vous pour boucler les habitants du cru avant qu'ils ne préviennent les médias.

Il met fin à l'appel.

— Je suis surpris que tu n'aies pas tué les deux adjoints et que tu ne les aies pas laissés dans la maison avant d'y mettre le feu.

— C'était une possibilité, l'ami. Mais Mme Atlee, sagement assise dans son Buick, aurait pu avoir la mauvaise idée de mettre les bouts avant qu'on l'ait coincée.

Au même moment, Utley s'arrête à hauteur de l'intéressée avec laquelle il s'entretient brièvement. Il rejoint Parkwood dans la voiture de patrouille et démarre en direction de Borrego Springs, suivi par Mme Atlee.

— C'est une chance que le VelociRaptor ait six roues motrices, remarque Dubose. On va devoir s'aventurer dans le désert pour retrouver notre charmante petite zombie.

Il prend place derrière le volant d'un air conquérant, Jergen s'installe à côté de lui sans un mot et les deux hommes récupèrent des canettes de Red Bull dans la glacière posée à l'arrière. Jergen sort deux cachets d'aspirine du flacon posé sur la console centrale.

— Je me demande si tu ne serais pas capable de te la faire si tu en avais l'occasion, remarque Jergen.

— Me faire qui ?

— Ta charmante petite zombie. Minette Butterworth.

— Anciennement Minette Butterworth, le corrige Dubose. Si j'avais l'assurance qu'elle ne m'arrache pas les couilles comme elle l'a fait à son Bobby, je n'hésiterais pas un instant.

— Sans vouloir t'insulter, tu es dingue.

— Je ne suis nullement dingue, l'ami. Je suis doté d'un esprit plus aventureux que le tien, c'est tout. Avec une bête sauvage pareille, ce serait une expérience inoubliable. N'importe quel mec en rêverait.

— Pas *n'importe* quel mec.

— Tu sais ce que je te souhaite, Cubby ?

— Qui appelles-tu Cubby ?

— C'est le surnom que je t'ai donné.

— Alors je te conseille de le garder pour toi. Je n'aime pas trop que tu me traites d'ourson.

— Tu finiras par t'habituer. En tout cas, je te souhaite d'oublier un jour ton pedigree de bourge de Boston et de vivre *vraiment* ta vie, sans entraves.

— Je vis déjà ma vie sans entraves, se défend Jergen.

— Le plus triste, c'est que tu en es réellement persuadé, alors que tu es pétri d'inhibitions. Un nœud gordien à toi tout seul. Un conglomérat de fruits défendus, de tabous rentrés, d'émotions asphyxiées et de désirs réprimés.

Jergen avale une gorgée de Red Bull avant de répondre.

— J'ai commis tous les délits possibles et imaginables, assassiné des personnes des deux sexes. Si je pouvais mettre la main sur ce sale chiard de Travis Hawk, je le tuerais sans l'ombre d'une hésitation.

— Sans doute, concède Dubose. Mais tu le ferais sans entrain, mon Cubby. Sans le ravissement et le sens du devoir accompli qui signalent l'esprit de liberté propre à un révolutionnaire digne de ce nom. C'est tout ce que je te souhaite, d'acquérir un jour cet esprit de liberté.

Bien malgré lui, car il ne l'admettrait pour rien au monde, Jergen est ému par l'intérêt que lui porte son compagnon.

— Parce que tu te sens totalement libre, c'est ça ? s'enquiert-il.

— Totalement.

— Combien de temps t'aura-t-il fallu pour en arriver là ?

— Je devais avoir sept ans, rétorque Dubose. Ou peut-être six.

18

Les voix s'éteignirent. Jane entendit distinctement un claquement de portière. Quelques instants plus tard, le camping-car reprenait lentement la route avant d'accélérer. Elle appuya sur le loquet et l'assise du canapé se souleva en faisant pénétrer de la lumière dans sa cachette.

Elle s'en extrayait lorsque la voix de Bernie lui parvint depuis le siège conducteur.

— Je suis tellement à l'aise en pareil cas, je serais capable de tromper un détecteur de mensonges. *Kayn aun hore.*

Du périple précédent en compagnie du vieil homme, Jane avait retenu que cette expression, à l'image de *Je touche du bois*, était censée chasser le mauvais œil.

Elle s'intéressa au cafard qui s'était glissé dans la manche de son T-shirt le long de son bras avant de franchir la barrière de son aisselle et de se réfugier entre ses seins. Elle glissa les doigts à l'intérieur de son soutien-gorge et captura l'insecte qui se contorsionna dans la paume de sa main. Elle s'apprêtait à l'écraser lorsqu'elle repensa à Ivan Petro, l'homme qu'elle avait tué deux jours plus tôt dans le petit bois de chênes au nord de Los Angeles, et le visage de l'Arcadien fit remonter dans sa mémoire ceux de tous les autres.

Ce cafard était un insecte nuisible et crasseux porteur de maladies, mais il ne représentait pas un péril mortel. Si elle respectait la vie d'une créature aussi humble, peut-être parviendrait-elle à rejoindre Travis et le mettre à l'abri. *Kayn aun hore.*

Elle ouvrit la main et relâcha le cafard dans son abri, sous le canapé où elle le vit se réfugier dans un coin d'ombre avant que l'assise truquée ne se referme sur lui.

Jane se lavait les mains dans la cuisine lorsque Luther Tillman sortit de la chambre à l'arrière du camping-car, légèrement secoué par le mouvement du véhicule.

— Nous avons réussi à rentrer, déclara Jane. Prochaine étape, le camping.

19

La caresse du soleil sur la peau, celle de la terre tiède sous la plante des pieds. Courir, sans but, sans raison. Un sentiment de liberté absolue aiguisé par la course.

Des arbres, une poche d'ombre sous laquelle s'arrêter. Tomber à genoux et souffler, en nage.

La blessure à la main ne saigne pas beaucoup. Lécher doucement la plaie.

Un picotement évocateur entre les jambes du mâle. Un frisson d'excitation au souvenir de son agonie, de tout ce sang.

Soif. La bouche sèche. La gorge rêche. Pas le moindre parfum d'humidité.

Trouver de l'eau. De la nourriture. Mais où ?

Au-dessus de sa tête, des êtres invisibles volent au milieu des arbres. Des êtres vivants qui s'abritent de la chaleur. La peur alimente la soif et aiguise la faim. La peur alimente la peur. Le bruit des êtres vivants dans les arbres semble sinistre.

Plus de voix dans la tête. À la place, des êtres rampants. Des éclairs qui dévoilent une toile d'araignée.

La peur de l'inconnu, de la solitude. De la solitude au cœur de l'inconnu.

Courir. S'enfuir. Vite, vite. Loin des arbres. La terre se fait plus dure, la végétation fouette les jambes, elle les pique et les mord.

La lumière crue brûle. Elle brûle la peau, elle brûle les yeux. La plante des pieds est douloureuse au contact de la terre. La douleur aiguise la peur, fait naître le désespoir.

Des formes un peu plus loin. Des formes du même bleu que le ciel d'où s'échappe la lumière. D'autres arbres, moins d'ombre, mais un recoin bleu dans la pénombre.

La solitude. La soif. La faim. La confusion. Qui suis-je, que suis-je, où suis-je, pourquoi ? Danger, danger, danger. La solitude. *Se cacher*.

Dans le recoin d'ombre bleue, une forme blanche. Des mots se forment dans la tête avant de s'effacer. Des mots familiers qui évoquent des notions confuses. *Porte. Fenêtres*. Regarder à l'intérieur.

Un peu plus loin, un lieu abrité de cette lumière torride.

Un lieu pour boire ? Manger ? Se cacher ? Tuer ?

Dans la tête, les êtres rampants se cherchent et s'unissent. *Une pierre*. Une quoi ? *Une pierre*. Aucun sens. Aucun.

La lumière à nouveau, brûlante. Lui échapper. Vite, vite. Chercher. Chercher quoi ? *Une pierre*. Oui. Cette pierre.

La matière transparente de la fenêtre se brise. Passer la main. Tourner. Ouvrir. Refermer.

Chaud à l'intérieur, mais de l'ombre.

Écouter, écouter. Le bruit est une menace. Le silence est une menace. Le bruit et le silence nourrissent la peur. La peur nourrit la peur.

Une odeur d'eau. Une goutte s'échappe d'un tuyau brillant incurvé et tombe dans une cuvette blanche. Une autre goutte. Encore une autre.

Le tuyau brillant. Une poignée. La tourner. L'eau coule. Boire.

La fraîcheur humide fait du bien. Arrêter l'eau.

Avancer dans l'ombre, une menace à chaque pas. Une menace insoutenable. Insoutenable.

S'asseoir dans un coin, dans l'ombre, écouter, se demander, avoir peur. Menace et solitude.

La peur nourrit la peur, fait naître la colère, provoque la rage.

Une toile d'araignée qui scintille dans la tête.

Les êtres rampants qui fouillent partout. Un murmure dans le lointain. De nombreux murmures dans le lointain.

Une peur glaçante, une rage brûlante. Chasser les deux. La rage chasse la peur, elle se transforme en fureur.

Murmurer en réponse aux murmures menaçants. Murmurer un défi. Une invitation à venir ici pour être tué, tuer ou être tué, les arbres, l'ombre bleue. *Tuer, tuer, tuer*.

20

Cornell Jasperson en savait davantage sur les chiens qu'auparavant. Il savait notamment qu'ils ne pissaient pas forcément beaucoup, mais qu'ils pissaient régulièrement.

La dernière fois que Cornell avait sorti Duke et Queenie, tôt ce matin-là, un bruit d'avion inhabituel au-dessus de la vallée avait provoqué chez lui une crise d'angoisse qu'il avait mis plusieurs heures à surmonter.

Il ne voulait plus sortir les chiens, au cas où l'avion serait encore là. Au cas où il aurait une crise d'angoisse pire que la précédente qui le paralyserait et l'empêcherait de retourner dans la bibliothèque en laissant tout seul le petit garçon qui aurait peur. Cette paralysie l'empêcherait de s'occuper des chiens, il ne les reverrait jamais plus et il lui faudrait annoncer au petit garçon qu'ils s'étaient enfuis, un vrai crève-cœur. Le petit garçon le détesterait et ne voudrait plus manger de sandwich avec lui et ne lui demanderait plus de lui faire la lecture, et Cornell se retrouverait seul comme avant, lui qui avait toujours cru préférer vivre seul jusqu'à tout récemment.

Cornell n'avait pas envie de sortir les chiens, mais les chiens avaient besoin de sortir. C'était indispensable.

Cette fois, il les tiendrait en laisse, au cas où l'avion volerait très bas, où des fourmis imaginaires lui grimperaient dessus, où il lui faudrait rentrer de toute urgence.

Le petit garçon attacha les laisses aux colliers, de sorte que les chiens ne touchent pas Cornell par inadvertance.

— Je peux les sortir, si tu veux, proposa l'enfant.

— Non, tu es plus en sécurité ici. Je reviens tout de suite. Je préparerai des sandwiches différents cette fois-ci. Avec des petits paquets de chips. Et de bons muffins en dessert.

— Des sandwiches avec des cornichons à côté ? l'interrogea le petit garçon.

— Exactement. Et du coca conditionné avec l'autorisation de la Coca-Cola Company, Atlanta, Géorgie, 30313, par un membre de l'Association d'embouteillage Coca-Cola, Atlanta, Géorgie, 30327.

Cette tirade fit rire l'enfant.

— Je t'aime bien, tu sais.

— Moi aussi, je m'aime bien, même si je suis timbré. Hmmm, hmmm. Et je t'aime bien, Travis Hawk.

Cornell se laissa entraîner à l'extérieur par les chiens dont il tint les laisses d'une main ferme pendant qu'ils reniflaient le sol, et les herbes, et eux-mêmes entre eux, et encore le sol, et les herbes, avant de pisser l'un après l'autre.

Il faisait trop chaud, le soleil écrasait tout sur son passage. Tout était silencieux. Aucun avion ne bourdonnait dans le ciel au-dessus de sa tête.

Un cri déchira l'air. Un cri comme il n'en avait jamais entendu de sa vie. Les chiens non plus n'avaient sans doute jamais entendu un cri pareil car ils relevèrent la tête et s'immobilisèrent, les oreilles dressées.

Le cri se répéta, légèrement étouffé, à moitié humain et à moitié animal. La première fois, le cri avait traduit la peur et la détresse de son auteur. Cette fois, il traduisait une rage et une férocité redoutables.

Il provenait apparemment de la petite maison bleue que Cornell avait habitée pendant qu'on construisait sa bibliothèque.

Les chiens observaient la maison vers laquelle ils tentèrent d'entraîner Cornell. Il s'efforçait de les retenir lorsqu'un troisième cri traversa le ciel, un cri à vous glacer le sang qui fit peur aux chiens et refréna leurs ardeurs.

Cornell, résistant à l'angoisse, s'obligea à donner le meilleur de lui-même en conservant son calme, sachant qu'il ne s'écoutait pas toujours en pareil cas. Il fit demi-tour et éloigna les chiens de la maison bleue en les entraînant en direction de la grange qui n'était pas une grange.

Aucun nouveau cri ne s'échappa de la petite maison pendant que Cornell regagnait la bibliothèque, loin de cette journée torride et étrange.

Cornell savait que la mère du petit garçon devait arriver ce jour-là. Il avait d'abord espéré qu'elle viendrait tard, après le déjeuner et la séance de lecture à voix haute, peut-être même après le dîner, mais il regretta brusquement qu'elle ne soit pas déjà là.

21

Des pluies torrentielles arrivent, poussées par le vent du large. Pour un peu, on dirait que toute l'eau du golfe du Mexique, purifiée de son sel, s'abat sur les plaines du Texas à la suite d'une décision divine qui conduira à la construction d'une arche géante dans laquelle monteront les animaux deux par deux.

Egon Gottfrey, au volant du Rhino GX, a pris la direction de Houston en quittant Beaumont et ses pneus font valser des traînées d'eau sale sur son passage. Les essuie-glaces peinent à dérouter le déluge qui s'abat sur le pare-brise. La pluie transforme le paysage en un brouillard flou, les maisons ressemblent à des structures grotesques venues d'un autre univers.

Gottfrey conduit à toute allure, au-delà de la limite de vitesse autorisée, sans se soucier d'avoir un accident puisque les véhicules et la route qu'il partage avec eux ne sont qu'illusion. Si la visibilité au-dehors est limitée, il distingue parfaitement les détails du complot qui l'a conduit sur une fausse piste. Il sait à présent où ont trouvé refuge Ancel et Clare Hawk, les beaux-parents de Jane.

La route s'annonce longue, surtout par ce temps détestable, mais il se réconforte en sachant que la réussite l'attend à l'arrivée. Peut-être arrivera-t-il trop tard pour leur arracher à temps le secret de la cachette de Travis, mais du moins aura-t-il la satisfaction de leur inoculer un mécanisme de contrôle et de les asservir à jamais.

CINQUIÈME PARTIE

LA CARAVANE DE JANE

1

La plupart des terrains de camping de la vallée de Borrego restaient fermés en dehors de la saison touristique, et tous n'acceptaient pas les camping-cars. Bernie avait fait une réservation par téléphone dans l'un des plus récents, le Camping familial Hammersmith. Il avait loué un emplacement pour trois jours et s'était engagé à régler le total en liquide à son arrivée.

Auparavant, il avait fallu détacher le Chevy Suburban tracté par l'Allegro. Jane et Luther avaient profité de l'opération pour transférer du camping-car au 4x4 les armes et l'ensemble du matériel dont ils allaient avoir besoin.

Bernie avait mal dormi depuis qu'il avait reçu l'appel de Jane ce lundi-là, pas par crainte d'être tué, pas uniquement non plus parce qu'il avait peur que la jeune femme y laisse la vie. Avant tout, il redoutait de la voir mourir *sous ses yeux*, sachant d'avance qu'il perdrait alors tout espoir pour l'avenir du monde et serait capable de maudire Adonaï, le nom sacré de Dieu, ce qui n'était jamais prudent.

— Ne m'appelez pas trop tard si vous ne voulez pas que je devienne complètement *meshugge*, prévint-il Jane.

— Tout ira bien, le rassura-t-elle.

— Faites bien attention, tous les deux.

— On fera tout pour, approuva Luther en prenant place derrière le volant du Suburban dont il referma la portière avant d'actionner le démarreur.

— Vous avez bien enfilé le gilet, au moins ? s'inquiéta Jane en s'adressant à Bernie.

— C'est inutile, puisque je ne serai pas directement impliqué.

— Ce n'est pas inutile du tout. Ces salauds ont bouclé toute la vallée, il pourrait bien y avoir de la bagarre quand on voudra repartir. Une bagarre au corps à corps.

— Pas de souci, je l'enfile, mais ce truc pèse des tonnes.

— Pas du tout. C'est un gilet de classe deux et non de classe quatre. Il n'est pas renforcé par des plaques de céramique ou de polyéthylène, mais par une fine cotte de mailles et du kevlar. Sous une chemise hawaïenne un peu ample, ça ne se voit même pas. Et vous m'avez promis de le porter.

— C'est bon, c'est bon ! Maintenant, prenez-moi dans vos bras, comme une petite-fille digne de ce nom.

Jane s'exécuta sans lâcher prise pour autant.

— Je compte sur vous, Bernie.

— Quelle enquiquineuse vous faites. Je n'ai pas l'habitude de manquer à mes promesses.

— Si jamais je ne vous ai pas appelé dans deux heures, préparez-vous à repartir. Et si vous n'avez pas reçu de mes nouvelles dans deux heures et demie, filez d'ici au plus vite.

Bernie sentit sa poitrine se comprimer. S'il avait eu des problèmes de cœur, il aurait pu croire à une crise cardiaque. De toute façon, ce n'était pas le moment.

— Vous voudriez que je vous laisse ? Ce n'est pas comme si j'avais passé ma vie à abandonner mes proches.

— Vous n'abandonnerez personne, répliqua-t-elle. Si je ne vous appelle pas, c'est que nous serons morts.

— Je n'y crois pas un instant. Vous allez récupérer votre petit garçon.

— Que Dieu vous entende, murmura-t-elle au moment de monter dans le Suburban.

— N'oubliez pas, l'arrêta Bernie. Nous sommes *mishpokhe*. Pour toujours.

— *Mishpokhe*, répéta-t-elle en veillant à bien prononcer le mot.

Elle tira la portière à elle et le 4x4 s'ébranla aussitôt.

Bernie Riggowitz, *alias* Albert Rudolph Neary, se rendit à l'accueil du Camping familial Hammersmith où on lui attribua un emplacement calme sur l'arrière du terrain. Il commença par raccorder l'Allegro à la prise électrique, régla la climatisation à fond, s'installa sur le siège du copilote, ouvrit une canette de 7-Up bien fraîche qui l'aida à avaler un comprimé contre les brûlures d'estomac et observa les alentours à travers le pare-brise.

Les palmiers du terrain de camping avaient été plantés si récemment qu'ils n'avaient pas eu le temps de souffrir de la chaleur. Une grande piscine était installée un peu plus loin, sa terrasse meublée de chaises longues destinées aux amateurs de bronzage, à côté de tables protégées par de grands parasols rouges. Le bleu du ciel se reflétait dans l'eau qui miroitait au soleil.

Bernie n'aurait pu souhaiter cadre plus agréable, mais la scène lui donnait mal au ventre, comme s'il avait abusé d'un *homantash* aux prunes trop sucré. Prendre un autre comprimé n'était pas recommandé, aussi se contenta-t-il de mâcher des pastilles Tums.

Il avait du mal à comprendre pourquoi tant de beauté le rendait malade.

C'était faux et il le savait bien. Tout en s'efforçant de ne pas redouter la suite des événements, il ne pouvait s'empêcher de penser que la journée tournerait mal.

2

Les voisins de Robert et Minette Butterworth, Henry Lorimar et son compagnon Nelson Luft, aidaient les autorités dans leurs recherches du petit garçon kidnappé lorsque les divagations obscènes avaient commencé. Henry avait tout d'abord cru que les chapelets de gros mots provenaient du système audio de leur SUV Lexus, derrière le volant duquel il avait pris place, avant de comprendre qu'ils résonnaient dans son cerveau. Une petite voix dans sa tête s'était empressée de le rassurer en lui expliquant que cela n'avait rien d'anormal, que tout allait bien et qu'il devait s'y habituer. L'auteur des insultes, quel qu'il soit, abusait de la chambre des murmures sans que celle-ci soit en cause.

De toute évidence, l'étrange diatribe affectait Nelson davantage qu'elle ne perturbait Henry. Alors que ce dernier se contentait de juger dérangeantes toutes ces obscénités, Nelson les trouvait douloureuses, au point qu'il se tortillait sur le siège passager en dépit de sa ceinture de sécurité. Lorsqu'il ne se prenait pas la tête dans les mains, il tapait du poing sur la portière ou la vitre dans l'espoir d'échapper à ce qui relevait pour lui de la torture.

Chaque fois qu'Henry Lorimar était envahi par la peur, la petite voix l'appelait à garder son calme. Il n'avait aucune raison de s'inquiéter, tout irait bien tant qu'il participerait aux recherches conformément aux instructions qui lui avaient été données. La voix lui promettait même qu'il serait heureux, épanoui, en paix avec lui-même.

Il décida pourtant de s'arrêter sur le bord de la route, incapable de se concentrer sur sa conduite. Il se rangea sur le bas-côté et serra le frein à main tout en laissant tourner le moteur de façon à ne pas couper la climatisation.

Tandis que la première voix poursuivait ses élucubrations avec une sauvagerie croissante, la seconde lui recommandait de poursuivre sa mission sur un ton apaisant. Contrairement à la voix de la conscience, qu'il est facile d'ignorer et de museler, la petite voix s'exprimait avec autorité, de façon irrésistible, mais Henry avait beau vouloir lui obéir, le premier intervenant prenait le dessus au point de paralyser sa volonté, de provoquer en lui des désirs archaïques dont il aurait été bien incapable de déterminer la nature exacte.

Le monde qui l'entourait cessa même d'exister, la lutte entre la logorrhée et les cris gutturaux de la première voix et les instructions posées de la seconde occupait désormais toute sa tête. Les divagations de la première voix alimentèrent bientôt des instincts d'une grande violence, une haine, une rage et des désirs si prégnants qu'ils dépouillaient peu à peu Henry de son identité profonde, au même titre que la peau se met à peler sous l'effet d'une brûlure. Naquirent bientôt des images d'une extrême violence qui le subjuguèrent par leur beauté trouble, des pulsions sexuelles si intenses qu'elles confinaient à la brutalité.

Le ronronnement du moteur et l'air glacé qui s'échappait des bouches d'aération du tableau de bord rappelèrent brièvement Henry Lorimar à la réalité. Une odeur nauséabonde lui fit tourner la tête et il constata que son compagnon avait cessé de s'agiter sur son siège.

Le visage blême, la bouche ouverte, Nelson était tassé sur lui-même. Un filet de sang s'écoulait de ses oreilles et ses sphincters avaient lâché. Il respirait lentement et son regard parcourait l'habitacle du SUV comme s'il le découvrait pour la première fois. Son regard croisa celui d'Henry et il dévisagea son compagnon de quinze ans avec le même étonnement que celui accordé au volant, à l'autoradio, aux porte-gobelets sur la console centrale.

Partagé entre le chagrin et l'horreur, Henry recouvrit un semblant de sang-froid, mais la petite voix lui enjoignit de redémarrer et de poursuivre les recherches, conformément aux *ordres* qu'on lui avait donnés. Le reste n'avait aucune importance. Nelson ne comptait plus, il serait toujours temps de s'occuper de lui plus tard. L'urgence était de retrouver l'enfant kidnappé de façon à être heureux, épanoui, en paix avec lui-même.

L'horreur et le chagrin s'atténuèrent sans qu'il se décide à relâcher le frein à main et à redémarrer. Telle la mer à l'appel de la lune, il se laissa entraîner par la marée dévorante de la diatribe et l'intérieur du véhicule s'effaça, emporté par le tsunami des instincts de violence et de luxure dictés par la voix gutturale.

Sans qu'Henry ait la moindre notion du temps écoulé, la voix se tut enfin et il reprit peu à peu conscience de l'environnement qui l'entourait, sans comprendre pour autant ce qu'il faisait au volant de cette voiture.

Le silence avait repris possession de la chambre des murmures, mais un autre son inhabituel, à la fois subtil et insistant, lui vrilla la tête. Il ferma les yeux et crut voir dans son crâne une toile d'araignée dont les filaments brillaient de façon irrégulière, comme parcourus par des impulsions électriques intermittentes.

Henry recouvra peu à peu ses sens et sa liberté de mouvement. Il se redressa sur son siège et ajusta son col de chemise tandis que lui revenait soudain la liste des lieux qu'il était censé explorer dans l'espoir de retrouver l'enfant kidnappé. Il lui fallait reprendre sa mission.

À côté de lui, Nelson ne respirait plus. Son regard était aussi figé que celui d'un mannequin et les filets de sang qui lui sortaient des oreilles s'étaient figés.

Mais cela n'avait aucune importance. Il aurait tout le temps de se préoccuper de Nelson plus tard. L'essentiel était de rechercher le petit garçon qui était en danger. Toute autre préoccupation eût été égoïste.

L'intérieur du SUV sentait les excréments, mais c'était accessoire. Henry s'y habituerait. Il commençait d'ailleurs à s'y accoutumer, il ne sentirait bientôt plus rien du tout.

Il desserra le frein à main et reprit sa route. Tout en conduisant, il se fit la réflexion qu'il se sentait moins à l'aise au volant qu'auparavant. Il avait l'impression de se retrouver dans la peau d'un adolescent qui apprend à conduire.

Il n'était plus le même. Il ne parvenait plus à se concentrer. Son esprit papillonnait en permanence, des bouffées de peur s'emparaient de lui avant de disparaître aussi vite qu'elles étaient venues. Des bouffées de rage, aussi. Il voyait défiler devant ses yeux des images de violence et de sexe qui ne relevaient pas du souvenir, ce qui ne les empêchait pas d'être d'un réalisme saisissant.

Il avait parcouru à peine plus d'un kilomètre lorsqu'une voix inconnue s'éleva dans la chambre des murmures. Une voix de femme, cette fois. À la fois furieuse et effrayée, porteuse de désirs exprimés et d'autres inexprimables. Des suites de mots sans queue ni tête. Des paroles entachées de haine et de défi, pleines de menaces et de pulsions, accompagnées d'images. Une petite maison bleue coiffée d'un toit de tôle sous la protection de vieux palmiers. La voix réclamait du sexe et du sang, elle cherchait à instiller la peur chez les autres dans l'espoir d'apaiser ses propres terreurs. Elle affirmait son ascendant en propageant la souffrance, soucieuse de meubler par des hurlements féroces le vide qui l'entourait, l'oubli qui la menaçait.

À la façon d'une sirène, perchée sur un rocher au plus fort de la nuit, dont la voix enjôleuse attire les navires en direction des récifs, la voix féminine en appelait à des instincts dont Henry n'avait jamais soupçonné l'existence. Elle faisait battre en lui un second cœur aux pulsations plus sombres que la mort.

Henry connaissait la petite maison bleue au toit de tôle. Même dans cet état second, il savait comment s'y rendre.

Il en avait oublié le sort du petit garçon kidnappé. La petite voix dans sa tête avait fini par se taire, définitivement muselée par la voix de la femme dont la sauvagerie venimeuse le poussait à vouloir se défendre. Il s'arrêta une nouvelle fois au bord de la route, descendit du véhicule et récupéra la manivelle du cric dans le coffre.

3

Deux ornières grignotées par les mauvaises herbes conduisaient jusqu'à la petite maison bleue avant de se poursuivre sur l'arrière du bâtiment. Luther parcourut le petit chemin sur toute sa longueur avant de se garer derrière le garage de façon que personne ne puisse voir le Suburban depuis la route.

— On s'en tient au plan initial ? demanda-t-il à Jane.

— Je ne vois aucune raison d'en changer. Tout a bien fonctionné jusqu'à présent, mais ça pourrait bien ne pas durer. Vous savez ce qui vous reste à faire.

— Profitez-en pour récupérer votre petit garçon, déclara Luther.

Jane s'éloigna en direction d'une grange délabrée qu'elle savait n'être qu'un leurre.

L'air brûlant du désert vibrait du bourdonnement des insectes, troublé par la rumeur des voitures sur la route et le ronronnement d'un moteur d'avion dans le ciel. Un appareil similaire était déjà passé au-dessus de leur tête lorsqu'ils décrochaient le Suburban du camping-car un peu plus tôt. Les ennemis de Jane surveillaient-ils les communications téléphoniques dans l'espoir de la repérer si elle utilisait son portable ?

Elle s'arrêta devant une vieille porte en bois rongée par les vers et leva la tête en direction de la caméra soigneusement dissimulée dont Gavin Washington lui avait révélé l'existence.

Des détecteurs de mouvement avaient alerté Cornell Jasperson de son arrivée et le cliquetis d'un verrou électronique se fit entendre. Jane s'avança dans une entrée aux murs peints en blanc où l'attendait une porte blindée surmontée d'une autre caméra. Le battant qu'elle venait de franchir se referma dans son dos et celui qui se trouvait face à elle s'écarta.

La bibliothèque de la fin du monde s'ouvrit soudain à elle. Avec ses lumières tamisées et ses milliers d'ouvrages aux couvertures de toutes les couleurs, elle était aussi magique que la lui avait décrite Gavin.

Cornell, un géant de plus de deux mètres aux articulations disproportionnées et aux membres dignes d'un robot mécanique, se tenait à distance respectable de l'entrée. Sans son visage d'ange, à la fois maladroit et timide, il aurait fait peur à n'importe qui l'aurait croisé dans une ruelle sombre.

À côté de lui se tenait Travis, comme pétrifié par la vue de cette mère qui lui manquait tant, incapable du moindre mouvement tant qu'il n'aurait pas étanché sa soif d'elle.

Jane voyait en lui, au-delà de l'enfant qu'elle avait porté en son sein, le meilleur d'elle-même et de ce mari disparu qu'elle aimait tant. Travis incarnait ce que son passé comptait de plus heureux, toutes ces années de bonheur avec Nick, mais il représentait aussi son avenir puisqu'il ne saurait y avoir d'avenir pour elle si Travis devait en être exclu. En son absence, elle l'imaginait toujours plus grand qu'il n'était en réalité, sans doute parce qu'il emplissait tout son cœur et figurait ses meilleurs espoirs à un moment de sa vie où l'espérance jouait un rôle de premier plan, à la lumière du péril qui la guettait à chaque instant. Et voilà qu'elle le retrouvait plus petit que dans son souvenir, plus vulnérable aussi, d'une fragilité comparable à celle des deux êtres aimés que le destin lui avait ravis, Nick et sa propre mère.

Elle s'approcha, tomba à genoux devant lui, et il se précipita dans ses bras avec ce qui ressemblait à du désespoir.

Les chiens se mirent à gémir en donnant le sentiment de s'interroger sur la conduite à tenir avant de s'allonger par terre l'un contre l'autre.

À cet instant, ni Jane ni Travis n'éprouvèrent le besoin de parler. La présence et la chaleur du petit garçon, la douceur de son haleine, le battement de son cœur pressé contre la poitrine de sa mère valaient tous les mots que pouvait receler cette immense bibliothèque. Elle lui embrassa la tête, le front, puis ses doigts et la paume de sa main lorsqu'il lui caressa le visage.

Le *Je t'aime* qu'ils échangèrent était la seule phrase digne d'être prononcée, mais elle suffit à ébranler Travis qui perdit son impassibilité. Des larmes noyèrent ses yeux, preuve qu'en dépit de son jeune âge, il ne se faisait guère d'illusion sur le sort de ses anciens anges gardiens, Gavin et Jessica Washington, bien qu'il ait fait bonne figure jusque-là.

— Ils sont partis, maman. Tante Jesse et oncle Gavin. On ne les reverra jamais. Ils sont forcément morts, sinon ils seraient déjà revenus. Ils sont morts, n'est-ce pas, maman ?

Lorsqu'ils avaient dû quitter en catastrophe leur maison de Virginie quelques semaines plus tôt, Travis avait compris qu'il lui faudrait grandir plus vite que la nature ne l'aurait exigé et il s'était mis à appeler sa mère *m'man*. Dimanche soir, lorsqu'il avait appelé Jane sur son téléphone jetable, il avait renoué avec *maman*, et voilà qu'il recommençait.

Jane avait toutes les raisons de haïr les ennemis qui la poursuivaient. Ces Techno Arcadiens pétris d'arrogance ne s'étaient pas contentés de voler son père au petit garçon, ils lui avaient dérobé son innocence. Ils l'avaient obligé à prendre la mesure de la noirceur du monde au lieu de le laisser l'apprivoiser progressivement sous la tutelle de ses parents, avec toute la retenue nécessaire.

Ce dimanche-là, lorsqu'ils s'étaient parlé au téléphone, Travis avait exprimé ses craintes que Jessie et Gavin aient trouvé la mort, mais elle n'avait pas cru bon de le conforter dans cette peur. Pas tant qu'il serait aussi vulnérable. Pas tant que plusieurs centaines de kilomètres les sépareraient et qu'elle se trouverait dans l'impossibilité de le serrer dans ses bras.

À présent qu'ils étaient collés l'un contre l'autre, elle lui devait la vérité. Elle savait d'expérience que l'absence de transparence dans une famille était source de souffrances durables. Si sa propre mère ne lui avait pas caché ses problèmes conjugaux, si le grand pianiste Martin Duroc s'était douté que sa fille était au courant de sa liaison avec une autre et de la détresse de sa mère, peut-être n'aurait-il pas osé tuer sa femme de façon à épouser sa rivale.

— Oui, mon chéri. Jessie et Gavin ne sont plus là. Ils ont fait preuve d'un grand courage. Ils ont été courageux toute leur vie. Et ils t'aimaient autant que si tu avais été leur enfant.

— Qu'est-ce qu'on peut faire ? Qu'est-ce qu'on peut *faire* ? demanda-t-il d'une voix qui tremblait sous le poids des larmes.

Elle le serra plus fort encore en le berçant doucement.

— On va veiller à ne jamais les oublier, mon chéri. À ne jamais oublier à quel point ils se sont montrés courageux, à quel point ils étaient formidables, gentils, généreux et drôles. Nous les aimerons toujours, sans oublier chaque soir dans nos prières de remercier le destin de les avoir placés dans notre vie.

— C'est pas assez, répliqua le petit garçon dans le cou de sa mère, humide de ses pleurs. C'est pas assez, parce qu'ils le sauront pas.

— Bien sûr que si, mon amour. Ils le sauront tous les soirs. Ils t'entendront penser à eux tous les soirs, et ils sauront que tu les aimais autant qu'ils t'aimaient.

Au chagrin de Jane s'ajouta celui de son fils, et elle se demanda jusqu'à quel point un enfant aussi petit pouvait tolérer qu'on lui brise le cœur.

4

Cornell, debout à côté de son fauteuil préféré dans la lumière mordorée de sa plus belle lampe et le réconfort de ses livres, se sentait infiniment malheureux.

Le chagrin et les pleurs de l'enfant lui étaient insupportables. Il aurait voulu être capable de le consoler, mais c'était impossible. Il n'osait prendre Travis dans ses bras comme le faisait sa mère, ce simple contact physique l'aurait plongé dans un abîme d'anxiété et il n'aurait plus été bon à rien. Juste un géant bizarre et laid en position fœtale, tremblant de peur, incapable de se tenir debout, de parler. Il aurait été un fardeau pour eux, et non un réconfort.

Il se tordit les mains en se dandinant maladroitement d'une jambe sur l'autre, à l'image de quelqu'un qui ne sait pas où il va. Cornell acceptait depuis longtemps sa différence, il s'était habitué au chemin difficile que la vie lui réservait, et voilà que cet équilibre se brisait soudainement. Lui qui n'avait pas le souvenir d'avoir jamais versé une larme pleurait à présent.

5

Luther Tillman n'avait pas l'habitude du désert, et il appréciait cet univers avec le même entrain que si on l'avait placé au-dessus d'un lit de charbon de bois, sur la grille d'un barbecue. Il avait connu des journées plus chaudes que celle-là, même dans le Minnesota dont il était originaire, mais la sécheresse ambiante, la pâleur du ciel, la poussière qui recouvrait les arbres et la terre aride accentuaient les effets de la chaleur, et franchir la barre des 30 degrés dans un tel environnement lui semblait oppressant.

Il se délesta de son blouson de jean noir et envisagea même de retirer le holster qu'il portait au niveau de l'épaule avant de se raviser en estimant qu'il se sentirait nu sans son arme.

Parmi le matériel entreposé à l'arrière du Suburban se trouvait un tuyau d'arrosage de douze mètres muni à son extrémité d'un jet et de deux réservoirs remplis d'un produit solvant.

Il dénicha un robinet dans un coin du garage de la maison bleue et y raccorda le tuyau après s'être assuré qu'il fonctionnait.

Le Suburban était recouvert d'une peinture blanche spéciale mise au point par Enrique de Soto. Sous l'effet du mélange d'eau et de solvant, cette couche superficielle se transformait en un liquide crayeux et laissait place à la peinture noire originale du véhicule. Sur les flancs et le toit du 4x4 apparut alors l'inscription FBI en lettres épaisses.

Une fois récupéré l'enfant, ils ne pouvaient se permettre de courir le risque d'être arrêtés par les autorités en regagnant le terrain de camping où stationnait l'Allegro. En cas de barrage routier, un véhicule du FBI courait moins le risque d'être arrêté et fouillé.

Tel un alchimiste du temps jadis, Luther acheva de nettoyer le Suburban de son badigeon tandis que son crâne rasé et son visage se couvraient d'un voile de transpiration sous les assauts d'un soleil impitoyable.

6

Dans un recoin épargné par la lumière, le temps s'arrête pour quiconque est imperméable au passage des heures. Seule compte désormais l'éternité. La faim habite l'instant présent, ainsi que la peur et la haine. La haine de tout ce qui n'est pas soi-même. Le reste n'est que danger potentiel.

En pareil cas, on rêve sans dormir, les yeux grands ouverts. Des rêves sombres qui plongent l'être dans l'obscurité.

L'instant présent est également habité par les désirs les plus primitifs. Le désir de manger, de chasser, de conquérir la peur par la violence en ingurgitant le sang nourricier de l'Autre.

Les murmures vont et viennent entre les parois du crâne, porteurs de mots *aussi futiles que le souffle du vent dans les herbes sèches ou un crissement de verre pilé sous les pattes d'un rat*[1].

Les émotions se succèdent, générées par les Autres, dont les peurs et les haines ne font qu'alimenter les vôtres.

L'instant présent est habité par des images de violence venues d'ailleurs. Des proies déchiquetées, égorgées, éviscérées. Le rut frénétique des Autres chevauchant leur proie avant de la tuer.

1. Il s'agit d'une citation du poème *Les Hommes creux* de T. S. Eliot.

Ces images réveillent des instincts, des passions aussi glaçantes qu'intenses, sans que jamais la peur ne cède le pas. *Je te ferai voir la peur dans une poignée de poussière*[1].

Un bruit inattendu vient alimenter la peur dans l'instant présent. Un bruit familier que l'on ne parvient pas à identifier, dont on est incapable d'imaginer la provenance. Le mot *moteur* traverse l'esprit de façon répétée, mais il est vide de sens et ne peut que nourrir la colère.

On quitte le coin d'ombre dans lequel on s'était recroquevillé, on se déploie et on attend, l'oreille tendue. On s'approche de la lumière, de la matière transparente à travers laquelle elle pénètre l'espace.

Des Autres sont là. Une femelle s'éloigne en traversant les herbes sèches en direction d'un lieu dont la silhouette sombre se dessine dans le ciel.

Là, tout près, une masse blanche, le souvenir d'un objet capable de se mouvoir seul sans effort. Vite, toujours plus vite, au milieu d'une multitude de paysages.

Le souvenir est aussi vague que dérangeant, il est surtout fragile et finit par se dissoudre dans le brouillard de l'oubli.

Il ne reste alors qu'une certitude, celle que la masse blanche est à l'origine du bruit pour lequel on a renoncé au recoin d'ombre dans lequel on était recroquevillé.

Un Autre, un mâle cette fois, s'active auprès de la masse blanche, sans se douter qu'on l'observe.

Debout près de la matière transparente que franchit la lumière, de façon à ne pas être vu, on observe le mâle.

De l'eau jaillit des mains du mâle. Elle dessine un arc et la masse blanche vire au noir. Comme la nuit succède au jour. À ceci près que *personne* ne transforme le jour en nuit. La nuit arrive d'elle-même.

---

1. Ce vers est emprunté à un autre célèbre poème d'Eliot, *La Terre vaine*.

L'Autre, le mâle, est source d'inquiétude. Serait-il capable de transformer le jour en nuit ? De laver à jamais la lumière ? Un tel pouvoir serait terrifiant.

La rage est le seul remède contre la peur, et la rage laisse place à la fureur.

On jette autour de soi un regard empreint de désespoir.

Vite, vite.

On saisit un objet qui ouvre un autre objet, révélant des espaces insoupçonnés.

Des espaces remplis d'objets familiers que l'on est incapable d'identifier, dont on ne peut imaginer la fonction.

Jusqu'à découvrir une multitude d'objets pointus et acérés dont on sait à quoi ils peuvent servir. On le sait même très bien.

7

Carter Jergen est convaincu que son collègue Dubose et lui vont retrouver Minette Butterworth très vite après qu'elle a pris la fuite suite au saccage de la maison des Atlee, ce en quoi il se trompe.

Les alentours, brûlés par le soleil, n'offrent guère de possibilité de se cacher. Çà et là, des failles provoquées par d'anciens séismes sillonnent la terre, tandis que des lits de torrent asséchés signalent les crues provoquées par les violents orages qui secouent régulièrement le désert d'Anza-Borrego. La végétation est trop pauvre pour offrir un abri. Seuls de rares bouquets d'arbres pourraient fournir une cachette à une Modifiée qui a franchi la porte interdite.

Dans cette partie de la vallée, les maisons sont éloignées les unes des autres, mais la nouvelle incarnation de Minette Butterworth se déplace avec la fulgurance instinctive d'un prédateur. Elle a fort bien pu se réfugier dans un autre pavillon au cours des minutes qui ont suivi sa fuite.

Jergen l'imagine débarquant chez des gens sans méfiance. Les catastrophes que Minette ou d'autres Modifiés en détresse sont susceptibles de provoquer prennent dans sa tête des proportions épiques.

Faute d'avoir retrouvé dans le désert cette femme retournée à l'état sauvage, il va leur falloir fouiller maison après maison.

Dubose, trônant derrière le volant du VelociRaptor, sert à son collègue un discours pontifiant.

— Au même titre que certaines Modifiées ont été privées de leurs souvenirs et de leur personnalité pour servir d'esclaves sexuelles dans le cadre luxueux d'un Aspasie, les Modifiés transformés en *rayshaws* sont de simples machines à tuer.

Raymond Shaw est le héros du roman *Un crime dans la tête*, transformé en assassin à la suite d'un lavage de cerveau. Lorsque Bertold Shenneck, l'inventeur du mécanisme de contrôle, a voulu s'entourer de gardes aussi obéissants que téméraires pour assurer la protection de sa vaste propriété de Napa, il a trouvé amusant de leur donner le nom de rayshaws. À condition d'oublier leur visage impassible et leur regard vide, ces robots humains peuvent sembler normaux avec leurs tenues impeccables, leur calme impérial et leur courtoisie inquiétante, mais ils sont mieux entraînés et plus intrépides que n'importe quel garde du corps. À la moindre menace, libres de tout état d'âme, ils réagissent avec une brutalité inouïe.

Dubose disserte longuement sur la bestialité des rayshaws et leur absence de remords, au point que Jergen finit par l'interrompre.

— Où veux-tu en venir ?

— Mon Cubby, je veux en venir au fait que je n'aimerais pas vraiment me retrouver dans une arène avec un rayshaw en face de moi. Mais pour avoir vu le sort que Ramsey Corrigan a réservé à sa famille comme celui que la charmante Minette a fait subir à son cher Bob, je préfère encore affronter un rayshaw que d'être enfermé dans une pièce sans arme avec cette salope. Les rayshaws sont de simples machines humaines savamment programmées alors que Minette relève d'une tout autre espèce. C'est une zombie meurtrière démoniaque.

Jergen soupçonne Dubose de jouer avec lui à quelque petit jeu idiot qu'on lui aura enseigné à Princeton. Un jeu psychologique visant à le pousser à la panique. Il se hasarde pourtant à poser une question :

— Si Minette est une zombie meurtrière démoniaque, pourquoi sommes-nous assez bêtes pour la prendre en chasse ?

— Parce que tel est notre destin, mon Cubby. Personne n'échappe à son destin, surtout pas des révolutionnaires convaincus comme nous dont l'avenir dépend de la réussite du mouvement. Si on rate le train, on sera broyés comme de vulgaires détritus. C'est la nature du pacte que nous avons signé avec le destin.

— Tu veux que je te dise ? s'empresse de rétorquer Jergen, exaspéré par tant de grandiloquence. Ce portrait ne me ressemble en rien.

Dubose lui adresse un sourire condescendant.

— J'en ai bien conscience, mon Cubby. C'est pour cette raison que je te gratifie régulièrement de petits laïus d'encouragement, afin de t'inciter à mieux te connaître toi-même, à mieux comprendre l'entreprise héroïque dans laquelle tu t'es embarqué.

8

Travis attendait sagement le signal du départ, son sac à ses pieds, mais il n'était pas le seul. Cornell Jasperson, semblable à une gargouille bienveillante échappée de son perchoir gothique, se planta face à Jane en adoptant une posture suppliante. Il dansait d'un pied sur l'autre en raclant le plancher de ses semelles, les mains posées sur la poitrine comme pour empêcher son cœur de s'échapper.

— J'ai besoin d'accompagner votre petit garçon, s'il vous plaît et merci. J'ai besoin de l'accompagner. Le petit garçon.

Jane savait que Travis refuserait d'abandonner les chiens, malgré les difficultés que leur présence entraînerait lorsqu'ils voudraient quitter la vallée. Le petit garçon avait été confronté à trop de deuils pour le supporter. Il connaissait Duke et Queenie depuis quelques semaines seulement, mais le lien qui s'était instauré entre lui et les deux chiens était si profond que l'obliger à les abandonner provoquerait en lui des dégâts irréparables. Jane s'était donc préparée à emporter les bergers allemands dans sa fuite, mais elle n'avait nullement prévu la présence d'un géant débonnaire souffrant de troubles de la personnalité, incapable de supporter qu'on l'effleure sans éprouver une crise d'angoisse.

— Hmmm. Hmmm. Je suis à peu près sûr de pouvoir devenir une meilleure charge, ajouta Cornell. Hmmm. Je voulais dire une meilleure *personne*. Si vous m'emmenez avec vous, je suis à peu près sûr que je me comporterai bien.

Que la manœuvre ait déjà été mise au point ou non par le géant et l'enfant, Travis appuya aussitôt la requête de Cornell.

— Il faut qu'on l'emmène avec nous, m'man. Avec M. Jasperson, on a prévu d'aller un jour à Atlanta voir comment on met le Coca en canettes.

— Ces derniers jours, enchaîna Cornell, les chiens m'ont touché, mais j'ai fait semblant de l'ignorer, très fort, et je n'ai pas eu de crise d'angoisse. Au bout d'un moment, je n'avais même plus besoin de jouer la comédie.

Pour preuve de ses dires, il caressa l'un des bergers allemands, qui agita sa queue en retour.

— Il faut que tu acceptes, insista Travis. Il fait de très bons sandwiches et les meilleurs muffins que j'aie jamais mangés. Il a même une recette de muffins flipains à l'ananas et à la noix de coco, même qu'il leur a tous donné des millions.

— Je n'ai pas donné des millions aux muffins, le corrigea Cornell. J'ai donné des millions aux Philippins. Je suis incapable de toucher les gens parce que je suis un cinglé de première. Hmmm. Hmmm. Mais je m'occupe très bien des chiens.

Il fixa la pointe de ses chaussures avec une timidité enfantine avant de relever la tête.

— En outre, si je reste ici, les méchants finiront par me trouver. Vous ne croyez pas ?

Il avait raison. Ils découvriraient tôt ou tard la cachette de Travis et s'empareraient de Cornell, ne fût-ce que pour lui voler sa fortune. Une personne de plus ou de moins dans la caravane humaine de Jane ne changerait rien.

— On n'abandonne pas les blessés en temps de guerre, décida Jane. On trouvera bien une petite place pour vous.

— Il lit à voix haute mieux que quiconque, s'écria Travis avec une note de d'espoir dans la voix. Et il a été très gentil avec moi quand j'ai laissé ma brosse à dents dans la salle de bains.

— Relax, cow-boy, le rassura Jane. Ma décision est prise. Attendez-moi ici tous les deux avec les chiens. Je vais voir où en est Luther, on revient tout de suite avec le Suburban.

9

Les affaires étaient calmes dans la petite épicerie. Bipin Gaitonde, bien que né à Bombay, était fier de vivre dans ce coin de désert depuis dix-sept ans. Marié à Zoya qui lui avait donné trois enfants, ce commerçant avisé se tenait derrière la caisse en présence de clients tout en profitant des moments creux pour remplir les rayons.

Il sortait de la réserve, un carton de barres chocolatées à la main, lorsque le Cadillac XT5 fit exploser la vitrine. Une pluie de verre inonda l'intérieur de la boutique en faisant éclater des paquets de chips qui répandirent leur contenu dans tous les coins.

Contre toute attente, le conducteur du 4x4 accéléra et une rangée entière d'étagères se disloqua bruyamment avant de s'effondrer sur les rayonnages voisins tandis que les roues du véhicule broyaient leur contenu sur son passage.

Bipin lâcha son carton et se réfugia d'un bond derrière le comptoir.

Le lourd véhicule finit par s'immobiliser au milieu du magasin, de guingois sur les décombres, deux pneus crevés, son pare-brise en miettes. Un nuage de vapeur s'échappait du capot plié en deux.

Le conducteur parvint à ouvrir sa portière et descendit lentement du 4x4 en repoussant d'un coup de pied rageur les paquets de céréales et autres viennoiseries à la crème auxquelles Bipin ne trouvait aucun goût, mais qui se vendaient bien.

L'épicier reconnut l'intrus. Il s'agissait de Buckley Tolbert, le fondateur et propriétaire du plus vieux restaurant de Borrego Springs. Un sexagénaire à cheveux blancs et au visage avenant, de nature généreuse et drôle, que tout le monde appréciait.

Buckley laissa échapper un chapelet interminable d'injures et d'obscénités avec la rapidité d'une mitraillette. Terré derrière son comptoir, Bipin Gaitonde en resta interdit. S'il proposait à la vente des magazines érotiques dans son épicerie, il veillait à les enfermer dans des pochettes en papier qui laissaient uniquement dépasser leur titre. En outre, il interdisait à quiconque de feuilleter sur place ce genre de littérature.

— Monsieur Tolbert ! s'exclama-t-il sur un ton de reproche. Vous n'avez pas honte ?

Le restaurateur, qui ne semblait pas avoir remarqué la présence de l'épicier jusque-là, émailla ses grossièretés d'avertissements acerbes, menaçant son interlocuteur de l'émasculer. Malgré son âge et son embonpoint, conséquence de son métier, Buckley Tolbert se rua sur Bipin avec l'agilité d'un félin.

Randonneur aguerri, Bipin se promenait dans les monts de San Bernardino cinq ans plus tôt lorsqu'il avait vu, au détour du chemin, un puma de près de deux cents kilos sauter depuis un petit bois de pins sur le dos d'un cerf sans méfiance. L'animal avait jeté à terre sa proie dont il avait déchiré la gorge avec ses crocs avant que Bipin ait eu le temps d'éprouver le moindre sentiment de peur. Cette expérience lui avait servi de leçon et il avait purement et simplement renoncé depuis aux randonnées en montagne.

Il eut soudain l'impression qu'une divinité féline quelconque se matérialisait en face de lui sous la forme d'un avatar de Buckley Tolbert. Les néons de l'épicerie se reflétaient dans le regard assassin du restaurateur aux traits déformés par la folie et la rage. Bipin craignit un instant que son adversaire ne fasse un AVC ou un infarctus sous ses yeux avant de comprendre, presque trop tard, que lui-même jouait cette fois le rôle du cerf.

Buckley Tolbert s'approcha de la caisse en poussant des hurlements dignes d'un esprit malin tout droit sorti de l'enfer et Bipin s'empressa de se réfugier sous le comptoir. Incrédule, il hésita à s'emparer du pistolet qu'il gardait sous sa caisse au cas où des inconnus auraient voulu braquer son magasin, ce qui n'était jamais arrivé depuis son installation à Borrego Springs. En aucun cas il n'avait acheté cette arme avec l'intention de s'en servir un jour contre un voisin et ami.

Buckley Tolbert grimpa d'un bond sur le comptoir et Bipin, à ses pieds, le menaça de son pistolet. Les cheveux blancs de Tolbert étaient dressés sur son crâne comme s'il avait été électrocuté, son regard respirait la méchanceté et un filet de morve pendait de l'une de ses narines, tel un ver malfaisant. Son menton, sa bouche, ses lèvres et ses dents étaient couverts d'un voile de sang dont il projetait des gouttelettes à chaque éructation.

Sans se l'expliquer, Bipin Gaitonde comprit qu'il ne s'agissait pas du sang de Tolbert, mais de celui d'une victime à laquelle il s'était attaqué avant d'écraser son véhicule contre la vitrine de l'épicerie. À l'instant où Tolbert se jetait sur lui, Bipin tira et le restaurateur obèse vola au-dessus de lui en lui agrippant les cheveux au passage.

Bipin, soulevé de terre, atterrit sur son adversaire. En dépit de l'étroitesse de l'espace aménagé derrière la caisse, Tolbert parvint à renverser son adversaire sans que Bipin puisse savoir s'il l'avait blessé.

L'épicier tenait toujours le pistolet dans son poing droit, mais son bras restait coincé sous lui. Une vive douleur lui paralysait le bras et il peinait à trouver sa respiration sous le poids de son attaquant.

Avec une force surhumaine, *l'être* qui avait été Tolbert immobilisa le poignet gauche de Bipin et approcha son visage de celui de l'épicier en l'arrosant de postillons sanglants, puis il approcha ses doigts crochus du front de Bipin. Ce dernier n'eut aucun doute sur le fait que son adversaire avait l'intention de lui arracher les yeux. Il repensa à Zoya, sa femme, aux trois enfants qu'il allait laisser derrière lui dans un monde impitoyable.

Cette pensée sinistre lui donna la force de repousser Tolbert, pas suffisamment pour se libérer, mais assez pour dégager son bras droit douloureux. Et si celui-ci était cassé, l'empêchant de tirer ? Ce n'était pas le cas et il parvint à relever l'arme en appuyant sur la détente. La balle emporta partiellement l'oreille gauche de son attaquant.

Tolbert poussa un hurlement et se protégea machinalement les deux oreilles de ses mains, comme s'il était dans l'incapacité de savoir laquelle était arrachée.

Bipin crut un instant qu'il allait lâcher le pistolet sous l'effet du recul. Il se reprit en serrant ses deux poings autour de la crosse et tira cette fois à deux reprises à quelques centimètres à peine du visage de Tolbert.

Le restaurateur bascula sur sa droite, la bouche grande ouverte sur un cri silencieux, son visage redessiné par le double impact, ses cheveux reflétant le double éclair des coups de feu.

Bipin, en position assise, glissa précipitamment en arrière sur les dalles de vinyle jusqu'à ce que la cloison de la caisse bloque sa retraite. Il se releva tant bien que mal, le pistolet serré dans ses poings crispés, bras tendus, persuadé que Tolbert allait ressusciter et l'attaquer de plus belle.

À trente-cinq ans, Bipin Gaitonde n'avait jamais levé la main sur personne. Le jour où il avait acheté le pistolet, Zoya lui avait dit en souriant qu'il était beaucoup trop doux pour être capable de s'en servir un jour, ajoutant que son empathie naturelle le pousserait à offrir le contenu de la caisse au malheureux braqueur qui attaquerait l'épicerie, et peut-être même à lui signer un chèque en blanc.

En larmes, Bipin contempla la dépouille du restaurateur sans le quitter un instant des yeux jusqu'à ce qu'une sirène hulule dans le lointain, ce qui n'était pas courant à Borrego Springs. Il reporta son attention sur la vitrine explosée tout en sachant que la police ne serait pas là tout de suite.

Son instinct lui murmura que le vent de folie qui avait soufflé sur son magasin ne se calmerait pas de sitôt. L'hydre qui avait bien failli le tuer avait plusieurs têtes et ne tarderait pas à se manifester ailleurs.

10

Rien n'avait changé à l'extérieur de la grange depuis que Jane y avait pénétré : la chaleur, la sécheresse, le calme, la signature alcaline caractéristique du désert. Des insectes invisibles célébraient la vie de leur bourdonnement monotone et, au-dessus de sa tête, un bimoteur s'entêtait à détecter des informations téléphoniques qu'elle n'était pas assez inconsciente pour fournir à l'ennemi.

Malgré cette stabilité apparente, son intuition lui souffla qu'un changement était intervenu, que le temps ne jouait pas en sa faveur.

Elle se figea, tous les sens en alerte, en examinant attentivement les alentours. Luther achevait de changer la couleur du Suburban. Si une crise était imminente, il n'en soupçonnait visiblement rien. Son intelligence et ses années de police lui avaient laissé un instinct tout aussi aiguisé que celui de Jane, peut-être se montrait-elle nerveuse sans raison.

Elle devina soudain une ombre sur le seuil de la petite maison bleue. Elle avança et eut la confirmation qu'une silhouette étrange se tenait là, sans que Luther n'ait rien remarqué.

Elle évita d'attirer son attention, à la fois parce qu'il risquait de ne pas l'entendre, et parce qu'il était inutile d'alerter la personne qui se tenait dans la véranda au cas où elle ne l'aurait pas vue.

Jane s'approcha d'un pas rapide, sans courir pour autant, de peur qu'un mouvement trop brusque n'attire l'attention de l'inconnu. Elle n'était plus qu'à une trentaine de mètres de l'extrémité de la véranda lorsqu'elle comprit que la silhouette était celle d'une femme. Une femme entièrement nue.

Si sa présence était surprenante, sa nudité contribuait à rendre la situation plus étrange encore. Jane ne s'était pas trompée en sentant l'arrivée d'une crise, mais la nature de celle-ci lui échappait complètement.

Elle n'était plus qu'à vingt mètres de la maison lorsque la femme nue la vit. Au même moment, son travail terminé, Luther coupait l'eau et posait par terre le tuyau d'arrosage. Apercevant une lueur métallique dans la main de la femme, Jane se précipita, l'arme au poing.

— Luther! Dans la véranda!

Surpris, il commença par regarder Jane avant de pivoter en direction de la femme nue. Cette dernière, un couteau de boucher dans la main droite, rentra précipitamment à l'intérieur de la maison dont elle claqua la porte.

Le temps que Jane rejoigne Luther, celui-ci avait sorti son pistolet.

— Qui est donc…

— Je ne sais pas, le coupa-t-elle, mais nous allons devoir partir au plus vite. Pendant que vous changez les plaques d'immatriculation, je vais voir à l'intérieur de quoi il retourne.

— Pas question de vous laisser y aller seule.

— Il n'y a pas une minute à perdre. Changez les plaques.

Comme le véhicule était censé appartenir au FBI, Ricky de Soto leur avait fourni des plaques officielles, afin de mieux mystifier la police locale qui aurait soupçonné un stratagème si un véhicule aux armes du FBI s'était présenté à un contrôle routier avec des plaques ordinaires.

— Et si elle n'est pas seule là-dedans ? s'inquiéta Luther.

— Chaque seconde compte. Je dois aussi vous avertir qu'en plus de Travis et des chiens, nous emmenons Cornell.

— Dieu du ciel !

— Changez les plaques, mais surveillez vos arrières. Ensuite, vous n'aurez plus qu'à vous arrêter devant la grange et charger tout ce petit monde, décida Jane en franchissant d'un bond les marches de la véranda.

11

Carter Jergen trouve le désert et ceux qui l'habitent si étrangers à sa conception de la nature humaine qu'il pourrait tout aussi bien se trouver sur une autre planète dans une galaxie lointaine. Cette impression ne fait que s'amplifier lorsque Dubose et lui découvrent une scène d'accident.

Le véhicule concerné est une berline Honda rouge cerise qui gît sur le flanc droit, son toit enfoncé contre un mur de soutènement conçu pour empêcher le promontoire bordant la route de s'effondrer en cas d'orage violent. La chaussée est constellée de débris et d'éclats de verre sur une vingtaine de mètres, des traces de peinture rouge maculent le macadam comme si la Honda avait été renversée et poussée violemment contre le mur.

Jergen descend du VelociRaptor et s'approche de la voiture rouge dont il examine l'intérieur avant de regagner son siège.

— Il y a une morte à l'intérieur.

— Quel genre de morte ? l'interroge Dubose.

— Qu'est-ce que tu entends par « quel genre de morte » ?

— Son origine ethnique, son âge, ses vêtements, la nature de ses blessures. Lors d'une enquête aussi complexe que celle dans laquelle nous nous sommes lancés, Cubby, on ne sait jamais quel détail peut fournir la pièce manquante du puzzle.

— Une Blanche en piteux état, la trentaine, cheveux bruns. Elle porte un short et un débardeur.

— Jolie ?

— Mais… parce que tu comptes peut-être te faire une morte, maintenant ?

— Un peu de jugeote, l'ami. S'il s'agit d'un meurtre et que la fille est jolie, ça pourrait expliquer les motivations de son assassin. Un ancien mari ou un petit ami jaloux, par exemple.

— Le petit ami en question serait King Kong, à ton avis ? Ce qui expliquerait qu'il ait attrapé la Honda avant de la pousser sur vingt mètres ?

— Le sarcasme n'est pas ton fort, Cubby.

— Et je te rappelle qu'on n'est pas là pour enquêter sur des meurtres.

— Si ça se trouve, elle possédait des informations dont nous avons besoin. Tu es sûr qu'elle est morte ?

— Si elle ne l'est pas, elle joue très bien la comédie.

— D'accord, acquiesce Dubose.

Moins de deux kilomètres plus loin, ils aperçoivent une Mini Cooper plantée dans un chêne avec une telle force que son châssis s'est littéralement enroulé autour du tronc à plus d'un mètre de hauteur.

Ce serait au tour de Dubose de descendre du VelociRaptor afin d'examiner la carcasse du véhicule accidenté, mais il refuse sans donner de raison. En vérité, il n'a aucune envie que Jergen profite de son absence pour s'installer derrière le volant.

Jergen regagne le 6 x 6 quelques instants plus tard.

— Victime d'origine mexicaine très séduisante, vingt-cinq ans, en jean et T-shirt. Un bras cassé, au moins une jambe fracturée, très certainement aussi une lésion grave de la colonne vertébrale.

— Tu cherches à me piéger, l'ami. Je lis en toi comme dans un livre. Tu évoques volontairement une victime mexicaine de façon à me laisser croire qu'il s'agit d'une femme, persuadé que j'irai m'en assurer au vu de ta description.

— Si ça se trouve, tu es *vraiment* la réincarnation de Sherlock Holmes.

— Ton Mexicain est encore en vie ?

— Pas pour longtemps. Il a perdu connaissance et décline rapidement.

Dubose pousse un soupir.

— De sorte qu'on ne peut pas l'interroger. Quand bien même il survivrait, il n'aura pas une vie très agréable avec une blessure à la colonne. Reste à espérer que le prochain accidenté, s'il y en a un, nous sera plus utile.

— D'accord.

Un kilomètre plus loin, les deux hommes découvrent une moto Big Dog Bulldog Bagger équipée de selles. La machine, un bijou avec son moteur V-twin 1800 cc, est réduite à l'état d'épave. Son conducteur gît sur la chaussée une trentaine de mètres plus loin, transformé en galette. Il ne fait aucun doute qu'un conducteur rageur lui a roulé dessus à plusieurs reprises. Les pneus du véhicule meurtrier ont laissé sur l'asphalte de larges empreintes sanglantes que le soleil s'est empressé de sécher.

— Un camion probablement, commente Dubose d'un air pontifiant.

12

Jane entra dans la cuisine. L'atmosphère était aussi étouffante qu'au-dehors et il flottait à l'intérieur de la vieille maison un léger parfum de moisi. L'un des carreaux de la porte donnant sur la véranda était cassé.

Le rayon de soleil qui pénétrait dans la pièce reproduisait la découpe en zigzag de la vitre brisée et des grains de poussière dansaient dans les formes géométriques complexes. Jane avait l'impression de se retrouver dans la scène finale d'un vieux film en noir et blanc au titre oublié de longue date, au terme d'une lutte impitoyable entre le héros et son adversaire, sans qu'elle puisse savoir si l'un d'eux avait survécu, ou bien si les deux ennemis étaient morts.

Elle dressa l'oreille sans rien entendre, jusqu'à ce que l'une de ses semelles crisse sur le linoléum usé.

À l'opposé, une porte s'ouvrait sur ce qui devait être le salon tandis qu'à sa droite un autre battant, entrouvert, reliait la cuisine au garage.

Jane, le poing serré sur la crosse de son arme, le bras tendu en avant, ne disposait que de sa main gauche pour exécuter la moindre tâche. Elle ramassa un éclat de verre d'une dizaine de centimètres en forme de croissant de lune et le posa au pied de la porte du garage.

Elle se positionna du côté des gonds et coula un regard à travers l'entrebâillement. La pièce, mal éclairée par une fenêtre poussiéreuse, était plongée dans la pénombre et elle distingua péniblement la silhouette d'un SUV. Très certainement le Range Rover de Gavin et Jessie, laissé là lorsqu'ils étaient partis faire des courses à Borrego Springs en empruntant la vieille Honda de Cornell. Pas un son ne filtrait du garage. Elle retint son souffle et tendit l'oreille en se demandant si le silence n'était pas le signe que la femme nue au couteau retenait elle aussi sa respiration.

Au grand déplaisir des gonds rouillés, elle écarta d'un geste brusque le battant qui claqua contre le mur du garage. Aucune réaction. Franchir une porte est toujours l'étape la plus périlleuse lors d'une fouille. Courbée en deux, elle se rua à l'intérieur de la pièce, le pistolet en avant et se colla contre le mur de droite. Il n'existe pas de bonne façon de mourir, mais l'idée d'être poignardée lui répugnait particulièrement. L'acier qui s'enfonce dans les chairs, la lame qui les déchire. Son cœur cognait fort contre sa cage thoracique lorsqu'elle chercha des doigts l'interrupteur. Les néons clignotèrent en s'allumant au-dessus de sa tête.

La femme au couteau n'était pas là. Les placards à outils alignés le long du mur du fond étaient trop étroits pour accueillir un adulte. Elle se baissa afin de s'assurer que personne ne se dissimulait sous le Range Rover. L'habitacle était également vide.

Elle retourna dans la cuisine en prenant les mêmes précautions et referma la porte de communication devant laquelle elle déposa un autre éclat de verre. S'il avait bougé en son absence, elle saurait que quelqu'un lui tendait une embuscade dans le garage.

La pièce voisine était le salon dans lequel se trouvait la porte d'entrée verrouillée. La maison comptait également deux petites chambres, une salle de bains, ainsi qu'un bureau. Le tout était meublé de façon disparate et bon marché, Cornell avait tout laissé en l'état en prenant ses quartiers dans la bibliothèque et le bunker.

La femme n'avait pas pu quitter la maison puisque la porte donnant sur l'extérieur était fermée à clé. Quant aux fenêtres, elles étaient toutes intactes, leurs châssis collés par une épaisse couche de peinture.

La chaleur était étouffante, obligeant Jane à respirer par la bouche dans l'espoir de rester la plus silencieuse possible.

En achevant le tour des pièces, elle découvrit une porte dans le bureau. Sans doute celle d'un placard. Elle se colla contre le chambranle, posa la main gauche sur la poignée, et fut prise d'une hésitation.

Elle s'efforça de revoir dans sa tête la femme nue. Une chevelure aussi hirsute que celle de Méduse. Un joli visage aux traits déformés par la bestialité qui lui rappela l'un des tableaux les plus effrayants de Goya, *Saturne dévorant un de ses fils*. Des mains couvertes de sang tenant le couteau de boucher.

Jamais elle n'avait vu pareille horreur et elle ne douta pas un instant qu'il s'agît de l'œuvre des Arcadiens, sans percer le secret d'une telle monstruosité.

Le pistolet collé contre son ventre, canon braqué vers la porte, elle tourna lentement la poignée et le battant s'écarta sans que rien ne se produise. Elle coula un regard à l'intérieur du réduit et découvrit un escalier s'enfonçant dans l'obscurité. Elle en fut étonnée car les sous-sols étaient rares dans les maisons d'une région aussi vulnérable aux séismes.

Elle tentait de lire dans la poussière des empreintes récentes lorsqu'un grand bruit se fit entendre à l'extérieur.

La porte de la cave ne se fermait pas à clé et le fait qu'elle s'ouvre en direction des marches empêchait Jane de la bloquer pendant qu'elle explorait les raisons du vacarme.

Le bruit caractéristique d'une planche arrachée lui parvint de l'avant de la vieille bâtisse.

Rien ne disait à Jane que l'inconnue se tapissait dans le sous-sol. *Tu parles.* Rien ne disait qu'elle remonterait pendant que Jane était occupée ailleurs. *Tu parles.*

Sans résoudre la question, Jane se précipita en direction du salon alors qu'un nouveau craquement faisait trembler les murs de la maison.

13

Carter Jergen n'est pas homme à regretter le choix de vie qu'il a fait, mais à présent qu'il se retrouve bloqué dans ce coin paumé, il en arrive à se demander s'il n'aurait pas été mieux avisé de réfléchir trois minutes avant d'accepter l'invitation de sa tante Deirdre à se joindre à la révolution arcadienne. Deirdre est sa tante préférée, c'est une femme brillante qui se trouve à la tête d'une fortune de sept cents millions de dollars. Comme elle n'a pas d'enfants, elle ne l'a sûrement pas oublié dans son testament. En dépit de cet avantage, peut-être aurait-il mieux fait de refuser sa proposition et de l'assassiner en veillant à ne pas attirer les soupçons sur lui.

De l'autre côté du pare-brise, le petit pick-up retourné sur le toit sur le bas-côté, les quatre pneus éclatés, est en flammes. Le squelette calciné qui reste coincé sur le siège du conducteur ressemble à un marshmallow géant fondu sur un feu de camp.

Radley Dubose est au téléphone avec les équipes du QG. Il demande à son interlocuteur s'il a des nouvelles de l'hélicoptère Airbus H120 qu'il a envoyé en mission à la poursuite de Minette Butterworth. Il cherche également à savoir ce qu'il est advenu des personnes modifiées la veille, si le pilote et le copilote de l'Airbus ont remarqué quelque chose d'anormal en survolant la route.

La réponse est apparemment positive car Dubose se contente d'écouter les explications de son correspondant pendant quatre minutes en laissant échapper des interjections telles que *Bon*, *Vraiment ?*, *Merde alors*, ou encore *Tout ça n'est pas terrible, vieux.*

Il vient à peine de raccrocher que Jergen se tourne vers lui.

— Si on arrive tous les deux à tuer ma tante Deirdre en faisant passer sa mort pour un accident, je suis prêt à partager avec toi un héritage de cent millions de dollars au bas mot. Peut-être beaucoup plus.

Dubose lui lance un regard désapprobateur, et nullement parce que son collègue lui suggère de commettre un meurtre.

— Évitons pour l'heure de nous laisser distraire par des problèmes aussi terre à terre que des questions d'argent, si tu veux bien. L'avenir de la révolution est en jeu. Te souviens-tu que l'un des Modifiés d'hier soir était un certain Arlen Hosteen ?

— J'ai assez de soucis pour ne pas m'amuser à mémoriser les identités de cinquante losers.

— Arlen Hosteen, poursuit Dubose sans se démonter, est le propriétaire de l'entreprise locale de collecte de déchets, Valleyside Waste Management. Il lui arrive de faire lui-même des tournées lorsque l'un de ses chauffeurs est malade, de sorte que c'était apparemment une excellente recrue pour localiser le chiard de Jane Hawk. Personne ne se méfie d'un éboueur qui s'arrête devant chaque maison, ce qui laissait tout le loisir à Hosteen de jeter un coup d'œil en passant et de s'assurer que rien dans les poubelles n'indiquait la présence d'un gosse au sein d'une famille sans enfant.

— Une idée géniale, le raille Jergen.

— Pas tant que ça, malheureusement. Hosteen a pris le volant d'un engin capable de soulever sans effort les bennes à ordures les plus lourdes. Un vrai tank.

— Tu es en train de me dire qu'il a franchi la porte interdite, comme Minette ?

— Tout indique qu'il n'est pas dans son état normal, sans arriver jusqu'aux mêmes extrémités qu'elle. Aucun témoin ne l'a vu nu.

— J'avoue que c'est un soulagement.

Dubose redémarre.

— L'équipage de l'Airbus a bien remarqué que Hosteen saccageait tout sur son passage, mais l'hélicoptère n'a pas pu continuer à le surveiller car on a signalé au pilote d'autres incidents plus graves encore.

— Des incidents plus graves que toutes ces voitures en miettes ? Combien ?

— Six, mais t'inquiète. Il nous suffit de retrouver Hosteen et de le neutraliser.

— Alors qu'il conduit un camion poubelle gros comme un tank ? Ce ne sera pas facile.

— Si tu te souviens, j'ai fait la connaissance de ta tante Deirdre. Eh bien, je peux déjà te dire que tuer Hosteen dans son camion benne sera infiniment plus facile qu'éliminer cette casse-couilles de première.

14

Jane quitta le bureau et remonta lentement le petit couloir desservant les chambres en serrant les deux poings autour de la crosse du Heckler. Une fois dans le salon, elle s'aperçut que la vieille porte d'entrée pendait lamentablement, arrachée de ses gonds, retenue par sa serrure. Le quadragénaire échevelé, suant et soufflant qui l'avait démolie lui faisait face d'un air mauvais, armé d'une manivelle de cric.

Sans cesser un instant de viser l'intrus, Jane se positionna de façon à pouvoir surveiller le couloir.

— Posez ça tout de suite.

Il n'était pas habillé de cuir noir, ne portait pas davantage un gilet de peau humaine ou un collier de dents arrachées à ses victimes, un masque ou encore une cagoule figurant *Le Cri* du peintre Edvard Munch, comme on le voit au cinéma dans les scènes de ce genre. Il était vêtu d'un polo rayé noir et jaune, d'un pantalon blanc et de chaussures bateau blanches qu'il portait sans chaussettes. Le portrait d'un monstre banal à une époque insipide qui avait vu le numérique prendre le pas sur l'imagination, les horreurs du monde étant devenues si insoutenables que la plupart des gens préféraient trembler devant des scènes de violence imaginaires.

— C'était toi ? demanda-t-il, sourd à l'ordre que venait de lui donner Jane. C'était toi, espèce de salope ? La salope dans ma tête ?

Il avait dû avaler toute une armoire à pharmacie de produits illicites. Ses yeux bleus écarquillés étaient ceux d'un fou, mais il conservait le regard alerte d'un hibou en quête d'une proie. Derrière la rage, la haine et la luxure qui déformaient ses traits, Jane crut discerner un problème d'ordre neurologique, à en juger par les spasmes qui agitaient les muscles de son visage en dessinant un kaléidoscope d'expressions grotesques.

— Posez cette manivelle, répéta-t-elle.

Il fit un pas vers elle.

— C'est toi ? gronda-t-il sur un ton menaçant. C'est toi qui murmures dans ma tête que tu veux me baiser, me tuer, te tuer, te tuer, me baiser, tuer, tuer ? Dans ma tête, en permanence ?

La chambre des murmures.

Elle se trouvait face à un Modifié dont l'implant cérébral présentait un dysfonctionnement majeur.

Peut-être parce que la manivelle avait une forme allongée comme le fusil Taser d'Ivan Petro, elle repensa à l'Arcadien qui l'avait attaquée dans le petit bois de chênes. Au marteau qu'elle avait jeté au visage de son adversaire ce jour-là avant de sortir son arme. La vie était décidément une longue suite de bégaiements inexplicables que l'on pouvait identifier à condition d'accepter leur existence, et Jane devina quelle surprise lui réservait l'inconnu avant même qu'il en prenne lui-même conscience. Il était peut-être atteint de folie, mais il n'irait pas se ruer sur elle alors qu'elle le tenait dans sa ligne de mire. Il préférerait lui jeter la manivelle à la figure.

Quel qu'ait été cet homme, il n'était plus le même depuis qu'une nanomachine avait fait de lui un esclave. Surtout, il était clair que le mécanisme de contrôle avait altéré son psychisme, de sorte que le tuer relèverait de la compassion, et non du meurtre. En outre, elle devait agir vite si elle ne voulait pas qu'il réduise son crâne en bouillie.

Il leva le bras et elle l'abattit d'une balle en pleine poitrine. Le projectile le ralentit sans l'empêcher de lancer son arme. À une demi-seconde d'intervalle, le deuxième coup de feu lui arracha la gorge et lui réduisit la nuque en miettes. Sa tête se dandina comme celle des figurines à ressort que l'on voit parfois sur le tableau de bord de certaines voitures. Son corps désarticulé s'écroula sans un bruit, donnant l'impression que le mélange de chair et d'os qui le composait s'était dissous en ne laissant que son esprit et son âme. La manivelle, lancée sans force, passa loin de Jane et s'écrasa par terre.

À cet instant précis, la femme nue traversa le couloir d'un bond avec l'intention d'enfoncer son couteau de boucher dans le dos de Jane.

15

Au même moment, Bernie Riggowitz pensait à la trinité qui régit l'existence humaine : la vie, l'amour et la mort.

La vie consiste à chercher l'amour puis à le perdre, parfois au terme de longues décennies, parfois après quelques mois, voire une semaine. Le tout était de rester humble, chacun devait se souvenir que sa propre vie était frappée d'une date de péremption. Le tout était d'utiliser au mieux ce qui vous était accordé, sans jamais renoncer à servir le bien. Bernie comprenait ce mécanisme général, sans avoir la présomption de penser qu'il aurait pu en concevoir une version améliorée s'il s'était trouvé aux manettes, mais *vacherie de merde*, il en avait assez de perdre ceux qu'il aimait.

Installé derrière le volant du Tiffin Allegro, il se sentait trop nerveux pour s'occuper autrement qu'en regardant fixement l'aire de camping dans l'espoir d'aspirer un peu de la paix qui s'échappait de ce havre de tranquillité, avec ses palmiers majestueux et sa piscine aux eaux scintillantes.

Sauf qu'il n'y arrivait pas et regardait sa montre toutes les cinq minutes en étant persuadé à chaque fois qu'une heure venait de s'écouler.

Il avait aimé trois fois seulement en l'espace de toute une vie ; à chaque fois, il l'avait su en quelques heures. Miriam avait l'habitude de dire qu'elle avait eu le coup de foudre à l'instant où leurs regards s'étaient croisés et il affirmait avoir eu la même réaction, même s'il lui avait fallu une heure en réalité pour tomber tout à fait amoureux. Moins d'une minute après avoir découvert son petit visage, il avait passionnément aimé Nasia, leur fille unique, mais à moins d'être un monstre, qui n'aimait pas son enfant de toutes les fibres de son corps ? Quant à Jane, deux heures avaient suffi pour qu'il tombe amoureux de cette jeune femme prétendument prénommée Alice qui l'avait pris en otage. Alors qu'il avait aimé Miriam corps et âme, son amour pour Jane était désincarné. Il est vrai que s'il avait eu trente et un ans au lieu de compter un demi-siècle de plus et qu'il n'avait jamais rencontré Miriam, il l'aurait aimée corps et âme aussi, mais Bernie n'avait rien d'un vieillard libidineux.

S'il devait perdre Jane, sa foi dans la vie se diluerait dans le désespoir. Et si la jeune femme perdait Travis, son *boychik*, Bernie finirait par se persuader que le créateur était décidément un piètre architecte.

Il regarda sa montre pour la énième fois, persuadé que Jane aurait déjà dû l'appeler et qu'un drame était survenu puisqu'au moins deux heures s'étaient écoulées, mais il constata que Luther et Jane avaient quitté le camping tout juste une heure plus tôt.

Il fut brusquement tiré de ses pensées par l'arrivée d'un forcené qui fit le tour de la piscine en jetant à l'eau toutes les chaises longues.

16

Jane pivota sur elle-même en voyant surgir la menace du coin de l'œil, mais la femme nue était trop près et trop rapide, plus rapide qu'un serpent, et il n'était plus temps de tirer. Le couteau traça un long trait de droite à gauche sur l'abdomen de Jane en déchirant son T-shirt comme s'il était en tulle et la lame crissa sur la cotte de mailles du gilet pare-balles. Celui-ci apportait une protection efficace, mais à condition que l'adversaire ne s'en prenne pas au visage, au cou, aux mains. L'attaquante possédait une énergie féroce, quasiment animale, et une force physique peu commune. Tout en cherchant à poignarder Jane, elle l'avait repoussée brutalement contre le mur et la jeune femme se trouva brièvement enveloppée d'un voile noir tandis que son arme tombait à ses pieds.

Une lutte à mort au corps à corps s'engagea entre les deux femmes. L'inconnue s'apprêtait à frapper de nouveau lorsque Jane parvint à lui saisir le poignet au vol.

Avec son haleine pestilentielle et l'odeur âcre de sueur, d'urine et de sang qui s'échappait de son corps dénudé, elle ne multipliait pas les grimaces, contrairement à l'agresseur précédent de Jane. À l'inverse, ses traits semblaient forgés dans l'airain, tout comme son squelette et ses muscles qui trahissaient fureur et haine à chaque mouvement. Son regard vide témoignait d'une absence totale d'empathie. Un grondement sourd s'échappait de sa gorge, elle crachait son venin sans un mot, sans qu'une obscénité ou un mot grossier ne s'échappe de ses lèvres, au point de ne plus posséder rien d'humain. On lui devinait une cruauté habituellement attachée aux pires prédateurs présents dans la nature.

Elle prit Jane à la gorge en essayant de l'étouffer, mais sa main blessée, poisseuse de sang, ne disposait pas de la force nécessaire.

Les arts martiaux ont leur utilité, quoiqu'il soit rare qu'ils aient la même efficacité dans la rue que dans un dojo. Lorsque l'on se retrouve cloué contre un mur par une zombie psychopathe qui tente de vous mordre au visage, le judo et le karaté relèvent essentiellement de la chorégraphie dans un film d'action. Le mieux est encore d'avoir recours aux techniques les plus élémentaires.

Une fois passée la surprise, Jane repoussa son adversaire de toute la force de sa main gauche en l'empêchant d'abaisser l'arme qu'elle brandissait. Dans le même temps, sa main droite agrippa le poignet qui l'étranglait et elle se servit de son pouce pour appuyer sur le nerf radial sans jamais quitter des yeux la forcenée, sachant qu'un regard appuyé est parfois capable d'intimider l'animal le plus sauvage. Prenant appui du pied droit sur le mur, elle donna un violent coup de genou au niveau de l'entrejambe de l'inconnue avant de renouveler la manœuvre à deux reprises. Un coup bien placé à cet endroit, s'il n'est pas aussi efficace que chez un homme, peut dérouter un adversaire féminin car la vulve est une zone fortement innervée. Avec un peu de chance, Jane pouvait espérer déstabiliser son agresseur, voire l'obliger à lâcher son couteau.

Jane en fut pour ses frais. À ce stade de fureur, l'inconnue était imperméable à la douleur, laissant place à une machine à tuer dopée à l'adrénaline.

Jane, en prise avec une ennemie mortelle, se livrait à un combat sans règle ni pitié dont seule survivrait la plus forte. Le nerf radial pincé, l'inconnue fut contrainte de lâcher la gorge de Jane qui en profita pour lui envoyer un violent coup de poing dans le cou en espérant lui déchirer le cartilage du larynx. La tête de la femme vola en arrière et Jane la frappa avec une force accrue. Le troisième coup de poing, plus haut, lui cassa le nez. L'étape suivante consistait à lui enfoncer un doigt dans l'œil et l'attaquante lâcha enfin son arme en titubant en arrière. Jane ramassa aussitôt son pistolet et tira à bout portant. Elle s'apprêtait à enfoncer une deuxième fois la détente lorsque la maison trembla sur ses fondations et qu'une partie de sa façade s'écroula dans le salon.

17

Les chaises longues en aluminium et nylon flottaient mollement dans la piscine en se télescopant les unes les autres, donnant l'impression que des occupants invisibles s'étaient lancés dans une joute absurde...

Après être venu à bout des méridiennes, le fou s'en prit aux tables qu'il envoya valser dans l'eau avec leur parasol central.

Bernie, qui observait la scène avec ahurissement depuis le camping-car, n'imagina pas un instant que le coupable puisse être poussé par des instincts meurtriers, persuadé qu'il entendait se venger d'un affront quelconque commis par le personnel du camping. Ou alors ce *shikker* était soûl.

Holden Hammersmith, le propriétaire du camping qui s'était personnellement occupé d'Albert Rudolph Neary à son arrivée, se rua hors du bureau d'accueil en compagnie de son fils Sammy, un adolescent de seize ans qui avait aidé le faux Rudy à raccorder l'Allegro à la borne électrique la plus proche. Holden mesurait un mètre quatre-vingt-cinq pour cent kilos, il était doté d'un cou trop large pour son col de chemise, d'épaules de lutteur de foire et de muscles dignes de Popeye. Son fils, en pleine croissance, ne tarderait pas à le rejoindre.

Hammersmith père s'en prit verbalement au vandale sans que Bernie, enfermé dans son camping-car, puisse entendre ce qu'il lui criait. Le *shikker*, s'il était effectivement ivre, fit la sourde oreille et envoya une nouvelle table voler dans l'eau. Holden voulut le prendre par l'épaule et Bernie, qui observait la scène de loin, assista à la suite avec ahurissement.

Le vandale, nettement plus petit et plus mince que le gérant, avait tout d'un jouet sous la patte virile de Holden. Quand bien même il aurait eu un tempérament bagarreur, jamais il ne ferait le poids.

Il se retourna en sentant Holden Hammersmith l'agripper. Loin de tituber ainsi que s'y attendait Bernie, loin de chercher à frapper, à envoyer un coup de pied ou sortir un couteau, il grimpa sur le dos du géant avec l'agilité d'un singe et la rapidité d'un félin. Stupéfait par la manœuvre, Holden vacilla sous l'effet de la surprise et le vandale en profita pour le mordre au visage.

La scène était si inattendue en cette journée ensoleillée, dans le cadre somptueux de la vallée de Borrego, que Bernie y vit immédiatement une conséquence de la cabale que tentait de dénoncer Jane, de la folie de ces crétins dangereux dont le but était d'asservir leurs semblables.

Bernie tendit le bras et récupéra sous son siège son Springfield TPR-Pro de calibre .45. Il ouvrit sa portière, descendit de l'Allegro et se dirigea d'un pas pressé vers la piscine de l'autre côté de laquelle s'affrontaient le vandale et ses deux adversaires.

18

L'explosion ébranla la maison tout entière, noyant la détonation du Heckler & Koch. La femme nue tomba en arrière, le front frappé d'un troisième œil larmoyant.

Une bombe, pensa Jane.

Les éclats de verre des vitres inondèrent le salon dont la façade ploya avant de se dissoudre dans un nuage de plâtre et de crépi bleu. Moins d'une seconde plus tard apparaissait le pare-chocs, la calandre et le bras hydraulique d'un énorme camion poubelle.

Le lourd véhicule s'enfonça dans la maison en poussant devant lui une montagne de gravats dans le grondement de son moteur, son gyrophare projetant des éclairs à travers le nuage de poussière qu'il rendait luminescent. Le plafond s'affaissa, la vieille moquette se déchira, le plancher se fissura et le camion s'immobilisa au milieu du salon, ses roues avant prisonnières du chaos qu'il avait provoqué.

Les balais d'essuie-glaces s'efforcèrent de dégager le pare-brise de l'épaisse couche de poussière qui le recouvrait et sur le siège du conducteur se dessina la silhouette macabre d'un personnage tout droit sorti d'*Orange mécanique*, la bouche ouverte sur un hurlement de rire. Le visage du conducteur était déformé par un mélange de rage et de désir brutal pour l'Autre, le meurtre et le sexe formant les deux faces d'une même médaille dans la sauvagerie de son esprit dérangé, assoiffé de violence.

Alors que le plafond menaçait de s'effondrer, Jane se réfugia d'un bond dans la cuisine, portée par l'espoir d'atteindre la porte de derrière, mais le plancher trembla et se déroba sous ses pieds en la faisant chanceler, comme si le camion poubelle, entraîné dans la cave béante à travers l'enchevêtrement des solives, aspirait avec lui la moitié arrière de la maison.

19

Luther Tillmann chargea la valise du petit garçon, le sac de Cornell et les deux bergers allemands à l'arrière du Suburban. Il venait de rabattre le haillon arrière lorsqu'un fracas se répercuta à travers la propriété. Un bruit de porte enfoncée. Une minute plus tard résonnèrent deux coups de feu successifs.

Il se retourna d'un bloc vers la maison et fut tenté de courir au secours de Jane. Dans le monde qui l'avait vu grandir, les hommes prêtaient assistance aux femmes à la moindre alerte, quelles que soient les circonstances. Rebecca, son épouse victime de l'un des mécanismes de contrôle, lui disait toujours qu'il était doté d'une âme chevaleresque, ce qui n'était pas pour lui déplaire.

Ce n'était pas tout à fait ça, il n'y avait pas dans son attitude ce côté formel, fleuri et fier propre aux chevaliers du Moyen Âge. La vérité était plus simple aux yeux de

Luther qui avait conscience, au plus profond de son être, de la réalité du bien et du mal. Celui qui se montrait capable d'identifier le bien sans prendre le risque de le *défendre* n'était tout simplement pas un homme.

Le monde de son enfance avait fini par s'effacer lentement autour de lui, au point de sembler aussi antique que l'univers des pharaons de l'Égypte des pyramides. Une réalité infiniment plus sombre s'était installée, dont il ne voulait pas. Il restait attaché au monde d'avant, celui de son enfance, seulement deux ou trois décennies en arrière. Et faute de pouvoir remonter dans le temps, il entendait préserver dans sa vie les valeurs de cet espace perdu.

Si prendre la bonne décision était souvent difficile, il arrivait que cela relève de l'évidence. C'était le cas dans l'immédiat. En aucun cas il ne devait abandonner la tâche qui lui avait été confiée, celle de chercher Travis et Cornell, de les installer dans le Suburban et, seulement lorsqu'ils seraient en sécurité, de récupérer Jane à l'entrée de la maison. Luther était policier, il avait été élu à quatre reprises au poste de shérif de son comté. En tant que tel, il avait été confronté à des situations délicates, mais il savait que Jane avait traversé des épreuves autrement plus difficiles. S'il y avait bien une femme qui n'avait nul besoin d'être secourue par un chevalier, c'était Jane Hawk.

Travis et Cornell patientaient dans l'entrée de la grange dont ils sortirent lorsqu'il les appela. Le petit garçon se précipita vers le Suburban noir et monta à l'arrière, du côté gauche. Au lieu de s'installer sur la banquette, il se glissa par terre, contre le siège conducteur, et Luther referma la portière derrière lui. Quant à Cornell, sans même refermer la porte de sa bibliothèque de fin du monde dans laquelle il ne comptait plus revenir (« Je ne veux plus vivre à moitié mort, s'il vous plaît et merci. Soit je suis vivant, soit je suis mort », avait-il déclaré), il monta du côté arrière droit où Luther, veillant soigneusement à ne pas effleurer sa peau, lui passa des menottes en nylon autour des poignets et des chevilles de façon à donner l'impression qu'il transportait un prisonnier.

Luther allait prendre place au volant lorsqu'il entendit vrombir un moteur de camion lancé à plein régime. Il se retourna et vit un impressionnant camion poubelle quitter la route, traverser à vive allure l'espace gravillonné sans se soucier des cactus qui y poussaient, passer au travers de la véranda et s'encastrer dans la maison.

20

La tombée de la nuit est encore loin, mais d'épais nuages noirs obscurcissent le ciel en donnant une impression de crépuscule, sauf lorsque les éclairs transforment les torrents de pluie en coulée d'argent.

La route détrempée clignote par intermittence, comme éclairée de l'intérieur, et les véhicules que dépasse Egon Gottfrey à bord du Rhino ont des vitres recouvertes de buée, leurs occupants tels des spectres en route pour l'enfer des damnés.

Gottfrey ne tardera pas à atteindre Houston, mais ce n'est pas sa destination finale. Beaumont, Houston, Killeen sont autant de fausses pistes sur lesquelles le Grand Ordonnateur a voulu l'égarer. Si Ancel et Clare Hawk ont effectivement emprunté le Mercury Mountaineer des Longrin, jamais ils ne se sont rendus à Killeen, jamais ils n'y ont pris le moindre bus.

Un peu plus tôt, en allumant l'autoradio, Gottfrey est tombé par hasard sur une émission de la chaîne publique NPR dans laquelle était interviewé Elon Musk, le milliardaire et philosophe de comptoir inventé par le Grand

Ordonnateur pour apporter à sa pièce une touche d'humour. Entre autres affirmations, Musk explique qu'il y a une chance sur un milliard seulement pour que le monde soit réel. Il préfère voir dans notre quotidien une simple simulation par ordinateur. Si Musk n'était pas un vulgaire figurant dans le drame cosmique que nous vivons, mais une personne réelle comme Gottfrey, et surtout s'il avait étudié le nihilisme, il aurait la conviction, comme Gottfrey, qu'il ne peut y avoir de simulation par ordinateur puisque les ordinateurs, à l'image de tout le reste, n'existent pas. Ce ne sont que des accessoires imaginaires.

Ce n'est pas une coïncidence si Gottfrey a brusquement décidé d'allumer la radio, si celle-ci était branchée sur la chaîne NPR et si Musk est interviewé au même moment. Le Grand Ordonnateur entend s'amuser aux dépens d'Egon en lui rappelant gentiment que ses recherches sur l'ordinateur de Baldwin, grâce auxquelles il a découvert la cachette d'Ancel et Clare, sont le seul fruit des efforts du Grand Ordonnateur. Lui seul est responsable de la réussite finale de Gottfrey.

Une série d'éclairs fait sortir la ville de l'obscurité, les immeubles se découpent dans le noir du ciel, un éclat liquide révèle la superstructure d'un pont. Une lumière rouge tourne à l'infini au sommet de ce qui doit être un émetteur radio, à la façon d'un phare annonciateur de la fin du monde.

Le Grand Ordonnateur a choisi un décor météorologique d'une telle intensité dramatique que Gottfrey sent approcher l'apogée de l'acte final.

À Houston, il bifurque sur l'Interstate 45 en direction du nord et se voit contraint de ralentir. La circulation de ce milieu d'après-midi est freinée par la violence de l'orage. Il n'est plus question de dépasser les limites de vitesse, mais ce délai ne l'inquiète pas.

Conroe se trouve tout juste à une soixantaine de kilomètres. Il s'agit d'une petite ville prospère d'un peu plus de quatre-vingt mille habitants, en bordure de la forêt Sam Houston. C'est là que les beaux-parents de Jane Hawk ont trouvé refuge, persuadés que personne ne découvrira leur sanctuaire.

SIXIÈME PARTIE

TRAGÉDIE

1

La petite maison grinça sous le choc, réveillée en sursaut d'un long sommeil, ses articulations rouillées par l'arthrite, brusquement consciente de son grand âge et de la fragilité de ses os. Jane voulut s'extraire des ruines de la cuisine mais la porte refusa de s'ouvrir, la façade arrière entièrement déformée.

Elle rengaina son arme, saisit la poignée à deux mains et s'arc-bouta de toutes ses forces, en vain. La porte refusait de bouger d'un millimètre.

Les petits carreaux de la porte n'étaient pas assez larges pour qu'elle puisse se faufiler à travers, même en brisant les croisillons. Ceux de la fenêtre qui s'ouvrait au-dessus de l'évier étaient trop épais, elle perdrait de précieuses minutes à les démolir avant de pouvoir se glisser à travers le châssis.

Elle tenta à nouveau sa chance en s'escrimant sur la porte qu'elle secoua dans tous les sens.

Le plafond du salon s'était effondré sur le camion poubelle, mais le conducteur de l'engin n'avait pas perdu connaissance. Il enfonçait rageusement la pédale d'accélérateur, persuadé que les roues avant du véhicule parviendraient à se libérer des solives du plancher qui les emprisonnaient. Le moteur hurlait en faisant trembler la carcasse de la maison, au risque de provoquer son effondrement.

Jane épongea son front avec la manche de son blouson afin de chasser la transpiration qui lui brûlait les yeux. Elle avait été formée à la gestion des situations de crise. Elle était *née* pour ça. On lui avait appris à imaginer des solutions, à déjouer les plans tortueux des salopards des deux sexes qui voulaient l'éliminer, mais pas à se sortir d'un chaos pareil provoqué par un fou aux réactions imprévisibles. Pour une fois, l'intelligence et la réflexion ne lui procureraient pas nécessairement la solution. De toute façon, son ennemi immédiat était la maison, les armes à feu et le combat à mains nues ne lui étaient d'aucune utilité face à un adversaire inanimé.

Elle envisagea un instant de retourner dans ce qui restait du salon et d'abattre le conducteur à travers le pare-brise, mais le plafond et le grenier s'étaient effondrés sur la cabine et il était peu probable qu'elle puisse l'atteindre. Sans parler des débris qui continuaient de s'abattre au niveau de la partie avant de la maison, au risque de la tuer.

Le garage ! Jamais l'électricité n'aurait survécu à ce désastre et le moteur de la porte ne fonctionnerait plus, mais il était possible de soulever manuellement le lourd battant sur rail.

Jane se précipitait vers la porte devant laquelle elle avait placé un morceau de verre lorsque le conducteur du camion, emporté par la folie, fit rugir son moteur de plus belle, refusant cette fois de lâcher la pédale d'accélérateur. Le rugissement du camion, perdant toute prétention mécanique, semblait sortir tout droit de la poitrine d'un monstre du Jurassique hurlant sa fureur face à un monde dénué d'intelligence dans lequel n'avaient leur place que la férocité et la force brute. Le salon et la cuisine se retrouvèrent noyés au milieu d'un nuage nauséabond d'échappement bleu pâle. Les planches de contreplaqué recouvertes de linoléum tanguèrent sous les jambes de Jane comme des plaques tectoniques décidées à déchirer un continent en faisant surgir des montagnes là où s'étendaient autrefois des plaines infinies.

Elle atteignait la porte du garage lorsqu'une secousse plus marquée fit trembler la carcasse de la maison en provoquant des craquements inquiétants. Au moment où Jane croyait voir le sous-sol engloutir le camion tout entier, c'est le garage qui se détacha du reste du bâtiment et s'effondra. Une lourde poutre s'écroula au milieu des gravats, frôlant Jane qui avait eu le réflexe de se jeter sur le côté en la voyant s'abattre sur elle. La masse des tôles ondulées aux bords tranchants qui coiffaient le garage bloquait définitivement sa retraite.

La maison trembla, les fenêtres explosèrent, le vieux robinet de l'évier s'arracha et un puissant jet d'eau jaillit du tuyau. Dans le salon, le camion poubelle rugissait toujours en vomissant des gaz d'échappement, le faux plafond de la cuisine s'effondra, le plancher tangua et la porte arrière trembla à l'intérieur de son chambranle.

Si elle était toujours coincée, elle ne tremblerait pas de la sorte. Le battant a dû se débloquer sous le choc.

Jane enjamba la poutre, tira la poignée de toutes ses forces, et le battant s'ouvrit soudainement. Elle se rua à l'extérieur, traversa la véranda d'un bond, vola au-dessus des marches, recracha les gaz d'échappement qui lui brûlaient les poumons et avala goulûment une longue bouffée d'air.

— *Merci, merci, merci*, murmura-t-elle machinalement à voix haute.

Le Suburban noir la rejoignit au même moment. Jane s'en approchait en courant lorsqu'un hélicoptère noir survola les ruines de la maison à une cinquantaine de mètres de hauteur. Elle leva la tête en se protégeant les yeux avec la main et vit l'appareil s'éloigner vers l'est avant d'exécuter un demi-tour.

Luther freina à côté de Jane. Elle ouvrit la portière côté passager sans monter à bord, continuant d'observer l'appareil.

Il s'agissait d'un Airbus H120 de fabrication canadienne, capable d'emporter quatre passagers en plus du pilote. Un hélicoptère couramment utilisé par les agences gouvernementales américaines.

— Luther, descendez de voiture ! lui ordonna-t-elle d'une voix inquiète en voyant s'approcher l'appareil.

— Que se passe-t-il ?

— Descendez ! *Vite !* Uniquement vous, Luther. Surtout pas Cornell et Travis.

À l'intérieur de la maison, le camion poubelle rugissait toujours en provoquant de nouveaux dégâts.

L'hélicoptère se trouvait à présent à moins de cinq cents mètres. Luther bondit hors du Suburban et regarda Jane par-dessus le toit du véhicule.

— Que fait-on ?

L'Airbus était tout près.

— Faites-leur signe.

Luther se tourna vers l'appareil.

— Adressez-leur des signes. N'oubliez pas qu'il est écrit FBI en gros sur le toit. Nous ne sommes pas en train de quitter les lieux. Nous venons d'arriver sur place, nous sommes venus voir de quoi il retournait.

2

Bernie contourna la piscine dont les eaux reflétaient l'éclat du soleil, donnant l'impression que les chaises longues en aluminium fondaient dans un bassin de recyclage.

Le vandale était nettement plus petit que le propriétaire du camping sur le dos duquel il s'était hissé, mais cela ne l'avait pas empêché de le mettre à terre à force de coups de poing. Il s'était même assis sur la poitrine de sa victime dans une position comparable à celle du démon du *Cauchemar*, la toile du peintre suisse Füssli qui avait tant impressionné Miriam lorsqu'ils l'avaient admirée dans le musée des Beaux-Arts de Detroit. Holden Hammersmith ne parvenait pas à se débarrasser de son attaquant. Celui-ci encaissait les coups du géant avec la facilité d'un être insensible à la douleur. Tel un vautour déchirant sa proie, il trouva le moyen de mordre Holden au visage entre deux salves de coups de poing.

Sammy, le fils adolescent de Hammersmith, ne savait plus comment réagir après s'être fait mordre cruellement à la main et à l'avant-bras, trop terrifié pour se jeter sur l'assaillant et libérer son père.

Bernie comprit qu'il n'était plus temps de menacer l'agresseur de son arme, ainsi qu'il l'avait espéré. Que l'homme ait reçu un implant cérébral ou non, c'était à n'en pas douter un *meshuggener*, un fou complet incapable d'entendre raison ou de réagir aux menaces.

À l'époque où Bernie jouait les durs pour éviter que les salauds de la pègre lui réclament une part de ses bénéfices, il ne s'était jamais trouvé dans l'obligation de tuer quelqu'un, *Baruch HaShem*, et il n'avait pas envie de se servir de son pistolet à présent, mais il ne pouvait rester sans réaction pendant que ce fou massacrait Hammersmith.

Voyant que Sammy tentait de saisir l'assassin, il s'interposa.

— Non ! Recule, dit-il en prenant la place de l'adolescent.

Les deux adversaires étaient si bien imbriqués, il ne pouvait se permettre de viser le bras ou la jambe du fou, par peur d'atteindre sa victime. De la main gauche, il agrippa le forcené par sa tignasse brune et tira en tournant de façon à éloigner la tête du fou de Hammersmith.

— Assez ! Arrêtez tout de suite !

Son ordre n'eut aucun effet sur le démon, la bouche couverte de sang, qui le fusilla de son regard dépourvu de toute humanité. Le regard de ceux qui avaient autrefois fait fonctionner les chambres à gaz et les fours dans lesquels des millions de personnes étaient mortes, asphyxiées ou brûlées vives. Le monstre tenta de le mordre avec ses dents acérées et Bernie s'empressa de poser le canon de son Springfield TPR-Pro contre sa tempe.

— *Sholem aleichem*, que la paix soit avec toi.

Horrifié par ce qu'il faisait, mais sans remords, il enfonça la détente. La balle de calibre .45 traversa le crâne du fou de part en part avant d'aller se ficher dans le tronc d'un palmier dont elle arracha un morceau gros comme le poing.

3

L'hélicoptère, volant désormais à moins de trente mètres du sol, effectua un nouveau passage au-dessus de la maison. Jane vit à travers le cockpit que le siège voisin de celui du pilote était occupé.

— Venez avec moi, Luther. On joue les petites mains du Bureau qui enquêtent sur place.

— On n'a pas la bonne tenue. Surtout moi.

— Peut-être, concéda Jane en l'entraînant vers la maison, mais ils sont forcément au courant que l'opération d'aujourd'hui n'a rien de régulier. Ils n'ont aucune raison de s'étonner de nous voir habillés comme tout le monde.

À l'intérieur du bâtiment en ruine, le moteur du camion criait sa rage comme un monstre enlisé dans des sables mouvants, impuissant contre le sort qui l'attendait.

L'ombre de l'hélico passa au-dessus de Luther et Jane. Au même moment, la véranda arrière s'écroula et les tôles du toit se déformèrent au contact du souffle d'air provoqué par les pales de l'appareil, telles les ailes d'un robot volant de cauchemar.

Au volant du camion poubelle, le conducteur continuait d'écraser la pédale d'accélérateur.

L'hélico décrivit un arc de cercle de façon à suivre Luther et Jane. Ces derniers se plantèrent devant la maison comme s'ils s'apprêtaient à pénétrer sur une scène de crime et la jeune femme dégaina son arme pour plus de vraisemblance. Luther l'imita et ils entrèrent dans la véranda dont le toit tordu s'était à moitié décroché.

Ils purent constater que les roues avant du camion benne, en crevant le plancher, avaient dégagé des solives qui emprisonnaient l'essieu, empêchant le véhicule de basculer à l'intérieur de la cave. Les roues arrière, soulevées à un mètre de hauteur, tournaient furieusement dans le vide.

Luther éleva la voix afin que sa compagne puisse l'entendre malgré le rugissement du moteur et le grondement du rotor de l'Airbus.

— Que fait-on si l'hélico se pose ?

— Ils n'ont pas été envoyés en renfort, le rassura-t-elle. Ils sont seulement en mission de surveillance.

Pour avoir survolé à deux reprises la maison, le pilote et son collègue avaient dû entrevoir la partie arrière du camion dépassant de la cloison, sans s'apercevoir pour autant que les roues tournaient dans le vide. Leurs casques, comme le hurlement de la turbine de l'Airbus, les empêchaient d'entendre le moteur. Si Jane et Luther donnaient l'impression que le drame était terminé et qu'il leur restait uniquement à procéder aux constatations d'usage, les occupants de l'hélicoptère avaient toutes les chances de repartir.

— On ne peut pas rester là indéfiniment, dit Luther. Ils seraient capables d'appeler leurs équipes pour *nous* aider.

— Commencez par rengainer ostensiblement votre arme.

Jane donna quelques coups de pied au hasard dans les débris, puis remit son pistolet dans son étui et leva les deux pouces en direction des occupants de l'Airbus. De son côté, Luther leur fit comprendre que tout allait bien avant de leur signaler qu'ils pouvaient repartir.

L'hélicoptère resta en vol stationnaire pendant quelques instants, puis fit demi-tour et s'éloigna en direction du nord.

Jane et Luther attendirent qu'il ne soit plus qu'un point noir à l'horizon pour regagner le Suburban au pas de course.

4

Holden Hammersmith tenait d'une main son menton à moitié déchiré. Les autres blessures dont il souffrait, des morsures au niveau du muscle trapèze gauche, de la joue gauche, de l'arcade sourcilière gauche, du pouce droit et de l'avant-bras droit étaient moins graves. Aucune n'était mortelle, seule celle du menton risquait de laisser des traces.

En revanche, il devait beaucoup souffrir. Holden était costaud et sûr de lui, on sentait bien qu'il n'était pas homme à se laisser effrayer pour rien, mais l'attaque le laissait apeuré et en colère. Il se releva péniblement en maudissant son agresseur dont le corps gisait au bord de la piscine, son crâne explosé à moitié vidé de sa cervelle.

Son fils, un iPhone collé à l'oreille, tentait vainement d'appeler les secours.

— Ça ne répond pas, dit-il en tremblant de tous ses membres, effrayé de voir son père aussi secoué. On a besoin d'une ambulance, comment se fait-il qu'il n'y ait personne ?

Bernie lui prit l'appareil des mains et commença par essuyer avec sa chemise l'écran maculé de sang avant de composer le numéro de police-secours. Après deux sonneries, sans aucun message préenregistré, il entendit une série de bips électroniques suivis d'un long silence.

— Quelqu'un peut-il conduire ton père à l'hôpital ? s'enquit Bernie auprès du jeune garçon.

— Ma mère.

Celle-ci accourait au même moment de l'accueil du camping. Bernie se tourna vers le père.

— Tenez bien votre menton, en posant dessus un sac de glaçons si possible. Il est important de limiter le saignement et d'empêcher que votre menton enfle. Vous comprenez ?

— Oui.

L'adolescent cria à sa mère d'aller chercher la voiture.

— Il faut conduire papa à l'hôpital ! Vite !

Dans sa précipitation, Bernie avait oublié dans le camping-car le téléphone jetable sur lequel Jane était censée le contacter. Il tourna le dos aux Hammersmith, glissa le pistolet dans sa ceinture, sous sa chemise hawaïenne, et se hâta en direction de l'Allegro.

Il atteignait l'extrémité de la piscine lorsqu'il prit la mesure du drame qui venait de se dérouler et son pouls s'accéléra. En voulant intervenir lors d'une agression, il avait tué un homme. Ou plutôt une *chose*, une sorte de golem privé d'âme. Il l'avait *abattu*. De façon surprenante, il était resté calme pendant l'altercation. Pas un instant il n'avait eu peur, conscient qu'il était de son devoir d'agir.

Son cœur battait à tout rompre, sans qu'il s'inquiète pour autant des conséquences de son acte. La chaîne des événements – cette agression improbable, la mort du forcené, les services de secours qui ne répondaient plus –, tout pointait du doigt les ennemis de Jane et de son petit garçon. Elle l'avait prévenu qu'ils investiraient la vallée en force. Ce faisant, ils avaient transformé ce coin paisible en un monde obscur tout droit tiré de *La Quatrième Dimension*, où le pire pouvait survenir à tout instant.

Bernie passait à hauteur d'un autre camping-car, un Winnebago, lorsqu'un gros type basané en short et sandales descendit du véhicule. Il désigna la piscine d'un geste vague.

— Que se passe-t-il ? C'était quoi tout ce foin ?

— Un fou, répondit Bernie sans s'arrêter. Un type a été abattu au cours d'une violente altercation.

— Merde alors !

Avant de reprendre place au volant de l'Allegro, Bernie prit la précaution de retirer le câble qui reliait le véhicule à la borne électrique. Le temps de poser son arme sur la console centrale et de lancer le moteur, il vit le propriétaire du Winnebago quitter le camping à toute vitesse, bientôt imité par les occupants d'un Thor Motor Coach, puis d'un Fleetwood.

Bernie, parcouru d'un frisson, s'empara du téléphone jetable sur lequel il posa un regard plein d'espoir.

5

Invariablement relégué sur le siège passager, Carter Jergen se laisse conduire par son collègue. Le VelociRaptor vogue au milieu des courants ascendants échappés du macadam cuit par le soleil dans l'immensité redoutable du désert, un décor de cauchemar d'où pourrait surgir à tout instant une procession spectrale de cavaliers morts juchés sur des chevaux émaciés.

Le lourd véhicule à six roues et quatre portes paraît minuscule à côté de camion benne de la société de ramassage de déchets qui en viendrait à bout à la moindre confrontation. Le VelociRaptor est la quintessence du véhicule branché, c'est vrai, mais conduire une bagnole branchée ne garantit pas un atterrissage en douceur quand on bascule dans un ravin.

Carter Jergen a pris conscience de son statut de mortel lorsqu'il a découvert le carnage dans la cuisine des Corrigan, au point de voir croître de façon exponentielle sa peur de mourir à mesure que s'égrènent les heures. Jusque-là, l'idée de la mort lui semblait tout aussi improbable que si on lui avait annoncé, un soir en se couchant, qu'il se réveillerait sur la lune.

Il n'a aucune envie de retrouver ce fichu camion poubelle et d'être victime du rodéo de la mort qui risque d'en découler. Il n'a aucune envie de tomber nez à nez avec Arlen Hosteen, sachant que ce dernier a franchi le seuil de la porte interdite et qu'il s'est métamorphosé en une version plus âgée de ce mutant de Ramsey Corrigan. Après avoir chassé Jane Hawk avec enthousiasme, Jergen n'a brusquement plus envie du tout de la retrouver. À présent qu'il est capable de se voir mort, il s'inquiète que Jane puisse lui ravir la vie. Il est le premier surpris de la métamorphose qu'il subit, tout en constatant qu'il n'est pas loin d'adopter une vision plus tolérante de l'existence. Vivre et laisser vivre. Curieusement, ce changement n'est pas désagréable.

— On ferait peut-être mieux de prendre un peu de recul, suggère-t-il à son compagnon.

— Du recul par rapport à quoi ? s'enquiert Dubose.

— Par rapport au précipice.

— Quel précipice ?

— Je fais allusion à Jane Hawk.

— Parce que tu la considères comme un précipice, maintenant ? Cette fille n'a rien d'un précipice, c'est une conne bien servie par la chance.

— Elle est capable de nous entraîner dans un précipice, insiste Jergen. À force de lui coller aux trousses, on pourrait bien finir par déraper et s'écraser au fond d'un ravin.

Radley Dubose ne prend pas même la peine de ralentir lorsqu'il quitte la route des yeux et baisse ses lunettes de soleil afin de fixer Jergen au-dessus de la monture.

— Tu es beaucoup trop jeune pour traverser la crise de la cinquantaine, Cubby.

— J'ai un mauvais pressentiment.

— Eh bien, moi, j'ai un bon pressentiment.

— C'est la première fois de ma vie que j'ai un mauvais pressentiment.

Dubose remonte les lunettes sur son nez et se tourne à nouveau vers la route.

— Si ça se trouve, tu as besoin d'une piqûre de testostérone.

Il est interrompu par un coup de fil en provenance du QG. Le camion poubelle a été repéré par l'équipage de l'Airbus. Le véhicule s'est encastré dans la façade d'une maison à deux kilomètres de la position du VelociRaptor. Des Arcadiens appartenant au FBI se trouvent déjà sur place.

6

Travis était longtemps resté tapi au pied de la banquette arrière de sorte que personne ne puisse le voir de l'extérieur. Sur les recommandations de sa mère, il s'installa sur le siège le temps de se glisser dans le grand sac de marin gris qu'elle avait apporté, puis il retourna dans sa cachette et se recroquevilla dans le sac en laissant uniquement dépasser sa tête. Le dos contre la portière arrière gauche du Suburban, il tenait tout juste au pied de la banquette, séparé de la place qu'occupait Cornell par le tunnel de transmission. Sa mère se pencha au-dessus de lui par la portière ouverte et lui déposa un baiser sur la joue avant de refermer le sac à l'aide de son cordon, veillant à laisser une ouverture suffisante pour que l'air circule librement.

— Ça va aller, mon chéri ?

— Super.

La toile grise du sac était ornée d'une croix rouge dans un cercle blanc.

— Tu t'es transformé en matériel de secours, mon amour. Toutes sortes de bandages et de produits médicaux. Si jamais on nous contrôle, ne bouge surtout pas.

— Je ne remuerai même pas le petit doigt, lui répondit la voix du petit garçon au fond du sac.

— Tu es un enfant très courageux.

— Je tiens de ma mère, qui travaille au FBI.

Jane releva la tête et croisa le regard inquiet de Cornell Jasperson.

— *Je ne laisserai personne le tuer*, glissa-t-il dans un souffle à Jane, de sorte que l'enfant ne puisse pas l'entendre. *Personne. Personne.*

Les liens en nylon qui lui entravaient les poignets et les chevilles avaient été sectionnés et sommairement réparés à l'aide de ruban adhésif blanc. Une simple traction lui permettait de se libérer.

— Si vous faites bien ce que je vous ai recommandé, lui souffla Jane en retour, on s'en sortira.

Au moment de refermer la portière, elle s'aperçut au bruit que le conducteur du camion poubelle, coincé dans l'habitacle, continuait de s'acharner sur l'accélérateur. Le moteur rugissait et le crissement aigu qui traversait l'air était sans doute celui de l'essieu frottant contre les solives du plancher. S'il s'agissait d'un Modifié, son mécanisme de contrôle n'avait pas fonctionné normalement et il était réduit, au même titre que son camion, au rang d'une simple machine dont l'embrayage patinait furieusement.

Elle regagna sa place à l'avant, coinça entre ses jambes, canon en haut, le fusil automatique de calibre .12 que Luther avait posé là, et claqua sa portière.

Au moment de quitter la propriété, ils virent le camion s'enfoncer brusquement, les solives encore intactes ayant fini par céder. La cave avala aussitôt le véhicule avec plusieurs tonnes de gravats et un épais nuage de poussière s'éleva des ruines. Il ne restait de la maison qu'un pan de mur bleu percé d'une fenêtre crevée, figurant quelque cénotaphe à la gloire d'une civilisation perdue.

— Au revoir, petite maison bleue, salua Cornell de la banquette arrière.

Une vingtaine de mètres plus loin était garé sur la route, à cheval sur le bas-côté, un SUV Lexus dont la portière côté conducteur était ouverte. Une silhouette masculine était affalée sur le siège passager. L'homme était apparemment mort.

— Qu'est-ce que c'est que ça? s'étonna Luther.

Jane crut deviner qu'il s'agissait du véhicule que conduisait le forcené qu'elle avait abattu juste avant l'arrivée du camion poubelle. *C'est toi qui murmures dans ma tête que tu veux me baiser, me tuer, te tuer... Dans ma tête, en permanence?*

— Je vous expliquerai plus tard, répondit-elle. En attendant, il est grand temps de filer d'ici.

L'instant suivant, le Suburban filait sur Borrego Springs Road en direction du nord.

7

Bernie Riggowitz avait beau attendre l'appel, il sursauta et faillit lâcher le téléphone lorsque la sonnerie se déclencha.

— Oui, se contenta-t-il de répondre.

En fonction de ce qui pouvait arriver, ils avaient mis au point quatre scénarios, avec quatre points de rendez-vous différents, identifiés chacun par un chiffre.

— Numéro un, fit la voix de Jane à l'autre bout du fil.

En clair, cela signifiait qu'elle avait récupéré Travis, que personne n'était blessé, et qu'ils pouvaient se retrouver à l'entrée du camping, sur le parking où ils s'étaient séparés un peu plus tôt.

Du fait de l'agression étrange dont avait été victime Holden Hammersmith, Bernie n'avait guère envie de traîner dans les environs, d'autant qu'il avait abattu un homme. D'un autre côté, les services de secours ne répondaient plus, signe que les autorités locales étaient débordées par des événements inattendus, à moins que toutes les forces de police ne soient occupées à chercher Jane. Si aucune ambulance ou voiture de patrouille n'était disponible, le camping ne serait pas investi par les forces de l'ordre avant longtemps.

— Numéro un, se contenta-t-il de répondre avant de raccrocher.

L'appel avait été si court que les pêcheurs de renseignements, à bord de leur chalutier aérien, n'auraient jamais eu le temps de localiser les deux portables. Cela n'empêcha pas Bernie de se lever de son siège, de gagner le coin salon du camping-car et de détruire le téléphone à coups de marteau, ainsi que le lui avait recommandé Jane. Elle-même n'aurait pas manqué de se débarrasser de son appareil en le jetant par la fenêtre du Suburban.

Ils n'avaient plus aucun moyen de communiquer entre eux. Quoi qu'il advienne, ils n'auraient plus l'occasion de se parler avant d'être à nouveau réunis.

8

Dubose se dirige vers le nord sur Yanqui Pass Road, puis il tourne sur Borrago Springs Road et ralentit après un kilomètre en apercevant un SUV Lexus à bord duquel est prostré le corps d'un passager. Il se gare devant le véhicule abandonné.

Carter Jergen n'a guère envie d'aller voir le Lexus de plus près en compagnie de son collègue. Il préfère vivre et laisser vivre, ou plutôt vivre en laissant les morts où ils sont. En même temps, il ne souhaite pas que Dubose lui recommande une nouvelle dose de testostérone.

Même depuis qu'il a conscience d'être mortel, il éprouve toujours le besoin de recueillir l'approbation de son collègue. Il a bien conscience que ce besoin n'est pas normal, mais il ne sait pas comment s'en affranchir. Dubose est un péquenaud de Virginie-Occidentale possédant un semblant de vernis de sophistication depuis ses études dans un établissement mineur de l'Ivy League. Il ne sait pas s'habiller, mange bruyamment, est un rustre, même s'il parle français correctement. Il est surtout d'une prétention dérangeante, mais cela ne l'empêche pas d'être cool. Il n'y a pas à dire. C'est un type coolissime qui ne s'en laisse conter par rien ni personne. Or Jergen s'efforce d'être cool depuis ses années de collège, sans grand succès. Il porte ce jour-là une tenue à plusieurs milliers de dollars qui lui vaudrait de figurer dans les pages de *GQ*, le meilleur magazine de mode masculine au monde. Il a au poignet une montre GraffStar Eclipse ultra-plate en titane, mais il sait au fond de lui qu'il n'est absolument pas cool. Il l'est si peu qu'en posant les yeux sur sa GraffStar Eclipse pour regarder l'heure, au cas où l'heure de sa mort aurait sonné, il est mortifié de constater qu'il n'y arrive pas. Le cadran de la montre est tout noir, les aiguilles sont noires, les points figurant les heures sont noirs, et il pourrait aussi bien avoir un trou noir autour du poignet. Dubose porte une Timex ou un autre truc ringard de cette eau, avec un cadran blanc et des chiffres ordinaires, mais Jergen est trop gêné pour lui demander l'heure.

Dubose ouvre la portière du passager du Lexus afin d'examiner le mort pendant que Jergen se penche à l'intérieur de l'habitacle à travers la portière ouverte du conducteur. Il se pince le nez à cause de la puanteur. Les intestins et la vessie du mort se sont vidés et ses oreilles sont pleines de sang.

— Je le reconnais, c'est un des cinquante Modifiés d'hier, annonce Dubose. Un certain Nelson Luft.

Dubose arrive à retenir des détails aussi inutiles que les identités de tous ces moins que rien pouilleux. Carter Jergen a toujours voulu y voir la preuve que le géant est incapable d'opérer un tri entre ce qui est important et ce qui ne l'est pas. Aujourd'hui, il en arrive à trouver ça cool puisque Dubose est capable de garder une vue d'ensemble de la situation tout en concentrant son attention sur l'essentiel.

— Son compagnon s'appelle Henry Lorimar, il ne doit pas être loin.

Dubose dégaine son arme et se dirige vers la maison, manifestement persuadé que Lorimar est un autre Ramsey Corrigan.

— Haut les cœurs, Cubby, laisse-t-il tomber.

9

Travis enfermé dans le sac de marin derrière son siège, Cornell jouant les prisonniers sur la banquette arrière, Luther roulait à vive allure sans se soucier des limites de vitesse. Il comptait sur les lettres FBI qui s'étalaient en gros sur les portes et le toit du Suburban pour ne pas être arrêté. Le désert brûlant s'étendait à perte de vue jusqu'aux montagnes qui l'entouraient de tous côtés et il régnait à bord du véhicule une atmosphère oppressante, comme si un danger imminent les guettait.

Jane n'avait jamais acheté un ticket de loto ou glissé une pièce dans la fente d'une machine à sous. Guidée par son instinct, elle avait l'intuition de ses chances de succès ou d'échec chaque fois qu'elle entreprenait une mission. Quitte à jouer, autant mettre toutes les chances de son côté et ne laisser aucune place au hasard en pipant elle-même les dés. Elle préparait ses opérations longtemps à l'avance en réglant dans sa tête jusqu'au moindre détail, mais une fois qu'elle se trouvait au pied du mur et que tout était en place, elle se fiait essentiellement à son entraînement et à son intuition, prête à tirer profit des situations à mesure qu'elles se présentaient à elle.

Elle ne s'autorisait pourtant jamais à juger de l'efficacité d'un plan en cours d'opération. Plus elle mettait de distance entre le refuge de Cornell et plus elle se rapprochait du point de rendez-vous avec Bernie, plus elle sentait monter la tension.

Jane n'était pas superstitieuse. Aucun miroir brisé, aucun chat noir, aucune salière renversée ne la mettait mal à l'aise, mais elle savait pourtant qu'en dépit de sa beauté infinie, le monde était un endroit sombre. Le mal guettait à chaque coin de rue, au soleil comme dans l'ombre, et il fallait être inconscient pour ne pas le savoir.

Elle s'était lancée dans une partie dont l'enjeu était crucial. Pour elle-même comme pour son enfant et ses amis. Pour l'heure, ses préoccupations personnelles prenaient le pas sur le sort de l'humanité tout entière. Elle regretta de ne pas avoir avalé un comprimé contre l'acide gastrique. Elle avait les mains glacées, se sentait oppressée. Elle avait déjà perdu beaucoup, mais moins que Luther. Cornell était riche, mais il avait été privé d'une vie ordinaire avant même sa naissance. Il n'était pas question qu'on leur prenne quoi que ce soit d'autre. Le monde était un endroit sombre, mais elle refusait de se laisser avaler par l'obscurité avec ses compagnons. C'était hors de question.

À l'approche d'une intersection, Luther freina afin de laisser passer trois Jeep Grand Cherokee surmontés de gyrophares, sirènes hurlantes, qui se dirigeaient vers l'ouest. Toutes portaient le sigle de la Sécurité intérieure.

Luther prit la même direction et découvrit moins d'un kilomètre plus loin la carcasse calcinée d'un pick-up Toyota dont le conducteur était mort brûlé vif. Deux minutes plus tard, ils passaient à côté d'une moto accidentée dont le propriétaire n'avait pas survécu, avant de voir un peu plus loin les restes d'une Mini Cooper encastrée dans un chêne.

— C'est quoi ce bordel ? grommela Luther.

Lorsqu'ils tombèrent un peu plus loin sur une Honda rouge écrasée contre un mur, Jane saisit machinalement le fusil coincé entre ses jambes.

L'arme, fournie par ses correspondants de Reseda, était une excellente contrefaçon iranienne de l'Auto Assault-12 mis au point aux États-Unis. Une longueur totale d'un mètre pour un canon de trente-trois centimètres, un chargeur à tambour de trente-deux balles capable de se vider en six secondes lorsqu'il était en mode automatique, un poids voisin des sept kilos. En lieu et place de chevrotine, le fusil était chargé de balles de calibre .12. Contrairement aux apparences, il était d'un maniement aisé grâce à un système à gaz capable d'absorber quatre-vingts pour cent de la puissance du recul, doublé d'un ressort de rappel prenant en charge dix pour cent additionnels.

Ils se trouvaient à dix minutes de route du camping où les attendait Bernie.

10

Il n'est pas exclu qu'Henry Lorimar rôde dans les environs, son intelligence réduite à celle de son cerveau reptilien. Carter Jergen espère secrètement que ce pouilleux détraqué a trouvé la mort dans les ruines de la maison.

Il en fait le tour en compagnie de Dubose qui s'est mis en quête d'indices, de signes inhabituels. Bref, toujours les mêmes conneries, d'autant que Jergen ne voit pas ce qui pourrait relever de l'habituel dans une maison entièrement démolie. Tous les signes qu'il voit sont porteurs de mort à ses yeux.

— Où se trouvent les gars du FBI ? s'étonne Dubose. Le pilote affirme avoir survolé leur Suburban il y a quelques minutes.

— Si ça se trouve, ils n'avaient rien pour fouiller les débris. Le déblaiement est un travail dangereux. À quoi bon, de toute façon ? On se fiche bien de savoir si Arlen Hosteen a été écrasé au volant de son camion poubelle.

En pareille situation, Jergen n'arrive jamais à savoir si son collègue se soucie de son avis. Le géant prend un air pontifiant qui donne le sentiment à Jergen d'être une mauvaise version du Dr Watson.

— Ce qui m'intéresse, se demande Dubose, c'est de comprendre ce qui a pu pousser Hosteen à se rendre ici.

— Peut-être que la couleur du crépi lui déplaisait.

— Pour quelle raison Henry Lorimar est-il venu ici, lui aussi ?

Non loin du garage, Dubose se penche avec intérêt sur un tuyau d'arrosage au jet duquel est fixé un récipient semblable à ceux dont se servent les jardiniers pour mettre de l'engrais ou des pesticides. Un premier flacon vide est abandonné un peu plus loin, les gravillons conservent des traces d'humidité en dépit de l'ardeur du soleil.

— Que sont-ils venus fabriquer ici ? s'interroge Dubose d'un air songeur en se pinçant le menton entre le pouce et l'index.

Le sol gravillonné a conservé des empreintes et Jergen se risque à une observation tout en redoutant les quolibets de son collègue.

— On ne distingue pas bien, mais on dirait des traces de pneus.

Dubose jette un regard circulaire sans rien distinguer d'autre qu'un paysage désertique.

— Des traces de pneus, tu dis ? Les pneus de quel véhicule ? Celui des types du FBI ? Pourquoi se seraient-ils servis de ce jet d'eau ?

— Pour laver le Suburban ? se hasarde Jergen.

— La vallée tout entière est plongée dans un chaos sans nom, on trouve des Modifiés métamorphosés en monstre à tous les coins de rue et les types du Bureau laveraient leur bagnole ? Je ne crois pas, l'ami, tout en sachant à quel point les anciens de Harvard dont tu fais partie aiment circuler à bord de voitures soigneusement lavées et cirées.

Dubose, front plissé, s'accroupit, joue avec le gravier et s'aperçoit que les petits cailloux sont couverts d'une substance blanche gluante. Il malaxe celle-ci avec deux doigts et l'approche de ses narines.

Pendant ce temps, Carter Jergen surveille les alentours, au cas où surgirait Lorimar.

— C'est curieux, remarque Dubose en examinant les traces blanchâtres qui lui maculent les doigts. On dirait de la peinture.

11

L'orage, avec sa tignasse hirsute, ses grondements sauvages et son haleine humide, semble poursuivre le Rhino GX au nord du golfe du Mexique, projetant de violentes rafales de pluie sur les vitres et le hayon arrière.

Une dépression tropicale ordinaire aurait calmé ses ardeurs depuis longtemps, mais l'orage n'est qu'un accessoire de scène dont le Grand Ordonnateur se sert sans réserve. Lorsque Gottfrey arrive enfin en vue de Conroe et contourne la ville afin de se rendre dans les quartiers nord, le ciel darde de ses éclairs le ciel noir en figeant l'œuvre de la nature et celle des hommes dans une série effrayante d'instantanés stroboscopiques.

Le lieu, agréablement vallonné, est peuplé de jolies maisons entourées de vastes espaces verts. Des bosquets de pins élancés montent la garde à la lueur sauvage des feux du ciel dont s'échappent des trombes parcourues d'écharpes brumeuses. On dirait des sentinelles placées là en surveillance au cas où l'orage serait porteur de menaces issues d'un univers parallèle.

Egon Gottfrey passe devant sa cible et se gare à trois propriétés de là, de l'autre côté de la rue. La belle maison à étage dresse sa façade de briques blanches à l'écart de la rue. Des volets noirs encadrent les fenêtres. Un large perron de quatre marches s'élève jusqu'à un portique soutenu par six colonnes. Des lumières chaleureuses brillent à la plupart des fenêtres, apportant une touche rassurante à cette journée apocalyptique.

Le vent s'est calmé, la pluie tombe désormais à la verticale.

Le Rhino attend sous la frondaison d'un pin gigantesque devant un terrain inhabité. Gottfrey éteint les phares et coupe les essuie-glaces sans arrêter le moteur afin de ne pas suspendre la climatisation. Les vitres du véhicule sont teintées et il fait trop chaud pour que le pot d'échappement dégage des nuages de buée susceptibles de trahir sa présence. Personne ne risque d'arpenter les rues avec un temps pareil, nul ne se demandera si ce véhicule dont le moteur tourne au ralenti se trouve là en surveillance.

La glacière est posée à la place du mort. L'écran numérique du boîtier métallique contenant les ampoules indique une température de 7 degrés, suffisamment basse pour préserver l'efficacité des mécanismes de contrôle.

Gottfrey attend la tombée de la nuit. Ancel et Clare Hawk se croient malins, mais ils oublient qu'ils jouent un rôle mineur dans ce drame dont il est le héros solitaire. La servitude les attend.

12

Radley Dubose poursuit ses explorations à l'arrière du garage en ruine et la substance blanche agrégée aux gravillons lui colle aux semelles. Carter Jergen, qui s'en est aperçu, préfère rester à l'écart. Il porte des baskets en daim gris à lacets Axel Arigato qu'il a miraculeusement réussi à préserver chez les Corrigan comme dans la maison de Mme Atlee. Il n'est pas question pour lui de souiller ses précieuses chaussures en voulant rivaliser avec Dubose au petit jeu de « Qui découvrira le premier l'origine de cette vacherie blanche? ».

Le géant arpente le sol couvert de gravier sur une dizaine de centimètres d'épaisseur, sourcils froncés. Il sonde les petits cailloux du bout du pied jusqu'à voir apparaître la terre.

— Il y a de la boue en dessous, annonce-t-il. Quelqu'un a déversé beaucoup d'eau ici tout récemment, reste à comprendre pourquoi.

Il s'exprime sur un ton solennel, on pourrait s'imaginer qu'il regagnera bientôt son logement de Baker Street où l'attendent son violon et sa pipe de tabac noir préférée. Il décrit des cercles de plus en plus larges, les yeux rivés au sol. Il s'arrête soudain en entendant un bruit métallique sous le crissement de ses pas. Comme si une canette vide reposait sous le lit de gravillons. Il écarte les cailloux et découvre une plaque d'immatriculation californienne. *Deux* plaques d'immatriculation. D'un modèle récent, elles ne sont ni rouillées, ni périmées.

Le front barré d'un pli, il les prend entre le pouce et l'index de la main droite, à la façon d'un joueur de poker tenant des cartes géantes.

Quelques mètres plus loin, Carter Jergen sent se dissiper son appréhension sous l'effet d'émotions contradictoires. Tout en méprisant son collègue pour sa prétention et sa suffisance, il ne peut s'empêcher d'admirer sa capacité à résoudre les mystères alors qu'il dispose de la maigre cervelle d'un cul-terreux sudiste. Jergen en a honte, mais il éprouve une sorte de vénération adolescente pour ce champion de la coolitude doté d'un charisme indéniable.

Dubose se déleste brusquement des plaques d'immatriculation et tire un portable de sa poche.

— Pas le temps d'alerter les gars du QG, il faut le prévenir directement.

— Qui ça? lui demande Jergen.

— Réfléchis un peu, Cubby. Le pilote de l'hélico, bien sûr.

À l'autre bout du fil, la voix du pilote résonne dans l'oreille du géant.

— Ne me demandez pas comment, mais Jane Hawk a trouvé le moyen de franchir les barrages à l'entrée de la vallée à bord d'un Suburban blanc avant de retirer la peinture avec du dissolvant et de visser des plaques d'immatriculation officielles. Elle se trouve dans le Suburban noir du FBI dont vous nous avez signalé la présence près de la maison bleue. *Retrouvez-moi ce véhicule, on tient cette salope.*

Jergen, abasourdi, sent renaître ses espoirs.

13

Ils ne se trouvaient plus qu'à deux minutes du camping. Jane n'était pas superstitieuse, mais son expérience lui avait enseigné que plus le but approchait, plus il était facile de commettre une erreur fatale. Ce qui était logique. Face à des adversaires particulièrement dangereux, qu'il s'agisse d'un tandem de tueurs en série vivant dans une ferme retirée ou d'agences gouvernementales à la solde d'un complot révolutionnaire, plus on traînait à régler ses affaires et plus les chances étaient grandes de perdre de l'élan et de conférer à l'ennemi un avantage décisif. En pareilles circonstances, le temps était un allié peu fiable.

— Comment ça va, Travis ? demanda-t-elle à son fils, recroquevillé dans le sac de marin au pied de la banquette.

Comme il ne répondait rien, elle haussa la voix.

— Travis ? Tu vas bien ?

Il répondit cette fois, mais d'une voix à peine audible et Cornell s'improvisa en intermédiaire.

— Hmmm. Hmmm. Il dit que les pansements ne parlent pas.

Luther éclata de rire et Jane imita son exemple après une hésitation, peu soucieuse de tenter le destin, auquel elle ne croyait pourtant pas.

Luther quitta la grand-route à hauteur de l'embranchement conduisant au camping. Bernie avait garé l'Allegro sur le parking, face à l'entrée du terrain. Il les attendait, debout au soleil à côté du véhicule. Avec ses baskets blanches, son pantalon de toile blanc, sa chemise hawaïenne rose et bleu, sa silhouette fragile, son visage animé et ses cheveux blancs qui lui auraient valu un rôle de grand-père exemplaire au cinéma si les films mettaient encore en scène des grands-pères bienveillants, Jane aurait repris espoir si elle n'avait pas deviné à sa posture raide qu'il était perturbé.

14

Jergen entend une voiture s'arrêter de l'autre côté des ruines de la maison et une portière claquer. Les collègues n'auront pas mis longtemps à venir enquêter sur place, mais ce n'est pas sa préoccupation première. Il est hypnotisé par le tuyau d'arrosage, les plaques d'immatriculation et la mélasse blanchâtre qui macule le gravier. Il commence à comprendre ce qui s'est passé, mais les pièces du puzzle sont loin d'être toutes en place.

— Comment peux-tu être sûr qu'il s'agit de cette saloperie de salope de Jane Hawk? demande-t-il à son collègue.

— Évite les pléonasmes, le reprend Dubose. J'en suis sûr parce que le pilote de l'hélico a précisé que l'un des deux agents du FBI était une femme.

— Tu sais bien qu'il y a plusieurs filles du Bureau dans la vallée en ce moment.

— L'autre agent était un Noir.

— Il y en a plusieurs parmi nos équipes.

— Le shérif du Minnesota avec qui elle a déjà fait équipe est noir.

— Tu crois vraiment que le gamin se cachait dans cette maison? insiste Jergen.

— Dans la maison, ou bien ailleurs, répond Dubose en posant les yeux sur la grange délabrée.

— D'accord, mais comment expliques-tu qu'Arlen Hosteen soit venu ici avec son camion poubelle ?

— Je n'ai pas réponse à *tout*, Cubby.

Il ramasse les plaques d'immatriculation qu'il a jetées à ses pieds quelques instants plus tôt.

— Le mieux est de contacter les collègues du QG et de leur demander de faire des recherches à partir de ce numéro. Je veux savoir d'où venait le Suburban quand il était blanc.

Une silhouette incongrue fait brusquement son apparition au coin de la bâtisse en ruine.

— Dites donc, les gars. Il est pas banal, votre engin à six roues. Je m'en achèterais bien un si j'avais les moyens. C'est tout juste si j'ai de quoi me payer un pot de chambre après avoir éclusé quatre bons à rien de maris, avec la pitance que me versent tous les mois ces enfoirés de voleurs des organismes de retraite.

La vieille femme paraît aussi vieille que le désert avec son visage ridé, tanné par des siècles de soleil. De longues mèches blanches s'échappent d'un chapeau de paille à larges bords. Elle porte un bandana rouge autour du cou, une chemise en lin beige presque aussi froissée que sa figure, un pantalon multipoche, des baskets rouges et un sac d'où dépasse le museau d'un loulou de Poméranie qui observe Jergen et Dubose avec intérêt.

— Je me disais bien qu'une bagnole pareille ne passerait pas inaperçue dans la vallée. Une jolie caisse comme ça, il faut voler le monde pendant pas mal d'années pour se la payer, non ? Ça coûte dans les combien, un engin pareil ?

Dubose lui adresse un sourire glacial.

— Nous appartenons au FBI et vous vous trouvez sur une scène de crime, madame. Je vous prie de quitter les lieux.

Elle lève la tête dans sa direction en plissant les yeux et le loulou de Poméranie reproduit sa mimique. Il ne manque plus qu'un perroquet pour répéter les expressions pittoresques de la vieille femme.

— À propos, les gars. Je sais pas si vous vous souvenez, mais j'étais en panne au bord de la route en plein cagnard quand vous m'êtes passés sous le nez en roulant à un train d'enfer.

— Ah oui, réagit Jergen. C'était à vous, ce vieux pick-up Dodge tout rouillé ?

La vieille femme ne se laisse pas démonter.

— Exactement, et j'aurais deux mots à vous dire, histoire de vous apprendre la politesse, vu que vos bons à rien de parents n'ont pas fait leur boulot.

— Mamie, s'interpose Dubose. Je vous conseille gentiment de décamper avant qu'il vous arrive des bricoles.

Imperméable aux menaces, la vieille femme enchaîne :

— Je veux bien comprendre qu'on s'arrête pas pour aider son prochain quand on se rend au chevet d'un gosse en train de mourir, mais j'ai comme l'impression que c'était pas votre cas. Ce qui me troue le cul, c'est pas tant que vous ayez pas ralenti en passant à ma hauteur, mais que vous ayez klaxonné pour vous foutre de ma poire. C'est que j'étais pas toute seule à cuire par cette vacherie de chaleur, il y avait aussi Larry.

En entendant son nom, le loulou de Poméranie pose sur sa maîtresse un regard d'adoration.

— Ce joli petit bout de chien, j'y tiens comme à la prunelle de mes yeux. C'est le seul être qui m'aura aimé en quatre-vingt-dix ans. Alors quand vous me klaxonnez, vous le klaxonnez aussi.

Dubose en a assez entendu. Et quand le géant perd patience, il n'est pas recommandé de se trouver sur son chemin.

— Écoute-moi, espèce de vieille connasse. Je te conseille aimablement de remuer ton cul décharné et de te barrer si tu ne veux pas que je te casse en deux et que je t'oblige à regarder pendant que j'écrabouille ton petit Larry avant de t'enterrer vivante dans les ruines de cette baraque.

Elle laisse échapper un grand soupir.

— Pauvre idiot.

Elle sort de son cabas un Sig Sauer P245 et tire sur Dubose à deux reprises à bout portant. Jergen n'a pas eu le temps de dégainer son arme qu'elle l'abat à son tour de deux balles.

Il s'écroule sur le gravier. Jamais il n'a ressenti une douleur pareille, il n'aurait jamais cru que l'on puisse souffrir autant. Il lève les yeux et constate que la vieille femme le regarde d'un air dédaigneux.

— Bande de serpents à sonnettes. J'ai dû en tuer un bon millier dans ma chienne de vie.

Lorsqu'elle lui tourne le dos, Jergen n'a pas le sentiment de voir s'éloigner une vieille femme toute frêle, il la voit désormais comme un personnage mystique de proportions épiques. Il comprend soudain que son existence n'aura été qu'une longue errance sans but jusqu'à ce que la vieille femme débarque en disant « Dites donc, les gars. Il est pas banal, votre engin à six roues », avant de donner à sa vie un sens que lui-même n'a jamais su trouver. Elle a rayé ses trente-sept ans d'un trait rouge, et tracé dans la marge le mot *inutile*.

15

Au cas où les forces de police auraient contrôlé l'ensemble des véhicules qui entraient ou sortaient de la vallée, comme cela avait été le cas un peu plus de deux heures et demie plus tôt, il avait été décidé que Cornell Jasperson se cacherait sous le grand lit du camping-car où s'était réfugié Luther à l'aller, tandis que Travis prendrait la place de sa mère sous le canapé.

Jane aida son fils à sortir du sac de marin, puis elle s'accroupit devant lui et le serra contre elle de façon à pouvoir sentir les battements de son cœur tout en le regardant dans les yeux. Travis avait hérité de son père un regard d'une transparence cristalline et d'une franchise absolue.

— Tout s'est bien passé pour l'instant, expliqua-t-elle à l'enfant. Nous approchons du but. M. Riggowitz va te montrer ta cachette, veille bien à lui obéir.

— Promis.

— Il est possible que tu trouves un cafard sous le canapé. Je ne voudrais pas que ça t'effraye au mauvais moment.

— J'ai pas peur des cafards, m'man.

— Je voulais simplement dire que tu ne devais pas te laisser surprendre. Tout se passera au mieux si tu restes bien tranquille, sans bouger ni faire de bruit.

— Pourquoi tu te caches pas dans le camping-car avec nous ?

— Parce qu'il n'y a pas la place, mon trésor. Sans compter qu'avec Luther, nous allons servir d'escorte à Bernie. Comme une escorte de police.

Elle le serra fort dans ses bras, l'embrassa sur la joue et le front.

— Allez, dépêche-toi. M. Riggowitz t'attend.

Jane se releva.

Luther aidait l'enfant à monter dans l'Allegro où avait déjà pris place Cornell lorsqu'un bourdonnement d'hélicoptère se fit entendre.

16

Carter repose sur son catafalque de gravillons, à la merci d'un soleil impitoyable dont l'œil unique le juge sévèrement, sous l'accompagnement de la plainte monotone des grillons.

La douleur lui tire des cris plus effrayants que ceux poussés par tous ceux qu'il a exécutés de sang-froid. Mais sans doute son système nerveux est-il victime d'un court-circuit sous l'effet de la souffrance, à moins que son cerveau ne l'inonde d'endorphines, car son supplice laisse place à un malaise sourd. Il est incapable de dire où il a été blessé et le courage d'évaluer la nature exacte de ses blessures lui fait défaut. De plus en plus faible, il n'a pas la force de bouger. Sa vie s'échappe avec le sang qui s'écoule de ses plaies, et dont l'odeur métallique flotte jusqu'à ses narines.

Il gît sur le flanc, face à Radley Dubose qu'il croit mort. Le géant repose sur le dos, les bras en croix.

— Nous vivons un instant historique, l'ami, murmure soudain Dubose.

— Appelle les secours, l'implore Jergen qui voit une étincelle d'espoir jaillir de son esprit embrumé.

— Pas possible, Cubby. Je suis entièrement paralysé. Je ne sens plus rien. Je regrette de ne pas avoir alerté le QG avant d'appeler le pilote de l'hélico au sujet de cette salope de Hawk. Les types de l'Airbus sont les seuls au courant, maintenant.

Jergen fond en larmes.

— Tu as tort de pleurer, lui reproche Dubose. Nous allons connaître une mort noble et glorieuse.

— *Noble?* réplique Jergen à qui la surprise et la colère donnent un regain d'énergie. Je voudrais bien savoir en quoi notre putain de mort est noble.

— Nous mourons pour la révolution.

La réponse de Jergen parvient à Dubose hachée par l'épuisement.

— On meurt parce que tu as klaxonné une vieille cinglée qui a perdu la boule à force de vivre dans cet enfer peuplé de tarentules, de serpents et de chauves-souris qui dévorent les scarabées la nuit. Sans oublier les quatre rats du désert qui lui ont servi de maris. Bien fait pour cette vieille saloperie de salope.

— Je t'ai déjà dit que tu abusais des pléonasmes, le corrige Dubose. Et je te conseille d'aimer la révolution, l'ami. C'est notre monument.

La vision de Jergen se brouille, il peine à respirer.

— Des conneries, oui. La révolution. Une sacrée connerie.

— Les révolutions relèvent toutes de la connerie, Cubby. À l'exception de celles que l'on gagne. Après quoi on règne sans partage en nageant dans l'opulence. En attendant, mec… quelle aventure !

Jergen entend difficilement à présent. La voix de Dubose lui parvient de très loin, c'est à peine s'il distingue ses paroles. Il trouve tout juste la force de lui exprimer son admiration dans un murmure.

— Tu as toujours été tellement cool. Comment as-tu pu être victime d'un truc pareil en étant aussi cool ?

Si Dubose lui répond, Jergen ne l'entend plus.

17

Sans doute les intentions néfastes de l'équipage de l'Airbus H120 avaient-elles déteint sur l'appareil car l'hélicoptère, en fondant sur le parking situé en face du terrain de camping, avait tout d'une guêpe monstrueuse prête à décharger une dose de venin mortel. Jane comprit tout de suite, à la détermination du pilote, qu'il avait trouvé une bonne raison de remettre en cause la légitimité du Suburban depuis leurs échanges par gestes une demi-heure plus tôt.

En outre, le pilote et son compagnon avaient vu monter dans le camping-car un enfant de l'âge de celui que recherchaient les Arcadiens.

Jane ouvrit précipitamment la portière du Suburban et saisit au vol l'Auto Assault-12 alors que l'hélicoptère effectuait un premier passage au-dessus de l'Allegro puis revenait en décrivant une boucle.

Elle était furieuse de se retrouver dans une configuration de ce genre. Elle avait été formée pour le combat de rue, pas pour lutter contre l'adversaire sur un champ de bataille. Chaque fois qu'elle avait été contrainte de tuer, elle affrontait un ennemi physique dont elle voyait le visage et dont elle savait pertinemment qu'il lui voulait du mal et menaçait sa vie ou celle de victimes innocentes. À l'inverse, elle ne savait rien des occupants de l'appareil et de leurs intentions. La guerre exige que l'on tue à distance, le plus vite possible, à moins de prendre le risque de perdre l'avantage et d'être vaincu. Se battre dans de telles conditions donnait à Jane un sentiment d'échec. Si elle avait agi plus vite, si son plan avait été mieux pensé, elle aurait pu éviter un tel affrontement.

Elle aurait tout le temps de se poser des questions plus tard. Elle agissait au nom du salut de son fils, peut-être même de son droit à vivre dans un monde digne de ce nom. Elle seule porterait le poids des péchés commis en voulant défendre son enfant, elle seule en subirait les conséquences jusqu'à la tombe, et peut-être même au-delà.

Le pilote de l'Airbus, désireux d'utiliser son appareil pour intimider l'adversaire, rasa le toit du camping-car. Restait à savoir si le copilote était armé, si les deux hommes participaient à une simple opération de surveillance, ou bien s'ils étaient prêts à livrer combat. Il était fort possible que la porte avant de l'hélicoptère s'ouvre et que le passager tente de les abattre avec une arme automatique.

L'Auto Assault-12 avait une portée de cent mètres. Alors que l'Airbus survolait une nouvelle fois le Suburban à très basse altitude, Jane se plaça sous sa trajectoire et vida son chargeur à tambour. En l'espace de six secondes, trente-deux projectiles fendirent l'air dans l'aboiement staccato du fusil sans que Jane soit le moins du monde gênée par le recul, limité à une série de petites tapes amicales au niveau de son épaule qu'elle reçut comme autant d'encouragements. Elle put constater à quel point le système vanté par le fabricant était efficace.

L'Airbus parcourut moins de trente mètres sur sa lancée avant de tanguer dangereusement et d'entamer une descente mortelle. Elle vit avec terreur l'appareil foncer sur elle, mais il la dépassa en vomissant un nuage de fumée grise. Le moteur rendit l'âme, le rotor se figea, l'appareil bascula en avant et l'une des pales s'enfonça profondément dans l'asphalte avant que l'Airbus, emporté par son poids, s'écrase sur le sol en explosant, libérant une gerbe orange aux pétales infinis qui rendit grâce dans la mort au pilote et à son compagnon avant de se dissiper en laissant derrière elle une carcasse dévorée par les flammes.

Jane se retourna en direction du Suburban.

Les deux chiens, la truffe collée à la vitre du hayon arrière, observaient la scène sans un aboiement, imperméables aux coups de feu comme à l'écrasement de l'hélicoptère. Ils posèrent sur Jane un regard divinatoire, annonciateur de quelque calamité future.

— Merde, balbutia Luther, de l'autre côté du Suburban.

— On prétend qu'elle vole en escadrille, acquiesça Jane. Vous croyez qu'ils ont eu le temps de signaler notre présence ici ?

— Allez savoir.

— J'ai comme l'impression qu'ils ont omis d'appeler leurs contacts, pris par l'instant. On les sentait sûrs d'eux-mêmes.

L'instant d'après, ils grimpaient dans le Suburban qui démarrait aussitôt.

— On n'a plus le temps de changer nos plans, décida Jane. Ça passe ou ça casse. Allons-y.

18

Cornell Jasperson trouvait sa cachette sous le grand lit de la chambre du camping-car plutôt confortable, et même agréable. Il ne ressentait pas la moindre bouffée d'angoisse, l'obscurité ayant sur lui un effet apaisant, comme toujours. Il s'imagina dans un bassin d'eau fraîche afin de prévenir toute sensation d'anxiété. Au fond de son trou, personne ne risquait de le toucher, il n'avait aucune raison de perdre les pédales et de se donner en spectacle au pire moment, ce qui aurait fort bien pu se produire s'il était resté dans le Suburban.

Le camping-car s'ébranla et commença par rouler lentement avant de prendre de la vitesse. Le ronronnement du moteur et le chuintement des pneus sur le macadam parvenaient jusqu'à lui. Ces bruits n'étaient pas très agréables, mais il s'y ferait. Pas comme le grondement de l'avion qui lui avait envoyé des fourmis partout à travers le corps en provoquant chez lui une crise d'angoisse. Il allait s'en tirer, aucun doute là-dessus. Surtout que personne ne pouvait le toucher.

M. Riggowitz était à l'évidence une bonne personne. Il était très vieux, mais doux et prévenant. Il avait un joli sourire. Lorsqu'il avait dévoilé à Cornell l'espace sous le grand lit, M. Riggowitz lui avait expliqué qu'il avait traversé le pays dans tous les sens à plusieurs reprises, il était donc clair qu'il savait conduire un engin pareil. Ils étaient en sécurité entre ses mains.

Cornell aurait toutefois préféré confier le volant à M. Paul Simon, le chanteur. Ce n'était pas très réaliste, M. Paul Simon était trop connu et sans doute trop riche pour conduire quelqu'un au volant d'un camping-car, même si la douceur de sa musique trahissait un être humble et compréhensif capable de tout mettre en œuvre pour aider les autres.

Cornell fut pris d'une pensée dérangeante. Jusqu'à tout récemment, il portait des dreadlocks comme M. Bob Marley, le chanteur, mais il les avait coupées en apprenant que la star du reggae était morte depuis plusieurs décennies. Cornell adorait la musique de M. Paul Simon, mais il ne connaissait rien de sa vie, au point de ne pas savoir s'il était vivant ou mort.

Si M. Paul Simon était décédé, il ne fallait pas que Cornell souhaite le voir conduire le camping-car. M. Riggowitz était très vieux, mais il était vivant, ce qui le rendait plus apte à cette tâche.

À force de réfléchir à tout ça, Cornell sentit poindre un sentiment d'inquiétude. L'obscurité et l'eau fraîche de son bassin imaginaire l'aidaient bien, mais il décida de se calmer en chantant d'une voix douce *Diamonds on the Soles of Her Shoes*.

19

Jane Hawk savait que le désert était une source de beauté unique, mais dans les circonstances présentes, cet univers austère aurait aussi bien pu être une vaste étendue salée ou empoisonnée. Les rares plantes qui poussaient dans l'immense plaine désolée étaient difformes et inquiétantes, comme si les racines de la flore locale tout entière s'enfonçaient jusque dans les profondeurs de l'enfer où elles tiraient leur force des âmes torturées qui les peuplaient.

À son arrivée, le paysage lui avait même parlé, et il répétait à présent ce qu'il lui avait murmuré alors : *Ton enfant m'appartient à jamais.*

Alors qu'ils avaient emprunté la S22 en arrivant, ils repartaient par la 78 de façon à ne pas retrouver les mêmes agents sur le barrage routier. Bernie, qui avait pénétré dans la vallée sous le nom d'Albert Neary, la quittait à présent avec une escorte du FBI, une métamorphose qu'il serait difficile d'expliquer aux mêmes personnes qu'à l'aller.

Luther veillait à rester bien en dessous de la limitation de vitesse. Il ne voulait pas donner l'impression de fuir et ne souhaitait pas davantage attirer l'attention sur eux. Au volant du camping-car, Bernie restait prudemment à trois véhicules de distance.

La circulation, essentiellement composée de conducteurs quittant la vallée, était anormalement chargée. La plupart des automobilistes roulaient vite et doublaient l'Allegro et le Suburban les uns après les autres. Les occupants des véhicules ne présentaient aucun signe apparent de panique, mais Jane avait pourtant l'impression d'assister à un exode massif, sans doute à cause des incidents d'une violence extrême dont bruissait la région et dont ses compagnons et elle-même avaient pu être témoins.

Lorsqu'elle voulut remplacer le chargeur à tambour de l'Auto Assault-12, le canon de l'arme était encore chaud. Restait à savoir si les deux occupants de l'Airbus avaient eu le temps de signaler à leurs collègues qu'ils l'avaient retrouvée et qu'elle circulait à bord d'un Suburban portant le sigle du FBI. Quoi qu'il en soit, la sécurité aurait certainement été renforcée sur les barrages routiers depuis leur arrivée. L'intuition de ses poursuivants était probablement aussi aiguisée que la sienne. Ils auraient senti ce jour-là sa présence parmi eux et se douteraient qu'elle avait récupéré son fils et cherchait à s'échapper.

Elle les soupçonnait également d'avoir renforcé leurs effectifs en faisant appel à des Modifiés, mais de toute évidence, l'opération avait déraillé. Le chaos qui en résultait fournissait aux Arcadiens une raison supplémentaire de procéder à une fouille en règle de tous les véhicules qui sortaient de la vallée. Il n'était pas impossible qu'ils aient décidé de boucler celle-ci purement et simplement.

Jane ne pouvait se permettre de laisser les agents fouiller l'Allegro mieux qu'ils ne l'avaient fait quelques heures auparavant. Le mieux était encore pour Luther et elle d'y aller au bluff et de franchir le barrage en se servant des badges du FBI récupérés le lundi précédent à Reseda.

La présence de Duke et Queenie pouvait les trahir, ou bien ajouter de la crédibilité à leur histoire lorsqu'ils affirmeraient exfiltrer d'urgence l'un des dirigeants du complot arcadien. C'est vrai, l'ennemi était au courant que Gavin et Jessica Washington avaient deux bergers allemands, mais Jane soupçonnait ces monstres d'élitisme qu'étaient les Arcadiens de ne pas imaginer qu'elle puisse vouloir sauver des chiens en plus de son petit garçon. Ces gens étaient par essence des utilitaristes et si les rôles avaient été inversés, ils n'auraient pas hésité un instant à abandonner les chiens, ou même à les tuer, plutôt que de les emmener. Par chance, les services de police avaient souvent recours à des bergers allemands, le Bureau en possédait un grand nombre.

Depuis les événements survenus à Haut-Fourneau-le-Lac, dans le Kentucky, les Arcadiens savaient que Jane et Luther étaient alliés, mais l'ancien shérif n'avait été impliqué dans aucun des incidents survenus depuis dans le comté d'Orange, en Californie, comme au lac Tahoe. Tout laissait croire qu'il était mort, ou bien qu'il eût renoncé à se battre contre les Arcadiens lorsque ces derniers avaient inoculé des nanomachines à sa femme et sa fille aînée. Si Luther avait survécu, jamais il ne voudrait mettre en péril la vie de Jolie, sa cadette, en prêtant assistance à la femme la plus recherchée des États-Unis. En outre, à défaut de pouvoir modifier la couleur de sa peau ou de changer de carrure, Luther s'était rasé la tête et laissé pousser la barbe depuis, ce qui contribuerait à égarer les soupçons.

Quant à Jane, elle s'était transformée en Elinor Dashwood. Ses cheveux blonds qui lui tombaient sur les épaules avaient laissé la place à une perruque courte châtain, tandis que des lentilles de contact marron cachaient son regard bleu. À condition de le porter avec assurance, un simple déguisement pouvait se révéler très efficace. Le tout était de ne jamais fuir les regards inquisiteurs, de ne pas hésiter à flirter de retour avec ceux qui vous faisaient du gringue, à entreprendre la discussion avec des inconnus.

Ils approchaient du sommet d'une colline lorsque Luther sursauta.

— Un incendie !

Une colonne de fumée noire s'élevait dans le ciel d'un bleu délavé. Trois vautours tournoyaient dans l'azur, comme attirés par l'odeur de quelque charogne calcinée qui aiguisait leur convoitise.

Le Suburban franchit le sommet et ses occupants découvrirent un kilomètre plus loin des gyrophares éclairant un groupe de véhicules dont l'un était en feu.

20

L'eau qui s'écoule dans les caniveaux semble ourlée de dentelles blanches phosphorescentes. Faute de vent, la pluie tombe à la verticale. De fines écharpes de brume jouent à cache-cache avec le rideau liquide sur un tempo infiniment plus lent, tels des spectres en quête d'une sépulture, attirés par les signaux lumineux envoyés par les éclairs.

Le spectacle est magnifique, Egon Gottfrey a la conviction que ce son et lumière est conçu dans le seul but de mettre en valeur son propre rôle, ce qui ne l'empêche pas d'éprouver un sentiment de méfiance.

Il reste peut-être une demi-heure de jour dans cette partie orientale du Texas, mais la chape de plomb du ciel est si épaisse que le soleil pourrait tout aussi bien être déjà couché. Gottfrey est impatient de mener à bien sa mission, il approchera de la maison dès que l'orage voudra bien se calmer.

À force de patience, il voit enfin la pluie diminuer d'intensité et se transformer en crachin. Puis c'est une fine bruine qui s'installe. Le ciel a brûlé ses ultimes cartouches et le ciel sèche définitivement ses larmes alors que descend la nuit.

21

— Tout ce remue-ménage ne me dit rien qui vaille, remarqua Luther d'une voix sombre.

Devant eux, les véhicules étaient arrêtés l'un après l'autre et formaient le long de la route trois longues rangées à droite, dans le sens du départ, et une seule dans le sens inverse. Des agents coiffés de casquettes de baseball et vêtus de chemises du FBI, un fusil à la main, surveillaient les occupants des voitures, des pick-up et des camions. Leur mine renfrognée signalait leur agacement, on sentait bien qu'ils n'hésiteraient pas à tirer sur les pneus ou le pare-brise du premier qui manifesterait des signes d'impatience et tenterait de fuir.

— Quitte à se faire passer pour des collègues, autant y aller au flan, décida Jane. Dirigez-vous droit sur le barrage, mais en roulant lentement.

Devant eux, un Dodge Charger que les autorités avaient placé en travers de la route avait été percuté de plein fouet par un 4x4 Escalade. Le Charger, sur le flanc, brûlait et les portières avant de l'Escalade étaient grandes ouvertes. Les corps mutilés d'un homme et d'une femme écrasés par le 4x4 gisaient sur le bitume et Luther dut les contourner avant de reprendre sa file où un agent armé lui fit signe de s'arrêter sur le bas-côté.

— Comme on arrive de face, ils ne peuvent pas voir le sigle du FBI sur les portières et le toit, déclara Luther.

— À moins que le pilote de l'Airbus n'ait eu le temps de décrire le Suburban, auquel cas nous sommes attendus.

Luther baissa sa vitre et Jane l'imita. Tous deux tendirent leur badge à travers leurs fenêtres respectives, ce qui n'empêcha pas le fonctionnaire de continuer à leur adresser de grands gestes tandis que deux de ses collègues se postaient prudemment de part et d'autre du Suburban, le fusil levé.

Luther immobilisa son véhicule sur la chaussée, suivi par le camping-car.

Jane avait gardé l'Auto Assault-12 entre ses jambes, crosse en bas, mais jamais elle n'aurait le temps de s'en servir, les deux agents l'auraient abattue avant.

Le fonctionnaire qui se trouvait du côté de Luther reconnut le sigle du FBI, mais il ne baissa pas son fusil pour autant. Son visage était maculé de sang, pas forcément le sien. De loin, Jane avait cru que les policiers étaient furieux, ce qui était le cas, mais ils étaient surtout terrifiés, à en juger par leurs yeux hagards et leurs traits livides. On les sentait tendus, prêts à tirer à la moindre alerte.

— Que s'est-il passé ? s'enquit Luther.

Son interlocuteur, prudemment posté à trois pas du Suburban, lui répondit comme si on l'avait insulté.

— Ce qui s'est *passé* ? À votre avis ? Vous croyez qu'on joue à quoi ? On s'est retrouvés face à une bande de zombies, voilà ce qui s'est passé ! Comme partout ailleurs !

L'agent qui faisait face à Jane se montra plus bavard.

— En moins de dix secondes, l'un de ces cinglés s'est jeté sur un collègue et lui a *arraché* le visage. Quel fou furieux est capable de commettre une monstruosité pareille ?

— C'est la raison pour laquelle on nous a demandé d'exfiltrer le plus vite possible le conducteur du camping-car qui nous suit, mentit Luther.

L'agent au visage taché de sang posa les yeux sur l'Allegro.

— Qui c'est, pour qu'on lui fournisse une escorte ?

— J'aime autant ne pas vous révéler son identité. Sans lui, la révolution n'aurait jamais eu lieu. Il fait partie du comité central.

Jane, qui avait suivi la conversation, se pencha au-dessus de la console centrale afin de s'adresser à l'interlocuteur de Luther.

— Écoutez, le type qui conduit l'Allegro est un casse-couilles de première, dit-elle d'une voix inquiète. Si vous voulez tout savoir, c'est ce connard qui tire toutes les ficelles au ministère de la Justice et au Bureau. Si on ne le sort pas d'ici en vitesse et que ça tourne mal, je ne donne pas cher de notre peau à tous. Ils n'hésiteront pas à nous infliger une petite piqûre. Vous avez peut-être d'autres soucis en tête en ce moment, mais je peux vous assurer que je n'ai aucune envie qu'on me colle dans la tête une de ces foutues machines, alors je vous demande d'accélérer le mouvement.

L'agent lança un coup d'œil furtif en direction de l'Allegro, de peur que le conducteur du lourd véhicule lui jette le mauvais œil. On le sentait stressé et perturbé par les événements récents.

— C'est bon, allez-y, mais roulez lentement, c'est un vrai carnage.

En dépit de l'autorisation qui venait de leur être accordée, les collègues des agents posèrent sur Luther et Jane des regards soupçonneux. De l'autre côté de l'Escalade accidentée et du Dodge en feu gisaient quatre autres corps. Deux d'entre eux avaient été abattus, l'un des deux autres avait été mutilé de façon atroce.

De petits insectes comme Jane n'en avait jamais vu avaient quitté leur refuge pour s'approcher, attirés par l'odeur du sang. Les ailes brillaient au soleil et ils formaient un nuage hystérique scintillant au-dessus des cadavres tandis qu'une épaisse fumée continuait de tendre les bras au ciel aride. Derrière les vitres, les occupants des véhicules rangés le long de la route ressemblaient à des voyageurs de l'au-delà patientant sur les rives du Styx.

Le Suburban s'éloigna du barrage sans que Jane se sente soulagée. La 78 rejoignait la 86 à plus de trente kilomètres et il leur faudrait encore parcourir une distance trois fois plus importante pour gagner Indio où les attendait le refuge de Ferrante Escobar. En une heure et demie de route, tout pouvait arriver.

22

Il ne fait aucun doute que le déluge s'est arrêté temporairement de façon à faciliter l'approche d'Egon Gottfrey. Dès qu'il aura trouvé le moyen de pénétrer dans la maison, le Grand Ordonnateur rebranchera le tonnerre et les éclairs, ouvrira grand le robinet du ciel et noiera le paysage sous des torrents d'eau afin de saluer l'arrivée d'une conclusion violente à la Wagner.

Armé de la glacière et d'un sac de toile, Gottfrey traverse la chaussée à hauteur de la propriété qui se trouve à trois maisons de celle où Ancel et Clare Hawk se croient en sécurité.

De lourds nuages noirs traversent le ciel et la nuit qui tombe prématurément sur Conroe s'assombrit de minute en minute.

Le reste découle des recherches qu'il a pu faire dans les banques de données de la NSA et de la longue litanie de ses déductions. Sue Ann McMaster, née Luckman, avant de travailler à la gare routière de Killeen, a été mariée une première fois à Roger John Spencer avant que ce dernier ne meure dans un accident de la route huit mois après leur union. La mère de Roger, Mary Ann Spencer, n'est autre que la responsable de la gare routière de Beaumont qui a montré à Egon une vidéo d'un couple ressemblant à Ancel et Clare descendant du car de Houston. Tucker Treadmont, le jeune chauffeur Uber avec ses seins proéminents et son air narquois qui a conduit Egon, Rupert et Vince jusqu'à cette ferme abandonnée, est le fils d'Arnette et Cory Treadmont. De son nom de jeune fille, Arnette s'appelle Lemon, elle est la fille de Lisa et Carl Lemon. Carl est le deuxième mari de Lisa, qui avait épousé en premières noces Bobby Lee Bricker. Lisa et Bobby Lee, tous deux septuagénaires, ont eu un fils prénommé Lonnie John qui est non seulement le demi-frère d'Arnette Lemon Treadmont, mais surtout le chauffeur qui a affirmé à Egon, lors d'un interrogatoire sur Skype, avoir embarqué Ancel et Clare Hawk lundi à bord du bus de 10 h 25 quittant Killeen à destination de Houston. À cette saga s'ajoute Jim Lee Cassidy, l'agent immobilier avenant à cheveux blancs de Killeen. Ce sac à merde prétend avoir vu Ancel et Clare descendre du Mountaineer des Longrin devant son agence et l'aider à ramasser les documents échappés de son attaché-case avant de s'éloigner en direction de la gare des bus. Il est probable que Cassidy est l'auteur de toute cette mystification. Sue Ann McMaster et son mari vivent à Killeen dans une maison achetée par l'intermédiaire de Cassidy, tout comme Lonnie John Bricker. Arnette et Cory Treadmont ont longtemps vécu à Beaumont, où réside toujours leur fils Tucker, avant de s'installer à Killeen dans une maison qui leur a été vendue par l'entreprenant Jim Lee Cassidy. Les liens qui unissent ce dernier aux Hawk ont été plus difficiles à découvrir. Il se trouve que Jim Lee a une sœur aînée de soixante-dix ans, Corrina June, mariée à un certain Preston Eugene Fletcher. La sœur jumelle de celui-ci, Posey, est mariée à Johnny Don Ackerman. Le couple a eu deux filles et un fils. Le fils en question, David, aujourd'hui âgé de quarante-deux ans et médecin de profession, a travaillé au sein de l'unité de sports de combat de Quantico dans laquelle a été affecté un temps Nick Hawk. C'est même là que Nick a fait la connaissance de Jane.

Autant de faits que Gottfrey a pu établir avec certitude. Les éléments suivants sont des suppositions. De ses recherches Gottfrey a déduit que Nick et Jane Hawk s'étaient liés d'amitié avec le Dr David Ackerman à Quantico. Suite à la mort de Nick, alors que Jane se lançait dans sa croisade, David Ackerman aura pris contact en toute discrétion avec les parents Hawk en leur proposant son aide, et Jane se sera portée garante de sa probité. À un moment ou à un autre, il aura été décidé qu'Ancel et Clare pourraient avoir besoin d'un refuge et d'un moyen sûr de rejoindre celui-ci. Les parents de David Ackerman, Posey et Johnny Don, désormais à la retraite, ont fait fortune dans le bâtiment à Conroe où ils possèdent une grande propriété. Parallèlement, ils disposent d'une maison de vacances en Floride où ils passent une partie de l'année.

Qu'ils soient présents à Conroe ou non, ils ont accepté de cacher Ancel et Clare chez eux le jour venu. Il en ressort que jamais les Hawk ne se sont rendus à Killeen à bord du Mountaineer des Longrin. Ils sont probablement allés à Austin où Kay et Lucy, les sœurs de David Ackerman, les ont récupérés. Kay les aura conduits à Conroe, à quatre heures de route de là, pendant que Lucy déposait le Mountaineer à Killeen où elle l'a garé devant l'agence immobilière de son oncle Jim Lee Cassidy. Ce dernier n'avait plus qu'à attendre l'arrivée de Gottfrey et de ses hommes pour les envoyer chez Sue Ann McMaster, à la gare routière, où ils se lanceraient sur une fausse piste.

Le Texas et ses habitants n'existent pas, il s'agit d'un simple décor, mais cela n'empêche pas Egon Gottfrey de haïr les Texans.

Il lui est difficile, en revanche, de haïr le Grand Ordonnateur au prétexte qu'il a créé le Texas et les Texans. En fin de compte, toutes ces péripéties ont été imaginées dans le seul but d'assurer le triomphe de Gottfrey dans son rôle de héros solitaire. Mais s'il ne hait pas le Grand Ordonnateur, Gottfrey ne peut s'empêcher de s'interroger parfois sur sa santé mentale.

La rue est plongée dans l'obscurité lorsqu'il arrive à la propriété des Ackerman.

Posey et Johnny Don se trouvent actuellement en Floride.

Leurs deux filles, Kay et Lucy, sont préposées aux courses afin d'éviter aux Hawk de sortir, au risque d'être reconnus, mais à cette heure, les sœurs seront retournées dans leurs foyers respectifs.

Gottfrey remonte l'allée conduisant à la maison.

Les lumières extérieures, activées par un minuteur, ne sont pas encore allumées et l'allée est protégée à la vue par une rangée de pins immenses.

Tout est sombre et silencieux, si l'on oublie l'eau qui s'égoutte des branches.

La maison est protégée par un système de surveillance fabriqué par la firme Vigilant Eagle, mais il ne fonctionne pas.

De sa chambre d'hôtel de Beaumont, Gottfrey a pu s'introduire sur l'ordinateur central de Vigilant Eagle, ce qui lui a permis d'accéder aux données de la société chargée d'installer le système chez les Ackerman. En quelques clics, il lui a été facile de désactiver l'alarme.

Les claviers disposés à travers la maison clignotent comme si de rien n'était, mais aucun signal ne sera transmis au centre de contrôle de Vigilant Eagle lorsque Gottfrey pénétrera dans la maison par effraction.

Il décide de contourner bâtiment afin d'en étudier la disposition.

Quelques lumières brillent à l'étage et les seules fenêtres allumées au rez-de-chaussée donnent sur l'avant de la résidence.

Il ne distingue aucune silhouette dans les pièces qui ne sont pas munies de rideaux.

La cuisine, à l'arrière, est plongée dans le noir.

En guise de véranda, la maison est dotée d'un vaste patio couvert.

Il pose la glacière devant la porte de derrière et tire de son sac un pistolet crocheteur LockAid.

La serrure émettra un faible cliquetis lorsqu'il y introduira son outil et pressera la détente à plusieurs reprises afin d'aligner les pignons. Faute de musique, ou de la rumeur d'une télévision, il court le risque d'être entendu. Voyant son hésitation, l'orage reprend. La pluie tambourine sur le toit du patio et Gottfrey sourit. Le tonnerre ne gronde pas encore, mais le crépitement des gouttes d'eau masquera le bruit du pistolet crocheteur.

Une mini-lampe à la main, il éclaire brièvement la serrure, introduit l'extrémité du pistolet et l'actionne à cinq reprises afin de libérer le pêne.

Il range le pistolet LockAid dans le sac avant de récupérer un Taser et un flacon de chloroforme.

Abandonnant sac et glacière sur le patio, il ouvre la porte et s'avance dans la cuisine en refermant le battant derrière lui.

Le dénouement tant attendu est proche. Il lui suffira d'injecter un mécanisme de contrôle à un seul des beaux-parents de Jane pour savoir où se cachent cette dernière et son petit garçon. Il jette son dévolu sur Ancel. Si Clare est toujours aussi belle que le prétend Lonnie John Bricker, il profitera d'elle avant de l'achever à l'aide de sa matraque télescopique.

Ses yeux se sont suffisamment habitués à l'obscurité pour qu'il ne se cogne pas. Sans compter qu'il est le héros d'une histoire dont chacune des scènes a été écrite pour lui.

À l'autre extrémité de la cuisine, la porte donnant sur le couloir est entrouverte et une lueur s'en échappe.

Il contourne l'îlot central, bercé par le murmure de la pluie dans la nuit et le ronronnement du réfrigérateur. Des chiffres lumineux indiquent l'heure sur l'horloge numérique du four.

Il se trouve à moins d'un mètre de la porte du couloir lorsque le canon glacé d'une arme se pose sur sa nuque.

Surpris, Gottfrey laisse échapper le flacon de chloroforme.

— Lâchez également votre Taser, lui ordonne une voix grave. Je n'ai rien contre les tâches ménagères, mais je n'ai pas envie d'éponger votre cervelle sur ce beau plancher d'acajou.

Gottfrey obéit.

— Combien d'autres ? lui demande l'inconnu.

— D'autres quoi ?

— D'autres spécimens répugnants de votre espèce.

— Je suis seul, réplique Gottfrey en se demandant comment le Grand Ordonnateur a prévu de le tirer de cette embuscade, sachant qu'il doit forcément triompher à la fin de la pièce.

— Seul ? s'étonne l'homme. J'en doute.

— Je suis un héros solitaire, réplique fièrement Gottfrey. Comme l'inspecteur Harry ou Shane.

Son adversaire reste quelques instants silencieux avant de réagir.

— Héros solitaire, mon cul. Vous avez tout d'une abeille ouvrière tout droit sortie de sa ruche.

23

Trois minutes après avoir garé le Suburban noir à l'arrière du terrain clos, Luther Tillman en confiait les clés aux hommes de Ferrante Escobar qui s'empressaient de retirer les fausses plaques d'immatriculation officielles. La minute suivante, l'un des employés conduisait le véhicule dans l'atelier peinture où il était immédiatement préparé afin de recevoir une couleur totalement différente.

Tablant sur la réussite de l'opération, l'oncle de Ferrante, Enrique de Soto, avait placé dans le réfrigérateur du Tiffin Allegro une bouteille de Dom Pérignon à l'intention de Jane et de son équipe, sans oublier du soda pour Travis.

— Hmmm. Hmmm. Moi aussi, je préfère boire du soda, déclara Cornell, assis à l'écart sur une chaise trop petite pour lui. Un verre de soda, s'il vous plaît et merci.

Ricky avait également rédigé un petit mot à l'attention de Jane, lui proposant un crédit de cinquante mille dollars pour le rachat de l'Allegro et du Suburban qu'elle avait payés cent vingt mille. Ou bien un crédit de quatre-vingt-dix mille dollars à certaines conditions auxquelles elle n'avait aucune envie de souscrire.

Jane était partagée entre l'envie de fêter son succès et celle de rester prudente. C'est vrai, elle était particulièrement heureuse d'avoir pu récupérer son fils sain et sauf, mais elle avait conscience que cette victoire était éphémère, que ses compagnons ne resteraient pas longtemps en sécurité et qu'elle devait impérativement trouver un nouveau refuge pour Travis.

En tout état de cause, une telle célébration était l'occasion de resserrer les rangs et de susciter de l'espoir au sein de son équipe, ce qui n'était pas à négliger. Ils sirotèrent donc leur champagne glacé et leur soda dans des verres en plastique pendant que les chiens lapaient l'eau de leur bol et dévoraient des gourmandises au beurre de cacahuète entre deux explorations du camping-car et du festival d'odeurs qu'ils étaient seuls capables d'apprécier grâce à leur flair canin.

Pourtant ni Jane, ni Luther, ni Bernie – et sans doute Cornell pas davantage – ne parvenaient à chasser de leurs pensées le mauvais pressentiment laissé par les heures dramatiques qu'ils venaient de traverser. Leurs rires manquaient de chaleur et les toasts solennels qu'ils portèrent n'avaient rien d'exubérant.

Jane aimait ses trois compagnons pour leur courage, leur loyauté, leur bienveillance, mais c'était avant tout Travis qu'elle dévorait des yeux. Tout en savourant le plaisir de voir son fils, elle éprouvait un profond chagrin à l'idée d'en être bientôt séparée à nouveau.

24

Leland Sacket avait commencé par emmener Luther jusqu'à Palm Springs à bord de son Learjet en début de journée avant de louer une voiture et de conduire l'ancien shérif à Indio, où se trouvait le garage de Ferrante Escobar. Sacket avait ensuite repris la route de Palm Springs où il avait attendu l'appel de Luther. Il était aussitôt retourné chercher ce dernier avec l'intention de s'envoler le soir même pour le Texas où Luther était attendu par sa fille Jolie, anxieuse de savoir si l'opération s'était bien déroulée.

Jane accompagna Luther jusqu'à la guérite du garde chargé de surveiller l'entrée du garage de Ferrante et lui expliqua en chemin pour quelle raison elle n'envisageait pas, en fin de compte, de lui confier Travis.

— Je prie le ciel que ces salauds d'Arcadiens ne découvrent jamais votre cachette, avec Jolie. Je suis assez confiante. Le lien qui unit les Sacket à la famille de Nick est trop ténu pour qu'ils puissent flairer votre piste. Si jamais je me trompais… Vous allez me trouver très égoïste, Luther, mais je ne veux rien vous cacher. Si jamais les Arcadiens parviennent à remonter jusqu'à vous et Jolie, ils trouveront Travis. Je n'ai jamais rencontré votre fille, mais je l'aime déjà, tout comme je vous aime, et je ne peux pas me permettre de vous perdre tous les trois d'un seul coup. Sans parler de Cornell.

— Je me demandais quel sort vous lui réserviez, acquiesça Luther.

— Je n'en reviens pas de la façon dont Travis s'est attaché à lui en si peu de temps. Il sera en miettes si je lui annonce que je l'envoie quelque part sans Cornell. C'est un gamin plein de courage, mais il n'est pas en granit. Il a été obligé de porter bien des deuils ces derniers temps, je ne voudrais pas qu'il perde Cornell à son tour.

— Je ne suis pas non plus certain que Cornell soit capable de perdre Travis.

Jane sourit.

— Je crois bien que vous avez raison.

Le soleil de cet après-midi d'avril commençait à perdre de son intensité, recouvrant d'une poussière d'or les nuages laineux qui traversaient le ciel en direction du couchant. La brise tiède venue du nord portait avec elle des parfums de fleur d'oranger.

— Cela dit, Jane, reprit Luther, vous devez bien vous douter que Cornell ne sera pas capable de s'occuper de Travis au quotidien.

— J'en suis bien consciente. De toute façon, nos ennemis finiront par découvrir sa bibliothèque de fin du monde. Ils s'apercevront que Cornell avait recueilli Travis et il sera rapidement aussi recherché que moi. Je n'ose imaginer ce qu'ils lui feraient subir s'ils s'emparaient de lui. Le simple fait de le toucher serait pour lui une véritable torture. Ce pauvre Cornell est une proie facile pour des monstres de cet acabit.

— Mais alors… ?

— J'en ai discuté avec Bernie. Il me dit que sa fille Nasia et son gendre Segev ont une grande maison à Scottsdale dans une propriété isolée. Personne ne s'apercevra qu'ils accueillent deux nouveaux pensionnaires. Travis et Cornell auront chacun leur chambre. Bernie me dit aussi que ces gens adorent les chiens et qu'ils en ont déjà un, de sorte que Duke et Queenie seront les bienvenus. Nasia et Segev poussent depuis longtemps Bernie à mettre un terme à ses pérégrinations à travers l'Amérique, la présence de Travis et de Cornell l'incitera à se sédentariser.

— Encore faudrait-il qu'ils sachent dans quoi ils mettent les pieds, et le risque qu'ils prennent en accueillant Travis et Cornell.

— Bernie leur a fait le récit de notre petite aventure il y a quelques semaines, le jour où je l'ai pris en otage. Il leur a parlé de notre virée à Nogales chez Ricky de Soto. À ce moment-là, il ne savait pas encore qui j'étais, il l'a découvert par la suite en regardant la télévision. Ils sont au courant de l'opération d'aujourd'hui et Bernie me dit qu'ils s'attendent déjà à voir arriver chez eux... des visiteurs.

Luther ne put masquer sa surprise.

— C'est incroyable.

— Plus encore que vous ne l'imaginez. Bernie a séjourné à Auschwitz quand il était enfant, il y a perdu ses parents.

— Mon Dieu.

— Il m'en a parlé un peu. C'est un miracle qu'il s'en soit tiré et qu'il soit devenu l'homme charmant et optimiste que nous connaissons. Il sait mieux que quiconque à quel point la menace totalitaire est dangereuse. Il a compris qui étaient ces Arcadiens. Il sait que nous sommes en guerre, et il n'a pas l'intention de s'affranchir de ses responsabilités. De son point de vue, ne pas recueillir Travis et Cornell serait une honte et souillerait à jamais la mémoire de ses parents. Il affirme que Nasia et Negev partagent son avis et qu'il n'hésiterait pas à renier sa fille unique s'il en était autrement. Si je ne peux pas me fier à Bernie, personne ne mérite ma confiance.

Leland Sacket arriva sur ces entrefaites au volant de sa voiture de location.

Jane eut brusquement le sentiment que tout lui échappait. Ceux qu'elle aimait comme le passé et l'avenir, la lumière du jour et tout ce que celle-ci symbolisait. Elle serra Luther très longuement contre elle et il lui rendit son geste avec la même force.

Jane adressa un geste de la main aux deux hommes en les voyant s'éloigner et resta plantée là longtemps après avoir vu l'auto disparaître dans le lointain. Les nuages avaient pris une couleur rouge sang à l'horizon et elle regagna le camping-car avant que la nuit achève de tomber.

25

Jane s'installa confortablement avec Travis sur le grand lit de l'Allegro. Elle le prit contre elle et l'écouta parler des excellents sandwiches de Cornell, de ses muffins à la noix de coco et à l'ananas, de la visite prévue à l'usine d'embouteillage Coca-Cola d'Atlanta, de M. Paul Simon, des inconvénients de laisser traîner sa brosse à dents sur le lavabo de la salle de bains.

Il essayait de gagner du temps, de garder sa mère auprès de lui par le seul pouvoir de sa parole. Il avait compris qu'il n'était pas encore question pour eux de rester durablement ensemble, comme c'était le cas avant, en Virginie, avant la mort de son père, mais il avait espéré passer quelques jours avec sa mère, et non quelques heures.

Au moment de rejoindre Cornell dans la Mercedes E350 de Bernie, ils quittèrent le lit et rallièrent la porte du camping-car par étapes, en marquant des pauses au gré des questions du petit garçon.

— Tu viendras nous voir ?

— Tu sais bien que oui.

— Quand ?

— Dès que possible.

— Tu vas démolir les méchants, ceux qui ont tué mon père ?

— À ton avis, sachant que je fais partie du FBI ?

— Tu es la championne du FBI.

Travis ne pouvait se douter de l'océan d'ennuis dans lequel elle se débattait. Il ne savait pas qu'elle était la fugitive la plus recherchée d'Amérique, le Beau Monstre au visage d'ange dont parlaient toutes les télévisions et que recherchaient toutes les polices.

— Tu crois que Hannah va bien ? s'inquiéta-t-il.

Hannah était la ponette que Gavin et Jessie lui avaient achetée peu avant leur fuite, et qu'ils avaient dû abandonner dans les écuries de leur ranch.

— Hannah se porte comme un charme, mon chéri.

— Tu crois que je la reverrai un jour ?

— J'en suis certaine, mentit Jane.

— Tu sais, je commençais à la monter super bien. Oncle Gavin disait que je serais un vrai cavalier, un jour.

— Ce sera le cas, tu sais.

— Tu crois que je ferai même des rodéos ?

Nick, dans sa jeunesse, avait participé à des rodéos.

— Même des rodéos, affirma Jane.

Ils finirent par rejoindre la voiture et elle prit son fils dans ses bras. Elle se demanda un instant si elle aurait la force de le laisser partir. Si elle aurait la force de partir elle-même.

À la fin, parce que Jane était Jane, et parce que Travis était le fils de son père, ils brisèrent leur étreinte.

Tout comme elle l'avait fait avec Luther et Leland à l'heure du crépuscule, elle regarda la Mercedes s'éloigner jusqu'à ce que l'auto s'efface dans la nuit, puis elle récupéra ses affaires dans le camping-car et les chargea dans le Ford Explorer Sport.

26

Egon est assis derrière un bureau dans une pièce aux murs couverts de rayonnages chargés de livres.

Six hommes, debout dans divers endroits de la pièce, l'observent. Aucun d'eux n'est Ancel Hawk.

Ils discutent entre eux, Gottfrey apprend qu'un de leurs amis a déjà pris la route au volant du Rhino GX qu'il abandonnera à Austin après l'avoir débarrassé de son GPS.

Gottfrey s'en moque, il sait bien que le Rhino n'existe pas, pas plus que la ville d'Austin. La pièce dans laquelle il est retenu prisonnier relève de l'illusion, elle aussi.

Il doit réfléchir à la suite, à la meilleure façon de reprendre le cours de la pièce pour satisfaire le Grand Ordonnateur.

De temps en temps, l'un des hommes pose une question à Gottfrey. Celui-ci comprend qu'ils le soupçonnent toujours d'être venu avec des complices. Sa réponse est toujours la même, il se contente des cinq mots que le Grand Ordonnateur veut entendre :

— Je suis un héros solitaire.

Gottfrey est prisonnier depuis près d'une heure lorsque Ancel Hawk apparaît enfin. Il est porteur de la glacière contenant les ampoules de liquide ambré renfermant les mécanismes de contrôle.

Au moment où Ancel pose la glacière sur le bureau, un éclair déchire la nuit et un coup de tonnerre fait trembler les vitres de la pièce.

— Ne vous embêtez pas, Ancel, déclare l'un des inconnus. Ben va s'en charger. Restez plutôt avec Clare, tenez-lui la main.

L'intéressée se matérialise sur le seuil de la pièce.

— Je n'ai pas besoin qu'on me tienne la main. Et jamais nous ne demanderons à l'un d'entre vous de commettre une atrocité pareille à notre place.

— Ce salaud l'a bien mérité, renchérit l'un des hommes.

— C'est le moins qu'on puisse dire, acquiesce Clare, mais il est hors de question que cette décision pèse sur la conscience de quelqu'un, en dehors d'Ancel et moi.

La température qui s'affiche sur l'écran de la boîte métallique est de 8 degrés. Les mécanismes de contrôle sont toujours utilisables.

Un certain malaise prend possession d'Egon Gottfrey. Depuis qu'il a tué Rupert Baldwin et Vince Penn, il est convaincu que le sujet de la pièce traite de son dévouement à la cause de la révolution, à son génie d'enquêteur, à son affinité avec la violence. Au moment où il voit Ancel Hawk soulever le couvercle de la glacière en libérant un nuage de vapeur glacée, il est pris d'un doute. Le Grand Ordonnateur aurait-il opté pour une pièce shakespearienne, une incursion dans l'univers de Macbeth, du roi Lear ou d'Hamlet ? Gottfrey aurait-il pu se tromper sur la nature même de l'œuvre ? Pourrait-il s'agir d'une tragédie ?

27

Jane, installée au volant de l'Explorer garé à côté de l'Allegro, moteur au ralenti et climatiseur à fond, savait qu'il lui fallait prendre la route sans pouvoir s'y résoudre.

À presque vingt-huit ans, elle n'avait pleuré aussi amèrement qu'à deux occasions dans sa vie : le jour où elle avait retrouvé sa mère morte, et au décès de Nick. Cette fois, elle n'avait aucune raison de pleurer son petit garçon puisqu'elle ne l'avait pas perdu, si bien qu'elle s'en voulait. Sans y voir un excès de faiblesse coupable, elle avait le sentiment de tenter le destin. Elle avait beau ne pas croire à la notion même de destin, se laisser emporter de la sorte par le chagrin était une façon malsaine d'anticiper la disparition de Travis.

Lorsque Ferrante Escobar toqua à sa fenêtre, elle lui demanda de s'en aller, mais il refusa de lui obéir. Penché vers elle, il la dévisagea jusqu'à ce qu'elle finisse par baisser sa vitre.

— Tout va bien, Ferrante. Je n'ai besoin de parler à personne. Accordez-moi une minute ou deux, je m'en vais tout de suite.

— Je ne souhaitais pas vous parler, Jane Hawk. Je n'ai pas l'habitude des mots. Je me disais… vous avez peut-être besoin qu'on vous tienne la main.

Du fait des tableaux inquiétants accrochés dans le bureau de Ferrante et de sa fascination pour le sang évoquée par son oncle Enrique, elle s'en voulut presque de lui tendre la main, mais il l'accueillit avec une douceur surprenante. Ils restèrent là quelques minutes, main dans la main, et les larmes de Jane finirent par se tarir.

Lorsqu'elle lâcha les doigts de Ferrante, il s'éloigna dans l'obscurité.

Elle remonta sa vitre, enclencha une vitesse, quitta Indio et rejoignit Palm Springs où elle dénicha un motel. Elle loua une chambre qu'elle régla en liquide et prit une douche brûlante avant de s'habiller en se métamorphosant cette fois en Leslie Anderson, avec une perruque blond cendré, des lentilles de contact grises, un faux grain de beauté de la taille d'un petit pois au niveau de sa lèvre supérieure, et un maquillage outrancier.

Avant de sortir dîner, elle alluma la télévision et chercha une chaîne d'information continue. Une attaque terroriste avait eu lieu dans la vallée de Borrego, tout indiquait que l'eau de la région avait été contaminée à l'aide d'un puissant tranquillisant destiné aux animaux, un dérivé d'*angel dust* surpuissant qui avait provoqué chez certaines personnes des crises d'une violence inouïe.

Tu parles.

Elle s'installa dans un box à l'éclairage tamisé d'un restaurant peu fréquenté et commanda un filet mignon qu'elle dégusta avec des tomates fraîches, des asperges et des haricots verts, le tout arrosé de deux verres d'un excellent cabernet.

Trop épuisée pour trouver le sommeil, elle arpenta les rues d'un quartier résidentiel de Palm Springs deux heures durant sous le regard bienveillant des étoiles. À chaque pas, elle prenait le temps de respirer la vie, de nourrir son esprit de la nuit et de ses merveilles, d'y trouver la conviction qu'elle était née pour mener un combat qu'elle entendait remporter. À force de ténacité, elle avait fini par accumuler de nombreuses preuves du complot arcadien, mais elle savait ce qui lui manquait, sans savoir encore comment l'obtenir. Elle trouverait un moyen. Bernie avait bien survécu à Auschwitz. En dépit de tous ceux qu'il avait perdus, il était là, à ses côtés. *Mishpokhe*. Jane voyait en lui la preuve que si le mal pouvait remporter une bataille, il finissait inévitablement par perdre la guerre.

Elle ne se faisait aucune illusion. Sa vie ne tenait qu'à un fil. Elle n'avait rien de plus qu'une autre. Des milliards d'êtres humains étaient morts depuis des millénaires avant d'être définitivement oubliés, et le sort qui l'attendait n'était pas différent. De toute façon, elle n'avait pas le choix. Elle était telle qu'elle était et continuerait d'agir comme le lui dictait sa conscience, sans jamais se rendre.

Cet ouvrage a été composé
par Atlant'Communication
au Bernard (Vendée)

Impression réalisée par

NORMANDIE ROTO IMPRESSION S.A.S.
à Lonrai (Orne)

en janvier 2021
pour le compte des Éditions de l'Archipel
département éditorial
de la S.A.S. Écriture-Communication

Imprimé en France
N° d'impression : 2005298
Dépôt légal : février 2021